绿地文学丛书

村魂

汪国寿　何本军　著

黄河出版传媒集团
阳光出版社

图书在版编目（CIP）数据

村魂 / 汪国寿著. -- 银川 : 阳光出版社，
2013.8
（绿地文学丛书 / 高耀山主编）
ISBN 978-7-5525-1007-2

Ⅰ. ①村… Ⅱ. ①汪… Ⅲ. ①长篇小说－中国－当代
Ⅳ. ①I247.5

中国版本图书馆CIP数据核字(2013)第203260号

绿地文学丛书　　　　　　　　　　　　　　　　高耀山 主编
村魂　　　　　　　　　　　　　　　　　　　　汪国寿 著

责任编辑 冯中鹏
封面设计 邱雁华
责任印制 郭迅生

黄河出版传媒集团
阳 光 出 版 社　　出版发行

地　　址 银川市北京东路139号出版大厦 （750001）
网　　址 http://www.yrpubm.com
网上书店 http://www.hh-book.com
电子信箱 yangguang@yrpubm.com
邮购电话 0951-5044614
经　　销 全国新华书店
印刷装订 银川市开创广告印刷有限公司
印刷委托书号 （宁)0015449

开　　本	880mm×1230mm　1/32
印　　张	12
字　　数	270千
版　　次	2013年8月第1版
印　　次	2013年8月第1次印刷
书　　号	ISBN 978-7-5525-1007-2/I·356
定　　价	298.00元（全十册）

村　魂

　　全世界的人都知道，张浩的母亲是个药罐子。

　　她不仅有糖尿病，还伴有高血压等多种并发症，因此，一天离了药都没法过。所以，张浩家里简直就像开药铺的。上边的条几上除了有只敬神拜佛的香炉之外，所有的空间几乎全成了药的世界。自家人闻惯了还觉不着，习惯成了自然。而对于外人来说，人还没进门就有一股药味钻进了鼻孔，仿佛走进了药库，整个身心全都被这刺鼻的药味包围着。待你再进门时，那上边的条几上各种药品真个是摆得琳琅满目，叫你应接不暇。有心人只要一看，就可以透过这些药品看到他家的收入大都摆在这里了。农村人谁看了谁都会在心里感叹，这哪里是药，这简直摆得就是张浩爷俩的汗水和辛劳。

　　说起来这父子俩也真命苦，力没比别人少出，汗没比别人少流，心也没比别人少操，一年又一年，不如他们操心劳累的好多家庭，劳累的钱，早就变成宽敞明亮的小洋楼和漂亮的大姑娘，孙子、孙女，钱化作了幸福在他们的脸上荡漾着，在他们的身上享受着，而他家一年又一年，还是孙子穿着奶奶鞋——老样子。要说他们家有什么变化的话，也只是张浩父子的年龄一年比一年变大，父亲脸上的皱纹一年比一年增多，腰一年比一年往下弓。张浩在一天一天跟他的青春告别，跟自己

美满的婚姻殿堂告别。

不论从人品还是哪方面来说，张浩在农村都是上等的人才，国字脸，高鼻梁，大眼睛，一米七八的个子，不胖不瘦，两只拳头一攥，两块胸肌凸老高，每个关节都发出咔吧咔吧的响声，像是在演奏青春的乐曲。不论怎么看，他都给人一种朝气蓬勃的感觉，犹如春天的竹笋。所以，对于张浩这样的小伙子，村里的好多大姑娘都在心里悄悄地暗暗地多次研究过，不知打动过多少姑娘的芳心。

其中，有一个叫万芹的姑娘，就曾偷偷地给他写过情书。

这一年，张浩正好是二十一岁，是农村男大当婚，女大当嫁的年龄。当张浩读了这个姑娘不知什么时候故意丢在他门口的情书，晚上和她在柴火堆子头前偷偷地约会时，竟然被她的姐姐发现了，便告诉了她的母亲。从姑娘时代过来的母亲，知道跟被情所困的闺女，在这样的时候说什么都是多余的。她清楚女儿也像年轻的自己一样，患了"一见钟情"的病，这也是年轻人的一时冲动，目光只看见眼前一表人才的张浩，根本就看不见他背后的那个药篓子母亲和今后日子的艰难。万芹母亲又想，要不是他家的那个永远也装不满的药罐子，你就是不跟他谈，我还要托人出来成全这门亲事哩。张浩这孩子是我眼看着长大的，不但懂事，死做死累，还一点歪道也不走，从不跟任何人吃吃喝喝、推牌九来麻将不说，心肠还好。有一回，听邻居说，我家的那只大公鸡不知被谁家的狗一个劲地撵着，撵得眼看着就不行了，没曾想，被路过那里的张浩看见了，硬是赤手空拳地去赶那条狗。因为他把狗眼看就要到嘴的美味给破坏了，在他追到那只狗的跟前时，狗气得扭头就在他腿上狠狠地吭哧给了他一口，几个牙把他穿着裤子的腿咬得全都流了血。但后来当张浩把这只吓愣了的大公鸡送到万芹家时，连狗咬的事一个字都没提。还是好长时间了听邻居们说了才知道。俗话说，滴水见大海。那时，万芹的母亲就对张浩有了要把这个女儿说给他的意思。可后来冷静地又一想，他那个脸上没有一点血色、走路东倒西歪、大风都能把她刮得乱晃荡的黄脸婆母亲，今年才五十多岁，你知道什么时候才能去见阎王？如果闺女要是嫁了他，岂不是大睁着两眼朝火坑里跳？别说张浩一不是做什么生意买卖的大老板，二又不是手握实权有很多灰色收入的干部，弄多少钱才够填那个药篓子的？所以，在这样的情况下，说什么我这个做母亲的也不能眼看着女儿做出这样的糊涂事。于是，万芹的母亲本着家丑不可外扬的原则，没对张浩说东道西，而是悄悄地神不知鬼不觉地托万芹的表叔，把她介绍给了在本村当会计的一个姓刘的儿子。临出嫁这天，万芹哭天抢地地在地上打着滚大哭了一场，就像古代的孟姜女哭长城，把来送行的人们的眼泪都哭得止不住地流了下来。在场的人虽然不知道万芹伤心的真正原因，但却都在心里猜测，这丫头一定是另有了自己的心上人。看着哭得死去活来的女儿，万芹的母亲也一个人躲在屋里哽咽着，自言自语地对着女儿挂在墙上的照片说，孩子，是妈对不起你，可妈也是没有法子呀。

可在万芹出嫁这一天，张浩只是默默无闻地在干完了自家地里的农活回来的时候，神不知鬼不觉地一个人躲在那天晚上跟万芹约会的柴火垛前，独自一人一边抽着烟，一边流着伤心的泪水，把因母亲的病痛而失恋的痛苦，彻底地深深地咬着牙埋进了自己的心里。他一边用手背抹着一串串在腮边滚动的泪水，一边在心里悲哀地说，万芹，我知道你妈妈做的也许

是对的。好多人都说爱没有附加条件，这都是一些头脑发热的人才会说的话，其实，爱完全是有条件的，首先就是钱和权，其次才是人。从古至今，谁也不可能例外。二十八岁的姑娘爱八十二岁的干巴老头，图的是什么？名誉地位和金钱。好多长得明星似的姑娘为什么心甘情愿地去给那些走起路来都发喘，要长相没长相，要身材没身材，除了有个三寸不烂之舌对上会吹会拍，对下会拉着脸子，会把唾沫星子喷多远地教训人的一技之长的干部做二奶和小蜜，爱的是什么，还不是他们手中呼风唤雨的权力和灰色的收入？不管在什么时候，你只要有了钱或者权这两样有杀伤力的武器，哪怕你长得还不如猪八戒，也会有七仙女、潘金莲一样的美女去爱你。一句话，一个长得再丑的人，手上只要有了这两样东西，就什么都有了，而像我这样一穷二白又有个长期病号的家庭，尽管都夸奖我人长得可以，但自己这个一清二白的这个家境，又有谁会真正地爱你？现在的姑娘，又有哪一个不心照不宣地知道，爱是建立在一定的物质基础上的？幸福是什么？幸福就是有权有钱，幸福就是衣来伸手，饭来张口。张浩想，像万芹这样的姑娘对自己难道就是真正地爱了吗？她的爱难道就是纯洁的，没有一点杂念？她如果要是真正爱自己的话，那她为什么就这样在大哭一场之后，就投入了别人的怀抱，而没有像古代的祝英台那样，为了自己的爱情而献身呢？看来，今后，如果我家庭条件再得不到改变的话，要想找到真正的爱自己的姑娘，那根本是不可能的。张浩又想，我怎么能为了自己过上美满幸福的生活而不顾把我一把屎一把尿辛辛苦苦养大了的妈妈？想到这里，张浩把两只拳头朝一起狠劲一攥，咬着牙在心里说，为了我这个多病的母亲，就是打一辈子光棍，也心甘情愿，因为我在良心上永远是无愧的。都说，人的命，天来定。至于今后什么样，那就看上天怎么安排了。至于万芹，还是把她彻底忘记为好。当张浩重新从草堆头前站起来的时候，把抽完了的烟头子使劲朝地上一摔，然后再用脚在上面一踏，又来回碾了碾，又把脸对着繁星满天的夜空长长地叹了口气，才离开这里，慢慢地朝家里走去。这时，他感到身上和心里都随着呼出的那口长气而轻松多了。

但对于他跟万芹的事，他却从没跟自己的父母透露过一个字。

张浩的母亲眼看着自己儿子的年纪在一天天变大，看着跟他同岁的年轻人的儿女们在她面前不停地跑来跑去的时候，就一个人暗暗地流着泪，脸对着墙自言自语擦一把抹一把地说，浩儿，都是妈妈拖累了你呀。唉，你一天到晚，一年到头把浩儿累的钱全都吃到肚子里去了，还这样不死不活的，你到底要把他们拖累到什么时候呀？你咋就不老早死呢！

有一天，张浩的母亲又一个人在家，擦一把抹一把地流着泪，一边诅咒着自己的时候，张浩便悄悄地站在了他后边，等母亲擦干眼泪准备进厨房去刷锅的时候，张浩伸手搂着妈妈瘦弱的肩膀说，妈，你说的话我全都听见了。妈妈不好意思地说，浩儿，妈都是瞎说，你可别往心里去，啊？张浩在脸上抹了把眼泪，说，妈，您可千万别胡思乱想，鸟儿还反哺报恩哩，更何况是人？您咒自己一口一个咋不死，您知道，我听了这话心里是什么滋味吗？只要有您在一天，我干什么心里都安稳。妈妈，您就是我们一家的箍，如果没有了您，我们这个家还像个家吗？有一首歌不是这样唱的吗，有妈的孩子像块宝，没妈的孩子像根草。

绿地文学丛书

多么孝顺的儿子，你怎么在这样的时候就想起了这首歌呢？唉，有了这样孝顺的儿子，妈今生就是死也闭眼了。于是，妈便破涕为笑说，浩儿，放心吧，妈以后再也不这样了。

妈妈虽然被儿子说的心满意足了，可她的病情并不会因为儿子的孝顺而好转，相反，还在一天天地加重。

随着母亲病情的加重，吞下的药片也在不断地增加。在张浩三十五岁的这一年，母亲终于停止了生命不止，服药不停的漫长日子。

对于母亲的去世，村里的好多人都在背地里带着同情张浩的语气议论，这个女人早就该死了。她要是早死十年的话，张浩这样的人才也不至于到现在还打光棍。她活着，自己受罪不说，可害苦了自己的儿子了。好了，老天要是有眼的话，张浩也许能找个好女人哩。

在张浩母亲下葬的这一天，没想到跟他一个村住着的万芹也来了，而且还在张浩母亲的坟前哭得擦一把抹一把的。她的这一举动，好多人看了都感到不解。都在心里说，你这个万芹也真是，你跟他家一不沾亲二不带故的，干嘛哭得这么伤心？莫不是看张浩可怜吧？也许，万芹也是个心肠软的女人。可又有谁会想到，万芹心里的那段感情历程呢？

当张浩埋葬了母亲回到家时，父亲一见儿子，就大放起了悲声，他一边哭着，一边看着儿子说，张浩啊，都是你妈害苦了你呀。跟你年纪差不多的人，孩子早都上学了，可你这么大了还是一个人啊。这个当父亲的哭着哭着就哭到了自己。他说，也不全是你妈的责任，你这个当爸的也有罪呀。你爸要是大小有个工作，你也不会落到今天这个地步啊。老天爷，你太不公平了呀，呜呜呜……这回可苦了我家张浩了哇……这都是命啊。

他又哽咽着万分后悔地跟张浩说，你说，这不都是命里注定的吗？那时候，村里需要民办教师，村长来找我几回，我都没干，我是嫌耽误事。谁能知道，现在的民办教师全都转成了国家教师？你说，这不是怪人的命怪什么？要不，让你接个班，你还能连个对象都找不到？唉，我那时候真是雷打昏脑子了啊，怎么就那么鼠目寸光，没有一点远见呢？我就是不为自己着想，也该为你张浩想想啊，唉！

一屋子人都被这老汉哭得眼睛红红的，万芹也不住地靠在门边抹着眼泪。她一边抹着眼泪，还不时地用眼角朝张浩的脸上瞟。

对于万芹的目光，张浩却连碰也不去碰。张浩觉得方芹在这样的时候能在这里，并不停地对自己施予同情的眼泪和目光，已经很知足了。于是，便在心里对万芹连说了几个谢谢。

于是，张浩便扶着父亲的肩膀，一遍又一遍地安慰着父亲说，爸，你也不要想的太多了。我们爷儿俩今后就认命过吧。不管在什么时候，我都不会抱怨你跟我妈的。

儿子不这样说，父亲还好过些，儿子越是这样，老汉心里越是感到惭愧，越不是滋味。

这时，乡村医生李丽的丈夫把一支烟递给老汉，并且安慰说，大爷，过去的事就过去了，我们爷们说说别的吧。

老汉也许是太累了，便把一支烟叼进了嘴角，烟把子在他嘴里一抖一抖的。可就在李丽的丈夫把打火机打着朝他嘴边递过去时，老汉的手却抖了起来，嘴里呼哧呼哧地喘起了大气，像干活出了大力气的老牛似的，眼睛也闭得紧紧的，身子眼看着朝后倒了过去。

见此情景，李丽的丈夫赶紧一步跨到老汉跟前，把胳膊朝老汉的背后一伸，又把胳膊肘一弯，就把老汉抱在了怀里。眨眼间，老汉已经变得不省人事了。

见老汉这样，一屋子人也都着了慌，嘴里都不住地说，怎么了？怎么了？当一屋子人正不知道怎么才好时，万芹却非常镇定地说，先不要动，赶紧去请医生。说罢，就出了门。

当她把李丽请来时，只见躺在李丽丈夫怀里的老汉嘴角两边正有两条像细粉丝一样的黏涎向下悄悄地爬行着，从嘴角一直挂到地上，好像永远也没有止境。老汉的身子已经软软的了。

见他这样，便都说他是太累了，歇歇，一定会醒过来的。

李丽这里一放下药箱，那里就急匆匆地掰开了他的眼皮，用目光对着他的眼睛仔细地看了看，她一边看着，额上的两道柳叶眉在急剧地向一起皱着，两眉间皱成了一个小疙瘩。所有在场的人也都把目光集中在了李丽眉宇间的那个疙瘩上，一颗颗心都提到了嗓子眼，嘴巴全都抿得紧紧的，生怕一不小心发出声音而影响了老汉的恢复。而李丽又唯恐不相信自己的眼睛似的，又再次把他的眼睛掰开认真地看了看，然后，看过之后，轻轻地叹了口气，便非常失望地把手从他的眼皮上拿开了。屋里一点声音也没有，静得都能听见人们的呼吸声。当人们再次把目光停在李丽的脸上时，见她的眼睛红红的，先是在老汉脸上停了一会，之后，便抬起手在眼睛上抹了抹，嘴里自言自语地咕唧了一句，怎么会这样呢？屋里的人看着李丽脸上的表情，都感到了事情的严重，至于严重到什么程度，他们心里还没有底。万芹就站在李丽的跟前，一副屏声静气的样子，两只眼睛也随着李丽的目光在老汉那苍白的脸上扫来扫去的，在搜索着老汉生命的迹象。此时，在别人眼里，他不是张浩的爹，是她的爹。一屋子人的心脏，好像也像老汉一样停止了跳动。在众人眼里，李丽就是掌管着老汉生杀大权的上帝，都认为，她让他活，他就能活。众人都在等待着李丽的结论。都在心里默默地祈祷着，张浩的命已经够不幸的了，他不能再失去这个劳累了一生，辛苦了一生，而又老实巴交的父亲了，父亲是他的支柱，是他的靠山，他可不能再倒了，如果他再有个三长两短，那可就真的苦了张浩了。

也许，所有的人怎么也想不到，老天会这么不公平，会安排这个病了这么多年而死去的女人，在临走时还会把这个因为她而吃了多少苦受了多少罪的男人给稍带上。你这个狠心的女人啊，你咋就不替你这个可怜的儿子好好地想一想呢？

众人见李丽老是愣在老汉面前没有动静，既不拿药，也不说老汉得了什么病，心里都急得像着了火一样，但在这样的时候，谁也不好开口问她。也许李丽是在思考着老汉的病情，在考虑治疗方案，都在心里这样猜测着。时间就是生命的道理，也许李丽更比大家清楚，但在这样的时候，见李丽还不对老汉进行抢救，他们就再也没有了耐心。于是，当李丽再次从老汉的胸口上收起听诊器时，所有的人几乎都用眼睛盯着李丽，异口同声地问，他到底怎么了？李丽这才好像被人们的询问惊醒，从悲痛回到了现实中来，可她仍然把目光停在老汉那毫无血色的脸上，长长地叹了口气，非常失望而又出乎意料地回答说，瞳孔都已经散开了，唉，不行了。听了这话，其他人再不懂医，但也知道瞳孔散开是什么意思。于是，一屋子人顿时都不相信自己的耳朵一样，张嘴瞪眼地问，什么？散大了是什么

意思？刚才不还是好好的，怎么，怎么会呢？

张浩听了这话，先是把那双因痛哭而布满了血丝的眼睛，刀子似的在李丽脸上很有力度地盯着，一边盯着，一边结结巴巴地问，怎么？瞳孔散大了？李丽没有回答他，而是再次把听诊器又放到了老汉的胸口上，几乎把脑袋也贴在了老汉的胸口上。她希望通过这个听诊器能听见老汉的心脏声再次响起来。

一分钟，两分钟，李丽除了听见的只是自己血管流动的声音。

一屋子人再次静了下来，希望能再次从李丽的这个听诊器里得到大家想要的消息。

可结果，李丽还是用非常失望的口气告诉在场的所有人，大爷真的不行了。

听了李丽这个带有权威性的判决，整个屋子，在经过几秒钟暴风雨来临之前的沉静之后，一下子就像开了锅似的沸腾起来。男人的嘴里不停地喷喷着说，怎么会这样呢？怎么会这样呢？女人一边抹着眼泪一边诉说着张浩爷俩的悲惨命运，真是个苦命人啊，你咋就这么没有福气呢？老婆走了，你们爷儿俩本该过几天清闲的日子，也好给儿子慅慅，让他成个家呀。

顷刻间，整个村子好像都笼罩在了一片悲痛之中，人们对张家不幸的关注，并不亚于对国家重要领导人去世的关注。于是，一时间，不论是在一家家的饭桌上还是在路上，乡亲们只要见了面，三句话不说，就要把话题扯到张浩家的事上，先长长地叹上一口气，再说，一下子走掉两口的事，一个个都一边在嘴里说着这事，一边嘴里还不停地用几声唉字来表示对他们一家的同情。有的说，这人要是什么样，那是上天早就安排好了的。跟老张一起光屁股长大的赵思福，就在饭桌上跟家人谈到张浩家时，说，我早就看出老张是个苦命。你瞧他那眉毛跟眼睛，怎么看都跟别人的不一样，两道眉毛跟眼睛挨的近不说，眉毛还朝下耷拉着，那给人的印象简直就是一个活生生的"愁眉苦脸"的具体写照。我就知道，我从来就没看他笑过，一天到晚就跟谁借他的米，还了他的糠的一样拉着一张苦瓜脸，几乎都可以闻到那张脸上的苦味。还有，就是他那灰涂涂的印堂，人家的印堂在太阳底下都发出一闪一闪的亮光，而他的印堂什么时候也没见发亮过，就像沾满了灰，一天到晚都灰不拉几的，再细看，原来是长着很多很密的灰色绒毛。走路时更是耷拉着个头，就像永远有算不完的账。两条眉毛老是朝一起皱着，皱成了一个疙瘩，也许是时间长了，疙瘩都固定不化了。唉，这就是命啊，是老天爷叫他长成这样的苦相啊。他老婆说，我看你这是骑驴不知地走的。人家家里一年到头有个病人，要吃药，要花钱，是你，你能有心肠笑？我看你是睁着两眼说瞎话！赵思福说，我不是说了吗，不是现在，跟我上学时就是这样。老婆又拿眼睛瞪了他一眼，说，他以前什么样，反正我也不知道你说的到底是黑的还是白的，也许除了你谁也不知道他是什么样的。但赵思福还是继续说他的，一看他这样，我就想，这人的命是在来到这个世界时，老天爷就给安排好了。上学时，我跟他的成绩简直没法比，哪次老师都给全班学生念他写的作文。就连老师背地里都议论，说他将来一定会很有出息。记得有一回，我们的语文老师拿着他的一篇题目叫《我爱四季》的作文，扬着眉毛夸奖说，从他身上，简直使我看到了一个小作家正在茁壮的成长！我相信，他将来一定会在文学上有所成就的。当然，主要还是要靠他的后天努力。赵思福叹了口气说，这人呀，要是倒霉了，放屁都砸脚后跟。可那

时，正赶上"文化大革命"，中国除了一本《艳阳天》之外，哪有什么文学作品，就连那个写《四世同堂》的作家都被逼得投湖自尽了，你想，像老张这样的人，还想当作家？做他的白日梦去吧！当时，大多数人初中毕业后，除了少数有背景的人能有机会上大学之外，其余的哪个从学校毕业的学生不遵照毛主席他老人家的教导，在广阔的天地里练起了红心？哪个又不是炼得腰酸背痛腿抽筋？要说没有机会吧，也有机会，那时，正赶上全国都在按照毛主席他老人家的什么"五七指示"，走什么"五七道路"，开门办学。而开门办学，就需要很多教师。于是，这时候一批批的所谓民办教师也就诞生了。当时，村长知道老张是在学校成绩拔尖的学生，就主动到他家找他，动员他到学校当民办教师。没想到他却这样说，当教师不就把自己拴死了，除了星期天才能搞些家务外，别的哪还有自己的一点时间？如果当了这个教师，家务怎么搞，那几分园地还怎么操持？赵思福看了眼老婆说，你说，他这不叫命叫什么？送到手的机会他不要，却把心思放在了家务上，这又该怎么解释？当然，也不能怨，他的老婆那时就已经得了糖尿病，还要经常四处给妻子寻医买药。所以，他经过反复思考，心想，还是给妻子治病要紧。尽管当教师要比劳动省力气的多，但这和妻子的病相比，当然还是妻子的病要紧。于是，他最终放弃了教书。当时，他也许做梦都想不到，这个教师以后会转正，一个月能风雨无阻地拿一两千块的工资，端上了国家的铁饭碗，一个个见了人胸脯挺得比下巴还要高。赵思福说。

村长一听说他不愿意当民办教师，就很惋惜地说，我说老张啊，你可是辜负了我的一片好心啊。我是考虑再三才感觉你当民办教师最合适。别看现在不讲考试了，但我想有一天国家还是要靠考试来提拔人才的。你的文化程度在我们村大家都是知道的，为了我们村的下一代能多出些有用的人才，我还是第一个就想到了你。别看现在只是记公分，但我相信，将来国家会对你们这些教师给予考虑的，说不定还会让你们端上铁饭碗哩。村长说着，还抬起手在他肩膀上拍了拍，说，现在反悔还来得急，说不定对你还是个机会哩。你可要拿定主意了。要不，我就要去找赵思福了。明天就要开学了，怎么能没有教师呢？老张这时无可奈何地叹了口气说，村长，你的好意我心领了，但我已经拿定主意了，我如果一旦当了教师，就要对学生负责，但我的家可就全丢尽了。赵思福说，这些可都是村长后来跟我说的。赵思福说到这里，看了看老婆说，你说，当时他要是当了这个民办教师，还能像今天这样吗？现在，不也是一个月拿一两千了？有这些钱贴补家里，家里是绝不会这个样子的，说不定张浩的孩子都上学了哩。不过，话说回来，他要是那时候当了民办教师，我还会有今天吗？你说这不是命又是什么？那时，我天天上学跟他一起来一起去的，看他那个用心劲和他的成绩，我就是做梦也没想到，我跟他的命运竟能翻个个。唉，你说这不是命又是什么？唉，别的不说，这下可坑了张浩了。多好的孩子，没想到硬是被他的那个家给拖累坏了呀。唉，我怎么走着坐着就是忘不掉这件事呢，昨天睡醒了，又不禁想起了这事，张浩今后该怎么办呢？

老婆见他老是没完没了的抓住这个话题不放，就没好气地嘟囔到，你到底还吃不吃了？你看看桌子上的菜可有一点热气了？我跟你讲，你这叫说书的掉泪，替古人担忧！我可跟你说到前头，你要是因为这事吃了凉菜，咳嗽又犯了，我可再不问你的事了。赵思福不好意思地笑笑，不说了，不说了。唉，

绿地文学丛书

这也是由不得我呀。要不，人怎么能跟动物不一样呢，人就是个重感情的动物呀。老婆好像忘了刚才由于男人唠叨给自己带来的烦恼，也不自觉地接过男人的话说，你要是同情张浩就帮帮人家。你既然知道你的教师是人家不干让你干的就好。我问你，你给张家烧了多少钱的纸？赵思福说，二百。老婆从鼻子里嗯了一声说，还算你大方。要我看，你给人家五百都不多！赵思福放下饭碗，把一支烟叼在嘴角说，细水长流嘛。一个人的心地好坏，我看不是在乎钱的多少，重要的还是看你的心。老婆见他还坐着不动，就问，你还去不去学校了？赵思福说，又不是星期天，咋能不去？唉，不知怎么的，脑子里走着坐着就是老想着张浩的事。

万芹送过了张浩的母亲，又把张浩的父亲送下葬，才离开了张浩家。她一时也不敢在他家停留，她一看见张浩就想哭。万芹一边在路上走着，一边担心地想，他受到了这样的打击，能挺得住吗？回到家一连几天，她的心情都无法平静，不论是睡觉还是吃饭，张浩的影子总是一直在脑子里来回地晃着。也许是心情使然，她见什么都烦，甚至连风都碍她的事。她端起饭碗时想着他吃了没有，也不知道吃了什么饭？要不是怕别人说长道短的，她真想让张浩来她家里吃。可她觉得这事，只能在心里想想而已，这个想法是永远也不可能实现的。你跟人家一不沾亲二不带故的，怎么可能黑不说白不说地叫人家一个跟自己年龄差不多的光棍来家里吃饭？如果这样，岂不是自己给自己找是非？在农村，唾沫星子是可以淹死人的。现在想想，她真感到后悔，心里说，我那时怎么就这么听妈的话呢？我为什么就不能跟他私奔呢？那个《天仙配》里的七仙女不是这样对董永说，两人相爱苦也甜吗？

　　所以，别看万芹已是两个孩子的妈妈了，但她对张浩的爱还仍然是初衷不改，一直在心里日夜想着张浩。总是有意无意间拿张浩和自己身边的这个男人作对比。可不论怎么比，不论在哪方面，她都觉得，自己的这个男人不能跟张浩相提并论。特别是，当男人在她身上做着那事时，她只有在心里把他当成张浩，才能容忍他对她的折腾，要不，她是见他朝身上爬心里就烦。她也曾在心里多次劝过自己，算了吧，就这样安安心心地过一辈子算了。再好，人的一生不也就只有短短的几十年吗？更何况自己又已是两个孩子的母亲了，眨眼间，一辈子也就过去了。可万芹总觉得这种自己劝说自己的方法一点也不管用。要是不见张浩还好些，只要见了张浩，她那颗趋于平静的心立即就不平静起来了。不知是怎么了，也许正如古人讲的，是情人眼里出西施的缘故，她怎么看张浩，怎么顺自己的心，如自己的意。就连他那因为家里太忙，一天到晚来不及收拾的乱七八糟的头发，在她眼里都显得那么潇洒和有风度，也要比自己男人那油光可鉴、一丝不乱的头发好看得多。还有张浩那大气的钢笔和毛笔字，虽然没经过临帖和专门的锻炼，也显得那样的大气，给人一种气势磅礴的感觉。怎么比，他一点都不像自己现在的男人，什么字都写得跟小鸡崽挠的一样，怎么看他写的一笔一画，都那么窝窝囊囊的。总之，在万芹眼里，像张浩这样的男人才算是真正的男子汉。张浩身上的每个毛孔里都是优点，都是她心里喜欢的东西。

　　不用说，一个心里始终装着另一个男人的女人，这个男人的日子总是不会好过的。所以，万芹的男人也在心里非常苦恼，然而，这种苦恼又是说不清道不明的，特别是到了晚上，

当男人蹭到她身边，想要跟她做那事时，她更是一点也不感兴趣。要么，就是任他摆布，自己呼呼地睡自己的大觉；要么，就是显出一副非常不耐烦的样子，就像遇到了歹徒被逼着遭到强奸一样，两眼闭得铁紧不说，还做出一副龇牙咧嘴活受罪的样子。有时，嘴里还不断地骂着，讨厌，你真讨厌。更有甚者，男人的手这里还没碰到她，她就把身子朝里一扭，把个脊背给了他，把他弄得尴尬极了。好像她从来就讨厌男人似的。所以，在眼下这个男人的眼里，她好像是患了性冷淡疾病。而在农村，男人的这种苦恼只能憋在心里，就是再知己的人也不能诉说。如果说了，人家就会笑话你这个男人没本事，连自己的老婆都不能随自己的愿，你还有什么脸跟别人说？说了，人家还不从屁眼子笑你？你说，这种说不出的痛苦，憋在心里该是什么滋味？总之，这个男人自从跟她结婚以来，一点也没感到过家庭给他带来的温暖。所以，每当他看到电视剧里的许多男人把家庭说成是温暖的港湾时，心里就涌上一股莫名的悲哀。于是，就一边暗暗地流着泪，一边在心里说，我为什么从来就没有这个感觉呢？因此，他每次都看得眼泪汪汪的。按说，万芹的这个男人也是个死做死累的男人，跟一般群众家庭出身的男人一点也没有什么两样，一点也没有村干部子女身上的那种轻浮之气，可就是得不到万芹的爱，这事放在谁身上也是一件大之不幸啊。于是，对于这种苦恼，再从男人的嘴里说出来时，那就是他对妈妈的抱怨，他说，那时一说万芹时，我说人家不愿意，你不要再勉强，可你就硬是不听，就看人家长得好，舍不得人家，不分白天黑夜地朝人家媒人家里跑。又是送这又是送那的，恨不能把家里的所有财产都送给人家，硬拿东西去收买人家的心。可人家的心是说买就买得到的吗？可妈妈听儿子这么说，认为他是瞎叨叨，于是，就没好气地用手指头点着儿子的额头说，我说你讲这话，要是被外人知道了，遭不遭人家笑话？孩子都一两个了，还讲这八百年前的老馊话？你这意思不是说她跟你不好，不怨天不怨地只愿你自己，俗话说，老婆是用来哄的。为什么人家老婆都那么服服帖帖地听男人的摆布，也不知道你是怎么弄的。唉，你这孩子，也不知道叫我为你操心操到什么时候？我倒是哪辈子做的孽哟？你怨这个怪那个，咋就不好好地想想你自己，你这男人是咋当的？你的本事呢，平时听你跟人家说话不也是一套一套，又有条又有理的，你咋就不说说你自己？你看人家老万家，也就是万芹的嫂子，人家又是外地人，你也该知道，还是人贩子带来的，还是高中生哩。人家那女人，不是要人样有人样，要文化有文化？除了个子矮一点，哪一点也不比万芹差。一来时你也该知道，万芹他哥连她嫂子的边都不让沾，可眼下呢？人家不比谁都服帖？老太太说过这些，又指责起了儿子，你自己没有本事，别屙不下来屎怨茅厕，你这话是咋讲出口的？我要是早知道这样，你一辈子找不到老婆，我都不会问你的事！母亲说着，又用手指头在儿子的额头上狠狠地戳了两下，把儿子戳得一愣一愣地说，以后，我要是还听见你讲这些没良心的话，我非掌你脸不可！母亲说着，叹了一口长气，然后屁股一扭，一脚跨出门，到邻居家找人诉说儿子给她带来的冤枉去了。

可他们又哪里知道，万芹的那颗心是容易哄好的吗？

就在万芹的男人背着她跟她婆婆诉说她跟自己同床异梦时，万芹竟然来到了张浩家。其实，她为了怕遭外人闲话，是不想在大白天来看望张浩的。可她实在放心不下他，好像不来看看他，自己实在是放心不下。所以，她这里一放下早晨的饭

碗，连锅都没顾得刷，也没跟男人打声招呼，就径直出了门。

此时的张浩并没有像她想象的那样，像许多电视剧里经常出现的，一个人独自坐在屋里暗自发呆、流泪的场面。此时，他正坐在一张书桌边，一边抽着烟，一边在聚精会神地看着一本名字叫《木材加工》的书。

听见门口响起了咯噔咯噔的脚步声，张浩这才把脑袋从书上抬起来，然后再慢慢站起身，把眼睛对着门口看了看，不看还好，一看竟突然间愣住了，心也紧跟着情不自禁地跳了起来，脖子上的青筋都跟着跳了，自己都可以听得见，脸上也顿时火辣辣的。他就是做梦也不会想到，万芹会在这样的时候出现在自己的面前。张浩想，我这个现在连父母都没有了的，无依无靠还穷得叮当响的人，你万芹怎么还想着我？万芹两只眼睛静静地盯着发愣了的张浩，嘴张了张，想说什么没说出来，又合上了，只是在用眼睛跟张浩说话。而张浩眼睁睁地看着也在看着他的万芹，真是千言万语不知道从什么地方说起。所以，两个人就这样都愣愣地看着对方。尽管他每次见到万芹心里都不能平静，但这次却不仅是不平静，而是万分的激动。他怎么也想不到，他一个人在万分孤独和极度悲哀、最需要关怀的时候，万芹会来看他。于是，那天晚上他们在稻场上约会的镜头，又在他的脑海里自然而然地浮现了出来。尽管他们没有拥抱和接吻，可万芹那站在他面前一只脚一边来回踏捻着一块小石子，一边羞羞地向他倾吐爱意的情景，他今生今世永远也不会忘记的。张浩看着漫天的繁星说，我家的情况你也是清楚的，除了妈妈吃的药不缺，什么都没有，当然，最缺的还是钱。万芹说，我就记住了《天仙配》中七仙女说的一句说，是我自己情愿的。张浩说，你自己愿意恐怕你爸爸妈妈不一定愿意。他们怎么能眼看着你往火坑里跳？我有自知之明，谢谢你爱我的一片心。万芹说，我自己的事我自己做主。张浩叹了口气说，这话还是先不要说，看看你家里的态度再说吧。张浩还记得，那天晚上天上没有月亮，没有一丝云彩，漫天的星星，一颗挨着一颗，特别稠，就像万芹跟他挨得这么近。那天晚上，万芹穿着一身粉红的连衣裙，尽管是在没有月亮的夜晚，张浩仍然感到她是那么漂亮。她的身材是这么的匀称，曲线这么分明。身上还有一股栀子花的幽香直扑张浩的心脾，简直令他陶醉。两个年轻人在一起，身心都感到是那么的温馨，双方是那么的有吸引力。尽管都想有所举动，可农村人的沉稳和理智还是使他们保持了相当的距离，只能用文雅的语言来交流他们的爱意。尽管张浩理智地拒绝着万芹，可万芹仍理直气壮地说，我又不是不知道你家的情况，我爱的是你这个人，又不是嫁你的家。董永家还不是穷的上无片瓦遮身体，下无寸土立足地？可七仙女嫌他穷了吗？

就在他们正说着话时，忽然听见柴火跺不远处传来了有人走路的声音。这一对年轻人啊，谈情说爱怎么能选择在靠近路边的地方呢？瞧，这脚步声竟把他们吓得提心吊胆的。

他们又哪里知道，这脚步声竟是从万芹的姐姐脚下传出来的。原来，姐姐感冒了，是到李丽家看病路过这里的。由于乡村的夜晚很静，所以，他们说的话，全都灌进了姐姐的耳朵里。

张浩待脚步声离去之后说，我敢肯定，就是你愿意，你家里也绝不会愿意的。万芹在黑夜中把小嘴一嘟噜说，现在都什么年代了？张浩笑笑说，七仙女毕竟是人们虚构的，你要面对现实才对。初中课本里有篇课文不是有句话说，民以食为天

吗?说到这里,张浩不禁非常悲哀地说,我还是劝你好好地冷冷静静地想想吧,这可不是儿戏。

这时,不远处传来了妈妈喊万芹的声音,小芹子,洗脚水都凉了,你到哪里去了?

因为姐姐已经把情况完完整整地向妈妈做了完整的回报,妈妈这才找借口喊万芹回家洗脚的。

看这万芹那恋恋不舍地回家时的背影,张浩想,我跟万芹的事,只不过是镜中花,水中月罢了。

尽管他对这场所谓的恋爱是有足够的思想准备的,可在万芹真的要投入别的男人怀抱的那一天,他还是伤心了一场。在张浩的心里永远也抹不去的是,那天他们在稻场上的一场谈话和万芹的那身穿着。事后,张浩曾这样安慰自己,那只不过是万芹的一时冲动而已,更何况自己和她又没有一点故事。既谈不上什么情和意,更不能说是恋爱。连恋都还没开始,又怎么能说爱?眨眼间几年过去了,人家都是两个孩子的母亲了,人家还不早把这事忘得一干二净了?

当然,至于万芹给他的父母送葬,而且又分别给他父母吊了二百块钱的纸,这在今天已不是什么稀罕事,不但她这样,村里有好几家都这样。他认为他们之所以这么大方,完全是出于同情。像赵老师和李丽家,他们不但帮了钱场,还帮了人场。从父母办丧事一直到下地,他们都在操劳着。张浩想,人既然到了让别人同情的地步,就说明你已经是世界上最可怜的人了。把父亲送下地,张浩回来就想,我还年轻,不能就这么倒下去,一定要坚强起来,一定要振作起来,一定要混出个人样子来,把悲哀化作我发奋的动力。正是因为张浩有了这样的心态,所以,他才硬是坚持着打开了那本去年在去给母亲到县城里买药时，顺便在新华书店买的这本关于木材加工的书。他虽然满脑子都是父母那一张张慈祥的面容，但他硬是逼着自己把注意力转移到了书本上，以便用这种方法使自己早日从悲哀的阴影中走出来。他曾在心里不知多少遍地默念着一位伟人说过的那句说，活着的人好好地活着，就是对死者最好的安慰。

他在和自己的命运相争，在和自己的意志搏斗，在和孤独、凄凉、悲哀做着搏斗。

他早已发现这个地方方圆几十里的树木，本地没有什么人买，大都被外地的树贩子给买走了。这么丰富的原料，要是能就地办一个木材家工厂，利润一定是很可观的。他想办个木材加工厂。他眼下愁得不是什么技术，因为除了自己可以在书本上学习之外，在购买人家的机器时，人家厂家还会来人负责技术培训，所以，最缺的就是钞票。眼下，他正想找人把自己的想法谈谈。此刻，张浩正一边看着书，一边在想着找谁谈的问题。也就是说，他主要是想找个能听进他的话的人倾诉一番。

张浩无论如何也想不到这个一生中自己唯一的一个初恋，并且已经从记忆中慢慢地一点一点消失的情人，会在这个他最需要人关心和安慰的时候踏进他的这个已经算不上家了的门槛。

在张浩傻愣愣的目光的注视下，直到把万芹看得低下了脑袋，两腮涌起了两抹红晕，他才尴尬地手足无措地笑笑，声音颤抖着，说，你、你怎么来了？万芹这才羞涩地抬起头，带着同情的目光一边用手撩着搭在两边鬓角的长发，一边以娇嗔的口气问，怎么，我不能来吗？你要是不欢迎，我现在就走。张浩知道自己的话说得有点不合适，心里说，我怎么能这样问人家呢？你这样问，言下之意，不就是不欢迎人家吗？于是，赶

紧道着歉并解释说，你误会了，我不是那个意思，我是说，你在这样的时候来看我，太出乎我的意料了，我太感谢了。万芹心里当然明白他说这话的意思，那就是说像我这样眼下已经对别人没有了一点用处的人，你还能来看我，真是令人太难以置信了，但她嘴上却故意装作平静地说，有什么不可以的呢？一个村住着，天天低头不见抬头见，有什么可谢的？万芹说着就一抬腿跨进了门，一边扭头打量着那本摊开在桌子上的书本，一边故意没话找话地说，看来是不欢迎我来呀，怎么也不让我坐？说着，给张浩送去了一个温暖的目光。可张浩连看也没敢看万芹，故意把眼睛朝面前的一把椅子上看了看，并伸手把椅子推到了万芹跟前。在万芹落座的同时，张浩这才把眼睛朝她脸上瞟了一下，竟发现万芹还是那样的美，修剪整齐的短发衬托着的那张椭圆形的脸，透露着一种成熟的红晕，眼睛还是那样有神，小巧的鼻子下面的那张嘴巴还是那样的好看。身材还仍然那么苗条，那么曲线分明，该凸的地方凸，该凹的地方凹。要说有什么变化的话，就是变得比以前更有风韵了。要说以前的美是青春美的话，那么，她现在的美就是一种成熟的美了。张浩看得情不自禁地眼热心跳。他再也不敢看下去了，于是，便把目光投向了别处，又继续看着桌子上的那本关于木材加工的书。他为了掩饰心里的激动，哆哆嗦嗦地摸起放在书本旁边的烟盒子，把一支烟叨进了嘴角，点着火，慢慢地抽了起来。顿时，几缕烟雾漂浮在了他们的头顶上，给这屋里的一对男女罩上了一丝温馨而又温暖的气氛。张浩不由自主地抽缩了一下鼻翼，仍然有一股温馨的栀子花香钻入他的心脾。

张浩在一口一口地抽着烟。

万芹低着头，两只手在不停地揉搓着褂襟子。

几缕乳白色的烟雾在不慌不忙地缭绕着。

屋子里无声无息。

张浩没有了话。

万芹在找话。

女人的心总是最细的。她用眼角在张浩的脸上扫了一眼，他不仅比他父母在世时瘦了许多，而且眼眶也蒙着一层黑影，眼睛里也有一层红丝，头发间还有几根白发夹了在黑发之间。万芹看到这里，她本想说，你瘦多了。但她觉得这话要是说了，有点暧昧，只有对自己的晚辈或丈夫或最亲近的人才能说。于是，话到嘴边，又改为任何人都能说的空洞而又没有一点意义的话，你应该想开些，既然事情出现了就应该去面对，也许过段时间就会好的。张浩看了她一眼，不出声地叹了口气，又把目光落在那本书上，无意识地看着，故意用非常轻松的语气说，我想得开，不论他们陪我多长时间，他们总是要离开的。这一天早晚是要来的，谢谢你万芹，我会正确对待这件事的。万芹听了这话，鼻翼竟抽搐了一下，眼睛里已经在不知不觉间汪满了晶莹的泪水。声音低得蚊子似的说，你能这样想就好了。意思是，你能这样想，我就放心了。张浩见万芹这样，身上便有了一股暖意。他感到这话听起来是这么亲切，充满了亲情和关爱。是啊，自从父母去世以来，他才第一次听到这样的话。这话，对处在悲哀中的人来说，是多么使人激动和感激呀。一个人能由一个于自己毫无关系的人牵挂着，那是一件多么幸福的事啊。世上除了自己的兄弟姐妹和妻子在遇事时牵挂着自己外，其余的那就很少见了。张浩听了万芹的话，他是多么想扑进她的怀里大哭一场。但想归想，张浩连一点什么都不能表示，更不能有一点越轨的动作，哪怕一丝一毫都不

能。所以，他只能循规蹈矩地站起身，完全是一副光明正大的，以男儿流血不流泪的男子汉的风度，一边抽着烟，一边故意做出很潇洒的样子，来回踱着悠闲的步子，把眼睛朝外面悠闲地看着。他是在借此机会享受和消化着万芹的牵挂给他带来的那份温暖，并要把这份温暖彻底消化掉，让每个细胞，每根神经都吸收。当他又重新坐回到椅子上，借抽烟，缓解了一下发硬的嗓子，才向万芹说，我还年轻，我的路还很长，我怎么能老是笼罩在失去亲人的悲哀中呢？可说着说着，又说不下去了，于是，又赶紧把纸烟塞进嘴里，一口接一口地抽了起来。万芹用纸巾在眼上擦了擦，止不住地哽咽着，又说，我就是放心不下，所以，才想来看看你。张浩感到万芹的这几句话，是火，能融化坚冰；是春风，能使万物复苏；是生命的呼唤，能使人起死回生；是伟大的母爱，能使人奋发向上。

张浩情不自禁地抽泣了起来，身子在发抖。

万芹见他这样，又用目光在他脸上轻轻地抚了抚，那目光像慈母的手，把张浩抚摸得像喝得半醉那样舒服。万芹再也不敢看张浩，低着留着整齐短发的脑袋，声音低低地怯怯地说，我心里一直都在想着你。现在，你家遇到了这样令人意想不到的事，我就担心你是否能顶得住。所以，就由不得地想来看你，不看就放心不下。张浩当然明白这话是什么意思，于是，擦了擦眼睛带着感激的语气说，万芹，有你这句话，我就知足了。我真不知道怎么感谢你才好啊。他不自觉地又把话题扯到了以前，他说，你那时就是再爱我，我也是不可能同意的，我怎么能眼看着你往火坑里跳呢？张浩看着自己的鞋尖说，有你这样一个一心想着我的人，我真是自豪和欣慰，真的。张浩说着，抬起头，用泪眼望着万芹。万芹也用泪眼望着他。两双泪眼就这么对望着，两颗心在无声地交流着。

张浩毕竟三十多岁的人了，他知道在这样的时候，他就是对万芹做出点什么来，她也不会拒绝的。但理智使他再不可能做出什么。从她的话语里，他已经从她的眼神里看出，她是带着什么目的来的，在一定程度上，既是给他送关怀，也是送爱来的。因为，她知道，他这时最需要的就是这两样最宝贵的东西。她当然希望张浩能对她做出点什么来，这样也可了却她多年的一个日思夜想的夙愿。但张浩想，他绝不能玷污了这份难得的情意，这份温馨的爱。把这样的爱还是保存在心底最好，随时都可以拿出来品味。他觉得，如果自觉稍微越了点轨，全村人都有可能指着他的脊梁骂他不是东西。同时，万芹婆家的一家人也都是好人，在父母相继去世期间，公公和婆婆也曾来流着眼泪安慰过自己，公公说，这个坎总会迈过去的，有什么困难只管找我。婆婆流着泪拉着自己的手说，孩子，你是命里该遭这一劫，是老天爷安排好了的。以后就会慢慢好起来的。古时候好多贵人不都是先苦后甜的？想着他们的话，心里说，他们都是多好的人啊。想到这里，张浩的情绪就完全平静了下来，呼吸也均匀了，说话的语气也平静了。万芹见张浩一点想有什么的动机也没有，也就自然跟着平静了下来。于是，张浩便一边抽着烟，一边向万芹说出了自己要办木材加工厂的打算。万芹听了，高兴得两眼放着光说，好呀，没有本钱不怕，我会去跟俺那个会计公公说，他经常跟信用社的人打交道，只要有他的支持，你的这个厂子一定会成功的。张浩听万芹这样竭力支持，也非常激动地说，你跟刘叔先说说看，他老人家要是支持的话，这事就成功一半了。万芹把她那饱满的胸脯一挺说，你放心，这事就包在我身上了。张浩听万芹把话说得这样

坚决，连忙把手朝万芹伸了过去，想拉住她的手狠狠地握一握，以表示一下他的感激之情。可当他的手伸到万芹的面前时，突然想起屋子里就这么两个孤男寡女的，要是被外人看见了，还不知道又要生出什么是非来，于是，又立即把手闪电般地缩了回来。

见张浩能这样快地从万分悲痛的阴影中解脱出来，万芹想，我也算了却了一个心愿了，我也可以放下心里的牵挂了。因此，精神也变得好了起来，高兴地走出了张浩的家门。

见万芹的精神比以前好了，万芹婆家一家人的一顿饭也就吃得比任何一顿饭都愉快。万芹的男人见女人的脸色今天这么好，并且还有说有笑的，还给他男人夹了块鸡腿，比以前多吃了一碗。吃着饭，万芹便随口提到了张浩要创办木材加工厂的事。公公刘会计听了，停下正咀嚼着的饭，把两道眉毛扬得高高的，满脸微笑地称赞说，好呀，这可是大好事嘛。乖乖，这孩子脑子好使。瞧，我们这地方这么丰富的木材资源，这么多年就硬是没有人想起要办木材加工厂，白花花的票子硬是叫沿海的那些小蛮子给赚去了。老会计说着说着，便又发开了牢骚，我们这些当官的，整天就知道吃吃喝喝，不是跑官要官，就是想着法子利用手中的权力捞老百姓的油水。唉，这世道真他妈的一点也不像话！万芹等公公发完了牢骚，便说到了张浩办厂的资金问题。带着娇嗔地口气说，爸，你既然说这个办法好，你可得帮他一把哟。公公一边吃着饭一边点着头说，那当然，那当然，一定支持，坚决支持。见公公的态度这么坚决，万芹又紧追不放地说，爸，你看他一个可怜吧叽的人，你打算在资金上怎么支持他呢？公公说，当然得找信用社了。我明天就跟信用社的朱主任联系一下，我想，我好歹也跟他同桌子喝几次酒，又帮别人担保过贷款，并且还替人给他送过礼。我想借个几万块钱，该不会不给点面子吧？见公公对这事这么热心，万芹又奖励给公公一个灿烂的笑脸，甜甜地叫了一声爸说，你真好，你的心什么时候都是善良的。公公被媳妇夸得也是一脸的阳光，于是，伸手夹了一筷子菜放到嘴里说，我要不是不会上扒下踢心太软的话，可能早就不至于当这个会计了。那年村里换届选举时，乡里的一位副书记都跟我谈话了，说要我接这个村的支部书记，而且还大包大揽地说，只要我愿意，这事就交给他了。他跟我说这话的意思，我非常明白，那就是要我向他进贡。我想，我又没有本事带领群众致富，也不想花钱去买这个支部书记，就硬是没买他的那个账。你猜在选举时怎么样？尽管我在选举时得了满票，可最后还是只给了我这顶会计的帽子。这不，这顶帽子一直在我头上戴着，今年都二十三年了。听到这里，万芹说，您老人家在村里，人人都夸您老是老好人。刘会计听了媳妇的夸奖，又得意地说，我要不是好人，你能给俺老刘家生一对聪明可爱的孙子、孙女吗？

没想到，就在万芹正跟老公公说他的事时，张浩却来了，而且手里还拎了两瓶本地产的贡酒。刘会计看着张浩手里拎着的酒瓶，说，你这孩子怎么能这样呢？不要拿你看社会的眼光看你刘叔，你要是把我也看成跟那些给人家办点事就想得到好处的人，你就错了。老刘说着说着，脸色就严肃了起来，我跟你说，这事，八字还没一撇，你就给我来这一套，值吗？这不，万芹正跟我说着这事哩。张浩，我跟你爸关系都不错的，再说，你现在这个样子，我能忍心喝你的酒吗？老刘只把张浩说成你，而没有说你家，因为老刘毕竟是有知识的人，所以，在说话方面非常讲究分寸。张浩微笑着，把酒放在上边的条

几上，说，不说这事，就凭您老人家在我爸妈去世时操那么多的心，我也应该送两瓶酒给你喝。再说，你又是我的长辈，喝你这个侄儿送的酒还不是天经地义？老刘心里说，这孩子真会说话，把我说得都快没有话讲了。好像他送酒的理由蛮充分似的。嗯，这样的人能办事，也一定能办成事。但嘴上却说，等你的厂子成功了，手里有了票子，请我喝几盅还差不多。张浩坐在万芹递过来的椅子上，接过老刘递过来的烟，点着，抽了一口，笑笑说，刘叔，这不是我的一点心意嘛。刘会计以长辈之居，乖了一声，说，不说这些了，说说你办加工厂的事吧。张浩便说了他的打算，他说，我算了一下，厂址就用我家的那几亩地，完全够了。刘会计说，很好，能省下不少钱哩。又问，你的启动资金得多少，你算了吗？张浩说，我看连购买机器，暂时有五万也就可以凑合了。他接着又说了销售情况，我在网上已经看了，现在木板的销售情况非常好。所以，货物不会积压。这样，我也就可以用碟子翻烧饼的方法进行生产了。刘会计一边听着，一边嘴里不停地嗯着，心里却说，这孩子是个干事的人。

刘会计听罢，点着一支张浩递过来的烟说，这样，我明天就跟信用社联系，看能借多少就先借多少，先生产着才讲。必要时，只要万芹没意见，我看把我家里存的那两万多块钱，也借给你先用着。听了刘会计这话，张浩不仅感动万分，就连万芹心里都非常感动。两个人都在心里说，老刘真是个无私而善良的好人。于是，万芹故意白了公公一眼，有点撒娇地说，我这晚辈什么时候不听您老人家的？有句话不是说，小孩不听大人言，吃亏在眼前？刘会计见媳妇这样会说话，高兴得哈哈大笑着说，张浩啊，你看俺家万芹多好。你说能娶到这样通情达理的好媳妇，刘叔我能不高兴吗？刘会计说着，便站起来很惬意地伸了个懒腰说，张浩，你还年轻，只要你有这份干事业的决心，你将来什么都不不会缺的。只不过我但愿你也能娶上一位像我家万芹这样的好媳妇，那样的话，在九泉之下的你妈你爸也就放心了。到那时，你刘叔我可是一定要喝个酩酊大醉的，啊？张浩开心地笑着说，刘叔你就放心吧，真到了那一天，我一定会把你喝得睡上几天几夜的。万芹见公公这样支持张浩，心情也就自然非常愉快。晚上，当男人再去碰她时，她一点也没有拒绝。不过，在她跟男人做爱时，心里总还是想着张浩，竟然把上面的男人不自觉地当成了张浩。当她见自己的男人非常满足地从她身上翻下来，在一旁呼哧呼哧地喘着大气时，她问自己，我的心为什么老是在张浩身上呢？这到底是爱他，还是同情他呢？我以前也并没有像现在这样，日夜想着他，也就是最近才这样的。于是，她只好自己回答自己说，也许是同情心在作怪吧？

　　第二天，刚吃过早饭，张浩就来到了刘会计家，说要跟刘叔去信用社借贷款。刘会计说，不着急，我先去了解下情况，回来再说。刘会计说，别说是借几万，就是借几百，你不跑个几趟，也别想把票子拿到手。说着说着就又骂开了，现在的社会，办什么事就这样，反正是尿憋在你肚子里，你急他不急。一个个都是属狗屁衙门的，只进不出。有好处的事，他不仅给你办，还给你办得快，甚至都能心甘情愿地给你当小鬼，当孙子。你要是去存钱，他见了你就像接大爷，眼睛都放绿光。你要是问他们借，就像割他们身上的肉，眼珠子都喷火，一个个全都拉着脸子，就像借了他们的米，还了他们的糠一样，全都

绿地文学丛书

好像对你怀有着深仇大恨似的。你没看他们的存款和取款，单子都是两样颜色。存款时是绿的，跟他们的眼珠子一个颜色，取款是红色，也跟他们眼睛一个样，这就叫看人家拿钱，他们眼红。刘会计又说，你想，自己取自己的钱他们都这样，你去问他们借，他们能顺顺当当地给你？张浩听了刘会计的一番高见，笑笑说，刘叔，听你这样说，我就不必要跟你去了？刘会计说，等我搞个差不多才去。唉，现在这个世道，看不惯也没办法。说着，眉头便朝一起皱了皱。张浩听刘会计这样说，也只好听他的。

说着话，刘会计便推出了摩托车。当刘会计正在发动摩托车时，张浩顺手从口袋掏出两包红黄山，朝刘会计口袋里塞着说，昨天的酒你不要，这烟你该拿着吧？刘会计看了烟盒子说，你这孩子的心可真细。把纸烟装进了口袋，又说，乖乖，这可是十八一包哩。这一包烟可就是二十多斤小麦哩。

万芹站在门口看着公公一边发动着摩托车，一边眉飞色舞地说，爸你真没出息，就会在小事上斤斤计较。公公笑笑把一条腿跨上车，说，所以，你爸这辈子只当了个小小的村会计。说着，摩托车便离开了门口。张浩看着远去的摩托车，回头看了一眼万芹说，刘叔真是个好人。万芹朝张浩送了一个媚眼说，有我这个媳妇，他能不好吗？张浩也开心地说，是呀，军功章有他的一半，也有你的一半呀。听了这话，万芹又在他脸上瞄了一眼，嘴里咕噜了一句，到时别把我忘了就行。张浩见了万芹的媚眼和听了她的话，身上不禁一热，赶紧离开了这里。

张浩一边走着一边想，这人啊，也许一出生老天就安排好了，要不，万芹怎么就嫁了刘会计这样好心肠的人家？我这事要不是遇到了万芹和刘叔这样讲情讲义的人，就是想得再好，也只能算是一个白日梦。

　　当刘会计的摩托车来到村头时，正好遇上了村长吴标，问，会计干啥去？刘会计停下车子说，到信用社有事去。吴标递支烟给刘会计，又点头哈腰地给他点上火说，欠人家芙蓉饭店的钱，今天我还没起床老板就把我堵在了屋里，你看能不能给人家一点?刘会计又把手松开离合没好气地说，要说我手里有钱的话，也只有上面才拨下的那笔钱，可那是上面退给老百姓的减灾款，我能敢动？说着，就一阵风似的朝前驶了出去。看着他的背影，吴标狠狠地在地上吐了口唾沫，骂道，胆小鬼！心里说，要不是他妈的乡里个别人说你群众基础好，不同意换你，我早就把你拿掉了。他妈的，也不知道那几个老干部到底得了他的什么好处，什么事都总是护着他，关键的时候总是帮他说话。瞧他那个肉头样，我想他也不会给你们什么好处的。也不知他可是仗着这几个给他说话人的势力，从他手里要一个钱比吃屎还难哩。

　　刘会计一边骑着摩托也一边在心里骂着吴标，妈的，你也不知道都为老百姓办了些什么事，一天到晚就知道吃吃喝喝，脸上没有一天是不带酒色的。见了乡里来的干部，比见了亲爸亲妈还要亲，甚至乡政府下来一条狗，你恨不能都要喊它一声兄弟姐妹。有几个乡里下来蹲点的干部，为了蹭饭吃，单等快到晌午了才下来，明知道他们屁事没有，却也要把他们带到饭店里大吃大喝，一个什么企业都没有的穷村子，能经得起他们折腾？你吴标一天到晚就知道问我要钱，好像儿子问老子要钱一样，就知道伸手，也不想想我这里可有钱？妈的，我就知道你跟他们喝长了，还是要你吃不完，兜着走！

当刘会计来到信用社门口时，见朱主任坐在他的主任室里，正在跟一个胖子在数着桌子上放着的好几捆票子，看样子不少，有好几十捆子。而且都是崭新的，随便拿一张都可以当刀子用。看到这里，刘会计不禁在心里感叹道，钱真是个说不清道不明的东西，它既能为人造福，也能害人。这个社会，没钱就寸步难行，但一旦有了钱，好多人又要为他付出代价，甚至生命。看到这里，刘会计心想，这个时候是不能进去的，如果进去，就说明自己太不识相了，太没见过世面了。于是，便停在了门口不远的地方守株待兔。但人都有好奇之心，他站在了距离门口不远的地方，只要把眼睛对屋里一瞥，还是可以看清里面的一切的。于是，刘会计为了打发这段时间，就抽起了烟，一边抽着烟，一边把眼睛不断地朝屋里瞅。刘会计抽着烟想，你这个朱主任也真是，怎么也不把门关上呢。想想又不对，正是上班时间，怎么能关门呢？再说，人家就是要跟这个财神爷表示什么，比如送个红包什么的，也只不过一眨眼的工夫。想到最后，刘会计自己跟自己笑了笑，心里说，人家不关门是对的。

就在刘会计正在心里有事没事胡思乱想着的时候，又见胖子一边用他那小棒槌似的指头点着票子，一边在小声地说着什么。在数完那些票子的时候，胖子便把屁股轻轻地从椅子上一抬，脖子对着朱主任坐着的那张桌子里面，胳膊一伸，便顺手把一捆子票子塞进了朱主任的抽屉里。朱主任眼睛亮亮的，低头看了看票子上面微笑着的几个老人头，脸上也带着跟那几个老人一样的笑容，跟胖子的手在那捆子票子上来回推辞了几下，被胖子用手轻轻地往票子旁边一拨，便毫不费力地把他的那双看起来很有力的大手给彻底拨到了一边。胖子看着被拨到桌子一边距离票子不远的地方的大手，说，弟兄间是谁跟谁？只听朱主任笑笑说，不好意思，真不好意思。于是，朱主任的那只手便乖乖地从桌子上移到了下面的抽屉边，轻轻地一用力，就把抽屉合上了。那捆崭新的老人头的所有权就非常合法地归属了朱主任。胖子见朱主任关上了抽屉，才把那些通过合法渠道贷来的票子，冠冕堂皇、不慌不忙地，一捆一捆地装进了一只皮包里。

刘会计看着朱主任的办公桌上发生的故事，心想，现在的好多干部对什么都可以马虎，甚至对女人和情人，都可以不去计较，可以天天入洞房，夜夜当新郎。换女人就像换脚上穿的袜子，一天换一双，穿了就扔。可他们对钱向来是认真而又认真的。刘会计清楚地看见，在朱主任即将把抽屉关上时，唯恐那些票子有假似的，眼睛还在那捆票子上连连瞅上几眼哩。刘会计曾听别人说，我们县的那个已经在监狱里生活的教育局长，有一个教师为了调动，送了三千块钱给他。其实，也就等于是拿这三千块钱去买他的那三个字。因为人家早已找好了接受单位，只要他大笔一挥，把自己的大名落在纸上也就万事大吉了，就这么省事的一个简单程序。可在样的情况下，别看人家的那个实在不敢叫人恭维的几个字，这时却比好多书法界的名人，对字还要吝啬，还要惜墨如金，属下们要想轻易想让他把那几个字赐给你，哪怕就是再好的朋友和同学，你要是不花代价，那也是不可能的了。了解他内幕人都知道，他写的书法可是狗屁不值钱，看了叫人都会叫人皱眉的，每个字都写得伸胳膊蜷腿的，就是文盲看了都感到眼睛不舒服，可那几个字一旦组成了他的名字，就一字千金，甚至一字万金了。再说

那个送了三千，要卖他大名的教师，唯恐直接把那几十张票子不加一点包装地送给他太扎眼，双方都感到不好意思，于是，就把钱装在了信封里。没想到人家把钱亲自递到他老人家手里时，这位老兄当时就迫不及待地把那几十张崭新的票子从信封里抽了出来，脸上也显出了极其认真一丝不苟的表情，就像学生在做试卷一样，把一张张老人头拿在手里，对着头顶上耀眼的灯光检查了一遍，又检查了一遍，前两遍是在检查票子的质量，看看可有假货，第三遍才把票子放在桌子上，把票子一张一张地码一起，这边磕磕，那边磕磕，就像每天自己对着镜子整理自己的形象一样，待那些票子被他整理得满意了，才又重新把它们放在桌子上，之后，两只手便放在那些票子上，按了又按，就像怕那个送银子的教师再反悔似的，连连按了两次，直到把那些票子按得全都俯首帖耳地挤在了一起，然后又认真地看了看那个坐在他对面的教师脸上的表情，发现他既没有恐惧，也没有惊慌。局长大人又通过一番认真地察言观色，了解到确实没有假货，才认真地用两个也许是因为数票子而磨细了的纤纤细指，一丝不苟地数起来。他这个认真劲，谁见了都不能不为之而动容。如果中国的所有干部为群众都这么认真地办每一件事，我们国家该早已就实现了中央提出的中国梦了。而这位教师亲眼目睹了这个局长的这种踏实、细致入微的工作作风，他不但感动得脸上发烧，连心脏都加快了速度。这位教师不得不在心里称赞局长大人道，真不愧是教师出身的局长！这是那位教师看到这一幕之后，身心大受感动，事后亲自跟他的同行们说了。同行们听了，虽不能亲眼目睹局长大人一丝不苟的工作作风，但也都不禁一个个都在心里对他老人家赞叹不已，表示受益匪浅，一定要把局长的这种工作作风运用到教学

34

工作中，以为国家培养出更多的栋梁之才。

刘会计想想人家那位局长大人，再看看屋里这个面皮白嫩的朱主任，刘会计不能不在心里情不自禁说，真不愧是个业务出身的干部啊。

就在刘会计也在为朱主任大发着感慨的时候，胖子便把那只用票子塞得鼓鼓囊囊的皮包夹在了胳肢窝里，从椅子上抬起肥胖的屁股，里面的朱主任也像胖子的影子一样，贴着他的屁股站了起来。胖子抬步向外走，他也向外走。仿佛胖子身上有磁场在紧紧地吸着朱主任。胖子把手向外不停地画着弧说，你有你的事，自家弟兄，客气什么？朱主任弥勒佛似的微笑着说，你金老板可是我们单位的财神爷，怎么有不送之礼？你来我这里贷款是看得起我老朱。呵呵，有时间，我们弟兄再聚聚？老朱呵呵地笑着说，那当然，呵呵。那个称金老板的也呵呵地笑着说，别管了，我还是让你老人家享受一条龙服务。朱主任暧昧地笑笑说，一条龙就免了，有几个环节是不能再享受了，别把我这条老命给搭进去了。

朱主任送过客人，刚要转身回屋时，一扭头看见了刘会计。凡是在官场上混的人，大凡对人都非常客气。用农村人的话说，就是不摆架子；用文人的话说，就是平易近人。也许他们认为，凡是来这里的人，都是要有求于他们的，而要求他们办事，是不会不在求字上做文章的。不然，古人在造这个求字时，为什么要在它的头上加上这么一点？这一点是什么意思，说穿了，就是要根据需要给他们送上一点。至于这一点到底是多少，那么，就看你办的事情有多大了。这个点是有一定比例的，是相对的。大事，那一点就大，小事，那个点就小。那热情，那笑脸是你求他的一个台阶。就像妓女在卖身时一样，

如果她们见了男人不先送一个媚眼给你，那么，她们还怎么能对男人还有吸引力，还怎么能使男人们想着她？只有你想着她，她才会有利可图。其实，朱主任此时的表情，也可以完全把她看成是跟那些站在街边的妓女是一类。朱主任这里一见到刘会计，脸上立即就爬满了和蔼可亲的灿烂笑容，还没等刘会计反应过来，就一把捞住了刘会计的手，像见了多年没见的日思夜想的情人一样，这一只手才把他的手抓在手里，那一只手也就眼疾手快地跟了上去，两只手一对一地一边摇着一边说，稀客，稀客，是哪股香风把你老人家给吹来了？屋里坐，屋里坐。说着，一直把刘会计拉到屋里才松开。现在，究其原因，我们可以更清楚，这个久经官场和各类人物都打过交道的人，为什么见了刘会计这么亲热呢？因为他见他头上戴着村干部的帽子，是村里的大总管、财神爷，村里所收的各种费用都在他手里。

不久前，朱主任参加了乡里召开的村干部会议。

在会上，乡主要领导明确表态说，这次为各村计划外超生小孩上户口，为了调动各村广大干部的积极性，对于征收的计划生育抚养费，无具体标准，我们只是给个大致框子，那就是，每超生一孩，根据其家庭情况，最高限额为五千，对于家庭确实困难的，而超生又多的，像这样的户，你们就只看着办了。那就是要采取灵活机动的战略战术，以把票子拿到手为原则。总之，我们既要能使那些超生户拿得出，又要使他们愿意拿。主要领导说，我们已经对各村的超生情况做了粗略的统计，平均每个村大致都在五十人左右，平均按四千元计算，这次就可征收二十万左右。主要领导又说，你们心里也不要打鼓，不要认为这钱全是我们乡里一把抓，那也就是像以前我们做的那样，我们得大头，你们得小头。你们认为不解渴，才对这项工作做的吊儿郎当。所以，我们的这项工作就一直上不去。我们的工作跟其他乡镇相比，是落后了一大截，我也没少挨上面领导的批评。主要领导说到这里，惬意地点着一支烟，抽了两口，朝台下扫了一眼，笑容可掬地说，我这人反正也是老脸皮厚，挨几句批评也不能把我批掉一块，再说，我今年也已经五十大几了，秋后的蚂蚱，在这把交椅上也蹦跶不了几天了。但别看我已是夕阳西下，我还是想在我离开这把交椅之前，为我们全乡广大的曾经大力支持过我的弟兄们，给予一点回报。这时，台下突然间响起了雷鸣般地掌声。领导说，当然了，我的这个回报，也是和我们目前的形势相一致的，那就是我们的经济建设！说到这里，他自己先笑了起来。又把纸烟放在嘴角抽了几口，才忍住笑说，我可不管什么大建设，小建设，一句话，那就是钞票！这年头，不论干什么，总都是离不了一个钱字。朱主任这时看见，所有在座的听众，听领导讲得这么实在，这么山上掉石头，石（实）打石（实），一个个脸上不但大放光芒，而且那光芒里还隐隐透出了层绿色，有的连眼睛都绿了。所以，我说的回报，归根结底还是要在这个钱字上着眼。怎么着眼？他把手在桌子上一拍，说，我这次就是要打破县里的那个所谓的三七分成的条条，把它变成五五分成，也就是说，军功章有我的一半，也有你们的一半。这时，台下又响起了一阵疾风骤雨般地掌声。待掌声一停，领导又说，弟兄们，县里给我们乡批了一座计生大楼的项目。听起来是好事，可按照要求，需要二百万呐。可上面就给我八十万，其余的一百二十万叫我怎么办？难道让把屁股噘给人家踢吗？可我就剩下一把骨头的屁股能踢来钱吗？再说，我又是个男人，本

来就卖不了钱，你说我怎么办？我这也是走路尿尿，心里急呀。所以，我才想了这样的办法。台下没有一点响声。领导说，你们的日子比我好过呀。你们可以用这钱吃喝玩乐，潇洒走一回。可我要拿这钱来建大楼呀。而且还得在年底竣工，不然，还要拿我的帽子试问。大家想，我熬了大半辈子才弄了这么顶帽子，能舍得再拿出去吗？台下传出了一阵爽朗的笑声。所以，为了我的大楼，也为了你们的潇洒，用眼下时髦的话说，我们这次一定要实行双赢！台下又是一阵震耳欲聋的掌声。领导又续上了一支烟，情绪高昂、充满了激情地说，我顺便再说一下，其实，我在说着活人的时候，不该再说死人的事，听起来好像有点别扭。但好在是为了一个钱字，也算是没有跑题。你们各村的火葬问题，你们都跟我打马虎眼，瞒报现象极为严重，说句不好听的话，有点得寸进尺。明明是死了十个，却回报说只死了五个，我本来就跟你们是睁一眼闭一眼的，可你们还要不知足，罚的钱还不够你们花的？要想追你们，你们能瞒住吗？希望以后自觉点啊？我要不是实在急得没有办法了，也不愿意跟你们说这话。

就在即将散会时，信用社的朱主任站在自己的座位上说，我希望各村收的钱都能存在我们信用社，支持一下我们的工作，谢谢大家了，啊？主要领导这时也把话筒重新捂在嘴边，把朱主任的话又重复了一遍。

所以，对于刘会计的到来，朱主任认为他是来存钱的。而世界上又有几个见了财神爷不亲热的？

刘会计的屁股才落在椅子上，朱主任就把纸烟掏了出来。刘会计接到手里才看见原来竟是硬盒大中华。刘会计把烟叼在嘴里，心里却说，一个小小的信用社主任也能抽得起这样几十块钱一包的大中华，真是令人不可思议。朱主任见刘会计的眼睛老是看纸烟上的商标，笑着解释说，这可是刚才那位金老板临走时给的。刘会计这才笑笑说，还是老板厉害。你就是打我几下子，我也舍不得掏几十块钱买一包这样的烟啊。朱主任说，金老板可了得，人家搞长途贩运，哪一年也要赚个一二百万。人家去年年终，一下子就在我们信用社存了五百万，我们信用社的效益在县里的排行榜上一下子就排了个第一。一下子就给我挣回了十万元奖金。刘会计问，他刚才怎么又来你这里贷款？朱主任说，他的资金暂时都占在了货物上，乖乖，还是人家牛气，我们全乡的小麦全被他一个人收购了，只不过暂时在我们这里周转一下。像这样的客户，别说贷个十万二十万的，就是贷的再多，我们也会满足他。人家这是看得起我，我还真怕他老人家不在我这里贷哩。刘会计心里说，人家要是不在你这里贷，你刚才怎么能一下子朝抽屉里塞进去一捆子票子？什么奖能有这样的奖金高，既不要费力，也不要操心，大笔一挥，奖金就到手了。

　　也是说者无心，听者有意。于是，刘会计问，他贷这么多，你临时就给他办了？朱主任说，那当然。这样的财神爷，我们能不临时给他办？按说，这么大的数字，应该先经联社批过，还得经过考察和担保才行。但凡事都有个特殊情况，那就是特事特办，因此，对这样的客户，我们就理所当然地特事特办。这叫做先办事，再履行手续。朱主任又啧啧地称赞说，人家老金才正是我们真正上帝哩。这样的上帝，我们可是时时刻刻都在关注的。听到这里，刘会计想，信用社也嫌贫爱富呀。就在朱主任正和刘会计说着那个金老板的时候，门口进来一位穿着一身灰不拉几的旧衣裳，肩膀上还烂了一个口子的老

头，胳肢窝里夹了一只化肥袋子，站在门口，围满了皱纹的一对眼睛朝朱主任不满地瞪着，没好气地问朱主任，我说朱主任，我为了这几百块钱都跑了四趟了，该担保的担保了，该办的手续都办了，今天怎么又说明天才能拿到钱，你说这到底什么意思嘛！等这几个钱拿到手，我那几亩地的稻子也不要上化肥了。朱主任也把脸子一拉，眼珠子一瞪，以牙还牙地说，我们是按章办事，说你拿不到就是拿不到。你上不上化肥，那不是我们的事。我们信用社又不是专为你家开的。老人在这里没讨到好话，只好又悻悻地走了。老人一边朝外走着，嘴里一边不住地嘟囔着说，唉，还是穷人难混，我要是来存钱的，你们见了我还不跟接大爷一样接着？唉，没想到，现在手里有点权的人都是这样？报纸电视把你们都吹上了天，没想到我们老百姓来到这里，还仍然是拿热脸蹭你们的冷屁股，你们这些当官的，什么时候才能不说一套做一套啊？

看了这个场面，刘会计在心里把朱主任对金老板和这个老人的态度不自觉地进行了比较，不禁感叹着，这人都长着一双眼睛，可这眼睛看人怎么就不一样呢？一个是什么特事特办，一个是跑细了腿，这世界到底是哪里出了问题呢？

当刘会计正在心里感叹着的时候，朱主任把两只肉眼泡子一眯缝，说，看来这次我们社有你们各村的支持，我这个社在全县达标还是稳操胜券的。朱主任说到这里，把身子朝后一仰，肥胖的脑袋朝椅子上一放，两道半截眉毛又朝上一挑说，你们村的抚养费都收到位了？有几村收的钱都进入到村里的账户了。刘会计笑笑说，对这方面的钱，我是从来不沾的，历来都由计生专干拿着。朱主任这才点点头也笑着说，我知道，你那个吴村长跟那个有几分姿色的小女人有一腿。朱主任这才像突然想起了什么似的说，哦，你不是来存钱的？话音还没落，脸上刚才那弥勒佛似的笑容就不知不觉地在消失了。朱主任也不知是忽略了，还是什么原因，竟然连理也没理刘会计，就把一支中华烟独自叼在嘴里，点着，有滋有味地抽了起来。

凡是抽烟的人都知道，有个不成文的规矩，如果你仅有一支烟，可以谁都不给，但要向在座的显示一下你确实就这一支烟了，在这种情况下，你这唯一的一支，当然你就是给其他人，其他人也绝对不会夺人之爱的。所以，这时候，要么你就声明说，我就这一支烟了，对不起啊。说过之后，你就可以把这支烟叼在嘴里了。要么，你就把空烟盒子朝桌子上或地上一丢，再把那支烟叼在嘴里。这样以来，谁也不会有任何什么不礼貌的想法了。而这个朱主任，此时这样不管不顾地从烟盒子里抽出一支烟叼在嘴里，把刘会计晾在一边的做法，就不能不使坐在朱主任对面的刘会计产生想法了。心里说，你这个大主任也是个在社会上有头有脸的人物，看上去也长得道貌岸然的，信用社门口整天也挂着什么信用社是群众自己的银行的醒目的大牌子，一尘不染的洁白的墙壁上也用鲜红的大字写着，信用社是老百姓的靠山；有困难哪里去，信用社里救你急。你写这些都是给谁看的，是给老百姓看的，还是给上级领导或者是记者看的？刘会计看着朱主任嘴里冒着的缕缕烟雾，想想那墙壁上写的鼓舞人心的大字，以及这位大主任在公共场所所说的话，他真不敢想象这个坐在自己面前，长得方面大耳的人竟是个这么浅薄，这么个重利轻意的人。信用社有这样的领导，它的信用又在哪里呢？也许对像金老板那样的人守信用，对有权的人守信用，除了这两种人，还对谁守信用呢？

一时间，两个人没有了共同的语言。

屋里只能听见香烟燃烧的哧哧声。

朱主任这时从椅子上抬起了脑袋，伸开两条长长的女人一样细腻的胳膊，脸朝上一仰，张开满嘴被纸烟熏黄了牙的嘴巴很响地打了呵欠，合上后，又吧嗒了两下，像是在很有韵味地回味着什么。然后，又低头看了看手机的显示屏，之后，便把身子朝前一趴，下巴朝桌子上一放，便看起了面前的那张报纸。朱主任这一举动其实是在向客人暗示，你可以离开了。而刘会计却一点也不识趣，坐着没动。见刘会计没有一点要离开这里的意思。朱主任就在心里说，你这个人真是太无聊了，你又不是来存款的，干嘛老赖在这里？我刚才对你的热情简直都使我后悔，你一不能给我拉主顾，二又没有大批的款子朝我这里存，我干嘛要热情招待你？真是个眼里没有水的人，还能非要我开口赶你不行？刚才我那支烟真是给你抽可惜了。朱主任想到这里，眼睛看着面无表情，眼睛在愣愣地看着墙上"一切为了群众"，"人们信用为人民"大幅标语的刘会计，便张开了满嘴黄牙的两片嘴唇，刚要问他到底有什么事？可还没等他把话从舌头上吐出来，刘会计便从墙上收回目光，又把那带有一定芒刺的目光在朱主任的脸上停了停，笑笑问，财神爷大人，你也许是认为我没给你送大笔存款，给你这财神爷增加收入，心里不欢迎？特别是增加收入这几个字，完全是一语双关，既可以理解为信用社增加收入，也可以理解为为个人增加收入。刘会计的话，听起来像是开玩笑，但钻进朱主任的耳朵里，每个字听来却都显得很有分量，似乎都沉甸甸的，刺得他身上和脸上都发热，似乎还有点疼。对于这样的话，就是再老谋深算的人也没法回答，所以，朱主任只好尴尬地笑笑，心里说，这个人，我虽然除了跟他同桌子喝了几次酒外，没跟他打过什么交道。看起来呆头呆脑的，没想到他说出来的话，真咬人。于是，朱主任便在心里告诫自己，对于这样有棱角的人，还真要注意哩。据他多年的经验，这样的人，既然能直言不讳地把我的冷淡说出来，就说明他是个什么都不怕，并且还是个很有个性的人。朱主任突然想起了关于他的一件事来。他就是前年，因为村长不顾上面的政策擅自加大群众水费，而直接写信给报社的人。想到这里，身上打了个激灵，在心里吃惊地说，乖乖，这样的人还真不能得罪哩。要是因为今天的慢待而得罪了他，他要是也给我来一封举报信，给我的事捅到上司那里，挨批不说，恐怕连一年的奖金都要泡汤。得罪老百姓没关系，得罪了文人，可是没有好果子吃的。真是人不可貌相，海水不可斗量啊。人看着长得呆头呆脑的，肚子里的花花肠子还不少哩。这也许就是有个成语里形容的什么大智若愚吧？想到这里，朱主任又为刚才慢待他和没给他烟抽而后悔了，为了亡羊补牢，他便又像变色龙一样，对于刚才的冷淡，立即做出了一个此地无银三百两的解释。我昨天跟几个朋友打了一夜的麻将，这脑子呀简直都不像我的脑子了，里面就跟开飞机似的，嗡嗡叫，什么事转脸就忘，也不知道那些得了老年痴呆症的人可是这样。说着，伸手拿起桌子上的中华烟，抽出一支递给刘会计，一边给他点着火，一边解释说，你看看，我这脑子，不知道就把人给得罪了。记得刚才抽烟时就没给你吧？对不起，请多多原谅，多多原谅啊。老刘您可不要见怪啊？哈哈，都是熟人，我想您也会原谅的，哈哈。老刘见他的态度顷刻间来了个一个一百八十度的大转弯，不禁感到有点莫名其妙。心想，也许正如他刚才讲的打了一夜麻将，脑子一时间发了昏，失了忆。但又想，他要是真的当时把我忽略了，可为什

么又要现在又要来一番解释呢？又猜测道，这里面一定是有什么原因吧？记得他当时抽烟时还特地看了我一眼哩。但不管刘会计怎么想，通过他的这番解释，心里还是很舒服的。刘会计说，都是互相了解的大熟人，怎么可能去计较这些小细节呢。真没想到，你这当领导的心还这么细。朱主任笑笑说，谁叫你是我们的上帝呢？得罪了上帝，我们可是没饭吃的。刘会计笑笑，心里说，大道理说的真好听，可刚才你对那个老头，咋不把他当上帝待呢？朱主任又叫苦说，唉，一天到晚也不知哪来这么多的应酬，不是你要请喝酒，就是他要相聚的，我这肠胃硬是给喝坏了，脑子也让酒精和熬夜给弄得一天到晚晕晕乎乎的，一不注意就要得罪人。是朋友还好，一般人可就不体谅和理解你了。刘会计反倒被他这样的反复解释给弄得有些不好意思了，说，领导是考虑大事的，怎么能为这些小事去计较呢，这样会有害领导的身心健康的。经刘会计这么一说，朱主任再也不吝啬他的中华烟了，这支烟还没抽完，另一支又递了过来，而且还屈驾亲自给刘会计点上。刘会计发现，他的精神好像也比刚才也好多了，两只已经即将进入冬眠的眼睛又重新亮了起来。身子又重新从椅子上挺直了，完全是一副当领导的派头了，既显出了气势，也显出了魅力。又是一副和蔼可亲的样子了。

刘会计见朱主任嘴里的烟刚抽完，便见缝插针地把手伸进口袋，摸出了临来时张浩给他买的黄山烟，抽出一支递到朱主任的手里，非常客气，非常不好意思地说，别嫌我这烟孬啊。朱主任也变得非常体察起民情了，低着头恭恭敬敬地接过烟说，老刘你说的这是哪里话？就这样的烟，凭我一个月才两千来块的工资，我还舍不得买哩。又说，老包都说，吃饭还是家常饭，穿衣还是粗布衣。这一二十块一包的烟，除了像金老板那样的人，谁舍得买？朱主任又点着烟说，我想，你老刘要不是有事，你也不舍得买这样的烟抽。刘会计也笑笑说，跟你说实话吧，这烟也不是我买的。我这也是借花献佛，抽人家的烟，受人家的委托，来替人家求你办点事。

于是，刘会计便把情况跟朱主任说了。朱主任听了，先是眉头朝一堆皱了皱，做出了一副思考状。然后，眉毛使劲朝上一扬，便笑容可掬地说，好事嘛。这样的民营企业，可是我们乡的新生事物哩。接着，也把张浩给着实地夸奖了一番。又问，这事，乡里知道吗？刘会计说，暂时还不知道。朱主任哦了一声，说，嗯，这事好。弄好了，还是我们乡一颗闪亮的卫星哩。说着，就像哥伦布发现了新大陆似的，很夸张地把手先是朝上一抬，然后朝桌子上咚的一拍，这可是我们重点扶植的对象哩！我正愁找不到这样的扶植对象哩。我去年就是因为没有这样的典型材料，我的高级经济师才被刷了下来。没想到他竟说着说着也发起了牢骚来。妈的，什么一定想农民之所想，急农民之所急。全县的小额贷款，哪个信用社有我搞的好？我几乎是全面开花，三百二百的，竟占我整个贷款的百分之七十以上。一时间，他妈的又是上报纸，又是上电视的，联社又把我评了个什么先进工作者。管屁用！可真正到了职称评审时，人家不看我的那些吊鸡巴小额贷款的多少，专看我有没有扶植什么典型的材料。还有他妈的那个金老板，他要是早从我这里贷个百八十万的，也可以算是我塑的一个典型。可他妈的就该我倒霉，人家却没从我这里贷一个子，你说，我怎么能说他是我扶植的典型？嗯，你老刘今天说得这个典型好，我一定支持，坚决支持！别的不说，单说这个什么什么张浩，假如

能在我们信用社的扶植下，从困境中奋起，我老朱在上级面前说话就有资本了。看今年还评职称时，还有什么话屁可放！妈的，这一个职称只要评上，每个月可是多增加二三百块钱哩！唉，你这个张浩，怎么去年就没想起来要办这个什么鸡巴木材加工厂呢。

见这个财神爷发了这么多牢骚，刘会计这才明白了他为什么对那个金老板热情和对那个老头冷淡及厌恶的原因。看来做一百件平凡的小事不如塑一个典型管用，小事做得再多，哪怕像雷锋一样，做了一火车，甚至几火车，也不如下水救一下人，小事全都是一些上不了台面的，而一件大事就可以使你一鸣惊人，一炮打响。刘会计在心里暗自庆幸道，看来张浩这个款贷得还真是时候，真是来的好不如来得巧。对我们的这位财神爷来说，不亚于是雪中送炭。所以，朱主任听了这事，才像半路上死了老婆又娶了大姑娘那样高兴。待两个人又消灭了朱主任的两支中华烟后，朱主任眉飞色舞地问，这个典型，我跟你老刘说，我是扶定了。听他这说话的口气，恐怕别人把张浩给抢去了似的。刘会计听了，兴奋地在心里说，你张浩也该是时来运转了。怪不得算命先生说，人三年一小运，五年一大运哩。看来是你张浩的大运来了，从此便苦尽甘来了。也算我屙屎碰上了狗，赶的巧。呵呵，真想不到，我老刘还会遇到这样不出力却能把事情办成的有面子的好事。

于是，刘会计在心里盘算着，本来是想，这个财神爷开金口，能借个三五万也就心满意足了，听朱主任这样兴致勃勃，滔滔不绝地说坚决要扶植这样的典型，也是为我所用。看来，我还真要加点水分，把要贷的款数侃大些哩。现在不仅市场上买东西要讨价还价，干什么都要讨价还价，总之，干什么都要加点水分，这水分就是专门用来显示领导权利的。如果你说多少，领导就给多少，那不显得领导很被动，好像是被你牵着鼻子走了？这也是目前社会和官场上普遍实行的一种叫做什么去伪存真法。盘算过后，刘会计感激地说，我们的财神爷这么支持张浩，我先代表他谢谢你了。朱主任嘿嘿地笑着说，不客气，不客气。你就巷道子来竹竿，直来直去地说个数字吧。只要在我的权限范围内能办的，我坚决办到，一定办到。于是，刘会计就说，我看，你就先给他十万吧。朱主任听了这个数字，脸上的表情，就像夜晚亮着的电灯，突然跳了闸一样，猛得闪了一下，心里说，你这个看着憨厚老实的老刘，对官场的规则还真怪了解哩。不过，在动过这个念头之后，很快就恢复了正常。马上就笑着说，这个数字还不小哩。嗯，虽然满心想扶植他，但数字太大，我朝上也不好交代。上面的精神你也知道，我们总的原则是，主要搞小额贷款。刘会计笑笑，说，你大主任不是出口成章哩，看着办就是了。朱主任把脑袋朝上昂了起来，两眼看着头上的天花板，烟头子也朝上高高地撅着，两只眼睛也眯缝到了一起，眉头还不时地朝一块一挤一挤的，一副思考状。

刘会计嘴里不住地抽着烟，就像高考的学生即将拿起电话要查自己的高考分数一样，心里七上八下的。

两分钟过后，刘会计面前的那颗脑袋重新放了下来，朱主任慢慢地睁开眼睛看着刘会计说，我先声明，你可不要说我是正阳关的生意，拦腰挎哦。我先给你五万，等他一旦有了效益，再接着给你贷就是了。不用说，刘会计达到了目的，当然是心满意足了。于是，刘会计便故意做出一副得了便宜还卖乖的样子说，唉，到了你的一亩三分地，还不是你财神爷说了

算哩。怎么办呢，你说五万就五万吧。你金口玉言，说多少就是多少吧。又递一支烟给财神爷，故意悻悻地说，我说你大财神爷也不看看，现在是什么年代了，五万来块钱还能干什么？唉！朱主任笑着道歉说，我也想多贷，可再贷多了，我也不好对上面说呀。说到这里，他又突然问刘会计，他是你什么亲戚？刘会计叹了口气说，他跟我什么亲戚也没有。也算是做回雷锋吧。我见他是个能干正事的人，再加之他三天去了两口人，也可怜，不但我同情他，就连我们村的人都同情他。真是个好小伙子，这些年就硬是被家庭给拖住了，要不，他该早已事业有成了。

　　说到这里，刘会计看了看墙上的电子钟已经指向十一点半了。别看这个憨厚的刘会计没吃过猪肉，还是见过猪走的。于是，他看了眼也在看钟的朱主任，站起来说，我们喝一盅去？可就在这时，朱主任的手机响了。接过电话，朱主任说，对不起，中午又有安排了。刘会计听了，显得非常失望，两只胳膊伸得像鸟儿的翅膀似的，下面的两只手不住地夸张地抖着说，看不起我？人的档次低，酒的档次不一定就低！朱主任笑笑说，见外了，见外了。跟你说吧老刘，不是我老朱不给你面子，是乡长的小舅子请我，人家可是我们乡房地产的老总，刚才又是乡长打的电话。你说，我的信用社在人家的一亩三分地里，亲妈亲爸的话可以不听，乡长他老人家的话，我敢不听？刘会计心里虽然为不能兑现请客而窃喜着，但嘴上却怨气冲天地说，好吧，谁叫俺是一品老百姓呢？今天请你，这还真是芝麻掉到针眼里，巧了，要不，还真要在酒席桌子上好好地向表示表示，跟你好好地喝几杯哩。刘会计知趣地抬起屁股，说，那我明天带他过来办手续？朱主任也站起来说，你让他找好担保人。至少是三个以上，啊？又说，不过，要是工作人员的话，一个也就够了。

由于事情办得出乎意料的顺心，在回家的路上，刘会计的心情别提有多么高兴了。所以，摩托车也就骑得飞快。眨眼间便回到了家。刚下车，万芹就迫不及待地问，爸，事情办得怎么样？爸把摩托车朝屋里推着说，主任同意了，就差办手续了。

听说贷款的事办得这么顺当，还没等公公的屁股落在板凳上，万芹就把一杯热茶放在了公公的面前。

俗话说，好事不出门，坏事传千里。可现在时代变了，说法也变了，不仅坏事传得快，好事也传得快了。张浩要办木材加工厂的事，很快就在村子里传开了。村里的人听了这个消息，也都很兴奋。因为在这个地方，什么都不缺，就是缺各种企业。一个五万多人口的乡，除了有几户养鱼的和一家养鸡的外，再也就没有什么能算得上厂子的企业了。为此，好多人都把罪过归到了地方干部的头上。凡是出门打过工的人，只要一到家，除了只能听见鸡鸣狗吠，再也听不见其他机器声音的村庄，张嘴就骂家乡的干部，说他们除了吃喝玩乐捞油水，就是想法子在老百姓身上打主意，别的就什么也不干，也干不了。骂他们一个个见了老百姓，看起来都人模狗样、油头滑脑的，西服和领带扎得像国家高级领导人，那油光可鉴的脑袋里像是装满了智慧，可那肚子里的花花肠子，绕得全都是整治老百姓的坏水子。他们的心里除了自己还是自己。地方上一旦有了这样一大批的贪官污吏，老百姓怎么能脱贫致富？还说，不知是风水坏了，还是社会风气坏了。出一个是贪官，出了另一

个还是贪官，大贪官刚刚进去，小贪官又出来了，真是子子孙孙无穷尽也。上面一说再说，在提拔干部上，一定要提拔德才兼备、能带领群众致富的人。可这几年，凡是提拔的那些新干部，从市里到县里，都好像商量好了似的，还没干两年，就过起了一点也不要交生活费的监狱生活。这个地方没有厂子的原因，不是这个地方的人思想文化落后，也不是这个地方的人脑子里缺少经商意思，而是干部不在这方面动脑子。据历史记载，这个地方不但出过甘罗那样十二岁就威震八方的宰相，还出过人人皆知的管仲，就连著名的大徽商胡雪岩也是这个地方的外甥。可到了现在，国家实行了改革开放，号召人们一心一意搞经济建设的时候，就像没儿没女的老人，突然间成了经济建设方面的绝户头一样，后继无人。这就不得不令人思考和费解了。从这方面讲，也就不能不说，那些打工的人骂得有理了。所以，我们也就不能不从那些骂贪官的背后找找原因了。

其实，这个地方有经商意思的人还是大有人在的，无奈在他们还没起步时，就硬是被那些当官的通过直接或间接的手段给扼杀了。有的是采取捧杀，有的是采取扼杀，有的是采取慢性农药似的慢杀。单说这个乡里前年的一个水产养殖大户，已经搞得很有规模了。除了养殖了四五万只甲鱼，还分别养了螃蟹、牛蛙和黄鳝。据这位专业户说，他每年都可盈利十五至二十万左右。按说，这个数字，对于一个农村人来说，已经是非常了不起的了。当时，张浩还给这个养殖户打过工。当然，人不是生活在真空中的。这个水产养殖户的名声，一时间也就传遍了全县的大街小巷。也就在电视上有了形，报纸上有了名，广播里有了声。这样的吹捧，主人想不心情舒畅，想不高兴，想不飘飘然都不可能。一个很会调侃的小伙子见了主人，老远就一只手朝他口袋里伸着，摸他专门为招待各路神仙而买的高级香烟，一只手在他在的肩膀上，一下又一下地拍着，就跟大人哄小孩睡觉似的。小伙子先点着香烟，抽上几口，贪婪地又把烟雾在肚子里停了一会，悠悠地吐着蓝色的缕缕烟雾，眯着眼在主人的脸上停了一会说，老兄，你这会可是蛋子子抽筋，上去了！就连那时被中国人民当作神一样敬着的毛老头子也不如老兄你呀。因为那时候电视机还没进入寻常百姓家，只能从空中听见他老人家的声音，却看不见他的伟大形象，可你就不同了，你一下子就钻到了人们的眼里。呵呵，说不定好多想捞钱的小姐们，看了你这样的土大款，都在心里惦记着你哩。那些小姐们，说不定哪天见了你，非把你撕巴撕巴吃了不可。养殖户听了就责怪他，你咋这么多的吊蛋话？小伙子嘿嘿笑着说，你别看我既不是国家主席，也不是当代的小诸葛，可先见之明我还是有的。世界熙熙，皆为利来，人间嚷嚷，皆为利往。你要不是成了财神爷，你的美名能上传天，下传地，中间传空气？小伙子说着，又对着他诡秘地嘿嘿几声，说，这烟真好抽。但愿，我能永远抽上你这样只有干部才抽得起的高级香烟。

由于这个养殖户一时间成了名人，成了远近闻名的土大款。而现在人的观念又跟以前发生了翻天覆地的变化，由原来的崇洋，现在变成了崇土。每天进宾馆的那些大款大腕和那些自己吃喝玩乐别人买单的实权人物们，一进门，张口要吃的不全都是带土字的食物吗？土鸡，土菜，土鸡蛋等等。于是，这位土养殖专业户，还不成了好多头上顶着乌纱帽向往的对象？后来的事实证明，还真应验了，人怕出名，猪怕壮，也不知是哪位古人说的这句经典。于是，他的门前，由原来的门可

罗雀，一下子就热闹如市了。记者的美光灯、摄像机就像打仗时的机关枪一样，在他的脸上、身上和一只只放养在水里的甲鱼、螃蟹们的身上扫来扫去。其场面，就像要出嫁的大姑娘，要留下结婚纪念的镜头一样。记者们也许是想吃到主人那全都是土饲料喂养的这些冒着土星子气的美味，见了主人和他的土美味们，他们的脸朝上仰着，聚精会神，一点也不敢怠慢地把眼睛对着镜头，以最大的努力，最好的技术，把主人和那些土美味们的光辉形象拍好。而那些甲鱼和螃蟹们，虽然生活在水里，早已了解到了他们的居心，于是，就一头扎在水里，气得一头也不露。知道这些高级动物们的最终目的是，要他们的命，所以先要捧他们，才先拍他们，把它们哄得晕晕乎乎了才动手。

不用说，他们每次来，这些记者们都是由戴着乌纱帽的人陪着的。正如有一句啤酒广告词说的，到了家门口，怎能让你家走？所以，主人为表达这些给他扬名的有功之臣们的感谢，只好亲自下池，把那些贪生怕死的甲鱼螃蟹们给捉上来，以慰劳那些为了给这里扬名而立下汗马功劳的记者和关心他的领导们。

于是，那些本不该死的甲鱼和螃蟹们，提前被判了死刑，在它们被他们吃进嘴里时，便一个个都像吃了老聃炼丹炉里炼出来的，长生不老的仙丹似的，一个个都激动得两眼放光，吃的有滋有味，嘴丫子冒油。吃了这口，还想吃那口。不住地吃着，嘴里还不住地评论着，什么还是土的好。不仅营养价值高，味道还鲜美，常吃这样的水产品，不仅防病，还能延年益寿，甚至都有可能长生不老。据说，中国有一个在奥运会上拿了长跑金牌的什么马家军，他们的腿之所以跑在了世界的最前面，就是因为天天喝这种从甲鱼身上提炼的中华鳖精的缘故。经他们这么一说，这甲鱼的营养成分，简直就真的成了现代版的长生不老的灵丹妙药。根据中国人都以眼见为实的习惯，你不信历史上的老君可以，但你不能不信这马家军。那人家可是在电视里亲口说的。于是，这些人也许受了马家军的影响，便对桌子上这些刚从水里才捞上来的甲鱼、螃蟹和黄鳝们，吃起来也就显得更是胃口大开。听着他们那不时地吧嗒着的两片油乎乎、喷着香气的嘴唇，就像在品味一首诗和在啃一块腊肉骨头。好像那些水产品，它们的每个爪子，每根汗毛，都是不可丢弃的无价之宝。要是它们的嗓子眼再粗一点的话，完全可以把它们给生吞了。要是饭店或宾馆里遇到了这样的吃客，就怕你的生意想不火都不行。可这个养殖户遇到了这样的吃客，却不是个好兆头。主人看了他们的狼吞虎咽之相，不但不高兴，反而还要心惊胆战的，真怕他们连塘都给吃了。虽然那些捧他，支持他的人还没离开，但他就已经知道了，这对他将意味着什么。

有一位长得很有几分姿色的文字记者，不仅是妙笔生花的好写手，还有一条三寸不烂之舌。嘴里吃着主人的甲鱼和螃蟹，眼睛也没忘记给主人送过去几个动人的媚眼，之后，也没忘记发挥她的嘴皮子功夫。而且还选用了数学家华罗庚的优选法，充分利用时间，在借向养殖户钱大光送媚眼之际，夸奖主人说，你钱先生可是为我们人类做出了了不起的贡献啊。你这样做的意义是，不仅仅是为了钱，而是在为延续人类的生命做贡献。

凡事只要上升到了理论高度，它的意义也就不同了。在座的听了，无不为她的理论而拍手叫好。说她的讲话，真是一矢

中的。领导当场就表扬女记者说，相信你的这篇文章一定也能引起轰动效应。

果然，没过几天，一篇题为《为延续人类生命而养殖的人》的文章，发在了市日报的头版头条上。不久，省日报还给予了转载。这当然是后话。吃过饭，也就是吃完了桌上的那些被五马分尸了的甲鱼和螃蟹，那个女记者仍然用勾人的眼睛，对钱大光放着电说，你今天的热情招待，可是我当记者以来吃的最好，最有食欲的一餐饭哦。我不但嘴里吃了这顿，而且心里还想着下顿呐。她简直成了这支为钱大光而扬名队伍的代言人，真是既不掖也不藏地说出了所有在座的人的心声。

见女记者说出了大家的肺腑之言，领导当然也就好说话了。领导把钱大光喊在一边，把嘴递到他的耳朵边说，刚才那位小灵说的话，你该明白是什么意思了吧？钱大光低着头，说，明白。我已经准备好了，一人送一只甲鱼，四只螃蟹。领导听了，非常满意地在他肩膀上拍了拍说，你脑子很聪明嘛。

这些甲鱼，就是张浩亲自下水逮的。为了逮这些甲鱼和螃蟹，张浩连饭都没顾上吃。

那天，张浩清楚地记得，连吃带送，一共是三十只甲鱼，一百二十只螃蟹。

晚上，钱大光没吃晚饭，只喝了酒，而且把一瓶"祥和"都喝光了，睡在床上大哭了一场。

不用说，这一场热情招待，一万多块钱没有了。

第二天，当他老婆在不停地唠叨着，为了你那个臭名，尽然把我一个月的劳动都给弄没了，值得吗？钱大光像是被我们地下党捉住的俘虏似的，双手抱着头，蹲在地上，伤心地说，由不得我了呀。现在，我就像是一把米，小鸡子、小鸭子和所有的动物都想来吃我，我想不让他们吃，行吗？

钱大光自从出了名之后，他简直不再是什么养殖专业户，而是成了迎来送往的外交部长，成了名副其实的大忙人，今天领导要他送几只甲鱼去，要研究他的入党问题，明天领导要找他谈话，要报他的先进材料，后天领导要他带几只拿得出手的甲鱼和螃蟹，要吸收他为政协委员。总之，甲鱼和螃蟹成了他口袋里的香烟，见人就掏。

几年下来，这个在地方官员极力扶植下的养殖专业户，下至村长、支书，上至县长、书记，他几乎成了他们的一块朝上爬的政绩的铺路石，始终为他们心甘情愿的铺着路，他在不知不觉中被那些捧他的人物们踩平踏碎，直至变成灰，又重新消失在了茫茫的人海之中，留下的除了各种荣誉证书，就剩下了几口空池塘里的几条鱼在里面游来游去的。现在，钱大光变成了钱花光，没法子，他只好又拿起瓦刀干起了建筑，老婆也出门打起了工。吃起了二遍苦，受起了二茬罪，重新回到了旧社会。

这件事都说明了什么？说明了，这个地区几年来之所以没有人再办什么厂子和个人企业，不是人们没有经商意思，而是怕这些当官的"扶植"。所以，人们对于张浩要办厂的事，感到非常新鲜。也暗暗佩服张浩这种从逆境中奋起的精神，但同时也在为他办厂而担忧。

从好的方面讲，张浩的厂子一旦办成，不仅能使他自己富起来，还能解决相当一部分人就业。

赵思福老师就说，如果张浩的厂子一旦办出了规模，说不定还能把一个村子都带上致富之路哩。医生李丽也说，我本来认为他不知道什么时候才能抬起头，从悲痛的阴影中走出来，

或者就破罐子破摔了。可没想到，这人跟人就是不一样。他的确是个很有志气、有毅力的人，以前，我几次到他家去给他妈看病时，都见他手里拿着书。要是一般人，干了一天的活，来家还不朝床上一挺？可人家就是不一样，再累，每天都要看看书。听赵老师说，这孩子从小念书，就像他那死去的老子，爱动脑子。别的孩子遇到问题，连想都不想，张嘴就问老师，可人家就不这样，在别的孩子问老师时，他总是在皱着眉头，两只小手托着腮帮子在思考，直到实在不会了，才要老师给提示一下。说着，又不禁同情地叹了口气，说，唉，他硬是被这个家给拖累了啊。当时，现在都当了副乡长的刘永成绩哪能跟他比，人家都考上大学了，你想，张浩还用说吗？没想到，这么一个哪方面都呱呱叫的人，不但学没上到头，而且连女人都没找到，真是令人不可思议。真是人比人气死人啊。但愿老天能开眼，让张浩往后干什么事都顺顺当当的吧。

当然，多数人都认为，张浩的这个加工厂办得好，抓住了机遇。最大的优点就是原料丰富，而且价格便宜。如果要办成了，绝对是好事。听说每加工出来一块木板，就可得纯利润五角钱。据那些在外地木材加工厂打过工的人说，如果机器正常的话，一天可加工一千多张木板没问题，像这样计算，要不了两年，张浩就非发起来不可。但人们担心最多的还是，就怕他的厂子跟前面村子的那个钱大光一样，厂子这里一投产，那帮子"吃拿队"就像老猫一样，一闻着腥味，就又流着口水，缩着鼻子来了。"吃拿队"当然是指那些手中握有一定实权的人物。只怕最后，张浩辛辛苦苦办起起来的厂子被他们吃垮，要垮，拿垮，走上跟钱大光一样的路，不但落个两手空空，弄不好，还会落下一屁股的账，由钱大光变成了钱光蛋。有的则反对说，现在都什么年代了？还担心这些？他们还想拿原来的那一套来蒙俺们老百姓？对不起，早已过时了，老百姓的胆子也大了，别说现在的政策放开了，就是没放开，老百姓也不是那时候愚昧无知的老百姓了。以前，好多只要手中稍微有点权力的人，嘴一张，就可以突出一顶大帽子朝老百姓的头上套。那些没见过世面，胆子又小的老百姓能被他们吓得尿都撒在裤裆里。你什么都得听他们的，叫你朝东你不敢朝西，叫你打狗你不敢撵鸡，要睡你老婆，你不敢不让床。可现在的老百姓谁还吃他们那一套？现在，自己可以当家了，只要不违背政策，不偷税漏税，可以屌都不屌那些吃拿队了。所以，张浩的这个厂子只要一办成，谁再想从中捣蛋，坏人家的好事，不说别的，就连村里的百姓都不答应！赵思福说，事情也不能老往好的方面想，什么都不怕一万，就怕万一。世上什么事都不是一帆风顺的。大的风波不说，小风波可能还是难免的。

总之，农村人就是这么个习惯，不知是闲着没事，还是他们那颗善良的心使然，对国家大事可以不感兴趣，尽管电视里天天播什么中东战争，金融危机，达赖闹独立，朝鲜搞什么核试验，某官员受贿要枪毙，他们看了连提都不提，就像他们没记性一样，转脸就忘得一干二净。但总喜欢对村里任何人家发生的事非常感兴趣，哪怕是鸡毛蒜皮的小事，要不关心关心，发表一点看法，就像没尽到义务，连吃饭都没有味。

就在赵思福正说着张浩的木材加工厂的时候，村长吴标和妇女主任郭霞，正在村委会里的一张供妇检用的床上紧张地工作着。虽然工作得紧张，可仍然没忘记说着这事。

在下面心不在焉地配合着上面领导工作，郭霞，在领导

正聚精会神、全神贯注地工作着的时候，把被领导吻够了的两片血红的小嘴一张，告诉吴标，我今天到会计家去拿公文纸的时候，听万芹说，老刘到信用社为张浩木材加工厂的事跑贷款去了。吴标听了这个消息，立即停止进行了一半的工作，惊讶得竟然打了个激灵，下面那根本来非常坚挺的物件，也被这个激灵给打扰得蔫头耷脑地从郭霞的身体里退了出来。就像因为计划生育进度倒数而遭到了领导批评一样，脑子里顿时成了一片空白。待吴标反应过来时，就很没好气地眼睛向下瞅着下面的郭霞，批评说，你这个人也真是的，说话也不看是什么时候，这事你什么时候不能说，既不是狗吃日头了，也不是外面来了人，你说，你这说的都是什么话呀。做这事怎么能一心二用呢？又再次投入战斗，一边在缓缓地战斗着，一边又继续教训着郭霞说，要说，你也等我把这件事做完，再心平气和地说嘛，你想过没有，我这半途而废是啥滋味？郭霞听上面的领导批评得有理，也就只好乖乖地嗯了一声闭了嘴。心里也在自责着自己，是呀，现在怎么能说其他的事呢？吴标由于工作受到了不该干扰的干扰，不仅感到非常败兴，就像正喝着的一盅端到了嘴边的酒，突然被别人夺走了一样。由于心里的不舒服，直接影响了他下面的实际效果。他刚才虽然批评郭霞在一心二用，可自己现在也是身不由己了。下面和上面怎么也不能做到高度的和谐与统一了，脑子里也老想着这事了。因此，下面的郭霞也就没有了销魂和欲仙欲死的感觉。一点也不像是在做风流事，简直是在做俯卧撑。

待吴标再度从郭霞身上呼哧呼哧地翻下来，点着烟，坐在郭霞身边时，看着她那白嫩的身子和她在黑暗中那一双勾魂的眼睛，觉得刚才的话说得有些过分，于是，便带着一丝道歉的语气，和风细雨地说，也不是我不想听你要说的这事，而是你说的不是时候，所以我才批评了你。刚才在那样的关键时刻，你说那样的话，你想，能合适吗?郭霞眨了眼睛，意思是虚心接受你的批评，同时也是在告诉吴标，我在认真地听着呢。吴标接着说，当然了，我要是不爱你，不把你当做我的心肝宝贝，我也不会在这样的时候批评你。你该不会生我的气吧? 郭霞说，你永远都是我的上级，上级批评下级，那是关心和爱护，我怎么能生气呢? 我不该在那样时候说话。见郭霞就像做错了事的孩子一样，非常诚恳地承认着错误。好了，以上的事情算告一段落了，吴标笑笑，说，我们现在可以进行下一项工作了。郭霞脸对着在黑暗中抽着烟的吴标说，我今天听了这事，心里也是一天都不痛快。走着坐着都在想，你是我们的一村之长，他张浩在你的一亩三分地里要做这样的大事，怎么能打你头上过，不征求你的意见呢? 这不分明是，不把你这个领导放在眼里吗? 郭霞还说，那个讨厌的老家伙刘会计为这事，听说把他蹄子都忙翻了，你知不知道? 哦，吴标像这才想起来这件事似的说，怪不得早晨我碰见他，他说去信用社有事哩，原来是为了这事? 吴标当然没提跟他要钱的事。

　　吴标作为一村之长，仗着他老表在乡里当常务副乡长，认为在下面谁也不能把他怎么样，所以，成了街上一家名字叫芙蓉大酒店的饭店里的常客。都知道，这是一家融吃喝玩乐一条龙的酒店。而这家酒店的女老板芙蓉，二十多岁的年纪，很有几分姿色。吴标总是能看见芙蓉那纤细的腰肢、高耸的胸脯和那丰满而又极富弹性，一走就晃荡的胸脯和肥臀。每次吃饭时，只要是芙蓉小姐在他面前晃荡几次，也许是秀色可餐的缘故，他就连饭也吃不下去了。一次，就在他跟那个当常务副

乡长的老表喝酒时，芙蓉站在他身后，故意用两只硕大的丰乳在他背上蹭了蹭，他当场就醉得昏天黑地了。用眼下的话讲，真是酒不醉人人自醉。其实，他根本就没醉，是一半清醒一半醉。究其原因是，在芙蓉蹭他的同时，用高跟鞋在他的脚上轻轻地踩了一下。不用说，这意思就相当的明显了。芙蓉的这一踩不但把他的人踩醉了，而且把他的心也给踩醉了。吴标是何等人，那可是情场高手。他当村长以来，利用计划生育罚款作为交换条件，占了不少超生户的女人。其中这个管计生的妇女主任郭霞，就是因为他答应让她当这个主任才甘愿把身子交给他的。当然，在村里睡女人那是不要他掏腰包的。可跟芙蓉小姐就再也不是干吃面，不要钱了。这个女人眼里除了钱，可是什么也不认的。这一天，在他老表吩咐芙蓉把他扶上二楼的宾馆里休息之后，便离开了那里。吴标一见老表离开，他忽地一下就清醒了，两只手朝芙蓉脖子上一伸，就势把芙蓉按在了床上。芙蓉既没反抗，也没配合，只是在下面仰着脸笑笑说，真没想到你大村长这么会演戏，演的真象，连我都看不出来你的醉是装出来的。吴标这里一把手从她的脖子上放开，那里就迫不及待地扒她的裤子。芙蓉挡开他的手说，你就这样什么也不说，就像睡你自己的老婆一样，把我给睡了？吴标这时哪还顾得说话，裤子这里一被他扒掉，那里就翻身上马，两腿一叉骑在她身上，马不停蹄地动作着说，等一会再说，等一会再说嘛。

当吴标死去又活过来的时候，仰面朝天地看着正在整理着头发的芙蓉说，我一个堂堂的一村之长怎么能让你做雷锋呢，说个数吧。芙蓉向吴标飞了一个媚眼说，难道什么都是钱可以买到的吗？吴标被她句话一下子就弄到了云里雾里，一时间歪嘴斜眼地愣在了芙蓉身边，竟不知道怎么说才好。看着发愣的吴标，芙蓉咯咯咯地把两道柳叶眉朝上一挑，两腿一收溜下床，扭动着令吴标直流口水的丰满肥臀，一边朝外走着，一边又奖励给他一个勾人的媚眼说，只要你经常来我这里吃饭，本小姐会不断地奖励你的。这当然也是有条件的了。这也像到一些超市购物一样，实行积分制，一千元算一分，满十分送一次。芙蓉又把眼睛在吴标脸上扫了扫，问，你吴大村长看老娘的这个办法怎么样？吴标怎么也没想到，也是长这么大还是第一次见到这样的女人为了钱，不仅用美色拉拢客人，还直接用身体来拉拢客人。吴标心里说，这世界真是太奇妙了。吴标听了这个看了就叫人身上放电、两腿发软的女人的话，乐得就像一个平步青云的人，死了老婆又找了位大姑娘一样，乐得连屁眼都是笑的。于是，吴标头点得小鸡啄米似的说，行行行，只要你说的对，我们就按你的办！

吴标就这样被芙蓉这个小女人的迷魂药给迷住了。于是，他为了得到这个奖励，几乎是天天带着他的狐朋狗友来这里吃吃喝喝。不用说，每一顿饭，芙蓉都要狠狠地宰他。他先是把村里路边的一千多棵杨柳树，打着修环村路的旗号给卖了。一年了，也不见他有什么修路的动静。有人问，他就说正在准备着哩。其实，这些钱全都被他送给了芙蓉大酒店。也许是他的运气好，又半年过去了，在群众纷纷质问他，环村路什么时候才修时，国家却恰在此时有了村村通项目，暂时缓解了群众不满的情绪。虽然卖树的三万多块钱被他通过自己的上面和下面送给了芙蓉，他仍然不悬崖勒马，还继续往那个无底洞里钻，又欠下了酒店的六七千。当吴标最后一次要求芙蓉对他奖励时，芙蓉把账本子朝他面前啪哧一摔，别说再也看不见了平

时的媚眼，就连温顺的猫眼也看不见了，送给他的已经是两只凶狠的母老虎的眼。那对母老虎眼，还发出两道哧哧冒火的凶光。母老虎还用一只手戳着他的鼻子说，想要老娘是不是？你也不看看老娘可是好惹的！欠我账的从来还没有超过三个月的哩。告诉你，姓吴的，再限你半个月，如果不给，老娘不废了你，也叫你没有好日子过！母老虎把那只小巧的鼻子一皱，说，老娘没有几手，也不会在道上混！县里的老刀，你该听讲过吧？就是刚才坐在情侣厅，临走时还挎着一个女孩手的那个。人家都能把自己的手指头剁掉扔进嘴里嘎嘣嘎嘣地吃。告诉你，那可是我的铁哥们，人家跟公安局局长的儿子也是哥们，人家都能把城关派出所的所长撵滚蛋，你姓吴的想想，对付你这样的乡巴佬，还要我下手吗？吴标被芙蓉几句话吓得起了一身鸡皮疙瘩。他知道，芙蓉说的并不全是吓唬他的话。

那个老刀的确是个杀人不眨眼的刽子手，听说有一次跟人家打架，一只手被人家硬是扎通了，匕首扎在骨头缝里还没拔出来，在这样的情况下，他还用另一只手跟人家打哩。结果，他还是对着人家肚子捅了一刀，对方的肠子扎得哗啦一声淌了出来才住手。

所以，听芙蓉这样说，他只好夹紧就要尿出来的腿裆，硬是装出一副嬉皮笑脸的样子说，芙蓉小姐，不要说的这么难听嘛，我一个堂堂的几千口人的一村之长，能少了你那几个钱？不还上你的钱，我不拿脸来见你！拜拜。

所以，这才有了早晨在村头问刘会计要钱的那一幕。但这样的内情，他又怎么能跟郭霞说呢？

吴标的日子这几天很不好过，走着坐着，脑子里想的都是怎么才能还上芙蓉的那些钱。上次乡里开会，关于给超生小孩上户口的事，他跟郭霞已经在下面收了近十万元的罚款，去掉上交乡里的部分，也可以为村里收入五万好几。他不是没打过这个钱的主意，但钱全都在郭霞手里。他几次和郭霞商量这些钱开支的事，郭霞却说，这个钱，支书在去市委党校学习之前曾向我打过招呼，说这个钱，不经支部研究，任何人也不能开支一分。至于这个钱，交不交给会计，你自己看着办。支书知道女人的心眼小，知道她不会交给会计，如果存在她自己的户头上，可以生几个利息，所以他才这样说。支书说，要用这笔钱为群众办点实事。他说这些钱用来维修抽水站和敬老院，还是用来加固水渠，待支部会研究了才说。至于那些死了人的年老的父母的家庭，土葬了的，罚的款用于村里的招待和各项开支，特别是招待，如果没有他在场和三个人以上参加的招待，包括他本人，村里将一概不予承认。否者，后果自负。吴标分明听出了这话的意思。心里说，你这个狗日的支书，这话不就是冲着我来的！我又没钻你老婆的热被窝，你何必要这样跟我过不去？吴标虽然心里有气，可人家又没指你名，道你姓，你又怎么好指责人家，所以，吴标只能是哑巴吃汤圆，心里有数。心里说，什么都是你书记说了算，还要我这个村长干什么？财权属于我村长的一支笔，当然还得我村长说了算。想想，人家书记讲得又不是你一支笔的事，而是要提高开支的透明度，你就是再不高兴也说不出。但说不出不等于不说，就是国家的法律还可以打个擦边球哩，别说你这个在中国的官场上，用放大镜都看不见的小小的支部书记，我为什么就不能把球拍对着你打个擦边球呢？于是，吴标说，支书这种一心为群众着想的做法，我非常赞成，但只是有个问题，我要在这里明确一下，那就是如果遇到了特殊情况，比如，快到中午了，上

面的领导来了，人家是为了我们村的工作来的，又不可能背着锅碗，请问书记，对这样的问题，你看怎么办？我该不能赶人家走吧？支部点点头嗯了一声，说，你说得很有道理。那就特殊情况特殊对待吧。吴标又接着打擦边球说，我也是为了村里着想，这样的事，难道也要找三个以上的人参加吗？我们的经费本来就紧张，如果再找三个人作陪的话，岂不又增加了我们的支出？还没等支书开口，吴标又说，我看为了节约开支，这三个以上的人参加，是不是可以免了呢？支书听了这话，说，没有其他人，怎么能就证明你招待了呢？吴标说这还不好办，让人家出具正式发票嘛。不用说，支书已经明白了他这话的意思，以正式发票来证明他的秉公办事。支书心里说，如今，这一套把戏还能哄得了谁？发票是人开的，只要你肯出钱，开多少都会有人给你开。于是，支书便从鼻子里嗯了一声，又在心里说，你是说我这样做，把你给卡死了，没给你留下自由的空间。唉，算了吧，反正也就是一个来月，就是我不在家，你也自由不了哪里去。于是，支书好像就这样轻而易举地就进了他的圈套。

也正因为这样，他才为了那个看一眼就连饭都不用吃就饱了的芙蓉，便把在全村人辛辛苦苦的管理下才长成材的杨柳树卖的钱，不但全都送给了这个女人不说，还冒了账。特别是吴标在听了芙蓉说的那句要废了他的话之后，真是走着坐着都胆战心惊的。而对于这样的开支，吴标怎么能跟郭霞说呢？他之所以问刘会计要那几个减灾款，也是一种狗急跳墙的无奈之举。他现在听了张浩不给他打声招呼，要办木材加工厂的事，说是越权，那还不是他生气的根本原因，其根本原因是，他知道现在办事的潜规则，那就是人家自然找你办事，那就是人家心里有红太阳。你只要把人家的事办成了，人家是绝对不会亏待你的。特别像张浩这种厂子，只要盈了利，你张嘴问他要个万把几千的，还不等于是问他要包烟？想着这些，他就在心里骂刘会计，你这个不识相的家伙，你从中插这一杠子，不等于是断掉了我的财路？

所以，他一听郭霞说了这个事，从他个人的利益想，其心里的怒气是可想而知的。

吴标这时赤身裸体地坐在郭霞的身边，听完她的诉说，不禁从鼻子里哼了一声，把烟屁股朝床下面狠狠一扔，看着被他划下的一道弧形的亮光，说，看我不出面他能办得成？妈的，在我的一亩三分地，竟然想打我的头上过，简直是无法无天了。如果谁想干什么就干什么，还要我们这些干部干什么！也不是我吹，支书没有我的签字，他吃顿饭都报不了销，别说他现在还只是一个小小的草民！嘴里说着还嫌不能够发泄心里的怒气和愤怒之气，抬起手又在床边狠狠地拍了一下，把赤身裸体，躺在床上养精蓄锐的郭霞吓得忽地从床上弹了起来，又说，我这是一级基层组织，占得是我的地盘，我不同意，他的厂子除非在天上办？郭霞听了这牛皮话，一边朝身上穿着衣裳，一边咯咯地笑着问，你有什么资格不让人家办？土地是人家承包的，五十年不变，你有什么权力干涉人家？再说又没侵犯你的领土和领空。真是太平洋的警察，管得太宽了吧。吴标说，这你别问，虽然不是太平洋的警察，但我该是我们村里的警察吧？管不了太平洋，该可以管我的这个湖稍村吧？在我们这个湖稍村，我该可以上管天、下管地、中间管空气吧？郭霞把脸对着他，把两片血红的嘴唇咧了咧，说，那就看你吴村长的法力有多大了。吴标顺手从口袋里摸出一支烟叼在嘴里说，

也不是我说大话，还是叫他来低声下气地来主动求我。有我这棵弯腰树，不怕他不低头。吴标狠狠地抽了几口烟，又近乎咬牙切齿地说，也不是我对他张浩有什么成见，就像老村长酒里的一句广告词说的，别拿村长不当干部。张浩就是太拿我这个村长不当干部了。郭霞说，我也是这个意思，是有点太目中无人了。你张浩就是心里再有干事业的打算，首先也应该征求一下你的意见嘛。吴标没有接她的话，思考了一会说，据我分析，他张浩之所以找那个家伙，我觉得这里面有什么猫腻。郭霞迷惑地问，能有什么猫腻？只能说张浩年轻，没见过什么世面，做事欠考虑。在村里都知道，姓刘的心善，我想他是同情张浩，并且看他也是个能干事业的人，才帮这个忙的。吴标把胳膊一抬，在郭霞的胸脯上向外画了个表示不同意的弧形，说，我认为，他到信用社借钱也许是真，也许是假。是为了掩人耳目。是老公公偷看儿媳妇洗澡，别有用心。郭霞听了，照你这么说，姓刘的给张浩借钱，还借出了名堂？吴标认为自己的分析有道理，而得意地说，当然有名堂。姓刘的是想借张浩办厂的机会，借鸡下蛋，想把那三万块减灾款入到他的股份里。郭霞一听这个本来很平常的事，竟然被他看出了端倪，不禁抬起头，在他脸上亲热地啄了一下，两只手搂着吴标的脖子，五体投地地表扬他说，你真了不起，竟然能把问题看得这么透彻。我看你当这个村长也真是太委屈你了。没想到你的分析能力这么了得。竟然能从这件小事的背后，发现一个这样的大问题。哎呀，你要是公安人员，也一定是个破案高手；你要是国家主席，也一定会把国家治理得百业兴旺；你要是教授，也一定是学术界的泰斗；你要是——见郭霞还要接着表扬，吴标便呵呵呵地笑着把胳膊朝她的脖子上一伸，搂到怀里说，宝贝，也不是我吹，要不是我的脑子好使，村长还不是他姓刘的？那时上学，我要不是恋上了我们班的一个女生，我今天怎么可能只当这个小小的村长？说不定我现在正坐着小车，前呼后拥地正下去视察哩，唉，过去的事提它还有什么用？还是说说眼前的吧。郭霞问，支书不是说他要把那钱发给群众吗？吴标说，所以，这就是他姓刘的聪明所在。你个女人家除了会跟男人在床上玩玩花样，下了床你还懂个啥？支书去党校学习，听说得一阵才能回来，你想，办这样的厂，只要买台机器就行了，这就叫打时间差，你懂吗？只要有了钱，机器一买来就可以投产了。据说，木材加工的利润很好，而且加工的木板都供不应求。只要有一个月甚至半个月，等支书再回来时，本钱还不早收回了，那时再把钱发到群众手里，谁又会说什么？吴标说到得意之处，一低头在郭霞脸上又亲了一口，说，这就叫借鸡下蛋，你知道吗宝贝？郭霞被他说得茅塞顿开。兴奋得两手一使劲，把乳头朝他嘴里一塞，让他吮吸着说，你真是给我上了一堂难得的精彩案例分析课呀。跟你好，也算是我哪世里烧了高香了。吴标的两只手在郭霞的乳房上不停地揉搓着。吮吸着，偷空拿开嘴说，这样的课，除了你，其他人，就连我家的那个黄脸婆，我都不会给他上。接着，吴标又发表自己的看法说，跟你说吧宝贝，说不定张浩他们两个不知道背后还有什么君子协定哩。如果姓刘的这一目的得逞，那他就等于拿我们全村人的鸡，给他生了个一粒米也没蚀的大鸡蛋。

张浩听说刘会计为他借贷款有了眉目，兴奋得眼泪顿时就流出了眼眶，手一边不停地在眼睛上擦着，嘴里一边千恩万谢地对刘会计说，刘叔，这么多年，我家因为妈妈，俺爷俩力没

比人家少出，汗没少流，舍不得吃，舍不得喝，眼看着人家的日子都一年比一年过得好起来了，可俺家一年二年不但不富，还一年不如一年，刘叔，你想我这心里该是什么滋味？张浩说着，眼泪就像断了线的珠子，顺着两腮不停地朝下滚着，把面前的地都打湿了一抹。万芹见张浩这么伤心，心里也酸酸的，鼻子也不自觉地抽搐了几下，用眼角含情地瞟了一下张浩，又在公公的脸上扫了一下，心疼地说，看你这个人真是的，爸为你的贷款跑出了眉目，你倒反而伤心起来了。刘会计也说，孩子，不仅我一家人在关心你，全村人都在关心着你，都希望你能早日富起来呀。张浩说，叔，这个我知道。可对你们的关心，我现在又这个样子，什么时候才能报答乡亲们的恩情呀？刘会计掏出烟，递给张浩，带着满脸的笑容转移话题说，这还是你给我的烟哩。还好，没想到那个朱主任还看得起我，他没抽到我的什么烟，倒是我把他的一包大中华给抽了。张浩不解地问，他一个小小的信用社主任也能抽得起那样的烟？听说他们的工资也才一千多，要是天天抽这样的烟，他的工资能够？刘会计笑着说，你没听人说，抽好烟的不买，买好烟的不抽？人家财神爷，凡是想找他借钱的人，哪个不把他当神敬？你说，给他买几条子烟还算稀奇？听到这里，张浩哦了一声说，我是说人家嫌这烟孬哩！万芹听了，鼻子里发出了一个很响地嗤，讥讽地说，他嫌你那烟孬？要是他们自己掏腰包，就怕连五块钱一包的黄山，都舍不得买！你别认为他们这些人都大方，那是他们说话大方，做起事来还不如我们老百姓哩。你见街上那些跪在路边的讨饭的，给他们钱的人中有一个是当官的吗？公公笑笑说，万芹说的一点也不假。你不要认为有钱的人都大方，恰恰相反，那就是越有越算。真正大方，真正有同情心，真正善良的人，还是我们老百姓。你见我们省市县中的好人排行榜中有干部吗？有一回在街上，我先看见一个戴着破草帽子的农民在买青菜，只是粗略地问了价格，伸手就买。结果，一算账，还该找他两毛钱，那个破草帽把手一摆说，两毛钱还找啥？都不够一碗茶钱。说着，扭头就走。可那买菜的心里不过意，最后，撵了多远还是送了几棵葱给他。刘会计说完这个故事，感叹了一句，还是俺老百姓诚实、憨厚啊。那些有钱的呢，才会跟人家斤斤计较哩，对自己没有利的事，你就是打他、骂他、甚至唾沫子吐到他的脸上，他们都不会干的。唉，现在就更不能说了，你办三分钱的事，你不给他好处，他也不会给你办。上面几年前不就说，农民是弱势群体，要支持他们。干部也在大会小会上都把这话挂在了嘴上，可就是没见有几个真正把这话落实行动上的。我今天就亲眼看见，一个老头为了贷几百块钱买化肥，跑了好几趟，钱还没拿到手哩。张浩点点头，说，今天要是我去的话，比那老头的待遇也好不到哪里去，不愁还没人理我哩。

　　说了一会闲话，张浩说刘叔，这事就全靠您老人家给我操心了。刘会计说，这还用说吗？明天，我想再找几个担保人，我再把这事好好地琢磨琢磨，看找哪些人合适。最后又跟张浩说，你就安心地等着吧，你什么也别想，想了也没有用。张浩听了这话，心里说，刘叔真是太善解人意了。

　　张浩吃过晚饭，一个人坐在电视机前发愣，电视里放的什么，他一点也看不进去，只是孤孤单单地想着心思，扭头看着面前断了一条腿，在父亲去世前才亲手修理好的板凳，不禁又流起了泪来。他想，要是爸爸还在世的话，起码到家不用自己动手，他老人家也会把饭做得好好的，还会陪着自己一边

吃饭，一边说话。一个家只要能有人跟自己说话，就像个家。可现在，除了这个电视机在说话，里里外外一个人，看哪里都显得冷气飕飕，阴气沉沉的。当他看见挂在上边墙上，那两张被放大，但已围了黑边的父母的照片时，不禁又抽泣了起来。他一边抽泣着，一边在回忆着这么多年来家里的艰辛和自己一家人在人们眼里的地位。他感到一个穷字，就像一只凶狠的老虎，吓得好多亲戚和邻居都对自己敬而远之。他想，要不是因为这一个穷字，万芹怎么能成了会计的儿媳妇？自己现在不也已经是两个孩子的父亲了吗？每天只要自己一走进这个家门，两个孩子老远就会张着两只小手朝自己伸着，哭着闹着要自己抱。在这样的时候，只要见到孩子的那一张张可爱的笑脸，一身的疲劳也会在顷刻间化为乌有的。可一个穷字，就像一把无情的剑，把自己的一切全都给崭没了。还有自己的一个远房舅舅的闺女，在他到舅舅家去拜年时，还曾偷偷地朝他手里塞过情书哩。当他把这事跟舅舅说时，舅舅直言不讳地苦笑着说，就怕这事跟她家里提了也是白搭。要不，我就试试看。果然，舅舅到女方家，一把这事说出口，女方的母亲当场就把自己的女儿骂了个狗血喷头，你是怕找不着男人了还是怎么的？你咋不睁眼看看，他的家像个家吗？人家都又是平房，又是楼的，他家还住在茅庵子里哩。女孩的母亲还说，你光看他人长得好，没钱花，没房子住，要什么没什么，你可能就啃他那个人？我看你这丫头是神经出了毛病！女孩刚想张嘴说句什么，母亲就把眼睛瞪得牛卵子似的吼道，明天把她送精神病院检查检查，看看可是神经出了毛病！结果舅舅被人家弄了一个大红脸，羞得都想钻地缝，看看面前是非常结实的水泥地，连个小缝子都没有，只好把脑袋钻到了腿裆里。这家人不但骂了自己不长眼的闺女，舅舅这边一出门，人家还指着舅舅的脊梁把他也给捎带着骂了一顿。只听那个女人冲着舅舅的脊梁骂道，什么玩意，想拿俺一家人当猴耍？也不撒泡尿看看你那外甥家，除了有老鼠和药瓶子，别的还有什么？男人也愤怒地骂道，我又没抱你家孩子下油锅，你干嘛没事来俺家找事！舅舅为了这事在外面碰了一鼻子灰不说，回家还被老婆也手指着鼻子数落了一番。

张浩的脑子里就像过电影一样，不时地过着他所走过的人生之路。

有一回，母亲的病情加重了，乡村医生李丽说需要去住院。可家里就一百多块钱。而住院没有个千八百的，就别想去医院。都知道，就是再知己，哪怕是自己的兄弟姐妹，你穷了，他们也是不敢接近你的。张浩知道人们常常挂在嘴边的这样一句话，穷了别靠亲，冷了别靠灯。可在这样的时候，张浩爷儿俩还是想到了舅舅家这盏灯。于是，父亲就让张浩去舅舅家说了妈妈要住院，家里没钱的事。但不管怎么样，虽然舅母是牤牛卵子——皮外的，可舅舅毕竟和妈妈是一抱一个奶头吃大的亲兄妹，一听妹妹的病情重了，临时就心疼得流下了眼泪。他怕私自借钱给妹妹治病，老婆事后不高兴，说他拿她不当人。于是，就悄悄地趁张浩下厕所的工夫，把老婆叫到屋里用商量的口气比着小孩说，他大姑要去住院，想来借几个钱，你看怎么办？张浩的舅母还没等舅舅把话说完，就把俩眼一瞪说，借借借，去年已经借了两千多，一个还没给，又来借，俺家可是开银行的？那张本来就已经够长的脸，一下子又拉长了一半。张浩舅舅看了这个年轻时在自己眼里怎么看都感到可爱的女人，眨眼间变得怎么连自己都可怕了，好像这个女人根本

不是跟自己多年来同床共枕的妻子，而是一个陌生人。就在舅舅恍恍惚惚正怀疑这个长脸女人是不是自己的女人时，她又骂开了，真是狗屎难填，牛屎难掏！摊上这门子属狗屎的亲戚，也不知是哪辈子作了孽了。骂完，把屁股对着自己的男人一扭，把一股带着大蒜味的口气朝男人脸上喷着，说，那是你妹妹，我要是说不借，外面知道了，又说我这个女人心狠。你哪怕把这个家搬给她呢，我也问不着！她唯恐在屋里说，张浩听不见，又站在房门口，把脸对着男人吼道，我跟你讲，那五千块钱，你一个也不许动我的，那是我辛辛苦苦熬出来的猪钱！说完，两只脚狠狠地敲打着地面，咚咚地钻进锅屋，叽里咣啷，借刷碟子刷碗来发泄自己的不满去了。

舅舅被晾在了屋子的正中间，一滴滴豆子似的泪水顺着两腮朝下滚着。一时间，他真不知道该怎么办才好。他知道，家里那钱的确是卖猪的钱。如果自己硬是把这钱拿给了外甥，女人不跟他拼命才怪！他知道，这个跟自己同床共枕了一二十年的女人，有时候不讲起道理来，那可是什么事都做得出，什么话都能说得出口的。

而舅舅家的厕所在屋后边，跟屋子只隔了一道墙，而正对着厕所的墙上留有一个窗户，对于舅母说的这些话，他已经听得清清楚楚了。所以，当他听了这些话时，既替舅舅难过，也替自己的穷家难过。于是，就暗暗在心里对自己说，张浩呀张浩，你一定要争气！

当他从厕所里出来时，犹豫着，想不声不响地回去，又怕舅舅更伤心，于是，只好又噙着眼泪回到了屋里，看了一眼舅舅，为了安慰舅舅，于是就重新回到舅舅家，跟舅舅撒谎说，李丽阿姨本来说要我拿她家的钱，可欠了她家的那些药费还没还，不好意思再从她家拿钱了，说要是您家有钱的话，就不借她家的了。他看了眼正在伤心的舅舅，故意用轻松地口气说，舅舅您也不要难为。又故意把声音提高了一些，让在锅屋里的舅母也能听见，说，我来时爸就说，舅舅的老账还没还，怎么能再去张嘴？我是偷着来的。我回去到李丽阿姨家借就是了。在转身离开舅舅家时，又扭过头在舅舅脸上看了一眼，小声安慰舅舅说，舅舅，我不会怪你的。

这一次，他出了舅舅家的门就哭，一直哭到家门口。后来，还是赵思福知道了情况，感到不是滋味，听了张浩借钱时，舅母冲着舅舅说的那些话，叹了口气说，唉，人穷了是难混啊，连自己的亲戚都害怕别沾了他。不过，这也没有什么稀奇的，历来都是人巴结财主，狗尿槐树。于是，赵老师便主动送了一千块钱给张浩的爸爸，并抬手在他肩膀上意味深长地拍了拍，说，人啊，一辈子几截子过，谁也不会一竹竿稍子甩到头。谁能说自己没有个头痛脑热的时候？说着，看了眼蹲在门边，两眼看着在柴堆头前，正低头啄食的小鸡崽的张浩，说，孩子，村里没一个不喜欢你的，你家的难处会过去的。毛主席不都说，乌云过去就是太阳吗？我不是说三十年河东，三十年河西吗？也许会在不久的将来，那些现在怕沾你，极力躲着你的人，还有再回过头求你的时候哩。要记住，粪堆还有发热的时候哩。这钱你先拿着，不够，俺们再想办法。

当张浩把赵老师送到门前的大路上，紧紧地握着赵思福的手说，赵老师，我做梦也不会想到，您老人家会在我家走投无路的时候，雪中送炭啊！您的恩情，我这辈子都不会忘记的。赵老师叹了口气，劝张浩说，孩子，我现在说这话也许你不爱听，可这对你将来的人生不定不是件好事哩。你还记得初

中课本里孟子说过的一句话吗？天将降大任于斯人也，必先苦其心志，饿其体肤？听了赵思福老师的话，张浩不禁在心里佩服说，当老师的真会劝人。于是，心里和身上都感到了一阵轻松，就笑了笑说，我知道您老人家是在安慰我，但我心里还是高兴的。又对赵老师笑笑说，但愿您老人家说的话，有一天会变成现实吧。赵老师听了，认为他说得完全是安慰他的话，就很认真地说，我看完全有可能，我知道，你从小做事就是个很认真的孩子。毛主席不是说世界上怕就怕认真二字吗？就说你干的瓦匠活吧。我家那楼不就是以你为首设计的吗？不论是样式还是装修，在村里有第二家能跟我家比吗？他这说的也是实事。赵老师家在去年建楼房时，只是拿了张一本杂志上登的一座楼房的彩图，让张浩看看，说，你是我的学生，我这楼就交给你了，就建这样的样式。于是，楼房建成后，赵老师拿着那本杂志一对照，嘴裂得跟弥勒佛似的夸奖说，啧啧，真的跟这楼房一样哩。于是，赵老师说，孩子，苍天会有开眼的时候。张浩说，不管怎么说，你在我的心里，永远都是我的好老师。你今天说的这些话和我家在这样的时候，给我家的帮助，我什么时候都会铭记在心里的。

当张浩正和赵老师说着话的时候，吴标从他们的背后走了过来。只见他一副昂首挺胸、不可一世的样子，两边腮帮子上的肉往下坠驰着，在太阳光的照射下，闪闪地发着光，就像是两面小镜子挂在两个腮帮子上。这也许就是他身上的光环吧？村长毕竟是村长，身上有很多地方就是跟普通的老百姓不同。老百姓像他这样年纪的人，大多肚皮都朝里瘪着，而人家就朝外鼓着，就像只倒扣在肚子上的锅。一般人的腮帮子都是平平的，在阳光下一点也没有光可反射。他虽然不拿财政工资，生不是国家的人，死也不是国家的鬼，烧了灰也进不了八宝山，但看他那一副派头，就硬是村里的小皇帝，就可以在村里颐指气使，横行天下。既可以叫你跟母鸡下蛋似的，一个接一个的生孩子，也可以叫你断子绝孙。谁家死了人，既可以叫你悄悄地把身子完整地埋进土里，也可以立即把你拉进火葬场烧成灰。

　　见村长从这里路过，两个人不由得转过头，要跟他打招呼。张浩见人家毕竟是村里的最高长官，于是，便先跟他打了声招呼，叫了声村长。村长听了，连头也没扭，从鼻子里蚊子似的嗯了一声。恐怕声音高了，别伤了他革命的宝贵身体。赵老师等他嗯过之后，说，村长，我正想跟你汇报件事哩。听了这话，他放慢了点脚步，脖子稍微朝后扭了扭，一双大眼睛牛卵子似的瞪着赵老师，面无表情地问，什么事啊，难道不能到村委会去说吗？说着，像日理万机的国家领导人似的，掏出手机，看了看时间，问，两分钟够不够？赵老师也许是不想得罪他，使领导能听他的汇报，一边点头哈腰地微笑着，一边双手递过去一支烟。见他这里把烟接在手里，又赶紧按着打火机，朝他嘴边递过去。吴标却并没有随便叼在嘴角，而是像海关人员一样，先把烟放在眼前看了看，直到检查过之后，才慢慢地叼在嘴角，伸着脖子，低着头，等赵老师把他的烟点着。先是慢吞吞地抽一口，似乎是在仔细品味烟的质量，直到品味好了，才让烟雾一点一点地从鼻孔吐在空中。见他这个过程进行完，赵老师才嘿嘿地笑着说，要不了两分钟，一句话就汇报完了。我知道村长的工作千头万绪，怎好随便打扰你，耽误你的宝贵时间呢。吴标这才从鼻子里嗯了一声，把一只脚朝前一伸，做了个稍息的姿势，说，说吧，我还要参加一个会哩。赵

老师心里说，真他妈的说你像领导，你就把自己当做领导了。嘴里却说，张浩家这么困难，你看能不能跟上面反应一下，给他家解决点给他母亲治病的钱？他家里已经山穷水尽了。吴标听了，把烟头子从嘴里朝外一拔，很不耐烦地说，我当是什么问题哩。唉，我说你这个赵老师啊，真是太平洋的警察，也管得太宽了点吧？好好地教书育人才是你的本职工作，我劝你别的事还是少管。赵老师被他这句话噎得满脸通红，嗓子眼咕噜了几声才喘过气。那双慈祥的眼睛，随着眼珠子的转动，朝外喷射着愤怒，过了好大一会，嘴才张了张，但最终还是没吐出一个字来。于是，吴标把胳膊朝外一伸，抬起夹烟的食指，很有风度地弹了弹烟灰，眼角在赵老师脸上狠狠地扫了扫，又聚精会神地抽他的烟去了。赵老师冲着他那威风八面的样子，从鼻子里哼了一声，心里说，你自己还真把这个村长当成一个高高在上的官了，那派头比中央领导还中央领导哩。

　　站在一旁的张浩见赵老师为了自己的事，被吴标弄得这样尴尬，心里感到很不是滋味。想对赵老师说几句什么，可又不知道该怎么说才好，最后，也只好掏出一支烟给吴标，想用烟把他这个堂堂的大村长的嘴给堵住。可吴标人家根本就不领他的这个情，把烟接在手里，眼睛朝他手中的烟盒子上一扫，见烟是一点也不上档次的，只有出苦力的人才抽得一块五一包的红三环。眉头不禁朝一起皱了皱，大概是在犹豫，是接还是不接这样的烟。别说人家是堂堂的一村之长，就是小包公头现在也不抽这样的烟啊。于是，吴标为了他的面子，便懒懒地接过烟，把它顺手夹到了耳朵上，对着正在发愣的赵老师说，张浩家的情况，我们能不知道吗？能解决的时候，我们能不想办法解决吗？那意思是还用得着你来操这个闲心？心里却说，这个好能轮得到你来讨吗？真是的！

吴标说着，就连头也没回地朝前走了。没走几步，只见他的手朝夹烟的耳朵上一拨拉，那支烟就在空中翻了几个跟头，像是怕羞似的，头一低就钻到了路边的草棵里。

看着吴标的背影，赵老师冲着他的背影，狠狠地朝地上吐了口唾沫说，妈的，什么玩意！选村长时，见了我比狗熊还乖，亲热得比见了你的亲爹还亲。晚上，我都睡觉了，你还揣着一条子烟朝我家的门缝里塞哩。跟孙子似的，乖乖地坐在我的床面前，笑得弥勒佛似的，说，你是教师，在村里说话有力度，您老一定要跟你那几位爷们多说说好话，我只要当上了村长，是不会让你们几家子吃亏的。我嘴里的这支烟还没抽完，又把那支硬塞到了我的手里。没想到这个人连狗都不如，竟然这么翻脸不认人！教这样的学生真是老师的耻辱！

见赵老师气得这样，张浩就劝他说，你为这样的人也用不着生气，就凭他这样对人的态度，是不会有什么好下场的。张浩又安慰老师说，我除非没有了抬头之日，一旦有了机会，我会好好地收拾收拾这个地头蛇！他的账我都记着哩。事实上，他根本就没把我家的情况放在眼里。他把他富得冒油的叔叔报了低保，就连那个郭霞家也报了低保，这在全村已经成了公开的秘密，可有谁去反映呢？总之，谁给他好处，他眼里就有谁。不仅我一家是这样，还有东头的李三家，李三是瘸子，老婆半愣不傻的，孩子上学，连买作业本的钱都没有，可他家不照样一点也享受不了政府的照顾？唉，现在的社会就这样，又跟谁去说呢？上面的官下村，既不走村，也不串户，看的只是村干部。不问贫，不问苦，问的只是酒精度。你说，像我这样不能给他们带来好处的真正困难户，他们会把我放在眼里吗？

能享受到党和政府的温暖吗？

赵老师和张浩分别时，见吴标一头钻进了郭霞的家里。

此时的张浩坐在电视机前，脑子像过电影似的，把他所经历过的事情在脑子里不停地过着。

当他过完了这些，脑子里自然又想到了为办木材加工厂而借贷款的事。

听刘会计说，那个朱主任虽然答应得非常爽快，可想不花钱就把贷款拿到手，是不会这么容易的。那些财神爷之所以被称做财神爷，可见他们也是爱财的。他们对老百姓来说，是神，是神就得烧香，你不烧香，他们是不会显灵的。想到烧香，张浩的眉头又皱了起来。他曾听人家说，找人办事那是有不成文规定的，那就是要有一定的条件，目的是要双赢，也不知是真是假。但他清楚，反正想一毛不拔，就想轻松地把那几万块钱拿到手，那是不大可能的。现在要想找到为你办事，又不收你好处的人，是不太好找得到的。俗话说，有钱能使鬼推磨。这话说得也许太直白了点，但它在现实社会中，却有着广泛地使用价值。有钱不仅可以买官，可以玩女人，还可以买命。据说，县里就有一位因搞了豆腐渣工程，而导致一栋大楼刚建起一年多，就倾斜了，为这项工程，国家就损失了两千多万。承包工程的老板理所当然地被判了重刑。但谁也不会想到，他人在监狱里，却仍然还能继续承包工程。你说这不是钱的作用，又是什么在发挥作用？像这样的例子，在中国，可以一抓一大把。张浩还非常清楚地知道，村里一位上过朝鲜战场的志愿军刘飞，回到家乡后，一直享受着民政部门的补贴，每月拿到二百块钱左右。民政部门知道，由于这些人的年龄都比较大了，随时都有死亡的可能。于是，民政办每年年初都要让这些人亲自去领一次补助，其目的就是想借此机会看一看这些老人，还健不健在。前几年又不像现在，每个单位都安有摄像头，可以通过摄像头这个现代化手段向上级部门证明你的死活。所以，那时的民政办主任就是连接上下的桥梁，你就是死了，他也可以说你活着，你就是活着，因为年龄大了，或者行动不方便，又或者是得了卧床不起的疾病，而不能亲自去，又没有儿女拉着你去领补贴的话，哪怕是村里出了证明，他一不高兴，也可以说你死了。而村里的刘飞老人确实死了，这位民政办主任却仍然说他活着，补贴一直由他的儿子领着，一直领到这位民政办主任退休。张浩想，从这些事情就明显地看出，这全是一个钱字在发挥着作用啊。正如人们常说的，钱是无价宝，花到哪里哪里好。由此不难看出，要想从朱主任手里顺利地借到那五万块钱，不给他烧点香，绝对是不可能的事。

刘叔说，他准备找担保人去办手续。张浩想，担保人也不是找着玩的，人家可是要为自己承担风险的。按照规定，借款人借的钱，要是借款人还不上，可是要担保人还的。所以，不是十分知己的人，是不可能给你做担保的。刘叔到底找不找得到担保人，能不能按要求找到五位担保人，张浩现在心里还没有底。张浩虽然没吃过猪肉，可还是看过猪走的。按说，就是你要找的，也就是你想到人家会愿意为你担保，按照惯例，你总得首先向人家表示一下心意吧，这心意不是别的，那就是请人家吃顿饭。人家为你担风险，你请人家到饭店里喝一顿，还不是天经地义？可他打开母亲为他留下的那只箱子，把硬币都算在一起，才三百来块钱。这几个钱，对于有钱的人来说，只够洗一次桑拿和按摩的，只够买几包大中华，只够买一瓶稍微上点档次的酒。而对于像张浩这样的穷光蛋，也仅仅只够请

几个人下饭店吃一顿普通的饭钱。所以，张浩看着从箱子里倒出来的那些大小面值不一的票子，再看看挂在上边墙上父母的照片，眼泪又一次一颗接一颗地顺着两边的鼻翼流了下来。

他痴痴地看着桌子上一张张横七竖八、凌乱不堪、软软巴巴的一点精神也没有的票子，心里不禁感叹道，自己的这一步真难迈呀。要是爸妈你们还有一个在世的话，起码也会给我操操心，陪着我说说话，也不至于让我这么难受呀。那挂在墙上围了一层黑道道的父母，睁着一双慈祥的眼睛看着在暗暗流泪的儿子，似乎在说，儿子你说的是啊，要是我们都还在世的话，怎么能让你一个人熬煎呢。孩子，你是个能干事业的人，爸妈相信你，所以，爸妈才放心地离开这个世界。孩子，你一定要好好干，爸妈在看着你呢。

张浩似乎听见了爸妈在向他说着什么，停止了抽泣，在心里默默地说，爸妈，我一定会为你们争气的。你们曾不止一遍地跟我说过，一个怕吃苦的人，是什么事也干不成的。甜是苦换来的，只有吃得苦中苦，才能得来甜上甜。

他这时便由爸妈的话，想到了明朝皇帝朱元璋。传说他从小跟别的孩子一起拾柴火的时候，别人都在拾柴火，他却在一边睡大觉，当人家拾够一筐时，他才起来揉揉眼睛，脸对着头上的青天说道，风给我刮一筐柴火来。于是，他的话音一落，就起了风，果然给他刮来了一筐柴火。想过这个故事，张浩就对自己说，我为什么就不能也像朱元璋那样呢？一阵风也给我刮一捆票子来呢？想想以上的传说和自己荒诞的想法，不禁笑了，要是真能给他刮来票子，又何必去找刘叔借钱呢？

当他把这些票子看了几遍之后，便把它们用一张公文纸包起来，放在了自己床头前的席子底下。于是，又再次打开了箱子，从里面拿出了一只非常陈旧，也许是母亲以前用过的梳妆盒子，盒子是紫色的，由于时间太久，颜色早已变得发黑了。他先把这个盒子恭恭敬敬、小心翼翼地捧着，怕一不小心碰烂了似的，表情非常庄重的一步一步地朝桌子跟前挪着。他觉得看见了这只盒子，就像看见了母亲一样。他一边慢慢地挪着，一边对妈妈说，妈妈，您老人家在临走时交代给我的话，我一句也没忘，你说，不到万不得已，不要动它，它可是老祖宗传下来的东西，如果随便不负责任地动了它，你在地下也会伤心的。妈妈的临终嘱咐和着他的泪水，在脑海里一句一句的回响着。他的一只手还在盒子上轻轻地抚摸着，像抚摸着妈妈那哺育了他生命的乳头。他一边抚摸着，一边在心里说，我是想给您老人家争气，想让村子里的人都看看您儿子，不是个窝囊废，是个想干点事情的人。可您老人家也知道，现在只要干点事情，没有钱铺路，就是寸步难行。从你和爸先后走了之后的一个多月里，我一天的瓦匠活也没干，妈爸，不是你们的儿子不想干，我实在是一点精神也没有，一点力气也没有啊。我想办个木材加工厂，我也从网上看了，销路好不说，我们这里的材料也丰富。赵老师是个好人，刘叔也是个好人啊。一听说我要办木材加工厂，他就全心全意地支持，立即就到信用社去找那个朱主任给我借贷款，还跟他儿媳妇说，要把自家的存款也拿出来给我用，你们说，你们要是地下有知的话，你们也会从心里感激他们吧？

他把小木盒子放到桌子上，点着一支烟，待一支烟抽了半截，手又再次伸向了木盒子，慢慢地把这只被母亲说得非常神秘的盒子掀开了一条缝。瞬间，又像是手被那只盒子烫着了一样，又突然把盒盖子放了回去，又愣在了那里。好一会儿，他

看了看面前这只静静地躺着的默默无语的木盒子，感到好像有件什么事没做似的。有什么事没做呢？他扭头看了看上边条几上方挂着的爸妈的照片，才想起妈妈在世时经常烧香，说是信佛。妈妈是个文盲，问她佛是什么，她也讲不出一个道道，说反正就是为人行善。看到这里，他才想到，那件没做的事，就是在打开盒子之前，应该给妈妈烧炷香。于是，便起身从条几上拿起了妈妈留下的三股檀香，点着，拿到鼻子跟前嗅了嗅，插进了香炉里。当香炉里升起一缕袅袅的蓝色烟雾时，他才再次回到桌子边坐下，把手伸向了那只小盒子。

他掀开盒盖，闻到了一股黄绫子散发出来的清香，直钻心脾。他的手触到了绫子，质地是那么的柔软，宛如女人那细腻的肌肤。他记得，去商店买东西，女售货员找他钱，不小心碰到她的手时，就是这种感觉。他从小长这么大，还是第一次知道女人的肌肤是这么细腻。据说，古时候，凡是贵重的东西都是用这样的绫子包着的。于是，张浩一边看着香炉里的檀香冒出的缕缕蓝色烟雾，一边小心翼翼地用手把绫子从盒子里托了出来。

这时，门外忽然起了一阵风，把挂在墙上一位在某公司打工的同学送给他的挂历，刮得哗哗啦啦地直响。对于只有他一个人住的屋子，这响声竟然不由得使他有点心惊肉跳。他的手不禁哆嗦了一下，那包着东西的黄绫子，差点掉在了桌子上。看着自己这双不停颤抖着的手，他不禁扭着头瞪着两只有点惊恐的眼睛在屋里环顾了一周，心想，这是不是爸妈看他把家里这唯一传世的东西给动了，心里不高兴，在对他提出警告，一定要记住，不到万不得已的时候不能动，要不，就对不起老祖宗。他身上顿时就起了一身鸡皮疙瘩。当他把绫子包着的东西放在桌子上，又回头看爸爸和妈妈的照片时，见他们仍然还是那样慈祥地微笑着看着自己，他的心才稍微平静了一些。他一边点着烟，一边在心里说，把我给吓死了。爸妈，你们可要保佑我啊。他那特别凹陷的腮边不知什么时候滚下了几滴豆子似的汗珠子。

门外又响起了呼呼的风声，风越刮越大了。

一连抽了两支烟，他的手又伸向了绫子。凭他的感觉，那东西不大，几乎没有什么重量。他一边一层又一层地往外揭着柔软细腻的绫子，一边在心里猜测着，到底是什么东西呢？既不像戒指、耳环，也不像项链，更不像什么玉器。到底是什么，他心里一点底也没有。于是，他心里便有了些隐隐地失望。黄金、元宝、金条都是论重量算钱的，这连一点重量都没有的东西还能是什么好东西？再说，农村人除了有这几样，再有就是玉了。就是再好的玉，也不能说没有重量啊？真是令人很难猜测。妈妈在世时，不知是怕把它碰坏了，还是不想让他知道家里的这个宝贝到底是什么，从来都没跟他说过，直到临终时，才在外人不在场的时候，独自把这件事告诉他。但仍然还是没说出这个宝贝的名字。

刮得是南风，不停地对着他的门吹。绫子被刮得不停地抖动，要不是他的手压着，那绫子早被掀起来了。当他揭开最后一层绫子时，他看见了一个乳白色的酒盅形状的东西，但却比酒盅子要大很多。看到这里，他几乎对这个传家宝彻底失望了。一只酒盅子能有什么价值？往最好了说，大不了是景德镇的，那又能值几个钱呢？这时，他不禁在心里有点小瞧他的母亲和流传下这个酒盅的老祖先了。心里说，你选择什么留给后人不好，为什么偏偏要把这个流传给你的后人？难道你们也

希望自己的后人像老祖宗一样，天天喝酒？要不，这里面是不是有什么值得让后人永远记住和回味的故事？他从书里看过很多这样的故事，如勤俭发家的，会留下一件破衣裳。靠讨饭起家的，会留下一只破碗。但不管留下什么，总都会把这个东西跟故事一起留下来。可对于自己手里的这个酒盅模样的东西，母亲和父亲，为什么就没有把跟它一起的故事留给他呢？张浩想，这就有点奇怪了？张浩连这最后一层绫子都不想再打开了。于是，他的手就停在了最后一层绫子上，愣愣地看着，又不自觉地把一支烟叼在了嘴角，无力地点着火，无滋无味地抽着，就连袅袅升起的烟雾都显得那么无精打采。他的心里像压上了一块石头，感到了一种从未有过的失落。看着绫子里凸现的酒盅模型，心里说，这个老祖宗那时大概也像现在许多喜欢赶时髦的人一样，之所以要留下这个时髦玩意，可见这个东西在当时也是很时髦的。但他觉得这样的推测，又有些欠缺，那就是，没有留下可供后人反复咀嚼的一个故事，要不，爸爸和妈妈为什么从没提到这个故事呢？有钱人家留珠宝玉器金银首饰，穷人留下的，要么是激励和教育后人的象征，要么是由穷变富的标志，可对这个酒盅子，张浩就想不明白了，它能代表什么，又有什么象征意义呢？难道老祖宗是靠烧酒起家的？可为什么就没有故事呢？任何一件事物只有跟故事连在一起，才有它的特殊意义，而张浩觉得眼前的这个东西，对他来说，意义在哪里，他感到很迷惑。他胡思乱想了一阵，竟然情不自禁地又把那一层打开的绫子重新包上了。

当他要把那个包好的酒盅模样的东西重新放进盒子时，耳边不禁又响起了母亲的话，不到万不得已，你不要打开它。这话能是说着玩的吗？可见母亲的话里一定有什么暗示。

于是，张浩被母亲的这句话又重新注入了力量和信心。他再也没有了犹豫，把手里的没抽完的半截烟使劲朝烟灰缸里一摁，连一点犹豫也没有，迅速地揭开了绫子，一边揭着，一边在心里说，你就是一只普通的酒盅子，我也要亲眼看看到底是红的还是黑的。他想验证一下母亲这句话的价值。他知道，妈妈既然这样说，她就一定清楚这只酒盅子的价值，要不，妈妈也不会对这东西这么慎重。

这时，外面的风还是刮得很大，那副挂历被风掀得就像吃了摇头丸的女子，把身体贴着墙，摇来摆去的。挂历上几个穿得很露的女子，一边不停地晃动着身体，一边向他飞着媚眼，似在撩拨又似是在讥讽。在这个时候，他还怎么有心去欣赏她们的姿色？张浩望了眼墙挂历上的那几个飞着媚眼的女子，心里说，我都这样了，你们还开我这个穷光蛋的心干什么呢？你们眼里向来只有那些当官的和那些大款大腕们，你们是不会正眼看我们这些穷光蛋的。

当那个酒盅模样的东西被彻底地揭去最后一层面纱时，不知是巧合还是什么原因，竟然有一股风吹了过来。他还没看清庐山真面目，那东西一下子就被这不大的微风给吹得离开了桌面。张浩顿时就吓得起了一身鸡皮疙瘩。是妈妈爸爸在显灵？他不禁在心里冒出了一个这样令人恐惧的想法。他虽然不相信迷信，但也从村里一些老人的口中听到过不少关于鬼怪的故事，而且还都说得活灵活现的。所以，看到这种情况，他又不得不信。当这个酒盅子又落到桌子上的时候，他才发现它不是一般的酒盅子，先发出一声轻微的与桌面撞击的光啷声，很微弱，但声音却很悦耳。就像是一位舞技高超的舞女，落下时，体态是那样轻盈，比风的脚步还轻。按说它落在桌子上停下

绿地文学丛书

来也就罢了，可它竟然随着风的吹动，就像电视剧里的仙女一般，在桌面上又旋转了起来。就像一张很薄的纸，甚至比一张纸的分量还要轻。在这样的家家都熄灯睡觉的时候，又是在连续死了两个年龄都不大的亲人的屋子里，出现了这样过分出人意料的情况，张浩惊吓的程度，就可想而知了。

这时的张浩早已吓得两腿发软，魂飞了天外，只差没昏倒在地，一边打着滚，一边哭爹喊娘了。但他也吓得瘫在了桌子边的椅子上，连张嘴喊人的力气都没有了。浑身的汗水就像雨点般地往外流着，衣裳全都汗了个透湿。他的脖子也失去了支撑力，脑袋一耷拉，下巴支在桌子边，眼睛再也不敢看那只在桌子上轻轻起舞的酒盅了。他的心已经蹦到了嗓子眼，如果不是嘴巴闭得紧，都蹦到地上了。

还好，就在他吓得六神无主的时候，那只酒盅子随着风力的减小，便慢慢地停了下来。

张浩痴着一双无神的眼睛，抬起手在脸上抹了一把，朝地下一甩，便泪水涟涟地朝爸妈的遗像看了眼，带着哭腔说，爸，妈，我没有做对不起你们的事呀，你们干嘛要吓唬我呀？你们这么撒手一走，可以什么心都不要操了，可你们的儿子你们就不管了吗？妈，你在临走时不是说不到万不得已都不能打开这个盒子吗？我刚才不是在烧香时跟您说了，我是到了山穷水尽的时候了哇，要不，我怎么会随便打开这个盒子呢？你知道，刘叔去信用社借钱的事，人家虽然嘴里答应了，可答应借了，并不等于钱就可以顺顺当当地拿到手了，这才只是个想头，八字还没有一撇哩。要想真正地把钱拿到手，你不给人家好处，人家怎么可能把钱顺顺当当地贷给你呢？我刚才把家里的那几个钱也给你们看了，几百块钱，能干什么呢？连请人家喝一顿都不够啊。你们也该听讲，找人办事，不管办成办不成，不都要先请人家潇洒潇洒吗？这潇洒的意思您们也该知道吧？好多电视剧都经常这样说过的。爸，妈，情况也都跟你们说了，您们该可以原谅我了吧？

他这样一说，还真的风平浪静了。

挂历又恢复了原样，挂历上的美女们又把那好看的媚眼送到门外的夜空，想在那里找到她们所要找到的东西去了。桌子上的那只酒盅样的东西，又安安静静地站立在了桌角上，一身的粉红色，晶莹剔透，薄如蝉翼，似挂历上那些美女身上的连衣裙。这样的酒盅子，张浩还真没看过。张浩不禁觉得稀奇，于是，便情不自禁地把手对着它，战战兢兢地伸了过去。他真怕还像刚才那样，又突然刮起一阵风来。于是，他又不知不觉地把眼睛朝门外看了看，手才敢继续朝前伸。

真是行船偏遇顶头风。就在他的手就要触到那个离他只有一指之遥的酒盅时，门外又突然响起了一幕惊心动魄的猫捉老鼠发出的呜呜声。这叫声，使他的手又像被电击了一般，嗖地一下缩了回去，吓得他浑身又是一阵颤抖，嘴里还不住地呼哧呼哧地喘着大气。待那只不知在什么地方捉老鼠的猫，衔着自己的胜利果实走了之后，他才从惊吓中清醒过来，不禁说叫了声，妈呀，这到底是怎么回事呢？

他看看门外的漫天繁星，还跟以前一样，在蓝天上静静地看着大地，旁若无人地观察着人间的夜晚发生的各种故事。

张浩从桌子边的椅子上慢慢地欠起了身子，从屋里踱向了门口。见门旁的网子里，几只老母鸡正栖息在一只大大公鸡的身边安详地睡着。看着这几只安详的鸡们，他不禁在心里说，是啊，你们互相都可有个依靠，谁才是我的依靠呢？说着，他

面前响起了几滴落地的水声。

是不是人死了真的还有灵魂呢？张浩仰着脑袋，看着满天的繁星，自言自语地问道。回答他的只是几声小鸡崽偎依在一起而感到非常惬意的咕咕声。他又在门口来回踱了几次步子之后，感觉什么动静也没有了的时候，才又重新回到了屋里的桌子边坐下。

当他把目光再次对着那个静静地站立着的酒盅子时，感到心里已经完全平静了。看到那立在桌角，险些掉到地上的酒盅子，不禁为它的完好无损捏了一把汗。于是，这次他毫不犹豫地把酒盅子拿在了手里。当他的手触到这个浑身上下、里里外外都透明的东西时，一阵说不出的惊喜，就把他给感动了。呀，世上哪有这样的酒盅子？杯壁薄得跟纸一样，而且还是里外晶莹透亮的，一点也感觉不到它的重量，跟拿一张质地很薄的白纸毫无区别。张浩一边在手里抚摸着酒盅子，一边在心里猜测着，是塑料的？不像，一点也不像。塑料哪有这样的手感，哪有这样细腻？就是再好的优质塑料也不可能制造出这样的东西。如果要是塑料的，达到这样薄的程度时，它就别想成型了。是玉？差不多，他用两个指头在杯壁上反复捏了捏，觉得又不像，因为玉质地脆，如果薄到这样程度的话，别说用手捏了，就是碰一下，它都可能粉身碎骨。有句成语叫做，宁为玉碎，不为瓦全，就是说的这个意思。那么，它到底是什么呢？张浩再也猜不出来了。

这个令张浩不知为何物的东西，他没研究过古玩，又怎么可能知道它的价值呢？

张浩想，这是老祖宗传下来的东西，不管它的价值如何，张浩都不可能轻而易举地就把它给卖了的。因为母亲在世时，家境到了走投无路，众叛亲离的时候，都没有打它的主意，到了他的手里，他想，宁愿厂子办不成，也不可能把它随便卖掉的。他的目的是想，万一要真的是件宝物的话，先把它当了，当几个钱，作为他办厂的活动资金，一旦有机会，就把它赎回来。他想，这个东西是不能随便示人的，因为母亲在世时都从没让他见过。于是，他想，先悄悄地找个懂古玩的行家，先鉴定一下，心里也好有个底。

　　由于万芹的娘家在本村，一听到张浩要办木材加工厂，而且老公公还帮助他跑贷款的事，万芹妈心里就像打了五味瓶一样，很不是滋味。因为她做的事她心里有数。她知道张浩是个不错的小伙子，可就是因为他家里有了个长期病号，才硬是把闺女嫁给了刘会计的儿子。她之所以这样做，并不是因为她是个势利眼。因为刘会计的儿子刘烨也是她看着长大的，在村里也是统称的老实人。在她的记忆里，从小到大，从没跟任何人拌过嘴，打过驾。用她自己的话说，就是老实得连石磙都压不出一个响屁来。再说，刘会计在村里也是个人人夸的好人，每次村委会选举都得满票，这就是最好的证明。总之，刘家一家是老实本分的人家，闺女嫁给这样的家庭，穷日子够过的。所以，万芹的妈妈在发现了闺女跟张浩有了来往的消息后，才当机立断地把闺女说给刘家。她发现，闺女对张浩的心一直没死，始终在牵挂着他。这一点，从她给张浩的妈妈和爸爸送葬时就已经看出来了。她这个母亲现在最担心的就是，张浩现在还是单身一人，而且还兴致勃勃地想办厂。听好多人都在背后议论说，张浩将来非发起来不可。这小伙子天生的就有一种跟

别人不一样的气质。凡是他做过的事，没有一样不是比别人好的，又加之老公公又忙着屁颠屁颠地给他到信用社借贷款。而张浩又不断地朝刘家跑。俗话说，人是感情动物。时间一长，还不是很快旧情复燃？这样的事，哪个村子没发生过？她本想不让不知内情的亲家帮张浩这个忙，可又觉得这样做不妥，她是个信佛的人，帮人家做一件好事，胜造七级佛屠的道理，她又不是不懂。但不拦挡亲家，又怕闺女动了心，万一再跟他重新好起来，坑了刘家一家人不说，让她这个做娘家妈的将来见了人，老脸也没处搁。于是，她便决定把闺女叫到家里，敲打敲打，提前打个预防针。

于是，就在万芹正在给她家的几十只长毛兔拔着毛时，条几上的电话响了起来，一接，竟然是妈妈打来的。她问妈妈什么事。妈妈说也没什么事，就是想跟你说说话。万芹笑妈妈这是小题大做，这么几步路，端着饭碗就到了，还要打个电话，也不怕浪费电话费。她说，我正在给兔子拔毛哩，有事等我拔完兔子毛再说吧。

当万芹把兔子毛拔完，拢在一只纸箱子里一称，竟然十斤还多哩。看着那高高挑起的秤杆子，眼睛都笑眯缝了。嘴里情不自禁地自言自语着说，可以卖三千多块哩。男人刘烨在一旁听了，嘿嘿地笑着说，这回得给我买套像样的西服了。万芹把两只水汪汪的眼睛对着男人一瞪说，告诉你，这次你别想，我这钱可是早已派上了用途的。她的话像一根棍子，一下子就把男人给打得闷了腔。万芹又看着在一边发愣的男人说，今个干瓦匠活，你就不能去把那几件衣裳洗洗？于是，男人就乖乖地搬条板凳坐到了洗衣盆跟前，把搓板朝盆里一放，低着头洗起了衣裳来。

万芹这里一收拾好兔子毛，那里就拎着到村西头兔毛的贩子朱老三家去了。

万芹一离开家，刘烨就在心里嘀咕，她说她这钱有用途，也不知到底想干啥？我累得钱，除了留几个买烟的零钱，其余的全都交给了你。好多人都说，我出门连件像样的衣裳都没有，惹得好多人都在背后笑话我是个气（妻）管严。看来我真还是个气管炎哩。不过，她也是个会过日子的人，而且还做到公开透明，大事小事都向爸爸和妈妈汇报。惹得他们都从内心里很喜欢这个好媳妇。

当刘烨在院子里的绳子上正晾着衣裳时，出门为张浩找担保人的刘会计黑着一张老脸耷拉着脑袋不声不响地进了院子。当老伴问他是怎么回事时，他无奈地叹了口气说，没想到找个担保人也这么难。真是人巴结财主，狗尿槐树啊。于是，他便把找人的经过就叙给老伴听。他说，先找的张小六，我心想，他跟张浩是还没出五福的自家弟兄，该会帮这个忙。没想到我刚把事情说完，他就说，这样的穷光蛋，谁去给他保账？生意好，能还上还好，万一要是还不上呢？让我去给他还账？他是我什么人？他一不是我儿子，二不是我孙子，我没有这个义务！刘会计说，因为看你们是亲的，我才来找你的。张小六说，谁跟他是亲的？新社会新国家，谁个有钱谁个花。他看了眼刘会计，讥讽地笑笑说，我说你刘会计的思想还真有问题了，怎么一点也不能与时俱进了。你也不看看现在都什么年代了。到底什么是亲的，什么是疏的？也许你老人家跟我的看法不一样，你的眼光还停留在"解放前"哩。只要有了钱，不是亲的也是亲的，没有钱，就是亲妈亲爸，也不能算亲，你说是不是？刘会计听了这话，很生气地说，我要是没记错的话，有

一回，也就是你十来岁的时候吧，你在沟边玩水，不小心掉到了水里，可是张浩他爸把你给捞上来的？我记得很清楚，当时，老张，也就是你大伯还穿着一身棉衣裳哩，我说得不错吧？好多人都站在沟边看，都嫌天太冷，就是没有人愿意下去。你大伯来到跟前，二话没说，就穿着棉袄棉裤跳进了水里，硬是用头把你给顶了上来。你大伯为了你，后来冻得发起了高烧，找李丽挂了几天的吊针才好。你爸要给他付药费，人家一个子也没要你家的吧？张小六被他说得脑袋耷拉着，半天连一个屁也没放。只是蹲在地上一个劲地抽烟，两只眼睛看着几只蚂蚁在搬家。就像"文革"时期的"四类分子"，刘会计在开他的训话会。当刘会计把要说的话说完时，问他还记不记得这些事了？他把脸朝上仰着答道，俗话说，承人家情忘不掉，吃人家亏忘不掉。这事我怎么能会忘呢？刘会计听了，问，你还知道承人家的情哩。那我再问你一遍，你到底愿不愿当这个担保人？张小六慢慢地从地上一点一点地拱起来说，承他家的情我早已都补上了。大妈有一回买药没有钱，从俺家拿了一百块钱，是经大伯的手借的。我本来是想跟张浩说说这件事的。刘叔你也知道，一百钱可是我干一天的工钱哩。想想大伯救过我的命，我也就不想提这钱的事了。刘会计听了，哭笑不得地说，你的命也太不值钱了吧？说完，便理也没理地就转身走了。走了两步，又停下来，扭头看了看还站着发愣地张小六说，张小六，我告诉你一句话，请你记住，三十年河东，三十年河西。像你这样的人，我看，我们湖稍村除了你，恐怕连第二个都找不到！看你长得也像个人，没想到你的目光还不如老鼠，老鼠还看一寸远哩。

　　刘会计接着便来到了乡村医生李丽家，便说了请她给张浩做担保人的事。李丽眉头皱了皱，说，这保账的事，你等晚上我跟我家当家的商量商量再回你的话，好吗？她又笑了笑说，刘叔你也是知道的，我家那位是尿泡尿都要使罗筛过过的小心眼，这样的事，我要是不跟他说一声，他不说我不尊重他吗？好歹人家对外也是一家之主哩。李丽还交代说，我想问题不大，只不过是跟他走个过场而已，最后还不是我说了算？刘会计笑笑，很满意地离开了这里。

当他路过赵老师家时，想，找他当担保人该不会有问题。可到他家一问，说是到乡中心校学习去了。当赵思福的家属问什么事时，刘会计便把事情跟他说了。家属听了，眉开眼笑地说，他的家我当了，同意。等他回来，我让他去你家找你。他要敢说半个不字，晚上还是让他床头跪！

这样一来，刘会计把自己也算上，还少两个担保人哩。自从在张小六那里碰了壁之后，他还真犯了难，一时间真不知道该找谁好了。

老伴听了，也不禁感叹说，是呀，人心都是隔着肚皮的。你要是有钱有势的话，就怕人家还会争着抢着为你当这个担保人哩。因为这是一个买好的机会，谁会错过这样的机会呢？又说，那个狗眼张小六，要是那个吴标找他试试，不等你开口，人家就会答应的比什么都顺当。不久前，吴标不知道在哪里喝醉了，正歪歪扭扭地顺着大路往家走着，一会走到了路那边，一会又走到了路那边，简直就像在耍醉拳，真不知道丢干部的人，凡是看见他这个形象的，没有一个不发笑的。这可是我下沟沿洗衣裳亲眼看见的。只见他一边走着，嘴里还不住地朝下淋着丝丝拉拉的东西，就跟老牛倒的沫一样，我离他几丈远都能闻到那股难闻的臭气，都憋不住想吐。后面还跟着他家那条

大花狗，那条狗也够听话的，主人在前面走着，它不声不响地扛着那条大尾巴，不停地低着头清理着被他弄脏了的路面。

吴标走着走着就歪在了张小六家的粪堆上。我亲眼看见，张小六刚才才把一锨鸡屎倒在他歪倒的那个地方，不知道他是看中了他家的那堆鸡屎，还是上天的安排才叫他歪倒在那个地方的。这家伙的适应性也真强，就连这样的粪堆上都能睡得着，这里一歪倒，那里就打起了呼噜。那呼噜打得真响，就跟以前烧柴火锅时我家的那只风箱一样，半里路都能听到，都有点惊天动地的。这时，从地里干活回来的张小六，这里一见是村长，真比见了他的亲妈亲爸还亲。见了躺在粪堆上的吴标，连眉头都没皱一下就毫不犹豫地把头一低，屁股一撅，就把吴标朝他身上背，一边朝脊梁上捞着，还一边朝四周看着，恐怕别人把这个机会给抢跑了似的。那个一摊烂泥似的吴标胳膊腿都像得了软骨病，哪里还听他的使唤？吴标打起为了计划生育而交不起罚款的几户男人，那胳膊腿显得既利索又有力，可这会儿却连抬都懒得抬了。我听见张小六吭哧吭哧地使劲捞着，一点也不嫌脏和臭，简直就像毛主席曾经表扬过的掏粪工人时传祥，甚至比那位时先生还要任劳任怨。但人家村长此时并不领这个张小六的情。就在张小六一心为他老人家效劳时，吴标的嘴里却还不停地骂着，你他妈的不好好地伺候老子，老子下次不来了，永远都不来了。光摸不来真的，想耍老子是不是？说着，一下就把张小六的胳膊拨拉了老远。张小六见自己一个人对付不了吴标，就对着院子喊他老婆来帮忙。只听他老婆一边走着嘴里一边呱啦着，哎呀，你咋不看看，他自个滚了一身的鸡屎，也把你给弄了一身？你今天才换的新衣裳，弄脏得这样怎么洗？老婆还没到跟前就恶心得蹲在地上，一只手捂着胸口，一只手按着膝盖，啊拉啊拉地吐了起来。见老婆干吐不止，张小六怎么还能让老婆帮忙？要是人家吴领导知道了，心里该会怎么想？于是，为了不打扰领导，不让领导看到这尴尬的一幕，最后只好自己一个人用尽平生之力，硬是把人家吴村长弄到了自己的脊梁上，呼哧呼哧一溜小跑着把人家平平安安地背回了家。

说到这里，刘会计的老伴接着说，什么叫势利眼，看到张小六这样对待吴标比待他爹妈还亲，我才算真正知道了什么叫狗眼啊。想想人家的救命之恩，还不如一个村长的位置重要，你说这人都势利到了什么地步了啊。

听了老伴叙述的这一幕，刘会计叹了口气说，不过，这样的人是有，但世上还是好人多。我就不信张浩借钱会找不到那两个担保人。

老两口正说着张浩的事，万芹已经卖了兔子毛，进门听了这事，把空纸箱子朝地下一放说，我不能算个担保人吗？公公想了想说，你恐怕不行，因为你跟我没有分家。万芹坐在公公对面的椅子上说，不是说借款一般都三户连保吗？怎么现在又变成了五户了呢？公公说是朱主任说的，说是借得数额大。万芹笑笑说，就这么五万来块钱也算数额大？我看问题不在这里，是在你还没有给人家意思，人家当然会这样说。爸，你没听说现在的人都会变通吗？这变通是什么意思，您老该知道吧？公公摇摇头说我老了，跟不上时代的步伐了。万芹又说，你已经给张浩把桥搭上了，接下来你就可以在这件事上退居二线了。公公点了点头，又嘿嘿嘿地笑着说，我从来也没搞过你说的那个什么变通，这是新时代的产物，我这死脑筋，怎么能做好这样的工作？如果像你说的三户连保的话，我的心也就放

下了。下一步就看你们怎么变通了。

晚上，万芹也不知道妈妈到底要跟她说什么事，放下饭碗就去了她妈家。一进门就问还在端着饭碗的妈妈，什么事非要我来说不可？妈妈放下饭碗，打了一会儿腹稿，才说，听说你公公在给张浩借贷款办什么木材加工厂？妈妈想还是不能把话说得太直了，可这样的话该怎么才能说出来呢？唉，还是慢慢地说吧。于是，她说，我知道你婆家一家人都是好心人，这是好事，如果这个厂子能办起来，也是一件为村里为你家积德的事。我也听好多人说了，这样的厂子不错。也许是张浩这孩子的运气该来了。不过，不过，她说着说着，就不禁有点吞吞吐吐起来。见妈妈这样，万芹就笑着问她妈，跟你闺女还有什么话不能直说的？妈的脸红了红，轻轻地叹了口气说，你那时想跟张浩好，是妈看了他眼下的那个家，怕你将来受苦，所以，妈就没有答应你跟他好。万芹说妈你就别绕弯子了，有什么就直说了吧。好，我们娘儿俩还用得着绕弯子吗？妈要对你说的是，你帮他，你公公帮他也好，妈没说的，妈要说的就是，你要注意跟他保持一定的距离，别再惹出了什么是是非非来。万芹把手朝妈的脖子上一搂，撒着娇说，我又不是三岁小孩了，您说的我知道，不就是怕我又跟他旧情复燃吗？说着说着，竟然呵呵地笑了起来，我说妈呀，你也不看看现在都是什么年代了，还说这些，您老人家放心，我会掌握好分寸的。好了，她把手从妈的脖子上放下说，我还得回家给兔子上草哩。

当万芹又回到婆家时，见赵思福老师正在她家坐着和公公说话哩。万芹夸奖赵老师说，赵叔你真是个好心人。赵叔笑了笑说，好什么呀，能帮人家做点力所能及的事，还不是应该的吗？又说，刚才听你爸说为张浩的贷款找担保人的事，我看谁也别找了，就凭我这个老头子就可以完全拿下来了。万芹愣了一下，说你跟他们信用社谁有关系？赵老师拿出自己的那个红色的工资卡说，我这不就是关系吗？我看，我这个小本本，比什么关系都铁。接着又自嘲说，别看我这个人土里吧叽的，这个小本子可香着哩。嘿嘿，我不管走到哪里，只要不出我们中国，只要把这个小本本一伸，人家二话不说就给我钱。你们不知道，人家还鼓励我们这些拿小本本的人借钱哩。万芹爷俩听到这里，都不禁哦了一声。赵老师又说，人家还直接告诉我们，最高可以借五十万哩。你说，张浩的那五万块钱，对于我们这些拿财政工资的人来说，还不是小菜一碟？他们那些人见了你们这些面朝黄土背朝天的人，你如果不给他们烧香，那他们是连眼睛都不想看你的。可见了我们，就大不一样了。离老远就像接大爷一样，为什么？就是因为我们可以不仅为他们创收，还可以利用我们自身的条件给他们把票子放出去，使他们单位盈利，个人也可以同时盈利，用现在时髦的话说，实现双赢！赵老师看了眼微笑着的万芹说，丫头，你说，为张浩的这几个钱还用得着犯愁？明天我就可以带着张浩去把手续办了。又说，不过，凭我这个过硬的条件，借是没有话说的，可他们还会不会又搞什么花样，这难说。妈的，他们对老百姓没有点子，可对自己如何捞油水的点子还真不少。就是再好的鸟只要从他们面前过，他们也会想着法子让你掉几根毛下来，要不然，就怕他们吃饭都没有味。

　　在刘会计从信用社回来的第二天早晨，也就是刘会计正在准备为他找贷款担保人的时候，张浩便把那个包着黄绫子的酒盅子模样的东西，连那个紫色的檀木盒子塞在了一只黑色的

人造革手提包里，把拉锁拉得严严实实的在手里提着，来到了刘会计家，屁股连板凳都没挨就说，刘叔，我想到市里去一趟。但他没有说他去干啥。他又说，我觉得找担保人的事，我想也不能老让你一个人出面，我觉得这样不合适，起码也得我跟你一起，这样也显得我心里踏实些。另外，我想等这些担保人找好了之后，再请他们吃顿便饭，不管怎么样，也算表示一下我的心意。刘会计笑笑说，乖乖，你考虑问题就是细。张浩说，人家为了我的事担着风险，您想，我请人家吃顿饭喝几盅酒不是应该的吗？这也是人之常情啊。刘会计说，我看吃饭就免了。嗯，我看不如这样吧，你先办你的事，我先找找看，实在需要你出面的时候，我再跟你说。张浩说，刘叔您对我这样，真是叫我没法说了。万芹看了一眼张浩说，在需要花钱的时候，就说一声。张浩感动地点了点头，用眼睛在她脸上瞄了瞄，那双含着泪花的眼睛把什么都表达了。于是，便转过身，手在脸上抹了一把，悄悄地走出了刘会计家的门。

当张浩风风火火地几经周折，问了好几个人才来到一家文物研究所，好一打听才找到了一位名字叫周易的人。

张浩刚进门时，见这个叫周易的人正低着头聚精会神地在看着铺在桌子上的一张报纸。张浩无意间朝报纸上瞄了一眼，见是一条用很大的黑体写着的《关于寻找我国丢失重点文物的通告》。周易听见了脚步声，便抬起了他那已经谢顶谢很厉害的脑袋，张浩这才看见这个叫周易的人，年纪大概有六十出头，一头长长的白发披在肩上，宛如一位老太太。要不是见他的五官，你根本就不知道他是一位男人。这年头也真有点怪，张浩在心里说，明明是男人，干嘛也要把自己打扮得跟女人一样呢？这也许就是所谓的艺术人才的标志吧？从周易抬起脑袋，张浩见他在鼻梁上架着一副高度老花镜，下巴上还留了一撮山羊胡子，骨瘦如柴，很像好多古代电视剧里的账房先生，又有点像是出土文物，再加上他的这个古怪的名字，更叫人不由得不往古代里想。张浩见他这般模样，心里说这样的人研究文物，也真是名副其实。

周易先生见了张浩，先用一对小眼睛在他脸上瞄了瞄，像是用眼睛在对他进行审查，之后，便伸出两根被烟熏得发黄的手指头把张浩递过来的烟很斯文地叼进嘴角，手像是得了末梢神经综合症似的，抖抖索索地指着张浩，说，把你的东西拿出来吧。

张浩这才恭恭敬敬地站在桌子边，把人造革手提皮包的拉锁拉开，不知是受到老者的感染还是由于心情紧张，手也不自觉地抖抖索索了起来。好大一会儿才把那个紫色的小盒子从皮包里拿出来，抖抖索索小心翼翼地放在了桌子上。周易把眼睛对着紫色的檀木盒子扫了扫，没见里面的东西，就把嘴里的纸烟拿下，吐了一缕烟雾说，看这个盒子，你的这个东西时间就很久远了啊。张浩听周易这么说，就势拍着他的马屁道，您老的法眼真厉害，这个东西在我看来连狗屁都不值，要我看，扔在路上都有人懒得去拣它。周易笑笑，又把烟用手抖抖索索地放在嘴里连连抽了几口，说，是呀，正因为好多老百姓都不懂，才把好多价值连城的宝贝当垃圾给扔了啊。去年不就有一位老太太竟然把在世界上都难得一见的一颗夜明珠，白白地给送人了吗？而接受这个夜明珠的人也是个文物盲，竟然也把它扔在了垃圾堆里。直到在收拾垃圾时才引起了他的注意。当他发现这颗珠子被包得很恭敬时，才想起来打开看看。说到这里，周易说，要谢也应该谢古人的黄绫子。凡是一些比较贵

重的物品，大都是用黄绫子包着的。张浩说，我的这个东西也跟您老说的一样，是用这样的绫子包着的。要不，我也感觉不到它的价值在哪里。说着，张浩便慢慢地打开了小盒子。盒子这里一打开，周易的鼻翼立即就抽搐了几下，就老王卖瓜，自卖自夸地说，我虽然还没见你这里面的宝物，可凭你这绫子发出的气息，我就知道你的这个东西不俗。没等张浩问，周易就说，你这可是真正的杭绫啊。一般的绫子是不可能有这种清香的气息的。为了使这位周易老先生心情高兴，张浩又拍他的马屁说，您老真是了不得，不仅有眼力，您的嗅觉也厉害。周易听到夸奖，更加得意地说，要不然，我能在全省评上高级文物鉴定师？张浩听周易这样自报家门，立即接过他的话说，您老这样的职称真是如雷贯耳呀。说着，又赶紧把一支烟递到周易手里，毕恭毕敬地给他点着，做出一副很幸运的样子，说，周老，能遇上您老人家给我鉴定这破玩意儿，真是我三生有幸啊。周易听到这样的夸奖，两道淡淡的眉毛一下子就扬到了鬓角，很优雅地吐出一口烟雾，两只脚也在地上很惬意地敲了几下地面，说，是啊，也该是我们俩有缘，我是昨天才从省里参加研讨会回来。

　　张浩把盒子里的东西拿在了桌子上。灯光下，绫子发出的金光就像中午时的阳光，直晃人眼。连周易的眼睛都被这耀眼的金光射得眯成了一条缝。他眼睛一边眯着一边说，这绫子的质量怎么这么好？啧啧，这样质地的绫子，我这几年都没见过了。周易的话，不禁使张浩的心情激动了起来，问自己，难道我这东西真的是件宝物吗？他一边一层一层地揭着绫子，一边又在心里庆幸，幸亏这东西没被风吹到地上，要不，也活该就是我张浩的命苦了。要是万一被风吹到地上打碎了，我会愧疚一辈子的。那就真是上对不起我的列祖列宗，下对不起我的爸爸妈妈了。他这时又想起了爸爸，要不是他老人家走得急的话，相信他老人家会把这个东西的来历告诉我的。

周易看着张浩的两只手在不停地拨弄着绫子，眼睛瞪得就像守在洞口等待老鼠的猫一样，精神是那样的专注，好长时间眼睛都不眨一下。烟火烧到了手指，都没有感觉到。

见周易的目光这样的集中，张浩也就格外小心，在一旁连大气都不敢出，唯恐打扰了周易。

当绫子彻底被打开，又重新显现出那个酒盅模样的东西时，只见周易不禁两手朝桌子上使劲一拍，忽地从座位上弹起来，紧接着，嘴里又发出了一声令张浩吓得猛一跳地尖叫，哎呀，了不得，了不得呀。他的叫好声刚停下，又一屁股坐在椅子上。只见这时的周易，浑身跟抽了筋的似的，每块肌肉都抖动了起来。

从周易的抖动中，张浩已经预感到，桌子上的这个东西，已经再也不是件平常所说的俗物了。

这时的周易没有像孩子似的马上就迫不及待地把它拿在手里，而是先把高傲的脑袋立即放了下去，下巴支在桌子边，把两只小眼睛放在了跟酒盅保持一致的水平线上，把眼睛里的两道绿光对着它，像八路军扫射鬼子的炮楼似的，来回不停地扫射着。是审视，又是在欣赏。待他既聚精会神、全神贯注又贪婪地扫射了几个回合，估计已经把这个酒盅的模样东西全部扫进眼里，目光有了些疲乏之后，才直起身子，仿佛从梦中醒来似的说，快，快把门掩上。张浩一点也不敢怠慢地起身关了门，之后，又回到他对面的椅子上坐下，不解地看了看周易，意思是关门干什么？周易看出了张浩的意思，于是，便长长地

喘了口气，像是干完了一件重活似的说，它的重量太轻了。你想，这么轻的东西，只要稍微有点风，还不把它给刮倒？说着，又把酒盅下面垫上了一层绫子，才轻轻地放在了桌子上。

听周易对它这么了解，张浩问，您老怎么这么熟悉它？周易这时才把酒盅拿在手里，双手捧着，把目光贴着它说，我了解是了解，可只是从史料上看过，真正看到实物，今天还是头一次呀。为了感谢周易的慧眼识珠，张浩又把手伸进口袋，摸起了今天特地买得二十三一包的玉溪烟。还没等他把烟盒子掏出来，周易已经把一支大中华递了过来。张浩很不好意思地一边接着周易的烟，一边客气着说，我怎好意思抽您老的烟？周易这才把脑袋朝椅背上一放说，你今天可使我大饱了眼福哇。我不得感谢你吗，小伙子？

于是，两支烟在周易的办公室里哧哧地燃烧着。

张浩已经从周易的口中得知了这个物品的价值，心情便开始激动了起来，心里说，爸妈，你们没有白白地保存它，你们保存得值！

当周易把目光从酒盅上收回时，便问了张浩的一些家庭情况。周易听了，不禁叹了口气说，真是此一时，彼一时也呀。听了周易先生的感叹，张浩越发觉得周老先生平易近人了。两个人叙完家常，周易话锋一转说，你知道你拿得是件什么宝物吗？张浩说不知道，从来也没听谁具体说过。周易说，这件宝物要是你祖宗传下来的话，那么，你的这位老祖宗也一定是位很了不起的人物啊。张浩不禁哦了一声说，从没听我的长辈向我说过这方面的事情。周易告诉他，这是一只玛瑙碗，书上有明确的记载，出于明朝，全国一共有两只。一只给朱元璋陪了葬，另一只一直下落不明。看来，你拿的这只，很可能就是下落不明的这一只了。

　　张浩没想到，周易对这个玛瑙碗的来龙去脉这么熟悉，不禁对他更加佩服地说，真没想到您老对历史资料这么了如指掌。周易笑笑说，搞文物研究的，不熟悉资料，怎么进行研究呢？于是，周易便离开他那把古色古香的椅子，转身从身后书架上顺手抽了一本《大明志》，非常熟练地打开了中间记载着这个玛瑙碗的文字页码，把书推到张浩面前，又把书朝后翻了一页，指着上面的一个插图说，看看吧，这就是这只碗的图片。这是一幅黑白照片。张浩一看，竟然跟他的这只碗一模一样。只见旁边还写着这只碗的尺寸，高17厘米，直径17.5厘米，碗底直径5厘米。看到这里，张浩惊讶地感叹道，记载的怎么详细？周易老先生听了这话，解释说，这可是国家的稀有宝物，记载的能不详细吗？周易老先生为了验证这只碗确实就是书上说的这只碗，又从抽屉里拿出一把米尺，朝碗上伸着说，我的眼力是不会有错的。说着，便把米尺伸向了玛瑙碗，一边量着，一边让张浩看着，你看，直径是不是跟记载的相吻合？说着话，又分别量了它的高和碗底，果然跟记载的一点也不差。

　　通过这么一量，张浩激动得手都有点颤抖了。看着这只放在面前的玛瑙碗，张浩仿佛觉得自己由一个穷光蛋，一下子变成了大富翁似的。顿时，就精神大振，两眼发亮了。当他再次给周易老先生递烟点火时，不禁又为去世的母亲伤起了心来。于是，眼泪再也控制不住地像滚豆子似的，一颗接着一颗地顺着两腮滚了下去。

　　周易老人见他这样，不解地猜测道，你是不是激动的？张浩哽咽着说，我这哪是激动啊，我是为我去世的母亲和父亲

难过和惋惜啊。妈妈为了守住这个传家宝，为了治病，家里花得什么都没有了，在她的病情恶化，问我舅舅借钱时，舅母还跟舅舅大吵大闹了一场，结果钱也没借。可就这样，妈妈从来也没打过这件宝物的主意啊。爸爸要不是为了妈妈的病操劳过度，他也不会说走就走了的。周老先生听了张浩的哭诉，非常同情地说，你妈和你爸都是好人啊。要不，只要把这个宝物一出手，他们一辈子吃喝都不会发愁的。他们都是在以自己的生命孝敬自己的列祖列宗啊。在中国，还是我们的老百姓好啊。这样的好人真是太不多见了。又在张浩的肩膀上拍了拍说，小伙子，你应该为有这样的父母感到自豪才是啊。

待张浩的情绪稳定下来的时候，他很不好意思地向周老先生道歉说，老先生，刚才我的情绪太激动了，真不好意思，您老不要计较啊！周老先生听了，把手在他面前摆了摆说，小伙子，我非常佩服你刚才的举动。现在像你这样的年轻人，已经很少见喽。好多青年人又有几个像你时时不忘自己父母的？他们一个个都是一年土，二年洋，三年不认爹和娘啊。不当官没有钱还好些，只要当了官有了钱，根本就不认识他的爹妈是谁了。不仅好多高官是这样，就连芝麻星子官也是一样啊。不说别人，就说我们单位才分来不久的一个小伙子吧，听别人说，为了供他上学，他爸爸在给一个私人老板干瓦匠活时，不慎从跳板上摔了下来，一条腿摔成了残疾，不能再干活了。可一个农村人不干活又哪来的钱？可他为了儿子的学业，只有去城里一边捡破烂一边讨饭，来挣钱继续供儿子上学。由于儿子一来想节约几个车费，二来也不想进那个一言难尽的家，所以，在放假时就没有回去。可儿走千里母担忧啊，母亲想儿子想得饭吃不下，连觉也睡不着。父亲怕妻子想儿子想出个三长两短的，老两口竟然一边捡破烂一边讨饭，不远千里来到了学校。当这个年轻人的父母找到学校时，没想到他们的宝贝儿子正跟几个哥们在寝室里喝酒哩。周老说，你猜这个年轻人见了他的父母怎么样？那老两口才刚到门边，年轻人就立即把父母带到一个没人看见的旮旯里，脸子拉得老长，非常恼火地警告父母，说，你们怎么能不经我的同意随便就来了呢？我正跟一个副县长的女儿谈恋爱哩，她就住在我的楼上，要是看你们这样，还不跟我吹？父母被他这个宝贝儿子数落得面前要是有个地裂的话，他们随时都可能钻进去，于是，这个学生的父母眼泪顿时就流了出来。脑袋耷拉着，半天也没想出一句合适的话来。可这个儿子怎么能有闲心再听他们说什么？于是，便把手朝前一指，吼道，快，你们给我住到那个斜对角的桥下去，晚上我再去找你们。可就在父母要走开时，把手又朝父母面前一伸，说，给我一百块钱，今天是我请的客。周老看了一眼瞠目结舌的张浩，接着说，你猜这对望子成龙的夫妻怎么样？他们不但没职责儿子一句，还把路上捡破烂才卖的那一百块钱，一声不响地掏给了儿子。不过，在受到这个待遇之后，这对老夫妻就再也没有给儿子寄过钱。

张浩的两只眼睛被他说得瞪得滴溜圆。不过，这样的故事他也听过，可具体是谁，他从没打听过。今天他才算真正听了周老讲了一个真实的故事。

由于周老已经看过张浩的宝贝，而且宝贝也被周老用绫子又重新包了起来，所以，周老便让张浩把门重新打开，眼睛朝对门看了看说，那个小青年就在这里上班。周老正说着话时，便看见一个长得非常标致的小伙子手里拎着一只茶瓶，正一边嘴里哼着小曲，一边朝外走着。周老用手一指，说，就是他。

周老说，就在父母不再理他时，他已经是大四了。后来，通过他那个当副县长的老丈人把他分在了我们这个单位。也是考古系的，领导要我收他当徒弟，我硬是没同意，所以，至今谁也不愿意收他。一个连自己父母都不认的人，还怎么能为别人服务？

张浩听了周老的话，敬佩地夸奖周老说，您老不仅才高八斗，而且人格也使人尊重啊。周老说，一个没有良好品德的人，绝不能有良好的职业道德！所以，这样的弟子就是再有知识，我也不收。我们这些搞文物鉴定的，是要凭自己的良心办事的。

张浩看周老是这样的一身正气，便又把话题转到那只玛瑙碗上，问，您老能不能再给我说说这只碗的来历呢？说着又给周老献上一支烟。周老抽了一口烟，说，刚才说跑题了。现在就说说你要问的问题吧。于是，周老又打开书本，看着书上的文字说，书上有这样一断记载，说是明代朱元璋皇帝在没当皇帝之前，一次讨饭中因被一家财主家的狗咬伤了腿，因伤口发脓，不能行走，饿得昏倒在路边。一姓张名唤张华的农民下地干活回来路过此处见之，便放下工具，将其朱背而回之，放其塌，而命其妻烧其汤，张拿勺将其亲而灌之。朱因有汤灌入腹，渐而醒之，望其张，感而啼之曰，汝救命之恩，吾后当重报。周老读到这里，抬头看了看张浩说，我推测，这位叫张华的人不是别人，就是你的列祖列宗了。周老说罢，又接着读到，后，朱登基，将之接其朝中，盛情待之，朱多次重提张救命之恩，皆啼泪肆流，随问张曰，有何求之？答曰，吾乃一介草民，温饱足矣。朱随命能工巧匠制玛瑙碗两只，送张一玛瑙碗，其意有吾食，乃有汝食之也。周老念罢，眼睛直视着面前的玛瑙碗，说，这回你该清楚这只玛瑙碗的来历了吧?这才真正是你们张家的传家宝啊。可见你们张家的人都是孝子啊。张浩听了周老的夸奖，不禁点了点头，脸上出现了一丝不易觉察的微笑和得意。周老又重新把玛瑙碗拿在手里，像孩子把玩一件有趣的玩具一样，显出一脸的童真和满足。

当这个玛瑙碗又被装进那个紫色的小盒子，塞进皮包里放好时，张浩问周老，这个玛瑙碗目前在市场上，你估计价值该是多少?周老说，目前为止，就它的工艺来说，仍堪称一绝，其历史价值更是无法估量。所以，我认为，就收藏价值而言，它应该跟著名的《清明上河图》不相上下吧?张浩眼睛一瞪，惊讶地说，那您是说价值连城?周老笑笑，这可也是一件稀世珍宝啊。

直到这时，张浩这才说明了自己的来意。他说，我想把它先当几个钱作为我办厂的活动资金，一旦有机会就立即赎回来。周老听了，连连摆着手说，不可，不可，不可呀。这么珍贵的东西怎么能随便示人呢?周老又笑笑说，你有了这个镇家之宝，还愁不发?周老说着，拿出照相机又对着玛瑙碗咔嚓咔嚓，拍了几张照片。收起相机，又要张浩留下了家乡的地址和联系电话。

临走时，张浩掏出三百块钱给周老说，老人家，我眼下家庭确实很困难，这几个钱你老就拿着买包烟抽吧。周老摆了摆手说，你的情况已经跟我讲了，按说，这样国宝级的文物，收你一万也不能算多。我都被你张家的孝心感动了，所以，就什么也别说了。不过，我这拍照费也免了。周老说完，不禁开心的哈哈大笑了起来。

真是人逢喜事精神爽。当张浩彻底弄清了家中藏着的这样

一件价值连城的宝物时，走起路来好像两条腿就像安了弹簧似的，显得是这么利索和有力。头上的天也比一来时蓝了，鸟儿的叫声也是这么悦耳，路边的一草一木，好像都在对着他招手和微笑。浑身的每根神经，每个细胞都充满了活力和从未有过的朝气。

当张浩吃过晚饭朝万芹家走着时，心想，我能不能把这只玛瑙碗的事，跟万芹一家人说说呢？正如奶奶在世时常说的，有了忧愁，不要跟人家说，要独自承担；但有了好事高兴的事，一定要给人家讲，这叫与人家分享，可以使人家延年益寿，这也叫做善事。张浩犹犹豫豫地想了一会儿，心里说，我能不能做这个善事呢？最后，突然想到，妈妈和爸爸在世时从来都没跟他提过这样的事，所以，我也不能把这事跟刘家人说。如果说了，是不是对不起去世的父母呢？还有就是，据老年人说，凡是家中的宝物，是不能随便告诉别人的。到底为什么，他也说不清。他觉得，对这事，暂时还是不要张扬的好。如果张扬了出去，也许会给自己带来许多意想不到的麻烦。另外，周老也说，像这样的东西是不能随便示人的。

他刚进万芹家的门，万芹正蹲在地上，伸着两只手按着一只大兔子的四条腿给几只小兔子喂奶，那些小兔崽子全都趴在大兔子的怀里聚精会神地吃着奶。那只被按着的大母兔子眯缝着眼睛，一动也不动地任凭几只小兔崽吮吸着。从大母兔那安详的表情可以看出，它是在一边尽着一个母亲的责任，一边又像在享受着一个做母亲的幸福。看到这里，张浩心里不禁羡慕地说，还是母亲好啊。

刘会计见了张浩，只是笑笑，算是跟他打了招呼。万芹便抬起头，望着他那喜形于色的脸膛问，怎么，拾到钱了？张浩笑了笑，也不要万芹让座，自己就走到了刘会计对面的椅子上，把一支烟递给刘会计，坐下说，我要是拾到钱，还不跟你对半分？万芹说，要不，你的精神怎么这么好？张浩说，难道所有精神好的人都是拾到了钱？万芹说，就是会狡辩。张浩便撒谎说，你们这样帮助我，我能不高兴吗？刘会计接过他的话说，是呀，你赵叔这回可算帮了你的大忙了。于是，刘会计便把赵老师拿工资卡做抵押的事跟张浩说了。张浩听了，感动得眼泪都流下来了。一边抹着眼泪，一边不住地说，赵老师可真是帮了我的大忙了！

正说着话，只见村长吴标嘴里叼着烟，趾高气扬、大摇大摆地走了进来。见了吴标，张浩立即欠起身，便很客气地跟他打了声招呼。张浩知道，村里的这些干部可是一点也不能得罪的，别看他们成事不足，一旦需要用到他们的时候，他们往往在关键时候一句话，就可以让你的事办不成。在他们身上才真应验了那句强龙不压地头蛇的古话哩。吴标听了张浩的招呼声，只是用眼角朝他的脸上瞟了瞟，从鼻子里蚊子似的嗯了一声，就直接跟他擦身而过，就像跟他有什么深仇大恨似的，故意把脸拉长了半截。张浩见他这样对自己带理不理的，不禁感到迷惑，心里愤愤地说，我又没借你的米还你的糠，干嘛对我这样？张浩见他这样，不但不跟他计较，反而还在心里非常体谅地猜测，可能是遇到什么不顺心的事了，要不也不会还没进屋，脸子就拉得老长的。他这样一替对方着想，不但不生气了，反而还把手伸到口袋里，准备掏支烟给他。人家毕竟是一村之长，虽然他嘴里还叼着烟，是自己的顶头上司，今后还是自己要用人家的多，不巴结也得巴结。于是，张浩竟然从吴标

的屁股后头转到他面前，仍然笑容可掬地把一支烟恭恭敬敬地递到了他的手里。吴标接了烟，眼睛又下意思地在烟上瞄了瞄，见是玉溪，才顺手把烟夹在了耳朵上。

刘会计见村长驾到，也非常热情地把椅子递到他面前，让他座。可他只看了看椅子，就居高临下地看了看刘会计，很有风度地从嘴里拿下烟，夹在两个指头间，伸着胳膊，以《沙家浜》里刁德一审问阿庆嫂的姿势，用指头弹了弹烟灰，说，我来跟你说件事。刘会计精神非常集中地盯着他的脸，像小学生在认真等待老师提问一样，看着他的嘴，在等待着他的下文。吴标这时又把两条胳膊朝胸前交叉一抱，往地上带有思考性地连连吐了几口唾沫星子，说，这个，这个，这几天听到不少人跟我反映，减灾款拨下来快一个月了，为什么还不发给群众？刘会计是个心地非常单纯的人，一听他这样说，张口就替村长幸运地说，我就知道这钱不能动，看看，那天我要是把钱挪用了，这麻烦可不就来了？

吴标也没接刘会计的话，像位运筹帷幄的大将军似的在他家不大的屋子里不停地来回踱着，一边踱着，一边把眉头朝一起皱着，嘴里不住地一口接一口地抽着烟。看上去是在替他的这位下属思考对策。其实，他是在试探刘会计，看他是不是真的像他猜测的那样，把这笔钱给张浩用了。他一边踱着步子，一边在悄悄地用眼角打量着刘会计的表情。通过察言观色，见刘会计非常沉着，脸色并没有什么变化，说话既不前言不搭后语，又不惊慌失措，一点变化也看不出来。便在心里无声地骂道，这个老狐狸尾巴夹得真紧！

就在吴标正踱着潇洒的步子时，刘会计见他一副心事重重的样子，说村里哪些人向你反映了这事？我可以跟他们解释一下，不是我不愿意发这钱，而是这里面有问题。支书临走时说，受灾上报的地亩和实际的地亩有悬殊。会计解释说，总面积正确，可朝生产组里分解时却差了几亩。因为这里面有的组里地亩大，是一亩二三算一亩的。等把地亩重新丈量一遍再实事求是地发。这钱反正谁也不会花一个，只不过得一个过程罢了。

吴标照样装腔作势地踱他的步子，耳朵听着他的解释，心里却说，你解释地倒合情合理？你明明知道我这阵子没空，偏说这话，你这不是有意在拖是什么？想到这里，从嗓子眼里哼了一声，但这个哼字，是随着他的咳嗽发出来的，被咳嗽声掩盖了，刘会计一点也没有发觉。于是，用商量的口气问，村长可以抽出点时间吗？要是群众都实在不同意的话，那我们就把地再重新丈量一下。这边量过，我们那边就发。

听了这话，吴标又在心里骂道，你这个老狐狸，真是狡猾到家了。反而还变得以攻为守了。于是，吴标非常气愤地说，这几天我的工作你又不是不知道，省里要来进行计划生育大检查？市人大主任要下来搞调研？省市卫生厅要来进行疾病预防和检查新农合。说着，就把两只胳膊朝刘会计面前一伸，从里向外画了个大大的弧形，像死了亲妈亲爸似的，哭丧着脸说，你看我能抽出一点空吗？于是，吴标又就坡下驴地将他的军，问，你不能带着各个组长丈量吗？心里说，你要真敢理直气壮地答应我的要求的话，那就说明你心里没有鬼。他的话一落音，刘会计手摆得像莲花落似的说，这个恐怕不行，没有你们主要干部在场，那些组长哪个是好惹的？你也知道，他们除了怕你还怕谁?这话吴标爱听，心里稍微动了一下，觉得很舒服。是呀，那些组长们拿你会计算个鸟？村里的各项工作，哪

一项离了我老吴能行？也不是我吹，我只要在他们跟前放个屁，他们听了都是打炸雷；我吐口唾沫，他们都认为是下大雨。他们头上的乌纱帽都在我手里拿着哩，给他们是句话，想收回也是我一句话。别看他们见了我老远就点头哈腰的，就跟见了他们的亲妈亲爸似的，甚至比见了他们的亲妈亲爸还要亲，还不是见我手里拿着他们的帽子？什么好，还是权力好！我头上的这个村长的帽子好。俗话说，官大一级压死人。你刘会计头上没有帽子，所以，指望你把这件事做好，还真不可能。哼，你姓刘的说这话，还算你有自知之明。可回过头来一想，觉得他这话说得特有水平，这就叫用真实的谎言来掩盖他真实的内心。这才真正叫做"醉翁之意不在酒，在乎山水之间也。"吴标对刘会计的表情和话语，进行观察、分析、判断、综合，最后得出的结论是：他的目的只有一个，那就是想借支书不在家之机，用这钱来跟张浩搞股份制，拿着支书的这根鸡毛当令箭，一边把我吴某人给拖住，跟我打时间差，利用公家的钱来为个人谋取私利。吴标想，他之所以能找出自己抽不出时间这个借口来做文章，这就是他的高明之处，一般的人是绝对做不到的。心里不由得气得火苗子直往上蹿。

当他又接过刘会计递过来的纸烟时，才感到两条腿走累了，这才把屁股放在了椅子上，感到身上疲乏的很。他一边把烟头子对着刘会计打火机，一边又在心里骂着郭霞这个害人的女人，自己今天之所以身上一点劲都没有，脑子也显得比平时迟钝，还都是怪昨天晚上在她身上付出得太多了。妈的，不知是怎么了，不见她时，自己也曾不断地提醒过自己，一定要有所节制，不能老是把全部精力都消耗在她身上，一定要留点精力应付上面的领导和下面群众，可一爬到她身上，怎么就身不由己地把什么都给忘了。吴标便在心里骂郭霞，她就是迷惑自己的白骨精，不仅能把自己的心给摘了，还能把自己的魂也给勾了。怎么也没想到，昨天晚上就跟她折腾了一夜。自己每次像只泄了气的皮球一样从她身上下来时，就在心里下决心，不能再跟她折腾了。可自己的精力和体力一旦恢复过来，身子一接触到她的肌肤，眼睛一看到她的那洁白如玉的裸体，就又身不由己了。这个令人销魂的骚货！吴标想，要不是因为身子像被掏空了一样，听了姓刘的这样将自己的军时，能想不出对付他的办法？瞧，这脑子简直成了一滩豆浆了。俗话说，狐狸再狡猾，也斗不过好猎手。于是，吴标在心里，自己批评自己道，你这个猎手，今天怎么就败在狐狸的手下了呢？唉，女人真是杀人不见血的刮骨钢刀啊。今晚再不能这样了，不然的话，时间长了，还能有自己的好果子吃？虽然说牡丹花下死，做鬼也风流，但还是尽量不死，再多找几个女人销魂为好。

当刘会计见他昂着脑袋把一支烟快抽完的时候，也没表一句态，又催问道，村长看这事到底怎么办？

吴标听了这话，把屁股忽地从椅子上一弹，把烟屁股朝地下狠狠地一扔，再用脚使劲一碾，怒气冲冲地说，怎么办？除了我顶着，还能怎么办！他嘴里虽然这样说，可却在心里骂道，你个老狐狸，不要你跟我耍心眼，等我抓住了你的尾巴，我才跟你做一账算！

为了不让刘会计看出自己的马脚，他一边朝门外走着，一边嘴里不停地说着，唉，你这个王书记呀，你不在家你倒过得自在，尽拔萝卜让我坐。我能把这事跟群众讲清吗？唉，我这个村长真是干够了，什么事都要我一个人兜着！其实，他这话完全是说给刘会计听的。

绿地文学丛书

他在心里断定，张浩的这个木材加工厂，毫无疑问地有你姓刘的股份！瞧，刚才张浩见我时的客气样，又是点头又是哈腰的，就跟见了好久没见的老情人似的，不然的话，你怎么能对我这么客气？明明看见我嘴里抽着烟，却又转到我屁股后头跟我献殷勤，硬是把烟朝我手里塞。你以前见了我怎么不这样？每次在路上跟我擦身而过时，要不是实在躲不过去，你根本连一回都不会先理我。那次赵思福在路上给你说情，要求给你家办低保，你见了我咋不点头哈腰？不但不亲热，还把脸朝一边扭哩。赵思福帮你讲情的时候，你要是也像今天见我这么客气的话，我还真说不定要考虑考虑哩。现在，一想起你那天见我时那个屌二郎当的样，我心里就发恨，全村人都吃上了低保，你家也别想！谁家困难，谁家不困难？都在我嘴里哩。说你行，你就行，不行也行；说不行，就不行，行也不行。谁是政府？我吴标就是政府！全村经我报的这些低保户，哪一个没到我家来过？有几家实在困难，又老实听话的人家，甚至把自己都舍不得吃的土公鸡送给了我。你说，像这样知道感恩的人，我能说不给人家办低保？可唯独你张浩爷儿俩，连我的门边都不踩，你有多粗多大？难道还要我求到你家主动把低保送到你手里不成？你是我的什么人，一不是我的情人，二不是我的亲妈亲爸，我干嘛非要给你办低保？别看我这个神仙小，可你不烧香，我也不会显灵的。共产党的钱，给谁都是给，但我要给得有价值。你张浩爷儿俩根本对我就不咋样，说穿了，你根本就没把我放在眼里，谅我这个小官不能给你办什么事，所以，才对我这样的。哼，正如有部名字叫《一村之长》的电视剧说的，别拿村长不当官。看我这个村长可是官？吴标心里想着张浩，越想他靠刘会计给他撑腰办木材加工厂的事，心里就越来气。于是，就咬牙切齿地在心里发狠说，小张浩，小张浩，看是姓刘的的讲话算，还是我讲话算！我使劲叫你们朝一个壶里尿，看你们能尿到一个壶里？我非叫你们尿湿裤子不可。听张小六跟我说，今天姓刘的为了给你张浩找担保人，把蹄子都忙翻了。好啊，你姓刘的不是面子大吗？人家张小六咋不买你的账？你扛把叉子被人家给碰成了抓钩，不管怎么说，也不太好看吧？也不是我吴标吹牛，要是我开口让张小六保账瞧瞧，就怕不让他担保，他气哩！什么叫威信？这就叫威信！还有这个赵思福，你也不要能，别看你眼下不归我管，可你的儿子孙子总在我的一亩三分地里，天不转路转，早晚遇到我的手里，我才掰点给你尝尝！你什么是帮助张浩，你这分明打着帮张浩的旗号让我吴标难看！你姓刘的这次跟张浩合伙的事一旦被我抓住了把柄，我不叫你进局子吃吃不出钱的饭才怪！如果那样的话，我再给你姓刘的搜集搜集材料，起码叫你在里面蹲个三四年没问题。

在吴标正朝村委会的路上走着时，迎面又碰上了赵思福。赵思福见了他，心想，这个东西这么晚了又朝村委会去，准是又要跟郭霞的男人说是研究计划生育，好跟她在那里鬼混。但赵思福虽然心里在猜测，表面上还是对他客客气气地，老远就呵呵地笑着招呼他，去村委会研究计划生育？吴标已经听出了他这话的意思，但又不好说什么，只好用鼻子嗯了一声，便和他擦身而过，可刚走了几步，又喊住了赵思福，问，听说你在为张浩保账？赵思福停下了抬起的脚，反问他，怎么，不可以？有什么指示？因为赵思福本来就对他很没好感，主要是看不惯他那耀武扬威，不把任何人放在眼里的高傲样。心想，你一个小小的村长，架子端得比县委书记、县长还要大，觉得

自己不知有几斤几两了，真是乌纱帽还没戴头就歪了。所以，今天听吴标这样问他，他才这样阴阳怪气地反问吴标。一句话把个吴标问得直发愣，多长时间也没想出反击赵思福的办法。赵思福见他这样发愣，心里不禁觉得可笑，心想，你怎么连个屁也不放了？于是，也就把目光停在了他的脸上，一个劲地盯着，心里说，看你今天能把我怎么样？

有一次，村里一家娶媳妇喝喜酒，赵思福跟吴标坐在一张桌子上喝酒，一桌子人都端着盅子喊着村长长村长短地要跟他碰酒时，村长被喊得嘴都快咧到耳朵跟子了，望着在一边一直不言不语地赵思福，吴标觉得他好像被别人冷落在了一边，于是，便扬眉吐气地用眼角瞟了他一眼，得意地把一杯酒端到嘴边，说，赵老师，也不是我贬低你们光荣的人民教师，别看你的工资比我这个村长高得多，说得再好听，你们充其量也只是个孩子王，那些不懂事的孩子见了你，老师长老师短，老师头上挽个转，可哪个大人你能管？可我就能管。在我们这个村子，我就可以上管天，下管地，中间管空气。吴标不但嘴里这样得意地说，眉毛还得意地朝上扬着，完全是一副目中无人的样子。赵老师听了这话，当然不高兴，心里说，乖乖，他这话说的比中央领导还大哩。就连中央领导还不忘去给他的老师拜年哩。没想到，他竟这样不把老师放在眼里，真他妈的，小鬼比阎王爷还狂！于是，他也就没好气地说，你说的也是呀，这个老师可能送给你干，你都不会干。没想到他听了这话，还真恬不知耻地说，那是，倒找我钱，我都不会当你这个所谓的人类灵魂的工程师。一桌子人都被他这话说的一时间哑口无言了。不想，停了一会，竟然有几个人捂着嘴嘿嘿嘿嘿地笑了起来，其中还有一个小伙子，笑得上面来不及，还从下面扑扑地放了几个响屁。从此，赵思福见了吴标，一直都是待理不理的。

吴标见赵思福这样问他，非常恼怒，愣了好大一会才以牙还牙地说，我问问该不犯法吧？赵老师说，这是我个人的事，你还是继续研究你的计划生育工作去吧。说罢，就头也不回地朝刘会计家去了。

张浩和赵老师在刘会计家约好了去信用社的时间，便各自离开了刘家，不久，万芹也没打男人刘烨的招呼，也实在没法打他的招呼，一是因为刘烨是个搁下头就打呼噜的人，二是她也不想把这事跟男人讲。她知道，在男女交往方面，就是再心粗的人，哪怕是个缺心少肺的人，对这个问题也是最敏感的。当然，她要到张浩家不是为了想跟他做什么见不得人的事，而是想把她今天才卖的兔子毛钱送给张浩，考虑到明天要去信用社找人家办事，就是不送礼，起码请担保人吃顿饭，喝几盅酒，这都是些人之常情的事，所以，她准备把这些钱给张浩先送过去。万芹虽然没跟张浩说什么，但在心里，她还是替张浩做好了送礼的准备。她知道，张浩手里没有什么钱，而这个时候也是他最需要钱的时候。如果公公和婆婆要是知道了她给张浩送钱的事，心里一定会有想法的。不管怎么说，一个女人能替一个和自己没有多么直接的亲密关系的男人无微不至地考虑这事，哪怕你再纯洁，也会招来一些是是非非的。对于男女方面的事，就连三岁小孩都会唱黄梅戏《天仙配》里董永唱的一句唱词，男女交谈是非多。从古到今，因为男女交谈而产生的爱情故事太多了，所以，万芹不得不注意影响，再则妈妈也为这事给她敲了警钟。所以，在出门时，她根本就没打算在张浩

家停留多久。

　　这时，婆婆还在厨房里收拾着锅碗。在她路过厨房门口时，婆婆无意间看了她一眼。万芹也许是心虚的缘故，竟发现婆婆看她的眼神里好像对她的行动有了觉察。目光是那样的有穿透力，就像钻进了她的心里，把她的想法看得一清二白。万芹再也承受不了婆婆目光的压力，于是，便主动跟婆婆坦白，亲切地叫了声，妈，我出去有点事，去去就来，两个孩子都睡了。婆婆听媳妇这样跟她说话，心里不禁感到一阵欣喜，心里说，俺着媳妇是越来越懂事了。瞧，刚才这一声妈叫得多亲，把我的身上都给叫暖了。这个丫头，你出去出去就是了，干嘛还要跟我说？你也够辛苦的，几十只兔子全你一个人操持，哪天都要割一大筐草，回来还要洗，还要一只一只地喂。这还不算，还要喂饲料。真够费工夫的。昨天，上午的天那么热，你还挎着草筐下地。当你背着草筐回来时，身上的衣裳连一点干的都没有了，脸上的汗珠子就跟下雨一样朝下滴着。我看了都心疼。唉，真是个勤快的丫头。自从进了俺家的门，从来就没伸手问俺要过一分钱。平时花钱，全是靠卖兔子和兔子毛。儿子累的钱，要交给你时，你却非要他交给我，说是老人手里有钱，心里踏实。真懂事啊，能娶到你这样的儿媳妇，也算是俺前世里修得的。于是，看着万芹扭动着苗条的身子朝外走着，心里说，你白天没有一点时间，晚上是该出去走走啊。像俺万芹这样的年轻媳妇，还真是不多了啊。

　　婆婆心里想着万芹的种种好处，也不禁挑起两道眉毛，嘻嘻地笑着，以长辈的口气，带着很有地方特色地口头语说，乖乖，白天忙了一天，晚上还不该出去走走，想把我丫头憋死？去吧，去吧，家里有我哩，我看着孩子别把被子蹬掉就行了。

我睡早也睡不着，我看电视，你什么时候回来，我才什么时候睡。万芹被婆婆说得竟然有点不好意思了，于是，便对婆婆撒着娇说，妈，那我玩去了？

出了门，不知怎么了，她的心不禁怦怦地直跳。心里说，妈幸亏没问我到哪里去，要不，还真不知道该怎么向她说哩。

此时的张浩，又一个人坐在桌子边，正专心致志地写日记哩。他正在写着今天自己一天的经历。由上午的鉴定玛瑙碗写到了刘叔怎样给他找担保人以及赵老师主动做担保的事。

由于心情好，写得也就很详细，准备在将来把这些经历留给自己做个永远的纪念，或者在将来万一有了妻子和孩子的时候，再教育他们，不要忘了自己在人生路上所经历过的人和事。当然，也重点记下了万芹对他无私的帮助。

在雪亮的灯光下，笔在纸上发出了嚓嚓的响声。

这声音像张浩在倾诉心声。

由于他的精神高度集中，万芹什么时候站在了他的背后，他都不知道。

他在专心致志地写着。

万芹屏声静气地看着。

她的两只眼睛像安在张浩背后的摄像头，把他今晚写下的这些肺腑之言全都摄进了她的眼里。

当她看到张浩写玛瑙碗一节时，心里不禁涌上一阵惊喜，怎么，他家原来竟还有这样一件宝贝哩？看他写到妈妈直到临终才告诉他这件事时，不禁对他的父母也敬佩了起来。她一边看着那落在本子上的一个个文字，一边在心里万分佩服地赞叹着，家里穷到了这个地步都没打这个宝贝的主意，他的父母也都是了不起的人啊。

万芹见张浩这样写道：

这只宝物，是我老祖宗的光荣，它是老祖宗心善的一个重要标志，我的上辈们把它继承了到了现在，传到了我的手里，我还会像我的祖宗和父辈们一样，只要在我力所能及的时候，我会继续为我的父老乡亲们做善事的。我不仅会做，而且还要做大，也许在必要的时候，我会将这件宝贝献出去，把老祖宗的善举更加发扬光大。

也许在今天说这样的话，别人听了会笑话的。这只不过只是我的一个我的想法而已。

看到这里，万芹的眼泪，不知什么时候从腮边滚了下来，一颗接着一颗地落在了张浩背后的地上。也许是怕打扰张浩，所以，那很有分量的泪水才没有发出一点声音。

张浩在日记的最后写道：万芹已经是两个孩子的母亲了，我觉得她在这样的时候，晚上，独自一人到我这个白天都令人恐惧的家来看我，这是对我的同情，也是想在心理上给予我安慰。但我不能因为她对我好，而心生非分之想，如果那样的话，就是我的不道德了。我无论如何不能做出对不起她和刘家的事。我只有干出一番事业，才是对关心及帮助我的人的最好的报答。

万芹，你真是一位善良的女人。你能在我最困难的时候来看我，关心和尽其所能地帮助我，真是不知道怎么感谢你才好。我为能有你这样一个想着我的人，而感到三生有幸。我会把你们一家及乡亲们的关怀和帮助化作动力，把我的事业干成功，以此来报答你们的。

最后，他又写道：明天，刘叔和赵老师将去信用社为我借钱，请他们吃顿饭也是人之常情，这一点我还是可以办得到的，如果要是连信用社的人一起请，我可就要丢人了，因为我手里就只有三百块钱了。我该怎么办呢？？？

没想到，万芹竟被这三个问号给问得放声痛哭了起来。

当张浩冷不防听到万芹的哭声时，吓得忽地一下从椅子上弹了起来，大叫了一声，我的妈呀。当他看见是万芹时，一只手紧紧地捂着胸口，呼哧呼哧地喘着大气说，你可把我给吓死了。万芹微笑着说，吓死了，怎么还说话？张浩紧张的心情，被万芹的一句话就说得放松了许多。

张浩的心情虽然已经平静了许多，但还没有完全平静下来，感觉身子还是软软的，于是，便就势坐在万芹对面的椅子上，顺手把一支烟叼在嘴里，点着火，使劲抽了起来，一口接一口地抽着，那蓝色的烟雾犹如他的思绪，丝丝缕缕，在万芹和自己之间，徘徊着，缭绕着，没有一点头绪。

张浩怎么也不会想到万芹会在这个时候来，太有点出乎他的意料了。他抬头看了看万芹，见万芹低着头看着自己的两只鞋尖，两只手在不停地搓着乳白色的衣襟，显得有点拘束。她那张椭圆形的脸红红的，像擦了胭脂，红得自然，恰到好处。额上有一绺头发遮住了右边的眼睛，两片嘴唇抿得紧紧的，显出了一丝羞涩。张浩想说句什么，嘴张了张，不知该说什么才好，所以，只好什么也不说。同时，自己也感到有点拘束。

头上的灯泡发出哧哧地响声，那耀眼的光芒把两个人照得像两块晶莹的水晶。

当张浩把一支烟抽完，又接上一支时，精神才重新振作了起来。当他的眼睛再次望着万芹时，便问，我写的东西你都看见了？他本想说，日记是不能随便看的，这是个人的秘密。可话到嘴边又咽了回去，觉得这样说又不妥。如果这样说了，

绿地文学丛书

岂不是显得跟她太见外了？人家一个年轻女子在你最困难的时候，一趟两趟地来看你，这样的话你怎么能说得出口？所以，只能那样问。

万芹听他这样问，才抬起头，理了理那一绺搭在眼睛上的头发，把眼睛对着他说，你写得太感人了。从你的这则日记里，我不仅看到了你的心，还看见了你的人品。没想到你一家人，包括你的祖宗，都是这么重情讲意。张浩，我相信，好心会有好报的，我没有看错你。困龙都有上天的时候，你就是一条困龙，你不久就会腾云驾雾的。张浩听了这话，心里不禁有一种说不出来的滋味。他知道，这是万芹在鼓励他，可他又觉得万芹说的我没有看错你这句话，是不是有点太暧昧了。张浩想，这样的话，如果要是出自一个男人，就是说你这个人值得帮助，帮助你这样的人，不会使我失望的。可对于一个跟自己年龄差不多，何况又是爱过自己的女人，说这样的话，就不能不叫人产生非分之想了。但此时的张浩，刚才还在日记里写着他对万芹的看法，所以，在他的心里，对万芹说的话，还是完全从正面去理解的。因此，张浩说，我不会辜负你们的一片好心的。

张浩觉得本来有好多话想跟万芹说，可看看外面布满了繁星的夜空，觉得还是不说为好。

万芹当然明白张浩的顾虑，从他朝外看的眼神里就知道，他是怕自己在这里时间呆长了，会招来一些不必要的是非。于是，万芹便从椅子上欠起了身，在她即将出门时，便从口袋里掏出一打票子，放在桌子上，说，怕你明天要用，所以，现在就给你送了过来。我知道你是个爱面子的人，轻易是不肯向别人开口的。拿着吧，这个钱连刘烨也不知道。

张浩见万芹替他想得这么周到，想说句什么，可最后什么也没说，只是用眼睛在万芹脸上瞄了瞄。万芹感到他那不经意的一瞥，把什么都表达了。

当万芹离开他家时，只是站在门口用目光无声地送和他，直到万芹成了一个透明的亮点。

这时，只见万芹走着的这条路上，两边高大的杨柳发出了一阵阵哗啦哗啦的响声，像是在述说着什么。

张浩跟刘叔、赵老师几个人来到信用社时，几个人刚上班。有的在擦着桌子，有的在倒茶，还有的正打开报纸，目光在上面搜索着有什么可看的奇闻逸事。

柜台外面已经站了几个人，有一个大概是想立即办事，还不时地把头贴在玻璃的小孔上，把脸上的肌肉都挤成了平面，使劲睁大两眼朝里看，看过了里面的人，又看看墙上的电子钟，便把眼睛对着里面那些各自在干着自己事情的人，不满地说，说是八点半上班，现在都九点了，还没有动静，真是骑驴不知地走的。我一心的事，家里的地还等着回家挖了种菜哩。唉，这些拿工资的人怎么就一点也不替俺们老百姓想想呢？那些站着的人听了这些牢骚话，有的便笑笑说，你又不是人家的领导，再说，人家也不会理你的。你要是领导的话，你随便放个屁，他们都会当成打大雷的。有的还说，唉，世道就这样，看不惯管什么用？气病了，医药费还得你自己出。几个人就这样说着话，不知不觉又过了十来分钟，几个工作人员大概是走路乏了过来歇，见面时该说的话也说了，这才打开电脑，慢吞吞地把屁股放在椅子上，用鼠标轻轻地点着程序。

这时，柜台外面已经排起了长长的队伍。

张浩他们看看主任办公室，门还紧紧地关着。于是，刘会计便趴在营业室的一个窗口想打听一下主任的情况，见一位长得很有几分姿色，不知是跟她的男朋友闹情绪了，还是她的情人把她给甩了，脸子拉老长的营业员，刘会计便把脸贴在窗口上，目光对着这位姿色营业员说，请问朱主任怎么还没来？没想到，人家见了刘会计，就像见了她的情敌似的，把鼠标朝桌子一摔，把两只瞪得圆溜溜、涂满了乌黑的眼影地眼睛对着刘会计，伸着细嫩而又冒着青筋的长脖子说，我看你这人怎么这么不识相？我问你，你没吃过猪肉，还能没看过猪跑吗？你问我领导怎么没来，我还问你领导怎么没来呢？你出门也向你家的孩子请假吗？天下有领导向小卒子请假的吗？刘会计被说得满脸通红，想想她说的也在理，说，可你也不能用这种态度跟我说话呀？女的把脸朝一边一扭说，我就这种态度，怎么了？你又不是我的什么人，我没有义务向你好好地说，这也不是我的业务范围。

听着她对刘会计发火，旁边的一位女营业员站起来劝刘会计说，别跟她计较，啊？她这两天正跟大主任闹矛盾哩。可刘会计被弄了一肚子气，也就没好气地说，你那墙上不是写着顾客是上帝的标语吗？你就是这样对待上帝的？那女的怕刘会计再跟她吵个没完，便从柜台里绕出来，把刘会计拉到一旁，对着他的耳朵小声说，昨天朱主任在芙蓉那里，嗨，怎么被她碰上了。好了，这本不该我说的，你老人家心里明白就可以了，可再不要说什么了，啊？听了这个息事宁人的劝说，刘会计只好叹了口气，说，我什么也不说了。心里却说，怎么现在只要手中有点权的人，都好跟女人沾上边？听说，就连我们那个小小的村长都跟那个芙蓉有一腿子。看来，这个破鞋在这个地方还真是通吃哩。要不，她的饭店也不会这么红火的。这也叫利用自身的资源在搞她的经济建设啊。

刘会计跟这个女人碰了钉子后，也不好再打听主任的下落了，只好在主任办公室门前守株待兔了。

于是，几个人在他门口站着，不住地东张西望着，就像是他的门卫，守一会，便伸着脖子朝远处张望一下，希望在他们张望着的时候，主任出现在他们的视线里。可足足在他办公室门口看到了十一点，也没见主任的影子。刘会计看着面前紧锁着的门，便在心里骂道，妈的，你怎么说话一点也不算话呢？你本来跟我们约得好好的，可到现在却连个招呼都不打，看来，你是根本不把我们这些人放在眼里的。什么叫目中无人？你这就叫目中无人。我要是大老板的话，你会这样吗？

张浩闲着没事，便把眼睛朝墙上溜，他突然间从墙上那煞有介事贴着的《关于营业员服务态度准则》下面写着的举报电话里，发现了朱主任的手机号码，1346767667，张浩便觉得它的谐音是，丢妻丢妻丢丢妻。于是，张浩见刘会计和赵老师等人等得寂寞，就跟他们俩笑着说，刘叔、赵老师，我看我们的这位财神爷的夫妻关系不怎么样啊。赵老师说，我们是来求他借钱的，他们的关系好不好，与我们什么相干！刘会计把眼睛一瞪问张浩，怎么，你怎么知道人家夫妻关系的？会看相？你要是会看相的话，那你今天看看我们的钱能不能借到？乖乖，还真不知道你这孩子什么时候学的这一招哩。又说，你要是真会这一手的话，那我们今天这个钱就不要借了，现在，一个好看相的，只要在街上摆个摊子，哪天不弄个三百二百的？张浩说，看刘叔你想到哪里去了。我要是真会看相的话，还不把我的相早看好了？赵老师笑着接腔问，那你是怎么知道人家夫妻

关系的？张浩便把眼睛对着那一溜手机号码说，你看，这不就是他夫妻关系的写照？刘会计和赵老师都把眼睛朝墙上看着，都被他说得有点云里雾里。就一脸迷惑地问，那不就是几个数字吗，我们什么也看不出来。于是，刘会计就指着张浩说，你这孩子是在给我们找乐子吧？赵老师也说，你这孩子是想给我们打发寂寞，在没事找事。我就不信你这孩子会从数字中能看出人家家里的情况。于是，张浩就卖着关子说，根据言必信，行必果的原则，是可以看出来。这也是测试心理的一种嘛。刘会计说，你说给我们听听，看看你这个心理学测试准不准确，再说说你的依据是什么，也让我们学习学习。于是，张浩又指了指墙上的手机号码，一边指着，一边嘴里念念有词道，要干事，丢妻丢妻丢丢妻。之后，张浩又解释说，134，不就是要干事？后面的6767667，不是丢妻丢妻丢丢妻是什么？刘会计和赵老师不禁都哈哈大笑了起来。他们两个都说，你这个张浩可真有意思。赵老师为了活跃气氛，也跟着开玩笑说，说的也是，要干那事，不把妻子丢到一边，怎么能干成？又说，那些手中有点权的和手里有了钱的人，现在不都是家里红旗不倒，外面彩旗飘飘吗？还有人说是这样还不算全面，应该是，单位有个发贱的，身边有个做伴的，家里有个做饭的，外面有个想念的。看来，这位财神爷也不知达到了这个现代化的标准没有？刘会计说，这现在已经不算回事喽。

　　几个人说笑了一阵，还没见这个财神爷的影子。于是，张浩就对刘会计说，刘叔，我们不是找到了他的联系方式了吗？刘会计这才把手在大腿上使劲拍了拍，说，是呀，我们这不就可以找到他老人家了吗？张浩你真行。

　　于是，刘会计便拨通了朱主任的电话。

此时的朱主任正像癞蛤蟆一样，正脸朝下，脸对着席梦思床，四脚拉叉地撅着肥大的屁股，穿着件小裤衩，眯缝着鱼泡眼，舒坦地微缩着眉头，在享受着芙蓉那纤纤玉手的按摩。这时，芙蓉正叉开两腿，骑在他身上，两只手在他的脊梁上不停地揉搓着。下面的身子，也随着她两只手的运动，在他身上按摩着。而芙蓉下面也只穿件短裤衩，朱主任感到她那个部位的按摩比她的手按摩得还要舒服。那湿漉漉热乎乎的液体不停地朝他的脊梁上渗透着，就像发电机一样，不停地朝他身上输送着一股股强大的电流。芙蓉唯恐两头按摩效果不佳，又匍匐下胸脯，不停地把用两只硕大的乳房按摩着。芙蓉一边在用身体按摩着，嘴里还不住地发出一声声令财神爷销魂的尖叫。把个财神爷侍候得灵魂都快飞出体外了。

　　这个平时在老百姓面前威风八面的朱主任，此时已变得像一头听话的小猪，哼哼叽叽地任芙蓉摆布着。他被芙蓉摆布得要死要活，手又是扒，腿又是蹬的，像在临死之前在进行垂死挣扎。一边挣扎着，嘴里还不停地叫着，舒坦死了，舒坦死了。

　　他的下身早已在万分舒坦中变得坚硬如钢，跃跃欲试，大有戳穿席梦思之势。浑身的血液也早已畅通无阻，每根神经都兴奋不已。芙蓉的按摩，在朱的眼里，真比在世的华佗还灵，既能滋阴，也能壮阳。

　　按说，朱这个时候是不该进行按摩的，可这个芙蓉非常能紧跟时代的步伐，响应上级领导的号召，一心一意搞经济建设，就像高级数学家，非常理解时间就是金钱这个概念的含义，认为上午的客人少，自己有充裕的时间，正好可以利用这个时间抓一笔计划外的收入，所以，在接到她要给朱按摩的电

绿地文学丛书

话时，开口就撒娇说，你都把人家想死了。跟你说，你可是一个星期都没来了，人家都为你瘦掉二斤半了。你要还是不来的话，我这条小命就交给你了！说罢，便又把那两片小嘴唇对着朱嘬了嘬，发出的声音更勾魂了。

朱听了芙蓉的电话，本来精神振奋，斗志昂扬的身子，一下子就像地里正生长旺盛的庄稼，突然间遭到了霜打一样，立即就酥软了。他那底气很足的声音，也由慷慨激昂、理直气壮，变得像打了十八长摆子似的，颤颤地，像下级跟上级汇报工作时的那种腔调，用商量的口气问，我晚上去行吗？芙蓉对着手机一边扭着身子，一边嘬着红润而性感地小嘴，嗲腔嗲气地说，不嘛，人家现在就想见到你嘛。不然，人家一天的心都不会安的。说着，还对着手机夸张地喘了几声只有女人跟男人在上床时才有的喘气声。

朱听了这样人没到，魂就被勾去了一半的电话，和那迫不及待地娇喘声，哪还有心思去办公室接待来办事的。心想，反正在我的单位，我唯此唯大，只有下属向我请示汇报和找我签字画押的份，没有我向他们请假的理。我想干什么就干什么，没有人问拉倒，如果有人问或者哪个要找自己办事，一句话，我在办事哩，就把他们打发了。朱自从接了芙蓉的电话，他的魂就再也不在自己身上了，脑子里全都是芙蓉的影子，穿着衣裳的，没穿衣裳的，还有跟他在床上的各种动作，全都出现在了他的面前。就像进入热恋的情人一样，如果再不见她，恐怕都快不能活了。

于是，就这样，他便在上班的半路上，小车一拐，就花了岔，直接来到了芙蓉大酒店，把芙蓉的席梦思床，当成了自己的办公室。欲仙欲死地脸对下，屁股朝上地任凭芙蓉在他身上，用各种肢体语言向他汇报了起来。就是神仙也愿意当这样的领导。

正当芙蓉的汇报即将完毕，由他再将芙蓉的工作，以实际行动进行检查时，放在脑袋跟前的手机却响了起来。

由于他刚骑到芙蓉的身上，由下级变成上级，成了真正的领导，准备居高临下地开始工作时，对于干扰他正常工作的手机响声，心里非常烦，而且还烦得都想把手机摔了。眼睛瞟了眼一闪一闪的手机屏，骂道，妈的，早不打晚不打，却要在这时候打，真他妈的不长眼。可他就没想想现在正是上班时间。人家找你办事，不在上班时找，还能在你下班时才找吗？再说，人家又没在你身上安监控器，怎么可能知道你在干什么呢？不但上面的领导对这个电话反感，就连已经心甘情愿当下级的芙蓉，看了那个响个不停的手机，都非常不满，把两条玉腿朝一起一拢，说，真是一点也不识务！接着，又一边朝下推着高高在上朱领导，一边在指责着朱领导，怎么能在这样关键的时候不把手机关掉呢？

手机还在顽强地响着。

朱领导也已经翻身下马，跟部下坐在了一起，成了平等的人。

别看他朱主任在他的单位是领导，可还有比他大的领导在上面，由于怕上面的领导，所以，别说还没进行到实质性地帮助和指导芙蓉的工作，就是工作正在进行着，领导的电话，他也不敢不接。他怠慢了下级没关系，就是得罪了，也不能把他怎么样，可一旦得罪了上司，他的日子可就不好过了，可以把他晾起来，也可以把他头上的乌纱帽给拿掉。所以，得罪了亲妈亲爸可以，上司可是万万不能得罪的。

朱担心电话是上级领导打来的，把手朝手机伸着说，都

响过三声了。意思是，这个电话要真是哪个上级打的话，人家心里会不高兴的。因为你把电话接得这么迟，说明你对人家不尊重。朱知道，上级最忌讳地就是，人家打了电话，你半天才接。

朱就亲眼看见，他的一个同事，因为在上司打电话时，他正站在厕所里掭着家伙在撒尿。而这只掭家伙的手又是右手，所以，只有用左手伸进口袋里掏手机。一看，竟是一个陌生的号码，所以，也就吊儿郎当地没放在心上。心想，这个电话绝不是领导打来的，因为领导的号码全都存在了手机里，只要手机一响，领导的大名立即就会跳出来。所以，也就放松了警惕。尽管手机响个不停，他也不忙着接。他一边撒着尿，还一边看着这个陌生的号码说，你的电话再要紧，也没有我撒尿要紧。索性也就不紧不慢地一直把尿撒完，空出了右手，才按下接听键。刚对着手机喂了一声，里面就传来了一个很有底气的声音，你为什么现在才接电话？这个同事听到这样愤怒地质问，心里顿时就不痛快了，心里说，平时还没有哪一个人跟我这样说话的哩。就连我们的联社主任从来都没用这样的口气跟我说过话。你这个家伙真是太不知道天高地厚了。同事听到质问，不但不向这个底气十足的人说明原因，却反问人家，你是谁？对方说，你平时对待群众就是这个态度吗？同事一听对方说到群众二字，心里不禁咯噔了一下，心里说，听这人说话的口气好像是个领导呀。不然的话，他怎么能用这样的口气跟我说话？同事毕竟也是在官场上混过来的人，于是，态度立即就来了个一百八十度的大转弯，声音也立即低了，说话的口气也变得和风细雨了。便想向对方详细解释一下，来个亡羊补牢。便说，我我刚才是在……没想到同事一句话还没说完，对方就火冒三丈地说，我不想听你解释，请你现在就到联社来！同事一听叫他到联社去，就知道不好。上司叫部下去，还有敢不去的道理？当同事战战兢兢地来到联社时才知道刚才跟他打电话的不是别人，而是新来的联社主任。联社主任见了这个同事，就把手朝桌子上一拍，说，你这个人平时大概就是这样对待群众的吧？同事支吾了半天，才说我错了，以后再也不这样了。新主任哪里还听他的解释，当场就宣布说，你的主任，从现在开始被开除了。就这样，一个电话，就把自己奋斗了多年才当上的主任给撤了。

朱想到这里，一个激灵，就毫不犹豫地连看也没看号码，就按下了接听键。

但凡男人在这个时候都是最弱智的，心里首先想到的只有领导，都知道，忘了爹妈可以，忘了领导那是绝对不行的。所以，心里唯一只有领导的人，心里怎么可能还有群众？正是上班时间，你这个小领导手机是得开着，所以，不但群众可以打，部下也可以打，只要知道你号码的人都可以打。所以，他弱智就弱智在这个地方，根本就没对事情做一分为二的分析。这个老朱也真是的，你怎么就不想起来看看来电显示呢？

尽管在他和芙蓉工作进行到关键的时候，还是没等对方回答，就把笑脸挤到脸上，一点也不敢怠慢地说，你好，你好。刘会计听了你好这两个字，脸上也不禁爬满了微笑，耳朵一边听着你好，心里一边在夸奖着，这个老朱，态度还真好，比刚才那个跟自己怄气的小女子的态度好多了。怪不得那个小女子这么喜欢你哩。你这样平易近人的领导谁不喜欢？

等到你好刚落音，还没等刘会计开口，朱主任又哈哈笑着问，以下级对上级说话的口气问，请问有什么指示吗？刘会

计听到这里，心里更乐了，说话多艺术，一点也不像一般地领导那样，板着面孔冷冰冰地问什么事，而是问什么指示，虽然表达的都是一个意思，可人家这样说，就显得悦耳动听。刘会计心里、身上都被朱主任的这句话说得就像二月里刮得一股春风，浑身都暖暖的了。刘会计感到，仅朱主任的这一句话，就能把干群之间的距离拉近了。

　　既然和财神爷之间没有了距离，刘会计说话也就随便得多了。于是，刘会计也就笑着，以和他平等的身份和他开着玩笑说，看你朱大主任说的，我怎么能敢指示你老人家？芙蓉一听不像是领导，眉头不禁朝一起皱了皱，很不耐烦地朝赤裸着身子的朱瞟了一眼，嘴里咕噜了一句，也不知道跟你这样的人啰嗦什么！由于领导用的手机质量都高，芙蓉的声音，也传到了刘会计的耳朵里。刘会计也就知道了这位财神爷正在跟女人在一起。心想，这个说话的女人，大概就是那个芙蓉了。于是，刘会计微笑着的脸，一下子就僵住了。他知道，在这个时候，想找他办事，看来已经很难了。刘会计想既然把电话打了，明明知道事情办不成，可要说的话也不能不说。可这时，从芙蓉身上迫不得已下来的朱大主任一听不是自己的领导，说话的口气也就立即变了。听财神爷说话的语气，也就立即把自己当做领导了。他说，我现在正有事。声音硬邦邦的，没有了一点亲切感。刘会计也就不屈不挠地说，就几句话，先跟你说说吧。没等朱插嘴，刘会计就接着说，我是前天来跟说，要办木材加工厂事的，湖稍村的会计刘长春啊。不是跟你说好的，今天要来办贷款手续的吗？这位财神爷毕竟是个在社会上混过来的人，就像看惯了各种疾病的医术高明的医学专家，一见了病人心里就有了治疗方案。于是，朱主任便很利索地回答说，对，我知道了。朱主任看似仍然很支持刘会计，一点也没推辞，就表态说，给你办，我立即就给你办，哈哈哈，我们就是信用单位，怎能言而无信呢？说得多动听！就在刘会计又心生感动的时候，朱主任便带着一种边说边思考的语气说，这样老刘你看行不行？你们的心情我理解，为了不打破你的计划，我告诉你我所在的位置，你们来我这里吧。说着，朱看了看手机显示屏上的时间，说，你们再过半个小时过来，就是芙蓉大酒店。朱想，有了这半个小时，他完全可以跟芙蓉把工作做好了。于是，他又说，我腰疼，现在正在接受按摩。好吧，拜拜。

这里一挂断手机，刘会计的眉头就皱成了一个小疙瘩。张浩当然看到了刘会计表情，非常理解地说，刘叔，这很正常，求人家办事，请吃请喝，不也是人之常情吗？古人走路都还要交买路钱哩，何况现在？权利权利，人家手里有这个权，当然也就要有点利。如果一个个办事都像包公样，那我们国家也不要什么反贪局了。刘叔你们也不要有顾虑，我就是再穷，这顿饭还是请得起的。

朱这里一放下手机，芙蓉就非常不满地批评朱，你这人怎么一点都不会摆架子，跟一个借款的老百姓怎么也啰嗦个没完？几句话不就把他给打发了。你知道，我的时间是以金钱计算的吗？朱把芙蓉的脖子使劲朝胸前一搂，头朝下一勾，在芙蓉的脸上啄了一口，说，你的这个警告，我可是时刻都没敢忘的哟。不过，我也是为你，才跟人家啰嗦的，要不，你这个大酒店怎么能又增加一笔收入？芙蓉一听朱给他拉了客人，高兴得一翻身竟然骑在了朱的身上，一边在他身上不停地做着按摩，一边说，这回我也要领导你一回。

完了事，朱坐在芙蓉身边抽着烟说，我的宝贝，以后我

绿地文学丛书

们可要注意了。上次五一，我们社里全体员工来这里吃饭的时候，记得我那天喝多了，一个员工把我扶到了你的房间里时，谁知你来房间里看我，我在扒你的衣裳时，怎么被那个小娘们隔着门缝看见了，到现在还不理我哩。芙蓉听了，不但不惊讶，反而还嘻嘻地笑着说，这说明她吃你的醋了，好哇。把她给搞定了没有？朱嘿嘿地笑着说，看你说到哪里去了，我心里除了你这个宝贝还有谁？你要知道，我时时刻刻可都在想着你的。说着，伸出指头在芙蓉的额头戳了戳，你这个小狐狸，你知道我们信用社去年一年，不包括我的客户，在你这里消费了多少吗？芙蓉又嘻嘻地笑着，很不经意地说，也不过万把块吧。什么？朱把两眼一瞪说，十二万多，一个月就送给你一万，我的大小姐！芙蓉仍然嘻嘻地笑着说，那我也没亏待你呀，你免费在我身上消费了多少次？朱又嘿嘿了着说，我们联社的老总都批评我的招待费太大了。芙蓉穿好衣裳，下了床，对着镜子整理着自己的头发说，别说了，我再多奖励你一次就是了。说着，便一弯腰，也把嘴在朱的脸上啄了一口说，我要去打理我的饭店去了。我的财神爷，你看我累不累呀，不仅身子累，心也累，上面和下面都累呀。看我弄几个钱容易吗？说着，便扭动着纤纤细腰，风摆荷叶似的出了门，把个朱留在了自己的房间里，让他再慢慢地回味着刚才的那销魂的一幕。

芙蓉大酒店是座五层大楼，坐落在街头前，显得极为僻静，周围除了几家住户，就一家零售商店。芙蓉大酒店在这里犹如鹤立鸡群。那镶嵌着高级瓷砖的楼顶上，用红色有机玻璃雕刻镂空的一米五见方的芙蓉大酒楼几个正楷大字，一里之外就可以看得清清楚楚。洁白的楼体大有压倒群芳之势。到了晚上，在五楼的前面，墙上又装了灯饰的那几个字，在霓虹灯的照射下，又犹如芙蓉本人一样的吸引人的眼球。主人唯恐还嫌不够招眼，又在这几个字的下面扫描了一张穿着三点式的芙蓉的彩色大照片。照片上那裸露的两条大腿和那呼之欲出的一对高耸的乳房，使哪个从这里路过的男人看了，都要情不自禁地放慢脚步，向往到眼动心动身也动的地步。像这样的酒店老板，除了她之外，再也找不到第二家。所以，凡是有点身份，有点职务，腰包里有几个钱的男人，如果不到这里来消费一把，那真是死了都闭不上眼睛。更何况门口还用鲜红的宋体字写着对顾客的许诺：

　　　　一流的服务使你满意万分，
　　　　热情的招待使你万分满意。

　　张浩和赵老师、刘会计来到酒店门口，抬头看了看墙上的芙蓉照片和那两行带着暗示性的大字，神经都绷紧了，心里有了一种胆战心惊的感觉。心想，这哪里是酒店，简直是一只张牙舞爪的老虎，正瞪着贪婪的眼睛，虎视眈眈地张着血盆大口，随时准备扑向来这里的每个客人。更令人不寒而栗的是，门口还蹲着一对张着大嘴的白色的大理石狮子，显得是那样的凶猛，两张大嘴一直都是那么张着，看了，不禁让人想起欲壑难填这个词。总之，这是个票子永远也填不满的地方。

　　刘会计是走在前面的，到了有五层台阶的门口，两只脚就不由自主地停下来了。刘会计低头看了看一层层用大理石铺就的台阶，心想，这哪里是酒店，分明就是衙门。他心里想象着电视里的镜头，恐怕古代的衙门都没有这里显得气派和盛气凌

人。真是改革开放了，要不，你这个酒店为什么非铺五层台阶呢？你的寓意是什么？还不就是在向来这里的客人暗示，你这个老板是位五品的官员？凡是来这里的人，都是求你办事的。要是在那个帽子漫天飞的年代，有人把你搜集搜集，分析分析，问你这样做的目的是什么，看你该怎样回答？再给戴上一定篡党夺权或者反党反社会主义的帽子，看你还不乖乖地进局子吃几年不要掏票子的饭？今天，没人去计较这些了，可以百花齐放了，宫殿都可以复制了，所以，为了一个钱字，想怎么样就怎么样了。就连你这个跟妓女差不多的芙蓉都可以把自己几乎赤身裸体的照片挂在你的门口，用色来吸引顾客了，要是倒退四十年，吓炸你的狗胆！刘会计站在酒店的门口，一边看着，一边在脑子里胡思乱想着。不知不觉就产生了要打退堂鼓的想法。

　　见他停止了前进，张浩和赵老师也随着他停了下来。刘会计回头看了看张浩，那意思是怎么办？张浩从他的眼神里明白了他的意思，说，朱主任跟我们约好了的，我们不进去怎么办？到了这个时候，我们只能往里走，绝不能后退半步，要不，我们的事情就要泡汤。赵老师也看了看门口的两只狮子说，叫我们来其实就是要宰我们一把的，可又有什么办法呢？人家手里的那支笔正是一字千金的时刻，还想要他手里的字，你不出血，想让人家在你的贷款手续上落下那几滴墨水，那根本是不可能的。现在是按劳取酬、按权取酬的年代，你不这样还能怎么样？该伸手时就伸手，这也叫游戏规则，我们这些普通人，都是要遵守这个规则的。张浩狠狠地抽了几口烟，两只手使劲一攘说，走，既然骑在了虎身上，就不能怕虎咬人。张浩又解释说，你们想，朱主任既然叫我们到这里来，就说明他对这里是情有独钟的。要不，街上的按摩店有好几家，而且还都是很正规的，可想而知，正规的地方不去，却偏偏要到这个地方来，说明了什么？不用解释，也都就心知肚明。人家那样身份的人，什么没吃过，什么没见过？现在，凡是有点品位和档次的人，不论办什么事，都要讲究个品位和档次的。我们在家为什么抽四五块一包的烟，谁也不会因为你抽的烟孬而说你人孬，就连我们村里的那个刘老四，家里虽然是资产百万，抽这样的烟，人们不但不说他没有档次和品位，相反，都还说他节俭、低调。话说回来，就是再好的烟，不也是一样被烧掉？可人家有身份的人，哪怕稍微有点地位的人，既捞不到外快，工资也拿不了几个，但他们除非不抽烟，要抽就抽上点档次的。为什么，还不就是为了显示一下自己的身份？这就叫死要面子活受罪。越是官小的人，才时刻不忘自己的面子哩。

刘会计和赵老师被张浩说得直点头。

张浩又说，为什么一些身份低下的人，哪一次要是偶尔沾了谁的光，跟哪个有头有脸的人，在一家上档次的饭店吃了一次饭，不仅感到自己荣幸，而且还要把这事挂在嘴上见人就显摆一番，就像鲁迅先生笔下的祥林嫂一样，见了人就要说，他跟某某某在某某某饭店喝过酒。他为什么要这样说，其目的还不是为了抬高自己？为了自己的面子？还有好多挥金如土的大老板，哪怕弄一桌子菜不吃一口，一甩就是几千，还不都是为了一个脸？张浩说了这些，又看了看面前的芙蓉大酒店几个字，说，世人自然都有这样的心理，你们说我们的朱大主任叫我们来这里，其目的还不是不言自明？当然，至于对于朱大主任跟这位芙蓉小姐的关系，我们就可想而知了。

张浩说着，便把胸脯一挺说，刘叔赵老师，他们当官的能

潇洒，我们为什么就不能也潇洒一把？我们又没比他们少长一样，走，我们今天也见见世面。

站在门两边的两位身着白色长裙的礼仪小姐，平时看见来的都是"谈笑有鸿儒，往来无白丁"的客人，今天见了这几个穿着土不拉几衣裳的老百姓，既没点头，也没哈腰，脸上不但没有微笑，连个"你好""欢迎光临"都没说，甚至都没拿正眼看他们，只是用眼角对着他们那身土不拉几的衣裳瞟了瞟。

张浩已经朝前走了几步，可见这两位小姐对他们那样，又转了回来，停在其中的一位小姐身边，目光在这个长得很漂亮的小姐脸上停了停，问，请问你的职责是什么？小姐扑闪着长长的睫毛看了看他，说，你又不是我的老板，你没有资格问这些。说罢，就把脖子一挺，目视着门口那辆刚停下的宝马车上去了。而且，眼睛也亮了许多。被晾在一边的张浩仍然站在小姐身边，并且还非常潇洒地把一支烟叼在了嘴角，一边抽着，一边在欣赏着面前这位小姐的鼠目寸光。待小姐的眼睛亮过之后，张浩蔑视着小姐说，我虽然不是你们的老板，但现在是不是你的顾客？小姐支吾着，不知该怎么回答了。赵老师和刘会计这时都劝解着张浩说，算了，看样子这个小姐也是没见过什么世面的人，别跟她计较了。小姐的脸红红的，眼睛里流露着对刘会计和赵老师感激。张浩也一边从小姐身边向里走着，一边说，小妹妹，请你记住我送给你的一句话，人不可貌相，海水不可斗量。今后，你不管见了谁，都应该像《沙家浜》里的那位阿庆嫂说得那样，来的都是客，一律以礼相待。又说，小妹妹，不仅在这里是这样，就是在社会上，我们不论干什么，都应该这样。

当张浩转身离开小姐时，小姐说，请问这位先生能告诉我一下您的姓名吗？张浩笑着摆了摆手，说，没有必要，没有必要。

当他们进了大厅，见朱正在跟芙蓉闹着玩哩。在芙蓉嘻嘻地笑着时，只见朱伸手在她的屁股上捏了一下，放下之后，对芙蓉介绍说，这几位是我的客人。芙蓉听了，把那张职业脸朝他们几个瞟了瞟，不禁愣了一下，不过，也就一两秒钟罢了。不留心是看不出她脸上表情的变化的。但张浩却非常清楚地看到了她的这种以貌取人的表情。于是，便在心里说，这也是我们中国人的一种普遍现象啊。现实中，这种现象又无处不在。

张浩前不久还听一个赶街的邻居说，省农学院的一位教授，省人大代表，来我们乡搞关于转变干部作风方面的调研。当这位人大代表来到我们乡政府的大门口，要朝里边进时，看大门的老李拦住他，瞪着眼睛先把他浑身上下看了一遍，一边看着，一边在心里说，瞧你这个样子，穿得还不如讨饭的哩，都什么年代了，还穿着老掉牙、四个兜的中山装？脚上的鞋更是不像样，除了我们乡下收庄稼时才穿穿，平时谁也不穿的黄解放鞋。老李看他这身装束，就断定是收破烂的。于是，老李就自己对自己说，怎么也不能让这样的人进去，要不，书记、乡长怪罪下来，还不把我撵滚蛋？我这个看大门的差事也是花了千把块钱才弄到手的。由于老李已经做好了心理准备，就问，你找谁？教授说，找你们的乡长、书记。老李把小眼一瞪，说，怎么听口音不像我们本地人？教授说，家是不在这里。老李说，什么事先跟我讲，我给你传达。教授笑笑说老人家，有些事跟你没法讲。老李猜测这家伙是在撒谎，于是，就没好气地说，我看你是有收破烂的事吧？教授笑笑说，我就知道你会说我是收破烂的。你是第二个说这话的人了。于是，教

授就再也不跟老李啰嗦了，便掏出手机拨了起来。老李见他拨手机，还在一旁讥讽地哼了一声，说，你总不至于拨110吧？教授也不理他，仍然在拨着。教授刚把手机装进口袋不久，乡长、书记就屁颠屁颠地从办公大楼里下来了，见了这个教授，还有四五米远，都就把胳膊伸出来了。他们一边伸着胳膊，一边不住地道着歉，对不起呀王教授。他们这里跟王教授刚握过手，就批评老李，你这个老李，怎么能这样做呢？他们嘴里批评这老李，可眼睛也不自觉地在这位王教授身上瞄了几眼。

当王教授在两位乡领导的陪同下，说着话，一步一步地朝楼上走着的时候，老李嘴里还在嘀咕着，他怎么会是教授呢，教授怎么就穿这身衣裳呢？

就在张浩想着那位王教授因穿着而被拒之门外的故事的时候，芙蓉经过短暂的发愣之后，便立即扭动着纤纤杨柳细腰，迈着模特步飘了过来，伸出玉手一边跟他们亲热的摇着，一边说，欢迎欢迎。张浩见她的手握得这么有力度，心里说，你这就是不看僧面看佛面了。要不，你是不会这么热情的。

张浩见这个芙蓉果真长得不凡，两只水汪汪的大眼睛，像两颗蓝宝石，直挺而小巧的鼻子和性感的嘴唇，还有那苗条的身材，再加上她的丰乳肥臀，这么能男人看了不想入非非？这就难怪朱主任非要到这里不可了。

朱主任一脸的倦容，虽然是强打精神，但还是止不住地打呵欠。不过，对于张浩几位的跟踪而至，他还是非常高兴的。又说了一些要极力扶植张浩这个私企典型的大道理。他说，我们信用社的任务就是帮助群众早日走上致富的道路。帮助你小张办好这个木材加工厂，更是我们的责任和义不容辞的义务。

伸手在腰上轻轻地捶了几下，又接着说，一般人，我今天是不可能答应给你把事办了的，对吧？就是朝廷老子也不使病人嘛。你瞧我这腰，经过按摩虽然好了不少，可还是疼，说着，又龇了龇牙，咧了咧嘴。张浩几位连忙说，谢谢，谢谢。刘会计说，朱主任的这种带病工作的精神，实在太令我们感动了。赵老师也附和说，是呀，您这种置个人痛苦而不顾的精神，真是我们的楷模。大多数人总是都爱听好听的话，虽然有句古语说什么良药苦口，忠言逆耳，但又有几个人能听进去你的逆耳忠言？所以，这个朱主任也不例外。听了刘会计和赵老师的顺耳话，一脸灿烂的笑容说，按摩师说，要我好好地躺在床上休息一阵哩。唉，单位的好多事，还必须得我亲自下趟不可，你们说，我能躺在床上睡大觉吗？再说，全乡的几万人民也不答应我躺下呀。说着话，朱主任的眼睛在赵老师的脸上扫了扫，说，我的工作就像赵老师一时一刻也离不了自己的学生一样啊。是啊，是啊，张浩立即拍着朱的马屁说，朱主任真是全心全意为人民服务的好干部啊。张浩说过，又觉得这话说得实在可笑，都什么年代了，你还说这样的大道理？连自己听了这话，都觉得肉麻。人家听了，是不是认为你有讥讽的嫌疑？张浩在朱的脸上仔细瞟了瞟，但在朱主任的脸上，却没看出一点不高兴的迹象，反而是一脸的得意。

说了一会儿话，小姐便拿着菜单走了过来。

张浩心想，今天虽然是东家请客，但点菜还得由客人点。于是，他便把菜单朝朱主任面前一推，并主动将自己降低了一辈，说，朱叔，你喜欢吃什么就点吧。朱主任笑嘻嘻地说，按说，是不能让你破费的，可我又脱不了身，况且现在又到了这么个时间了。他看了眼挂在墙上已经指向了十一点半的电子

绿地文学丛书

钟，我知道，你们也想表达一下心意，这也是人之常情。我如果拒绝吧，还怕省了你们的酒和菜，又落下你们的怪。好吧，你们既然有了这个心意，我也就只好领了。

张浩笑笑说，朱叔真会体谅人。刘会计在心里骂道，你爹才愿意表达心意哩。赵老师看了眼朱主任，也在心里说，你两片嘴一吧嗒，指名让我们到这个地方来，还说是我们硬要表达心意，说的真比唱得还好听。就像皇帝杀了大臣，大臣还要谢主隆恩一样。我们不表达，行吗？得了便宜还卖乖，真不是东西！

当张浩把菜单推到朱主任面前时，眼睛在菜单上一扫，接过小姐手中的笔，连想都没想就在几道菜上画了钩。还没等张浩看清都是些什么菜，朱主任就把菜单递给了小姐。

当小姐用托盘把菜端上桌子时，虽不全都是山珍海味、美味佳肴，倒也全都是令他们耳目一新的菜肴。

朱主任对着面前桌子上的菜，拿着筷子一一指着，说，芙蓉这个小狐狸真不简单，真是把心思花到家了，想到顾客心里去了。每道菜都是根据季节和人体的需要制定的。比如，现在天气比较干燥，容易上火，那么，她就上苦瓜，清热解毒。为了防止得口腔炎，就特地上反季节蔬菜胡萝卜，因为这里面含有丰富的维生素B2，知道它能管什么用吗？就可以防止口腔炎。嘿，瞧，我们的芙蓉小姐怎么样，就能让我们这些顾客在享受美食的同时，又在防病治病，像这样的饭店能有不红火的吗？

张浩他们几个见朱主任这样眉飞色舞地夸奖着芙蓉，用眼角在他脸上瞟了瞟，脸上笑着，心里却说，你这个财神爷才真的被这个狐狸精给迷住了哩。哪个饭店能没有这样的蔬菜？什么防病治病，什么营养，纯粹是胡扯淡。谁都知道，人们现在都喜欢吃既清淡，含脂肪又低的食物，因为人们的生活水平提高了，吃油腻的菜肴，不仅吃腻了，还容易得三高，所以，吃蔬菜也成了一种时髦。现在，就连街边上的小吃铺，都知道给客人上几个蔬菜。真他妈的嘴是两张皮，咋说咋有理。

正说着，芙蓉推门飘了进来，伸手在朱主任的脸上掐了一下，一脸得意地问，刚才在说我的什么坏话哩？我都听见了。朱主任竟然当着这几个人，一点也不忌讳地伸手在芙蓉的胸脯上摸了一把说，我哪里是在说你坏话，是在夸奖你这只美丽的狐狸呐。芙蓉把身体朝后撤了撤，送一个媚眼给朱主任，问，喝什么酒？朱主任色迷迷地在芙蓉的脸上瞟了瞟说，劲酒！芙蓉说，你也不怕喝多了回家收拾得你家老婆一夜都不得安宁。朱说，醉了就不走了，专门收拾你。芙蓉听了，脸也不红的说，我还是叫你眼发黑，腿发抖，下床还得扶墙走，让你一年不抬头！

赵老师由于整天跟学生打交道，从来也没听过这样不堪入耳的话，眉头直朝一起皱着，心里说，现在的人怎么说话竟这么不文明？就是一般的老百姓也说不出这样下流的话来。这样的话要是在农村，人家女的听了，还不当场骂起来？没想到这个芙蓉听了，连脸都不红，竟还能旁若无人地把话接着往下说。真是没见过。赵老师想到这里，又自己对自己说，也许是因为一天到晚只跟学生打交道，跟社会接触得少，适应不了社会的缘故吧？

张浩看着小姐拿了几瓶劲酒走了进来，看了看上面的一段文字，见写的都是一些驴鞭、马鞭、海马等一些所谓壮阳的东西。心想，这些所谓的壮阳的东西，是不是真的那么神奇？

商家真了解男人的心理，知道现在的男人最需要什么，所以，就制造什么。真是与时俱进。张浩看了，不禁想起电视里对劲酒有一句广告词说，劲酒虽好，可不要贪杯哟。看着眼前被吹得很神的劲酒，不禁在心里感叹着，如果真像这酒的说明书说的，中国陆地上驴、马和水里的海马，早该被这酒厂给搞绝种了。一个这么大的国家，如果这些男人们都喝劲酒的话，那该要伤害掉多少陆地和水里的生命啊！现在，这些商家真成了人们肚子里的肥虫，彻底摸清了人们的五脏六腑。就像药店里卖的虎骨膏一样，在药盒上画一只非常凶猛的老虎，来吸引人们的眼球。其实，老虎早已都在中国成了濒临灭绝、明令禁止不准捕杀的动物，那画着老虎图样的膏药，还仍然在市场上畅销着。他想，这个所谓有这鞭那鞭，大概也跟老虎膏是一样的货色吧？但喝酒者之所以要喝这样的酒，却还是冲着这些带鞭的动物，希望这些鞭能劲往一处使，使这些男人的鞭也能取这些水陆动物鞭之长，发挥出更大更猛的作用。

朱主任一边喝着劲酒，一边不停地说着，也许是这些带鞭的东西发挥了作用，促使他说得全是一些关于女人的话题。几个整天跟土地打交道的人，除了知道收了麦子种大豆之外，对于官场上早已流行的所谓的说段子，他们听了，简直像是听朱主任在耍流氓。张浩们又哪里知道，这些流氓话，早已成了朱主任们的下酒菜。

吃过喝过，朱主任瞪着两只被酒精烧得汪着血的眼睛，在张浩的脸上来回瞄了几个回合，之后，又伸出像女人一样白嫩的手，在他肩膀上拍了拍，粗粗的脖子朝前一伸，先从嗓子眼送出了几个很响的饱嗝，说，小子，有老刘会计和赵老师帮你，可见你是位不错的年轻人啊。希望你好好干，不要辜负了我们大家对你的希望，啊？

正说着，芙蓉又笑得面如桃花般地出现在了包间，手搭在朱主任的肩上，两只丰乳在朱的背上一蹭一蹭地，宛如小孩跟大人撒娇似的，把脸挨着朱主任多肉的腮帮子，直到把朱主任蹭得神魂颠倒了，才问，我的财神爷，下面准备进行什么节目啊？朱被问得嘴里发出只有猫捉老鼠时才发出的那种嗯嗯声。朱的身子，也被她蹭得像风吹野地的芦苇一样，一摇一摆地说，我哪次来这里不是听我的大小姐你的安排？

张浩他们几个听了芙蓉说得节目两个字，心都扑通了起来。谁都知道这个节目意味着什么。但对此，谁也不能说什么，所以，只有一切听从朱大主任的安排，紧密地团结在朱主任周围。

芙蓉的话刚落音，朱主任就像个非常听话的孩子，屁股从椅子上一抬就站了起来。像芙蓉的影子一样，就紧紧地跟在了她的后面。芙蓉走得快，他走得快，芙蓉走得慢，他也走得慢。朱主任跟在芙蓉的屁股后头，不知是有鼻炎，还是被她身上的特殊气味熏的，两只长满了黑毛的鼻孔，不停地一缩一缩，发出了很响地呼噜呼噜声。

赵浩等几位第一次到这种场所，不知道这节目到底都有些什么内容，只好一筹莫然地，也紧紧地跟在朱的后面，一步也不敢落下，生怕被朱主任给弄丢了。

他们来到四楼的一个包间门口停了下来，趁芙蓉开门之际，张浩抬头看了看房门，只见门上写着足疗室几个蓝色的字。看了这几好字，张浩想，你朱主任走路不是好好的吗，既没听你说疼，也没听你说麻，怎么刚治过腰，又治起脚来了？张浩心里说，腰疼还情有可原，是因为老是坐办公室坐的，可

你这脚有病，就叫人猜不透了。

张浩想，随着生活水平的提高，人们在身体方面的保健也越来越细了。在医院里，也没分得这么细，只有内科、外科、五官科和泌尿科，还没听说有足疗科，可人家这个大酒店却都有了足疗科了，比医院分得还细哩。至于到底是怎么个疗法，张浩到目前为止，还没有亲自体验过。

刚进屋，就来了三位年龄都在十七、八岁的小女孩，一个个都长得跟竹笋一样的嫩。张浩他们见了这几个水灵灵的小女孩，身上顿时就像被绑了根绳子似的不自在，心想，这么小的女孩子，医术也高明不到哪里去，除非是门里出身，要不，她们都还是正上学的年龄哩。由这样年轻人女孩子来足疗，让人心里总是有点信不过。再说，医院里给病人看病的医生，哪一个不是身上穿着白大褂，头上戴着白帽子，完全是一副职业的打扮？就连护士也不允许穿着这样叫人不敢正眼看的几乎三点式的衣裳啊。瞧，站在朱主任跟前的这个女孩子，一低头，连两只正在生长着的小乳房都可以看得清清楚楚的，唉，当医生的怎么能这样不注意自己的形象呢？

见此情景，张浩他们都羞得把头扭到了一边，很快就从沙发上站起来，把目光对着朱主任瞄了瞄，还没等张浩开口，赵思福老师就说，我们的脚好好的，朱主任你在这里疗，我们几个在外面等着你。说着就朝外走。站着的那两个小女孩说，足疗是很舒服的，可以有病治病，无病健身的。他们就像没听见小女孩的话，像逃犯似的逃出了这个包间。

张浩、刘叔和赵老师他们，在休息厅里一边喝着茶，一边心急火燎地盼望着足疗间的那位财神爷做好了足疗，健好了身，神清气爽了，好给他们尽快办贷款手续。赵老师喝了几口茶说，看来，我们对财神爷进行了这么一场热情周到的服务，把他侍候高兴了，心情好了，是不是能给我们多贷一些？刘会计说，等会他出来，在他心情好的时候，我们再试试看。张浩说，这个，就怕可能性不大，这些当领导的都是些什么人，我虽然没跟他们直接打过交道，可我还是在小说和电视里多少了解一些的。

他们正说着，朱便精神焕发、斗志昂扬地来到了休息室，屁股朝沙发上一放，伸了个舒服的懒腰说，啊，足疗的效果太好了。要我看，小张你办那个什么木材加工厂还不一定比办个足疗室的收入多哩。张浩听了这话，心里就跟吃饭吃了只苍蝇似的，直想恶心。朱主任又说，我看这足疗在我们中国，将来非成为我们全民健身运动的一项重要内容不可。赵老师和刘会计听了，就是满心地不高兴，也不好直接反驳他，为了附和他，只能使脸上肌肉使劲动了动，尽量挤出一点笑容给他看。刘会计心里说，什么他妈的足疗？我们老百姓一天到晚忙得屁股打大锣的样，收割时期忙地里，农闲时期忙打工，有时甚至连洗个脚都是草草了事，谁有这个闲工夫跑到足疗搞什么足疗脚疗的？看刚才这几个年轻的足疗医生，她们也疗不出什么效果来。再说，她们也不是疗着玩的，那可是要钱的。我就是没亲自疗过，也能猜得出他们这些来疗的人，真正疗得目的不是疗脚，而疗得是他们的那双眼睛，借疗脚来饱一下自己的眼福。

喝了一会茶，朱主任也许是今天，从上到下服务到了位，所以心情很好，也很有耐心，就连抽烟的速度也显得不急不躁，显得很平易近人、和蔼可亲。又闲聊了将近一个小时，朱主任到底同意把贷款的手续办了。朱主任的话才落音，刘会计

就激动万分地说，谢谢，太谢谢了。就在刘会计嘴里不停地说着谢字的时候，张浩又赶紧给朱主任毕恭毕敬地把一支烟递到了他的手里。这场面，简直就像佣人在殷勤地侍候主子。

朱主任被侍候得高兴了，便顺手打开带在身边的公文包，掏出一张借款单子递给张浩说，填填吧？见了借款单子，赵老师问，我们搞得是抵押贷款，朱主任能不能多给我们多贷点？朱主任把眼睛在赵老师脸上盯了盯，眉头朝一起皱了皱，冷冷地问，要多少？赵老师答，十万。朱主任听到这个大大出乎他意料的数字，惊讶得嘴张了半天才合上。低着头又抽了一支烟，才把脑袋慢慢地抬起来，腔调不软不硬地说，不行，不行。

屋里没有了一点声音。

朱主任嘴里吐出的不行这两个字，虽然听起来没有什么分量，但它此时却像一块石头砸进了几个人的心里，其重量没法估量。它代表的是权威和决策，只要这个表态的人态度不改变，谁也别想改变它。

张浩把一双睁得大大的眼睛对着他，目光中充满了期待和祈求。

刘会计在环视着大厅墙上挂着的那几幅字画。

赵老师心平气和、不慌不忙地喝着茶。

朱主任看了眼张浩，吐出了几缕烟雾，说，这样吧，既然你赵老师张了嘴，又有刘会计的面子，就再增加一万吧。来个六六大顺，怎么样？为了打破因说不行而造成的沉闷气氛，便又笑了笑，我们农村人，凡事都讲个顺当，所以，我们也就来个顺当吧。

财神爷已经表了态，谁还会再说什么？

财神爷签好了大名，该走了，也该给这位财神爷擦屁股了。

于是，张浩便来到了服务台前，还没等张浩开口，那个女服务员就拿出一张单子递给张浩，微笑着向张浩祝贺说，你们的消费真好，一般人想碰还碰不上这个吉利的数字呢。张浩开始听到吉利两个字，心里还暖洋洋的。可当他把单子拿到手里，一看消费的数字时，腿一下子就软了。只见上面写了一行很大的阿拉伯数字，3888。张浩好像不相信自己的眼睛似的，于是，又仔细看了一遍。不错，还是这个令他浑身冒凉气的数字。张浩拉着已经变长了的脸，问女服务员，你有没有算错呀？服务员仍然司空见惯地微笑着，瞪着一双水灵灵的眼睛，说，我是会计专业毕业的本科生，如果连这个账都还算错的话，老板还不早炒了我？服务员为了打破这个尴尬的局面，便看了眼站在一边的赵老师和刘会计说，这叫你发我发大家发，不正好是三八八八吗？

刘会计和赵老师听了，都惊讶得眼珠子都快要从眼眶里蹦出来了。

朱主任这时已经到了门口，见几个人还愣在吧台前，知道了是怎么回事，于是，便很不满地回过头说了句，人家这个大酒店历来都是非常讲诚信的，何况你们又是我的客人，人家怎么可能多算你的账呢？如果你们再这样跟人家讨价还价的话，这个账由我来结算了。

明明是张浩请客，怎么能要客人结账？朱主任这话说得不是明显不满意吗？人家朱主任叫你在这个地方消费的目的是什么？你现在却要跟人家讨价还价，这哪里是在跟人家酒店过不去，而是跟人家堂堂的信用社主任过不去！打狗还看东家呢，更何况人家是人？你张浩这样做，还能怪人家说这样的话？

　　既然朱主任都说了这话，别说是三个八，就是再多的八，
你也不能说什么了。

　　于是，张浩只有装出满脸笑容向朱主任解释说，朱主任
千万别介意，我是在跟服务员逗着玩的。

　　张浩在数钱给服务员时，眼睛直发黑。他看见这位服务员
数钱的五根手指，像是一把把锋利无比、闪着寒光的刀子，宰
得他身上的血一滴一滴地朝下滴着。张浩在数着钱时，心里也
没忘记感谢万芹，万芹呀万芹，你真好，你真是好人。你才是
我真正雪中送炭的人哩。要不是你给了我这几千块钱，今天还
真要挎箕子扔老头——丢大人哩。

　　村长吴标，这几天为了还芙蓉的那几千块钱，急得就像
热锅上的蚂蚁，东一头西一头地在村里乱转。再加上他日夜都
想念着芙蓉那销魂的身体，更是走不安坐不宁，饭不思，茶不
饮，几乎快到了精神崩溃的时候。不仅眼是红的，就连嘴里
也是红的，甚至连舌边、舌面全都是红的了。口袋里装着医生
给他开的黄连上清片，以及各种治疗口腔炎症的药片。嘴里的
炎症好点儿了，但下面的炎症却也赶来凑热闹了，一尿尿，那
个给他带来无限乐趣的大公鸡就疼，疼得跟刀割的一样，叫人
无法忍受。于是，去找村里的医生李丽，可刚到她家门口，想
想，人家是女的，这事怎么跟人家说？还是忍忍再说吧。反正
哪种药也不是专治一样病的，吃吃药看看，实在不行了，再找
医生。

　　吴标白天还好过些，强打精神，该干什么干什么，只不过
心里老是在想着票子就是了。此时，吴标想票子想得比想女人
想得还要厉害，真的是害了相思病。

于是，一到晚上，有了闲暇时间，吴标就独自一人到地里去转悠。他转悠，不是为了排解自己的郁闷，而是要在这长满了庄稼地里转悠出票子来。

　　目前，因为农村好多地方，都还仍然受着封建思想的影响，虽然上级政府早就下达了有关死人火葬的文件，可村民们不到万不得已，不到被干部们盯得无孔不入，实在没有办法的时候，谁也不想把自己死了的亲人拉去眼看着烧成灰，装进一个小木盒子里。再则，由于上级政府这几年也实行了收支两条线的管理模式，又加之中央三令五申地说，不准在群众身上任意搞乱摊派，所以，不仅乡里的开支紧张，村里也一样，村干部们想随便喝顿酒，随便潇潇洒洒都没办法。上午因工作围着轮子转，还可以勉强说得过去，可这中午的碟子和晚上的裙子再想转，那实在就有点没办法了。因此，好多生在农村长在农村的乡镇干部们，虽然不是农民肚子里的肥虫，但也能把农民们的五脏六腑摸得一清二楚。于是，他们就想替领导之所想，急替领导之所急，向乡镇领导献计献策说，我们既然不能在活着的农民身上搞乱摊派，为什么就不能在死了的人身上做点文章呢？我们这些活蹦乱跳的大活人，怎么能让尿给活活的憋死？谁不知道，那些头脑里还仍然有封建思想的农民们，不管是穷也好，富也好，都是宁愿出钱受罚，也不愿把自己的亲人给免费烧掉。领导当然知道老百姓的心理，可是，人家领导只是看透不说透，故意装糊涂，把要说的话留给别人说。这就叫领导艺术和领导方法，凡是高明的领导凡是遇到这样的问题，都会这样做。往远了说，是自己留条退路；往近了说，是在为自己的部下着想，可以达到你好我好大家好的目的。如果有了成绩，也是自己的，万一出了问题，责任也不要自己承担。于

绿地文学丛书

是，就有自认为聪明的村干部提议，我们为什么就不能对他们来个睁只眼，闭只眼，顺水推舟，来个得民心顺民意的做法。这样，不但会得到老百姓的拥护，而且还会在心里感激我们的党和政府，你们想，这不是两全其美的事？这样做，说不定仅此一项，在换届时还会多投我们几票哩。领导听了这样的主意，当然认为这是一项早已设计好了的，为我所用的民心工程。虽然嘴里没有明确表态，但却故意装作有点迫不得已的样子，轻轻地点了点头，并且还对献策者，投去了一个微笑的眼神。献策者还因得到领导的赞赏而心里暖了一下。

于是，就有人开始对此进行了预算，预算者说，如果按正常死亡率千分之七计算，一个五万多人口的乡镇，一年下来，死几百个人还是很正常的。如果根据现在的市场价，一个罚一万，仅这项收入就近几百万，可见，这是一笔相当可观的收入。于是，领导本着要想发，靠大家的原则，村、乡两级干部经过了三次认真的协商，最后达成了五五分成协议。协商的结果，当然是极大地调动了广大村干部的积极性。不用说，广大村干部的积极性，落实在行动上，就表现在了耳勤，腿勤，嘴也勤等几个方面。他们只要一发现谁家有了垂危的病人，就立即上门，和病人的家属商谈后事，成了义务治丧委员会。

但凡事都有利有敝，对于那些突然间死亡的人，他们为了躲避罚款，就像地下工作者一样，趁夜间就神不知鬼不觉地把死人给偷偷地埋了。当村干部再得到消息时，死人已经入土为安了。家庭可以的，你找到了他们，不用说，他们就明白了你去的意思，会看在你是领导的份上，为了给自己今后留条退路，会擦擦抹抹地给你几个。而像这样的情况，村干部也是偷偷地在地下进行的。在乡里不知道的情况下，也就留做他们的活动资金了。

吴标之所以一个人在野地里溜达，就是想在野地里发现一个新土堆，以便通过新土堆里把死人家属的钱给掏出一部分，好留着自己急用。这钱不仅用着放心，而且花着也自由。当然，问那些死人家属要钱的理由也充分。俗话说，走路都得交买路钱，更何况你占了村里的土地不说，污染了这块土地的环境，还违背了上级的政策，有什么理由不交钱？所以，只要发现了一个新土堆，他就不愁还不上芙蓉的那几个钱了。

按说吴标的胆子，在一般情况下是不大的。记得小时候，他要一个比他年龄小得多的小孩子手里的糖吃，小孩当然不想给他，可又打不过他，就在小孩无计可施的时候，突然发现不远处的一只癞蛤蟆，顺手拿起来朝他扔了过去，把他吓得大叫着就跑了。至于平时，他夜间是很少出门的，生怕碰到了鬼怪什么的。就连他跟郭霞幽会，也都是和郭霞在村委会一起来一起去，他自己很少一个人在那几间没有人居住的空房子里过过夜。

可今天，他心里早忘了害怕这两个字，他希望这时能突然在自己的脚下冒出一个新土堆，或是一口放在地上，还没来得及下葬的棺材来。

他现在所在的地方，是方圆好几里除了庄稼就是老坟的空湖，除了不停地在夜空中不知什么鸟发出的唧唧的叫声，连一个人影子也没有。几条交通路两边的杨柳树在微风中一摇一摆的，像是一个个阴灵在摇摆着身子跳舞，树叶子还不时地发出哗啦哗啦的响声。要是在平时，吴标早已吓得屁滚尿流了。可现在，他不但不怕，还觉得这些杨柳们非常和蔼可亲。因为他可以借助于这些稠密而高大的杨柳躯体来掩藏自己，以便有利

于更好的发现他要发现的目标。

他在湖里顺着大路，借烟壮胆地溜达了几个来回，把眼睛都瞅疼了，也没发现要找的目标。溜达累了，就钻进树缝里，先是撒了一泡尿，接着便靠着一棵树身蹲了下来。一边歇着发酸的两腿，一边把一支烟叼在了嘴角。

这烟还是昨天晚上一个叫方梅花的女人送给他的。是十块钱一包的迎客松。这个女人属于计划生育超生户，罚款对象。按照乡里的划定的范围，应该理直气壮地罚她一万。可这个女人不仅身材长得好，脸蛋和屁股蛋长得都很好。于是，白天在他和郭霞一起去她家要钱时，竟情不自禁地把眼睛朝她脸上、胸脯上还有那两瓣屁股上，老是不眨眼地看，看得眼睛都直了，把人家看得脸热心跳的。

当然，对于吴标这个人的人品，村里几乎家喻户晓。于是，看到这个男人的色眼，女人心里也就有了数，心想，一万块钱可是得辛辛苦苦打一年工才能累来的。如果要是满足一下要求，能把这一万块钱给免了，也是一件很合算的事。何况做过了那事，又不会在那个地方留下印子。只要自己不说，谁也不会知道。女人打好了心里的小算盘，就背着郭霞向他送了一个媚眼，说，你村长问俺要这么多，俺怎么能拿得出来？除了把俺人给你，要不，就是把俺逮去坐牢，也拿不出这么多钱。吴标哪里能听得这样的话？于是，就趁郭霞上厕所的功夫，悄悄地把嘴伸到那女人的耳朵上问，你真愿意把你的人给我？那女人想，我反正是过来的人了，只要不收我那一万块钱，就是跟你睡个几十回，也不会少一块。于是，她就非常爽快地问吴标，你说个条件吧。吴标嘿嘿一笑，把五个指头来回翻了两次问，一千一次，可以吧？女人听了，心里说，划算，人家俄罗斯小姐，一晚上不也只一千？看来，我的身价都可以跟外国小姐比了，于是，便冲着吴标咯咯笑着说，行啊，晚上村委会里见。吴标见郭霞正钻出厕所，拎着裤子朝这里走着，立即大声跟方梅花开着玩笑说，你男人又没在家，我们来你家就是了。女人说那不行，在家说明是我勾引你，在你单位说明是你勾引我。再说，到了村委会说明我们是公事公办。就这样，这个女不仅为了那一万块钱，给他送去了人，还给他送去了一条这样的纸烟。用那个女人的话说，我知道你下面吃着我时，只能暂时把对我的许诺记得，可上面吃着我买的烟时，你每抽一口，都会想起我给你带来的好处。一想到我给你带来的好处，你就不会再纠缠我了。

　　的确，当吴标抽着这个女人给他买的烟时，心里又不禁后悔。按照现在的情况，趁支书没在家，他完全可以把这一户的罚款暂时瞒下，轻轻松松地就把芙蓉的钱给还了。仔细想想，还真得是上了这个女人的当了，如果把这一万块钱送给了芙蓉，芙蓉不也照样奖励他十次吗？可他已经跟人家身上一边快活时，一边就表过了态，再想后悔也来不及了。不过，说吃亏也不吃亏，要不是这样，你就是想摸人家一把，人家还要告你调戏人家哩。别看人家是个生过孩子的农村女人，可她们却把自己的身子看得比皇帝女儿还金贵哩。平时，你就是多看人家一眼，人家都会说你心术不正。别看现在什么都改革开放了，许多城里女人，甚至把偶尔跟自己原来相好的来个一夜情，都不当回事了，可农村的女人却正好相反，嘴可以开放，但就是这个地方，除了自己的男人，谁也别想让她跟你开放一把。吴标一想到这事，就在心里感叹着，跟这个女人花的代价太大了。就是跟芙蓉，一次也要不了一千，真他妈的被雷打昏

脑子了。这回真是占小便宜吃了大亏了。郭霞由于不知道内情，几次问他怎么不问她要钱了，他只好推脱说，等人家的男人回来再说吧。一个女人在家里，哪有这么多的钱？我们不管怎么说，也是人家的领导，也应该体谅人家的难处，不能把事做得太绝了。他说得还振振有词，万一把人家逼急了，有个什么三长两短的，就是上面不追究，我们的良心也过不去呀。伸手在郭霞胸口上摸了一把，你说是不是？郭霞听他的口气，不但软不拉几的，而且还同情起了人家，就把眼睛对着他，瞪得眼珠子要掉下来似的，问，你该不是跟她有什么交易吧？他嬉皮笑脸地说，有你这样迷我的小娘们，我还怎么能跟她有交易？但他还是从郭霞眼睛里看出了对他的怀疑。

　　吴标一个人在这上不靠天下不挨村的湖里，一口气蹲了两个多小时，一包烟抽得就只剩下三支了，还没见有什么动静，不仅心里发急，就连两条腿都蹲麻了。他几次起身朝四周张望，除了听见几声头上的鸟和兔子的叫声，什么也没见到。

　　人一到了没有精神支柱的时候，也就自然变得脆弱了。他看见眼前一片黑暗，那些白天看起来非常喜人、一眼看不到边的庄稼，晚上全都成了吓人的魔鬼，全都张牙舞爪，不停地摇晃着脑袋，时不时地发出一声声嗖嗖地尖叫。在无边的黑暗包围中，不禁毛骨悚然，一身身冷汗把衣裳都汗得透湿。

　　人这个东西真是说不清。有时你不想要的，它却偏要来。越是害怕，那些道听途说的鬼也怪呀的故事，却偏要朝你脑子里钻，让你再来个温故知新。

　　这时，这个湖里好多令人恐惧的故事，不禁都在他的脑海里清清楚楚地浮现了出来。说是大前年的一天半夜里，一个过路的人拉着一车的东西在前面正走着，突然一抬头，见一个披头散发的女人，抱着一个孩子正在他面前走着。这个人认为，是看花了眼，深更半夜的怎么可能有人呢？在这没有人烟的湖里，就是大白天一个人中午走在这里，头毛根子都发竖，何况还是这样的黑夜，而且又是个女的，怀里还抱着个孩子？拉车人就在心里说，不可能！于是，他又揉了揉眼睛，想再仔细地看看。没想到，不看还好，一看就把自己给吓晕了。见她不但抱着小孩，而且肩膀上还扛了一根木头，还不时地把那根木头在肩膀上，一会儿换到这边，一会儿换到那边。见那女的胸前还有一个东西在一飘一飘的。这个走路的人就借点火抽烟，想看看那个东西到底是什么。没想到不看还好，一看竟然傻了眼。那飘着的东西不是别的，是一根血红血红的舌头。这个走路的人，吓得一声尖叫就没了气。直到第二天早晨，一个拾粪的老头看见了，才把他叫醒。当拾粪老头听到他的叙述，便指着前面不远处的一个土堆说，这就是那个女的老坟。是跟他男人生气上吊死的。临死时，孩子还没有出世哩。老头说着还感叹着，是个好丫头啊，就是性子太倔了点，要不，她也不会这样的。

据说，这个故事就发生在距离这里不远，并且好多人都说，就是这块地东头的那座坟，那个吊死的女人，一到阴天，经常在夜深人静的时候就抱着孩子在湖里的这条路上来回走。

吴标想到这里，身上的每根毛发都竖了起来，身上的汗水都顺着衣裳往下流。

他一时也不想在这里停留了，于是，两腿一抬，就想朝家里跑。看看表，已经是夜里十点五十了。可就在他刚朝前走了没多远，从东面不远的地方，有一星亮光映在了他的眼里。于是，他身上的恐惧也随着亮光的闪烁，顿时便消失得

绿地文学丛书

无影无踪了。

　　为了看个仔细，他又脊梁靠着一棵杨柳树，心平气和地蹲了下来。两只眼睛像夜里的猫眼一样，发出了两道绿莹莹的光芒。灯光在他的眼里显得那样的明亮，像黑夜中一缕耀眼的阳光。

　　亮光一闪一闪的，越来越近了。在灯光的反射下，便隐隐约约地看见有一只大箱子似的东西，被几个人用扁担抬着，在几个人中间一颤一颤的，显得很沉。

　　吴标在不知不觉中朝着亮光迎了过去。

　　果然是几个人在抬点着一口棺材。看到这口棺材，吴标顷刻间就变得精神焕发、斗志昂扬了。他这时为了使对方看到前面有人，便把一支烟叼在嘴角，点着火，猛抽了几口。这时，烟头子便燃烧得发出了哧哧地响声。燃烧着的纸烟，把黑暗的夜空照亮了一片。这亮光好像是天空中突然响起的霹雳，把前面几个抬棺材的人吓得猛得顿了一下。接着，那几个人便不动了。

　　吴标和这几个抬棺材的人，只有半里来路的距离，所以，吴标基本上能看清他们的一举一动了。就连他们腰里系得白孝布都可以看清了。于是，吴标一边朝他们走着，一边在心里窃喜着。不停地念叨着古人的那句话，此路是我开，此树是我栽，要从此路过，留下买路财！

　　几个抬棺材的人一见这烟头子朝这里移了过来，也都不禁惊慌失措了。当吴标吭吭地咳嗽着来到他们跟前时，一见是村长，顿时都把心提到了嗓子眼，连大气也不敢出了，都憋得吭哧吭哧的。在一阵短暂的沉默之后，也都只有无可奈何地张开嘴巴跟村长打了招呼。吴标听到招呼声，从鼻子里嗯了一声，就再也不理他们，就像警察在侦破案件的现场一样，背着双手，在棺材的周围先转了一圈。之后，便一脸愤怒地停了脚步，嗓子眼里发出了又一个很响地吭。这个吭字传到几个抬棺材的耳朵里时，见他们的身子都抖了一下。这些人全都耷拉着头，就像做贼被捉了赃一样，见无处可逃不了，只好乖乖地束手就擒。于是，他们只好又重新打开了照路的电瓶灯，死者的儿子慌得跟小鬼似的，忙着走到吴标的跟前，按照本地的礼节，两腿一软，膝盖朝地下一跪，先连忙给吴标磕了两个头，然后站起来给他递一支烟，说，我母亲上午还吃得好好的，吃过饭她说想睡一会，说着就哽咽了起来，谁知道晚上再喊她老人家起来吃饭时，她的身体都凉了。

这时，一位在村里很有头脸的人物，等这个死者儿子的话一落音，就不慌不忙地接过他的话茬，解释说，本来是想先跟村长你打声招呼才办丧事的。可您也知道，大部分人都不在家，我们经过反复商量，决定还是把老人的丧事从俭给办了吧。我们想，老人就是地下有知也不会怪气的，老人在世时就是个节俭惯了的人，死了也会为儿女们着想的。说到最后，头面人物问吴标，村长也该不会因为没有先请示你怪气吧？

吴标听了这个似乎合情合理的解释，抬头在这个头面人物的脸上看了看，两只手朝身后一背，一边在棺材不远的地方踱着八字步，一边冷笑着，说，你们碰上了我，把话说得这样好听。至于你们心里是怎么想的，也许只有你们自己知道。我一个小小的一村之长，有什么资格生你们的气呢？不过，话又说回来，你们就是事先跟我打声招呼，又能耽误你们多少事？可是怕我吃了你们不成？不说你们把不把我这村长放在眼里，你们心里怎么想的，就是我不说，你们心里也清楚，只不过我们

都心知肚明而已。

所有的人都闭了嘴。

这时，只见一个人一边拿着手机朝外走着，一边说着话。他到底说的什么，吴标一句也没有听见。但他大概也能猜出是什么意思。不外乎是想找一找关系，想把这事给了掉。

就像在作战时，力量对等的双方打到了面对面的程度，互相眈眈相视起来。除了黑暗中哧哧燃烧的纸烟，什么声音也没有，也不知那位被装在棺材里的死人见这样被停在这里，着不着急。

由于这些抬棺材的人，也许突然间觉得没了事可做，也许是因为抬棺材累的，所以，一闲下来，就一个接一个地打起了呵欠来。这呵欠好像感冒病毒一样，极富传染性。顷刻间，这里竟成了一个呵欠的世界。

大概过了半个小时，又从远处亮起了一道亮光。这亮光亮得既不隐隐约约，也不躲躲闪闪，而是理直气壮地对着这里扫了过来。看着这理直气壮的亮光，吴标心里得意地说，今天我不管你是谁，哪怕你的脸比屁股还大，想不出点血就把人给埋了，你就是喊我三声亲老子，我也不会答应！老子现在就是见钱亲，就是见钱眼开。你只要给钱，我们就当什么事也没发生一样，见面该叫什么叫什么，该说说笑笑还说说笑笑，甚至吃吃喝喝都行。要是一毛不拔的话，你就是叫我三声亲爹，我也不会让你把这个死了的老太婆给埋了！一句说，没有钱，你就别想轻而易举地钻进地里见阎王。什么他妈的人情世故？老子现在除了认得钱，什么都不讲！

吴标清楚地记得，离芙蓉给他的还款期限，已经过去四天了。

他看着那道越来越近的亮光，就像国家领导人即将会见来宾似的，把头朝上一昂，身子也站得就跟面前那一棵颗直写蓝天的杨柳树一样，笔直笔直的，大有一种高级领导人的那种运筹帷幄的凌然之气。

当亮光理直气壮地照在他的脸上时，便把眼睛一眯，在心里骂道，真是胆大包天，竟敢这样不讲一点礼貌地朝老子脸上照。这分明是拿我这个村长不当领导！当灯光从他的脸上落在地上时，便响起了一个非常熟悉的女人的声音，原来是吴村长啊。你的工作那么忙，又是深更半夜的，怎好惊动你也来送老人家呀？

说话不是别人，而是郭霞。于是，吴标便不禁愣了一会儿，把目光在她脸上来回扫了扫，才不解地问，怎么是你？郭霞说，怎么就不能是我呢？这是我家表姑娘，我从小就是她老人家把我带大的。郭霞用眼睛送了几个秋波，说，好了，一切都包在我身上了，村长你回家休息休息去吧。

吴标被郭霞几句话说得，那本来高昂着的脑袋，一眨眼就耷拉了下去。像个非常听话的孩子似的，一边悻悻地朝前走着，一边叹着气说，怎么会是你的亲戚呢？我怎么从来就没听你说过呢？郭霞冲着他的脊梁说，我们不是今年春上才并的村吗，要不，我怎么能不跟你介绍，希望能得到你老人家关照呢。说着，又向吴标送了一个没看见的媚眼。意思是，我是不会亏待你的。

吴标一边往回走着，一边在心里骂着，也不知是哪辈子作了孽了，竟碰上了这样倒霉的事！

张浩拿到了贷款之后，按照刘会计的心意，万芹立即就

绿地文学丛书

去银行把那两万存款取回来，交给了张浩，说你先拿着用，不够的话，我们再想办法。当张浩接到这两万块钱时，想说几句感谢的话，可话到嘴边又感到多余。所以，把滚到了舌边上的话，又咽了回去。

张浩接了钱，要给万芹打张欠条，万芹把眼一瞪说，你也不看看是谁跟谁，说着就离开了张浩家，刚走了几步，又回过头交代说，快抓紧时间把机器买回来，早一天生产，早一天获利。时间就是金钱。你现在是白手起家，好多人都在把眼睛盯着你哩。张浩点点头，说，万芹，你就是什么也不说，我都明白你的意思，我一定会争气的！

待万芹这里一离开他家，他的眼泪就再也止不住地流了出来。到底为什么流泪，是感激，是伤心，他也说不清。

待他一个人默默地流了一阵泪之后，便考虑起了购买机器的事。他知道，现在由于什么都实行竞争，所以，厂家为了打开产品的销路，都实行跟踪服务。张浩在做好了一切准备之后，只给生产机器的厂家去了一个电话，人家就把机器给运了过来。并且还按照他们的承诺，派了一名技术员过来，负责培训和指导。

技术员是个女的，姓林，名字就叫林灵，二十多岁，人长得不但漂亮，技术纯熟，而且还让人感到非常平易近人，到了这里就像到了自己的家里一样，见了人该叫阿姨叫阿姨，该叫叔叔叫叔叔，一点也不知识分子的摆架子。对张浩一点也不保守，什么都跟张浩说，遇到比较难掌握的技术，甚至还手把手地教。而张浩因为早已看过关于木材加工生产技术方面的书籍，又加之他特别虚心好学，再把书本知识和实际一结合，没几天，就可以直接操作机器了。所以，生产的木板完全符合要求。林灵看了生产出来的，薄得跟纸一样的木板，非常满意地竖起大拇指，在张浩面前不停地摇着说，你真了不起。这些技术，就是我在大学里，也是认真学了几个月才掌握的，没想到你几天就掌握了，你真是一棵埋在土里的珍珠啊。张浩被夸得只是一个劲地嘿嘿嘿地傻笑着说，什么珍珠？这珍珠还不都是你打磨出来的？林灵扑闪着一对水灵灵地大眼睛，看着张浩，甜甜地笑着说，你真会说话。

经过几天的试产，小林姑娘面若桃花地微笑着看着张浩说，完全可以正式生产了。

刘会计、赵老师以及乡村医生李丽都说，既然是厂，我们一定就要把开业仪式搞得隆重一些，同时，也要选个吉利的日子，不管怎么样，我们在这方面一定要按照老祖宗传下的风俗来，要体现出我们的吉祥。于是，刘会计和赵老师就找来本日历，认真仔细，而又煞有介事地研究了一番，最后，都一致认为，就选在八月初六。

他们一边看着日历，一边分析说，八，就是发，六的意思就是顺当，连起来就是发得顺当。张浩见大家对他的这个厂子这么关心，把他的事当做自己的事来办，真是不知该怎么感谢他们，怎么说才好。张浩本来就是个不善言辞的人，只是一个劲地搓着手，像个大姑娘似的红着脸，说，你们说怎么办就怎么办！技术员小林看着这些人对开业的日子这么慎重，也深受感动地说，还是农村好啊。你们这些乡亲能把张先生的事，当做自己的事来办，真是实在难得啊。要是在城里，这根本就是不可能的事。你们这些农村人，虽然一个个看起来都是一些普通的不能再普通的人，在没有事的时候，见了面，甚至连个招呼都不打，可一遇到事，他们骨子里的善良就自然地流

露出来了。昨天，你们村西头的那家柴火堆子着了火，风还刮得那么大，我离那着的火堆子起码有十多米远，被火烤得都受不了。可那个失火的邻居却一边拼命地去沟边拎着水，一边还可着嗓子喊人来救火。可就在这样的情况下，他还是迎着火苗子，不顾一切地把水对着柴火泼。我见他在拎起水桶朝火上泼时，头发哧地一下就着了，可他竟然还不顾自己，还是把水朝着火苗子上浇，直到拎着空桶过来时，才腾出手在头发上按了按。直到大家把火扑灭了，主人才赶回家来。但这个救火的人，见火被扑灭了，却连看主人一眼都没有，就不声不响地回屋里去了。最后，我才听张浩说，他们两家前天才为了一只小鸡打过架。林灵说，看到这一幕，我感动得真是不知道说什么才好啊。所以，我才说，你们农村人心，是最善良的。我来这几天，看你们这些人，一个个的心肠都这么好，我都不想回去了。真的，我是被你们这里的这些浓浓的人情味打动了。

听小林说出了这样的心里话，刘会计他们都拍起了巴掌，一边拍着，一边喊着，欢迎，欢迎，热烈欢迎！

站在林灵身边的万芹乐得胳膊一伸，搂住了小林的肩膀，把嘴贴着她的耳朵说，我看你就跟我们的这位张老板凑一对吧。你要是没意见，我来给你们当红娘怎么样？小林被万芹说得脸上起了一片红晕，用手在万芹身上连连打了几下，嬉笑着说，你坏，你坏。

木材加工厂的厂址，就选在张浩自己承包的那几亩地里。都说，这个位置也非常好，靠近主路，运输方便。有了这几亩地，完全够了。因为加工木材不占什么地方，只要能把生产出来的鲜木板晾开就行了。

到了开业这天，在刘会计、赵老师以及万芹的操持下，除了请来了吴标和郭霞等村干部之外，还特地请来了信用社的朱主任，同时，把吴标的老表——常务副乡长刘留也给请了来。

当时，万芹听刘会计说要请吴标和郭霞时，就反对说，请这样的人干什么？有酒菜还不如喂狗哩。他们连狗都不如，喂了狗，狗都知道感恩，虽然不会说话，可它们见了面，还要把尾巴摇摇哩。我不能见他们这一对狗男女，见了他们饭不吃就饱了。

刘会计看了眼还没见到人家就生气了的儿媳妇，心里说，如果要是把人家请来了，你不理人家，还给人家脸子看，怎么办？岂不把大家都弄得不好看？于是，刘会计看了眼儿媳妇，笑笑，说，万芹啊，这就是你考虑问题欠缺了。也许，你说的话有一定的道理。他们在某些时候，做得一些事，是叫人气愤。不但你们生气，就连我也生气，可有什么法子呢？人家手里毕竟握着上级交给他们的权力，在某些时候，他们就像一道不可逾越的门槛，没有他们说话，你就别想迈过去。就说我们村里去年修那条路吧。我们村子前面的这个龙王湖，路东是我们村的土地，而路西却是汪李村的土地。这条路一直是弯弯曲曲的。不仅我们两个村的干部，就连群众都想把这条路调整成一条直线，而要取成直的，路就得朝东挪。你说怎么办？朝东一挪，就要动我们村的地了。因为大家都受益，所以，这里有地的群众都同意，说，为了大家的利益，我们牺牲点个人利益算什么？只不过这样一来，有的地被路隔成了两块罢了。犁地时多费点事就是了。刘会计看了眼万芹，问，像这样的问题，你说该怎么处理呢？万芹连想都没想就说，群众都没意见了，还要处理什么？刘会计把手一摆说，错，就是村长不同意。万芹没好气地说，我看他是没事找事。刘会计说，你说对了。我

们不是有句话叫做，有权不用，过期作废吗？现在，人家就是要用权了。你猜人家村长的矛头是对着谁的？对着施工的老板的。你不把路基调直，人家怎么好施工？再说，人家施工老板能一家一家去征求意见吗？后来，不知老板给他送了多少才使他表了态，把路修成了现在的这样一条直路。刘会计又说，万芹啊，要记住，在某些时候，他们成不了事，但却能使你办不成事。你说，这样的人，你能得罪吗？万芹这才叹了口气说，还是爸您对问题看得透，是我的思想太单纯了，就按你说的办吧。

在开业这天，惹得好多人都来看稀奇。热闹得就像是心连心艺术团到地方演出一样，人流熙熙攘攘的挤满了整个厂子。

在几位领导分别讲了几句不疼不痒的大道理之后，张浩便接着说，为了使大家做到各尽所能，多劳多得，调动起大家生产的积极性，我把在厂里生产的工人分成这样几个组，一是加工组，四个人，两个负责运料，两个负责守机器；二是晾晒组，由五个人组成，分别负责把加工出来的木板运走和晾晒；三是木材采购组，人数不限。不管是谁，也不管你是到哪里买的木材，也不管你买得便宜还是贵，我都以质论价收购。

听了张浩这样的管理方法，都从心里非常佩服得说他，是个干事业的人。尽管张浩只说了一个简单的分工，但却使我们看到了他对管理的重视。能在事情刚开始，就把什么都想得这么周到，还能有干不成功的事？谁都清楚，我们的好多国营单位，生产的产品，不但销路好，而且利润也高，但最后还是资不抵债，其中的重要原因，还不就是因为管理混乱造成的？张浩能把管理看得这么重要，就说明他抓住了问题的关键。他的这几句话，听起来似乎很平常，既没有什么慷慨激昂的豪言壮语，也没有什么惊天动地的宏伟蓝图，但却是他心声的流露。所以，就连小林听了，都情不自禁地在心里称赞他，是个搞企业的料子。

坐在主席台上的吴标，眼睛一直呆呆地看着悬挂在头顶上的写着开业典礼的横幅。好像是在专心致志地听着人们的讲话，实际上什么也没听。他一直在想着自己的心思，那就是，该怎样使刘会计手里的那几万块钱拿出来给他看看，让事实证明，他没有用这个钱入张浩的股份。还有，就是自己怎样才能还上芙蓉的那几千块钱？

当张浩讲完了自己的打算，吴标的老表用眼睛示意他，要做总结发言时，他却摆了摆手说，嗓子疼，结果一言没发。最后还是他老表做了总结。他说张浩的木材加工厂是我们乡的第一个私营企业，是我们乡在党委政府领导下取得的重要成果，所以，我们乡党委政府不仅要给予大力支持，还要给予大力扶植！争取把这个企业做大做强，以此来推动我们乡的经济早日腾飞！

尽管他的讲话听了使人感到有点肉麻，但却还是使人听了感到高兴。起码说明，人家乡里是支持的。也就是说，你村里更没有理由不支持。

第二天，在张浩的请求下，刘会计给他分管来往账目这一块，万芹负责生产的管理和监督，自己在全面负责的同时，再具体负责木材的收购。

没有几天，生产的好势头就体现出来了。几乎所有在家的劳动力，天一亮，都就口袋里装着一把米尺，开着小四轮拖拉机走出了家门。一个个都好像跟一棵棵生长在路边和地里的各种树木发生了感情似的，每见到一棵树，都要来个零距离的亲

密接触，又是用米尺量，又是用胳膊搂的。直到衡量好了它的身价，才去找它的主人，讨价还价。只要觉得有利可图，就把它用锯子锯掉，装进车里。

木材加工厂热闹了，但整个村子白天却变得有些冷冷清清了。第一个变化是，四处都有的哗啦哗啦的麻将声，不留心再也听不见了。除了几位年纪过大的老人，为了打发寂寞的时光，早晚还摸几把之外，就再也看不到多少打麻将的了。只要还有点劳动能力的人，见有了这么好的赚钱机会，再也不舍得把时间浪费在麻将桌上了。连人们见了面说话的内容也变了。由原来见了面问赢多少，现在变成了今天赚多少。女人们看自己的男人，从外面把一车车新鲜的木材拉进张浩的木材加工厂，把成把的票子揣进腰包里，心里的那种喜悦就甭提了。

有个别平时被老婆当小鬼使的男人，也因此翻了身，一下子就变成了老婆眼里的皇帝。由侍候老婆，变成了被老婆侍候。还有的男人因为赚了钱，回到家，就像小老婆养了个儿子似的，直接就把身子朝床上一挺，一边高傲地把纸烟叼在嘴里，脸对着头上的天花板有滋有味地抽着，一边还命令着正忙着精心侍候着男人的女人，把我口袋里的钱掏了，仔细地数数，去掉一千块本钱，看看今天到底赚多少？老婆就一点也不敢怠慢地，嘴里一边应声虫似的答应着，一边就把手伸进男人的口袋，掏出一打红彤彤票子，带着一脸灿烂的笑容问，这些，都是今天赚的？男人嫌老婆啰里啰嗦的，就做出一副很烦恼的样子，先是不满地在老婆的笑脸上瞅一眼，然后，便显得很有派地把身子朝老婆这边一扭，反问，不是今个赚的，还能是昨天赚的？昨天那五百到家不就叫你收起来了？然而，听了男人的责怪，老婆却不烦不恼、不急也不燥地带着一脸的满足，把票子朝一起一卷，悄悄地放进了箱子里。女人好像也很理解男人的心理，又弯着腰，把脸贴着男人的脸，讨好地说，累了一天，想吃点什么？炒几个荷包蛋，再炒几块八公山豆腐，怎么样？男人见女人猜对了自己的心思，便又翻了个脸对上，从鼻子里很响地嗯了一声，表示对女人话的默认。女人便把围裙朝腰上一系，给男人扭动着好看的腰肢，钻进厨房去了。就这样，等女人把烧好的饭菜端到桌子上，把酒瓶和酒杯都给准备就绪后，直到女人再喊上两三遍，才懒洋洋地从床上爬起来，为了让老婆知道自己的劳累，一边走着，一边故意地拉着长腔唉上几声，才坐到桌子边。

　　住在村子中间，一个叫叶世中的年轻人，人长得矮巴敦敦的，人们背地里都叫他三头亭。可却走了桃花运，娶了个非常漂亮的老婆。如果他们两口子要是走在一起，谁也不相信他们是两口子。古语说，郎才女貌。可这个叶世中却一点没有才。一个没有才的人，和有貌的女人结婚，其夫妻关系就可想而知了。他们两口子的关系，一直是村里人们茶余饭后的谈话资料。

　　在叶世中和这个女人结婚的当天晚上，待喝喜酒的人们都陆陆续续散去之后，到了该入洞房的时候了。这时的叶世中便顺手拉灭了电灯，把衣裳三扒两扒地脱了，就钻进了被窝，呼哧呼哧地喘着大气，在新娘子身边躺了下来。他这里一躺下，手就不老实地伸向了新娘子的胸脯，一摸，竟发现她还穿着衣裳，就问，你怎么不脱衣裳？新娘子忽地就坐了起来，一边往起坐着，一边没好气地警告男人，不许碰我！叶世中也火冒三丈地坐起来说，你是我的女人了，为什么不准我碰你？新娘子就呜呜地哭了起来。别看这个男人在别人眼里，什么时候

都显得很刚强，可他有软肋，见不得女人的眼泪。见女人哭得这么伤心，头上冒出的几丈高的火苗子，几乎没费一点吹灰之力就被这几滴眼泪给浇得不见了踪影。叶世中叹了口气说，好了，不碰你就不碰你，你也别哭了，再哭的话，我的眼泪也出来了。女人见男人说了软话，就说，我要不是因为身上有了疤癞，说什么也不会嫁给你。男人说，我明白。现在还不算晚，你考虑好了，如果你要是不想跟我的话，可以现在就走。

叶世中两口子也许不会想到，他家新房的窗户外边还站着几个好奇的年轻人，在屏声静气地偷听他们的私房话。

于是，新娘子见男人的心肠这么软，就接着说，叶世中，我跟你商量一下，再给我半个月的时间，等我心里适应了，我们再那个行吗？不过，以后每次在做那事时，没有我的同意，还是不准你先碰我。叶世中也毫不犹豫地点了点头。心里说，只要你不跟我分手，就是一个月不让我碰你都行。反正你是盛到了我碗里的一块肥肉，早吃迟吃，都是我吃。于是，就说，你说的话，我完全听，睡吧，睡吧。

就这样，他们两个度过了新婚第一夜。

几个听私房话的年轻人，便把这句"半个月都别碰我"的新闻传播到了全村。

原来，这个女人在外面为了多挣钱，竟然跟一个做生意的干巴老头子好上了。可她做梦也想不到这个干巴老头子，竟会因兴奋过度而死在她身上。就这样，这个漂亮的女人在监狱里蹲了三年。出来后，父母就再也不让她出去了。也因此而成了嫁不出去的女人。而前不久，她父亲又患了绝症，所以，父亲便发话说，在我蹬腿之前一定要看着你嫁出去，不然的话，我死了也不闭眼。

而叶世中也因为自己的长相一直到快三十了，也没有找到心仪的姑娘，只好凑合着答应娶了这个人面桃花似的女人。

几年来，她跟叶世中虽然也有了孩子，但那方面的事，他却始终都是履行君子协议的。

有时候，叶世中也为这事生气。一睡在床上，心里一想起那事就生气，心里说，你是我女人，为什么每次都得你同意？难道这种局面就不能改变吗？人家一个二十多岁、又有知识的姑娘，为什么都能他的金钱和地位？都说，爱情不受年龄限制，不带任何附加条件。纯粹是他妈的狗扯！于是，他就想，将来我有一天比我拎泥斗子挣得钱多了，相信她一定会改变这种做法的。

事情果真如此，自从给张浩的木材加工厂开业以来，他每天从外面买回的树，少说都要赚三百块左右，多的时候都赚一千多。就在赚得最多的这天晚上，老婆看着那些交到她手里的十多张票子，兴奋得两只眼睛都直放光。比跟他做那事到了最兴奋的时候，还要高兴。也就是在这天晚上，刚睡下，老婆就用身子向他发出了信号。而叶世中却懒懒地朝她身上爬着说，几年来，我可是每次都是按你的要求做的。老婆在下面附和着说，是的，你的确是个很听话的孩子。叶世中在她身上做着俯卧撑问，这事，你想我也想，我们还能就一辈子都这样，服从你的领导，听从你的召唤？下面的老婆听男人这样说，就吭哧吭哧地说，你还没主动过，怎么就知道我不同意？老婆嘴里这样说着，心里却说，你每天都弄个千八百的，比我那时在外面干那行挣得还多，如果还老是让你处在被动的地位，就实在有些对不起你了。于是，老婆便主动配合着他说，以后，只要不是我来那个的时候，你想什么时候做，就什么时候做。两

口子的事，谁做不都是一样地快活？

就这样，张浩的木材加工厂不仅使人们增加了收入，也改变了夫妻间的关系。

晚上，一个村子的人都这样，饭也堵不住他们的嘴，都七嘴八舌地说，他这个木材加工厂要是早办几年的话，俺家的这房子早该变成小洋搂了。这一天一天地不得了哇，只要出门就有钱赚，嗨，像这样下去的话，我们这个村子还不富得冒油？

为了保佑张浩的木材加工厂更兴旺发达，刘会计的老婆趁人们都睡下的时候，还悄悄地拿着一股香，一边朝条几的香炉里插着，嘴里还不停地念念有词，老天爷呀，你一定要保佑张浩的生意越来越好啊……

这时，正赶上万芹帮张浩收拾好木材厂的那一摊子事朝家来，见婆婆屋里还亮着灯，脑袋还对着上边子的条几一点头一点头的，觉得奇怪。她为了想看看稀奇，就轻手轻脚地来到门口，把脖子伸得老长，支楞起了两只耳朵，想弄个究竟。当她听见是婆婆在为张浩祈祷时，就悄悄地一边朝外退着，一边流起了眼泪，不住地在心里说，妈妈，你真是位好心的妈妈呀。以后，我一定要好好地孝顺您老人家，不然的话，就对不起您的一片好心了。

赵老师见张浩的木材加工厂一开业，就收到了这么好的效益，不仅自己脸上有了光，也更受到了人们的尊重。在村子里，人们一见到他，就说，赵老师是我们湖稍村的有功之臣啊。赵老师哪里是帮助张浩，分明是在帮我们一个村子啊。

听了这些话，赵老师心里真比吃了蜜还要滋润。心想，人还是做好事好啊。这时，他不禁想起小学课本上的一句诗，有的人死了，他还活着；有的活着，他已经死了。他想，只要张浩的这个木材加工厂能把一个村子的人都带起来，将来我就是死了，村里的人也会永远记住我的。张浩和村里人，说不定还会给我立块纪念碑，把我的名字刻在上面哩。想到这里，他又不禁责怪自己，你不是教育学生，说像许多英雄那样，不论做什么都不要图名和利吗？你这样想，不还是在图名利？又在心里说，应该把帮助每个人，都看成是自己的义务，才是我们做人的本分。只有这样，才算不枉做一回人，才是一位无愧于人民的教师。

没几天，确切地说，也就是一个星期多一点，张浩手中的钱就全部用到了买树上，而生产的木板也就仅够一车。而张浩看着那些买木材的人们，又都像买出了瘾似的，一天不出门，吃饭就没有了饭味。尤其是那些一闲下来手就痒痒，就要摸麻将的男人们。为此，女人们更是一天也不愿意让他们在家里呆。

在这样的情况下，张浩对那些为他的木材加工厂，到处买树的人们说，如果你愿意自己先垫资的话，接着买，我热烈欢迎，而且我还打欠条给你们，如果不放心的话，你们就等我的货物销出去，不欠你们的帐了，再买也行。

听张浩把话说到这个份上，家里有钱的就按照张浩说的，自己宁愿垫资，也要出去买，因为一车树就可以赚到几百块，闲一天，就几百块钱没有了，怎么能因为人家临时欠点钱，就在家里闲着？时间就是金钱啊。也有几个麻将瘾大的人，就想找这个借口摸几圈，可他们的女人看透了男人的心思，坚决不愿意，就手指着男人的鼻子骂道，你别想找这个借口在家里干你想干的事，你以为你心里怎么想的，我不知道？跟你说，一

绿地文学丛书

张床上睡了这么多年，什么我不熟悉？我不仅知道你下面长的长短粗细，就连你的五脏六腑，我都摸得清清楚楚的。你要是手实在痒痒了，晚上回来在我身上好好地摸，我细皮嫩肉的，摸哪个地方都比摸麻将舒服。人家张浩的生意这么好，你垫资几个钱，人家能跑了还是冒了？我可把话说到前面，瞧你那骚样，一天不在我身上做那事，都能把你憋得一夜不眨眼。你要是敢不听我的，只要碰我一下，我就一脚把你踹到床下，不信，我们晚上就试试，看我敢不敢！见男人被说得悻悻的，女人打开箱子拿出一打钱，塞到男人手里说，三千五千的，俺可是垫不起？跟你说，你都赚过人家张浩的三千多了！去，放着现成的钱不去赚，闲着长脆骨？男人的头，被好强的女人训得耷拉得跟算账的样，只好又跟几个同伙，揣着米尺出门去了。

张浩没有了周转资金的消息，很快就传到了吴标的耳朵里。他听了，不禁窃喜得在郭霞身上发扬了连续作战的精神，一边战斗着，一边在心里说，姓刘的，这回，总要露出你那都长出白毛的狐狸尾巴了吧？哈哈，看你一下子怎么能把那几万块钱变出来。于是，他把嘴贴着郭霞的耳朵说，这个姓刘的，看你这回怎么向我交代？说着，还没忘在郭霞脸上不停地乱啄着，宝贝，只要我把姓刘的拿掉，这会计就是你的了！听了吴标的允诺，郭霞心花怒放地把他脖子使劲朝胸脯上搂搂说，你就这么有把握？吴标听她这样问，在郭霞身上，像小猪崽吃食似的一拱一拱地说，怎么，你怀疑我的判断力？这叫透过现象看本质。你没见姓刘的和他儿媳妇，一天到晚长在张浩的工地上，就跟干自己的活一样那么上心？昨天傍晚，我故意去那里遛达了一圈，见万芹把丢在路上的一根树皮还拣起来，朝一堆捆哩。一边捆着还一边跟那位女技术员说，别看这树皮不值钱，可只要一把它加工出来，说不定还是宝贝哩。女技术员被她这么一说，就睁着两眼不解地问，你看它还可以加工成什么宝贝？万芹说，加工成火柴梗能不行吗？没想到，女技术员听了，不但不说她小气，反而还夸她，你这个万大姐的心真细，你这一句话，又给我们带来了一个重要的商机哩。对对，先把它保存起来，待张浩的资金周转开了，一定要考虑这树皮的事。于是，那些被来卖树的人扔得到处都是的树皮，竟然被万芹这么一说，在那里干活的人，就一起动手收拾了起来，结果，竟拾了一大堆，有好几千斤。我也早就听说，树皮的价钱还不低哩。又说，姓刘的这个老东西，也把那里当成了他的家，晚上连家都不回了。你说，他们刘家对张浩这么关心，说明了什么？毛主席都说，世上没有无缘无故的爱，也没有无缘无故的恨。你说，他们这样，还不能说明问题吗？郭霞听吴标分析得这样的有道理，在下面把肚皮子使劲朝上挺着，跟吴标融成一个整体，说，你真是有心人，观察得这么仔细。在吴标的摆布下，正在这销魂的时刻，郭霞仿佛觉得，他正把那顶会计的帽子朝她的头上戴着。

在做完了游龙戏凤的游戏之后，躺在吴标身边的郭霞问，你打算怎么对付他呢？吴标得意地说，再忙，哪怕就是忙掉人头，我也明天就召开各生产组长会议，把减灾款发到各个组里去，把权利交给那些组长们，看他姓刘的当场出不出丑？如果拿出来钱，我什么都不说，如果拿不出来钱，呵呵，就有他好看的了！到那时，我就可以直接宣布你是会计了。听了吴标这样胸有成竹的谋划，郭霞激动得一下子就又东山再起，忽地一声，就把吴标再次按在了下面，不容分说，两腿一叉就骑到了

吴标的身上，又来了个天翻地覆慨而慷。

第二天，刚吃过早饭，吴标就把电话打到了刘会计家里。其实，几步路，吴标一支烟都抽不完就可以来到刘会计家。可他今天不想这样做，想摆一摆他村长的架子，就是要让他刘长春看看，是他领导他刘长春，还是他刘长春领导他。

这时的会计刘长春，刚刚在张浩的工地上，才帮昨晚上没收下的木材收了，屁股还没挨板凳哩，刚想坐下喘口气，抽支烟，电话却响了。当刘会计听是吴标的电话时，心里就生出了一股无名火，就没好气地问，吴村长什么指示？吴标也不客气，就直截了当地说了那几万减灾款的事。说是下面的反应太大。听到这里，刘会计心里也就有了数。于是，还没等吴标开口，刘会计就转守为攻地问，是不是怀疑我拿这钱入了张浩的股份？吴标怎么也没想到，刘长春竟然像他肚子里的蛔虫，他刚开口说话，就知道了他的意图。真是神机妙算。于是，在吴标刚要接着朝下说时，他就理直气壮把自己要说的话说出来了。一时间，吴标还真不知道朝下怎么说了。就像脑子里突然短了路，愣在了电话前。听着电话里的忙音，心里骂道，姓刘的呀姓刘的，你真是属黄鼠狼的，有道业了。见一时间没了动静，刘会计又讥讽地笑笑说，村长大人，你放心，这个钱，我是不会随便动的，我刘某人既没吃熊心，也没吃豹子胆，还是那句老话，这边一把地重新量好，我那边就立即把这钱发到群众手里的。听刘长春把话说得这样硬，气得把电话狠狠地一摔，一屁股坐在板凳上，呼哧呼哧地直喘大气。心里说，妈的，这几天，我怎么就这么倒霉呢？你刘长春为什么就不挪用这些钱呢？你要是真的挪用了，听了我的话，还不吓得两腿发软？然后，再主动找到我，把好话说上几大筐，求我的宽恕。

这时候，我就可以一边给他个顺手人情，一边从他手里要几千块钱，把欠人家芙蓉的钱，给神不知鬼不觉地给还上了。谁知道，竟会落得个这么个结果，唉！于是，吴标心思重重地想，如果我欠芙蓉的钱，不能按期还上的话，她能有好果子给我吃吗？后悔呀真是后悔死了。这他妈的进了芙蓉喜气洋洋，出了芙蓉眼泪汪汪，回头想想，空欢一场啊。怎么办，怎么办，我到底该怎么办才好呢？

吴标无力地坐在自家的椅子，想，超生户上户口的钱，郭霞拿着，一个也不给我。可欠下的账，要是撒谎说都是招待老表吃的吧？万一要是传到了他的耳朵里，今后要是再求他办事的话，他还理我？更何况这里面的好多钱，都是自己为了讨得芙蓉的欢心，硬是自己打肿脸充胖子，跟街上那几个哥们喝掉的。这些钱，要光明正大地从村里出，谁都会有意见。看来，自己不想点办法，是很难还上这笔账的。妈的，昨晚上要不是半天空里掉下来个郭霞，罚那个死人三千两千的，还不是嘴一吧嗒的事？人要背了时运，放屁都砸脚后跟啊。从计划生育上着眼吧，妈的，自己的这个小老二又不争气，看了人家好女人，就想跟人家做那事。要不，趁支书没在家，不也可以私自捞点外快，把那几个钱还了吗？以后再不跟那样的女人沾就是了。唉，现在，想想这些真没意思。做人还是本份好啊。可现在还想这些有什么用呢，已经陷在那个无底洞里了，想出来也没那么容易啊。搞女人，就像吸毒一样，有瘾。只要染到了身上，再想戒掉，还真是没那么容易。

这时，他的耳边传来了张浩木材加工厂隐隐约约的机器声。没想到这机器声，又给他带来了启发，你张浩眼里没有我这个村长，我眼里当然也就没你这个张浩。你的这个所谓的木

材加工厂，只要我这个村长当着，就别想办得多么顺风顺水！你虽然跟我往日无怨，近日无仇，可你不理我，就是跟我有了仇！你张浩也打听打听，天下可有你这样做事的？开业时请我，为了给你面子，我去了。那天我为什么不讲话，那是我送个信给你的，没想到你却心里没有红太阳，竟然连一字都不跟我提你的厂子的事，这不分明是不把我这个村长放在眼里是什么？我也不是想要你对我怎么样，要是经常对我早请示晚汇报的，再给我小恩小惠地送几个，把芙蓉的账悄悄地还上也就算了。你仁义来，我仁义去，当你张浩遇到要我说话的时候，我还不尽力帮忙？没想到，你根本就一点也不把我放在眼里，不掰点给你尝尝，你是不知道我的辣椒辣不辣。不管怎么说，你想不在我身上掉几根毛，你就别想生产的顺当！

想着，吴标便拨通了常务副乡长刘留表哥的电话，请示说，大哥，像张浩的这个加工厂，应不应该收他的土地占用费呀。表哥听了，就没好气地批评他，人家只是晾一下木板，哪里不可以晾？人家不是把木板晾在坟摊和路边的吗？人家就是在地里晾一下，白天晒，晚上收，又不是违规建房，你有什么理由收人家这费那费的？表哥又说，我就是分管土地管理这一块的，我能不懂这些吗？吴标见自己被表哥弄得下不了台，就自己给自己找台阶下，说，我这不是替张浩随便问问嘛。表哥说，我跟你说，听到村里不少人反映你的生活不检点，跟你村里那个叫郭霞的女人到底是怎么回事？还说你跟那个叫什么芙蓉的女人，是不是不清不白？吴标刚想否认，可还没等他的嘴张开，表哥又教训他说，你给我记着《金瓶梅》里的一句写女人的诗，虽然不见头落地，暗里让你骨髓枯！你要真是这样的话，你的骨髓虽然不枯，可也够你小子受的！吴标被表哥教训得只有一个劲地干笑着，说，大哥，你听我说嘛。还没等他开口，又说，标子，我劝你不要一心只想着敲人家，要好好地想着为群众做点善事，积德的事。要是没有我给你罩着，你早就不是现在的村长了，你都干了些什么事，没事时也好好地反省反省自己。说完，就把电话挂了。听筒里传来的那声猛挂电话的响声，把吴标震得愣在了椅子上，半天才回过神来。

小小的七千块钱，在一般地拿财政工资的干部眼里和那些小款小腕的眼里，根本就不算回事，可在一个还相当落后的农村人的眼里，就算不小的数字了，它是几亩地的粮食，也是一个普通劳动力一年的劳动价值。

吴标一个月的工资，也就那么几百来块钱，何况老婆把这个账给他算到了骨头眼里，甚至连买包烟都给他算上了。所以，在这样的情况下，这几千块钱对他来说，还不把他逼得走投无路？再想问刘会计开口，已经是不可能的事。

他已经处在了走投无路的境地。

有个成语叫做急中生智。吴标放下电话，在屋里踱了几圈之后，还真想出了一个他认为非常有效的办法。于是，他的精神立即就变得斗志昂扬了起来，嘴里还哼起了小曲儿：路见不平一声吼哇，该出手时就出手哇。

吴标心里一有了主意，又走出了家门。这几天的郁闷，顷刻间就烟消云散了。天也格外蓝了，路边的树木也更可爱了，就连小鸟的叫声，听起来也格外悦耳了。

吴标顺着通往田间的小路，迈着小八字步，自由自在地溜达了起来。当然，他这次不是为了在寻找田野里新埋的坟堆。大白天日的，就是想找也不可能找得到。凡是想不朝外掏钱的人，谁不是在深更半夜里才偷偷地埋人？他听见前面的庄

子上，有喇叭正在呜哩哇啦地吹着。听见喇叭声，心想，人家既然敢把丧事大操大办，就不怕你罚钱。他知道，这个死去的老人，五个儿子，三个闺女，有的就是钱。这样光明正大罚的钱，一个也不能下自己的腰包。死者的大儿子，天一亮就主动把钱送了过来，没要他说一句话，就把五千块钱一个不少地交到了他的手里。在他给了人家一张收据之后，就把钱交给了郭霞。郭霞是被支书指定的经济保管员。别看她跟吴标经常在一块鬼混，可人家看中的，是他那个当常务副乡长的表哥，也是为了那一个月五百块钱的工资和早晚给人家办个准生证时，人家给她送得一些小惠。但对于村里的罚款收入，没有支书的指示，她是一个钱也不敢乱动的。她的身体，吴标可以随便摆布，但在她手里的钱，想从她手里要一个子都不给。他妈的，不知道这个女人心里是怎么想的，把钱看得比她的人还重要！

当吴标溜达到一条通往龙王湖的路口时，见郭霞正把一条白布手巾朝口袋里装哩。这个坏了自己的好事，眼看着几千块钱被她一句话给说没了的女人，现在回来，一定是给她那个死表姑娘烧纸哩。郭霞见了吴标，笑笑问，刘会计的事，你处理得怎么样了？吴标停下走着的脚步，叹了口气说，这个老东西精着哩。别急，留得青山在，还怕没柴烧？放心，只要有我吴某在，还怕有你的亏吃？郭霞用眼角瞟了他一眼，又送去一个秋波，小声说，这可是你许的愿，我可没想当什么会计，只要我这个计生专干能干着就满足了。吴标在郭霞脸上瞄了瞄，问，你这个表姑娘，还能就一毛不拔了？如果这样的话，人家不说你在搞特殊化？会不会说我官官相护？郭霞把眼一瞪说，随人家怎么说我不管，只要你不说，谁说了也白说。官本位思想，别说我们，就是高官也不例外。薄古开来要不是薄熙来护着，他能那样胡作非为？那个薄古开来能当上那么大的官？郭霞说了一大套之后，问吴标，我是谁，你是谁？我都不明白，你对着我是怎么张得开嘴说这事的。打狗还看东家哩！郭霞又娇嗔地瞥了瞥吴标，哼了一声，我看你也变得就只认得钱了。为了使你喜欢，我跟你在床上什么本事没用上？没想到，你竟然还跟我提这事！最后，对吴标暧昧的地一笑，说，说个数字吧，晚上送给你，要多少都给。吴标被她说得灵魂早已就出了窍，再说下去的话，就控制不住了，于是，把手一摆说，有你的事去吧。郭霞咯咯咯地一边笑着，一边朝前走着说，你不提这事了？吴标说，真拿你这个小狐狸精没法子。

当吴标在大路上看见不远处那个还在冒着烟的新土堆时，不禁在心里感叹道，真是拿了人家的手软，睡了人家嘴短啊。要不是跟这个小骚货郭霞有这么一腿子，就是给我磕八个响头，不给个三千两千的也不行！我吴标现在可以不认自己的亲妈亲爸，但不可以不认票子。妈的，为了一个女人，到手的几千块钱，硬是从自己的眼皮低下丢了。别看女人裆里那个只有巴掌大的地方，可威力真是太了得了！简直就是杀伤力无比的原子弹，好多高官，都硬是被那个东西拉下马的。我要不是为了芙蓉这个女人，能这样走不安，坐不宁的吗？妈的，芙蓉呀芙蓉，为了你的那几个钱，我可是半夜起来吹夜壶，什么点子都想（响）到了啊。唉，真是钱难弄，屎难吃啊。

吴标今天主要是想单独一个人出来散散心的。看着路边长着的一排排高大的杨柳树和满眼庄稼，又不禁想起了老村长的下台和自己施下的妙计。

有一天，吴标在跟一位朋友喝酒时，朋友说，你有亲戚在乡里，为什么就不能弄个村长干干呢？吴标说，人家的村长

绿地文学丛书

干得好好的，又不赶换届，我有什么权利把人家拿掉？何况人家又是个水平和人品都很出众的人，别说我那老表还只位副乡长，就是乡长也不能平白无故地把人家给拿了。朋友笑笑说，现在就有个机遇在等着你。只要你想干，有的就是办法。朋友向他传授真金说，只要你先跟乡里的领导接触接触，魏乡长的脾气，我可是知道的，只要你跟他喝几次酒，混个脸儿熟，再适当地意思意思，给他留个印象。然后，只要对你这位村长略施小计，这村长还不就是你的了？只要你当了村长，早晚我们遇到了什么事，也好有个照应。于是，朋友唯恐吴标不知道当村干部的好处，又向他说了一番村干部的好处，把个吴标说得口水都流出来了。于是，吴标便连连咽了几口唾沫说，那我就试试。

果然，吴标按照朋友的指点，趁魏乡长来村里检查工作时，就像面糊子一样来到了支书家，又是帮支书夫人洗菜，又是淘米的。比她的儿子还要勤快。

吃饭时，吴标自然就厚着脸皮蹭到了桌子上，嬉皮笑脸地和魏乡长碰起了酒。魏乡长看他喝得非常豪爽，每次只要端起酒杯，非常礼貌地把自己的酒杯口，对着魏乡长的杯子下方轻轻地碰一下，以表示对对方的尊重，正当魏乡长对他这样的碰杯方式感到十分满意时，吴标就满满一杯酒，一仰脖子全喝了进去。喝干之后，还把杯子在魏乡长面前来个底朝天晾一晾。吴标不但跟魏乡长喝酒是这样，并且还像领导一样，走群众路线，跟在座的每个人都喝了三杯，并且每次喝过之后，也同样要晾一晾杯子。魏乡长见吴标酒喝得这样公开、公正、透明，就像发现了知己，当场就说，你今天可是给我留下了一个很难忘的印象啊。吴标听魏乡长这样说他，根本就不知道是什么意思，心里说，该不是对我的挖苦吧？他把难忘两个字说得多重，就像在文章中加了着重号。谁不知道？难忘的含义？好事难忘，坏事也难忘，乡长到底说的是前者还是后者？是前者还好，以后就可以找他意思了。如果是后者的话，自己算是剃头的拍巴掌，完蛋了！吴标的心里就像就像十八只吊桶打水，七上八下的。你这个魏乡长说话也真是，如果把后面的话就势说了，也不至于让吴标人家费这么多脑筋考虑你这话的意思。吴标考虑了一番之后，还是不敢肯定乡长的话，到底是褒，还是贬，于是，又想通过察言观色再来佐证一下，以此再做最后的判定。可就在吴标的目光刚对着魏乡长时，魏乡长又伸手在他肩膀上拍了两下，说，海量，海量，真是海量！听了魏乡长的话，再加之魏乡长的那只大手，在他的肩膀上赐予的两个很有意味的拍，吴标才算把一颗提到了嗓子眼的心，扑通一下放到了肚子里。吴标说，谢谢，谢谢魏乡长的夸奖。吴标的身上和心里已开始春风荡漾，就差没趴下对着魏乡长一边磕着头，一边高呼谢主隆恩了。吴标怎么也没想到，从来没打过交道，见了面都需仰视才见的乡长会对他这么赏识。要不，人家那只手能随便落在你的肩膀上？吴标在心里一遍又一遍地对自己说，吴标呀吴标，乡长能在你的肩膀上这么亲切地连拍两下，真是你三生有幸，三生有幸啊。可就在吴标在心里对魏乡长的举动，感激涕零的时候，魏乡长又夸奖道，看你的酒风就知道，你是个很直爽的人，酒品如人品嘛。见乡长初次见面就这么对他这么有好感，他就顺着竿子朝上爬，自我介绍说，刘留是我的大哥，是亲骨老表。乡长听了，惊讶地哦了一声，说，不错，不错。怎么以前从没听刘乡长跟我说过呢？好好好，也不知他这个好到底是指什么，是说吴标的酒量好，还是说吴标跟刘留的关系好。在吴标琢磨着乡长的这个好的意思时，魏乡长又邀请道，有时间到乡里去，我们再好好地较量较量。

当时，魏乡长人家也只不过是即兴随便说说而已。谁都知道，酒席桌上说的话，是当不得真的。就是乡长，也不例外。这样约定俗成的规矩，虽然没写进法律，但比法律还要灵。就是在酒席桌上说了某某领导的一些过激的话，也不会有人去怎么样追究的。可没想到，吴标明明知道这么个约定俗成的规矩，但却偏要故意装作执迷不悟，没几天，还真的就来到了乡里，跟老表刘留说，是专门来跟乡长喝酒的。

这时，已是即将要收割麦子的时候，也还属于农闲阶段，老表刘留听了这话，不禁把眉毛一扬，有点不相信自己的耳朵，笑笑问，是不是发了财了，请我们的乡长，是感谢他给了你好政策，还是要感谢他在某些方面给予了你的支持？你跟乡长是什么关系，想请乡长就请乡长？乡长这么没有身份，是你想请就请的？吴标被老表问得一愣一愣地说，怎么，我就不能跟你们当官的喝顿酒了？老表说，我不是这个意思。我是问你跟乡长可有什么来往？吴标说，现在还没有，以后也许会有。老表听了这话，又瞪着眼睛把他打量了一番，问，你神经没出问题吧？吴标嘿嘿嘿地笑着答，正常着呢。老表问吴标，你知道，一顿酒是喝着玩的吗？再一般化的酒菜，一桌下来也得好几百块，再说，你平白无故地请乡长喝酒，乡长给不给你面子不说，就是给你面子，又有什么意义呢？吴标笑笑，心里说，当然有意义。不过，嘴里没说。老表见他笑，知道是没事，就又给他继续上课，说，你别看好多干部，一天到晚喝得酒气都喷多远，可有几个喝得是自己腰包里的钱？吴标又笑笑，在心里说，我这么大的人了，能不知道这一点？电视里不是也说我们的好多高级干部，上午围着轮子转，中午围着碟子转，晚上围着裙子转？可这转那转，花得没有一个是自己的钱。心里又说，我又不是傻子，还用老表你给我上勤俭节约课？可人家虽然跟自己是同龄人，但人家却是领导，官大一级压死人，只有乖乖听的份。所以，待老表上过课，吴标只好再坚持自己的意见，给自己找理由说，我这不是想在乡长心里留下个印象吗？老表这才听他说出了来意，又在他身上上下看了几眼，说，既然这样，我就给你约他吧。老表一边打着电话，一边也在心里说，看来你是嫌我这个带副字的官小啊，要不怎么会不把心里的打算跟我说呢？老表心里虽然不乐意，但看在亲戚的分上，又不好说什么，也只能给他尽义务。

这个老表果真不但把乡长约来了，就连几个委员都给约来了。

吴标就在心里说，还是老表有面子。能有这么多的干部参加我的宴请，真感到荣幸。

可这位吴标先生又哪里知道，一个单位，虽然有好多人，什么这办公室，那办公室，这主任，那主任的，光一个乡政府就有不下十个单位，主任也有好几个。可真正能办事，讲话算的，也不过就那么一两个。至于那些副职们，不知道内情的，看他们一个二个在群众面前说起话来，也全都是这指示，那号召的。这些话，也只有群众把他们的话当回事，就连村干部都会把他们的话当成耳边风，这耳朵进，那耳朵出。别看这些村干部们，有时也会对这些副职的讲话，装模作样认真地记在本子上，还显得非常认真，其实，那只不过是做做样子，满足一下他们的可怜的自尊心而已。说白了，凡是了解情况的人，谁都不把他们怎么当回事。至于请吃请喝，洗澡按摩，就更没有

人理他们了。所以，每天一到中午快下班时，就有好多副职干部的眼睛，不停地在一二把手的办公室的门口瞟，看可能跟他们蹭上一顿不出钱的饭。

至于吴标说刘留请来的这几个副职干部，其实，并不是他请来的。是因为这几个人在刘留请魏乡长时在走廊上碰见了，所以，刘留考虑到都是同事，而请乡长又没有什么大事，反正是多酒不多菜，添个盅和筷，也就顺手做了个人情，随口说了一声。这些人就是这么被刘留"请"来的。

中午在酒桌上，魏乡长对吴标的表现更是赞不绝口。说这样的年轻人，应该是重点培养对象。乡长说到这里，又转移了话题，俗话说，卖啥吆喝啥，而这阵子正好到了麦收季节，便顺便又说起了不准烧麦茬的问题。他说，上面对这项工作抓得很紧，所以，我们乡更不能放松，也要实行责任追究制。我的意见是，不管哪个村，谁包的片，如果发生了焚烧麦茬的事件，烧一亩的，给予包片干部批评，三亩以上的，给予警告，村干部就地免职，绝不手软！

当吴标结了账，要跟魏乡长告别时，乡长又在他的肩膀上，像长辈拍晚辈那样，带着关心和爱抚性质地拍了几下，又握着他的手摇了摇，带着欣赏的眼神看着吴标说，有机会我会考虑给你压担子的。不错，不错。这不错两个字，到底是什么意思，恐怕谁也说不清。领导的话，可是放之四海而皆准的。你怎么理解都有道理，那就要看你的悟性了。但压担子的意思，不用解释，谁都会明白指的是什么。所以，吴标听了这话，激动得真想趴下，给这位亲爱的乡长大人狠狠地磕几个响头。碍于人多，才没有把两条腿跪下去。

有些话，是说者无意，听者有心。于是，吴标就老是在心里念叨着魏乡长说的，烧麦茬要严肃处理的话。他一边念叨着乡长的话，一边在心里猜测，这难道就是所说的机遇吗？吴标看着遍地黄了芒的麦子，心里说，看来我是要在你身上做做文章了。

到了麦收季节，村里的几个主要干部一个个就像是麦地的卫士，日夜在地里溜达着，生怕有人在麦地里点了火。几个村干部为了保住头上的乌纱帽，只要地里有一人，他们都不敢回家休息。两只眼睛老是盯着拿这些好抽烟的男人的嘴，生怕他们一不小心把烟头子丢到了麦茬地里，烧掉了他们头上的乌纱帽。特别是那些因为工作，被他们得罪过的人，更是格外小心。这些人仿佛就是埋在他们身边的定时炸弹。他们提心吊胆地想，这些人要想拿掉他们头上的乌纱帽，既不要跟他吵，也不要写检举，甚至连个电话都不要打，只要在有风时，轻轻地擦根火柴，或者是吧嗒按一下打火机，就把他们的乌纱帽给烧掉了。这就是一场除非没有硝烟，一有硝烟，他们就要彻底完蛋的战争。

于是，吴标的眼睛就一直盯着这个以高票当选的于村长，但表面上就像黄鼠狼见了小鸡，要给它拜年一样，对他特别的客气，老远就把纸烟递了上去，并且还点头哈腰地给他亲自把火点上。嘴里还一口一个村长地叫着，亲热得就跟没出五福的亲兄弟一样。看着为了防火，连眼睛都熬红了的于村长，就安慰他说，公告到处贴得都是的，谁干嘛要跟你做对呀？何况你在村里连三岁的小孩又没得罪过。走，我们弟兄俩喝一盅去，也好趁机放松放松。于村长想想吴标说得也是实话，都知道今年为了保护环境，不准再烧麦茬，全村老少谁又非去朝这个钉子上碰不可呢？就这样，于村长就跟着吴标到了一家离村子只

绿地文学丛书

有三里来路的街上喝起了酒来。由于于村长一连几天都没好好地休息了，稍微喝点酒，眼皮就再也睁不开了。当吴标骑着摩托车把他送回家时，朝床上一躺，就再也不知道东西南北的睡了过去。

就在他睡得正香的时候，外面便刮起了大风。直到乡里的警车在他门口还响着瘆人的警笛时，他才被惊醒。当他揉着朦胧的睡眼从床上爬起来时，乡长气得手指着他的鼻子说，于村长呀于村长，这么严峻的政治任务，你怎么能当儿戏呢？我们市里设的卫星火警检测点，你能不知道吗，啊？我的大村长耶，你包的那一片麦茬全都着完了，你知道不知道哇？我看到你这里的火光就赶过来了，可我还在路上走着的时候，县里的电话就打到我的手机上了。

这个时候，于村长就是浑身是嘴也说不清了。

乡长还恨铁不成钢地手指着于村长的鼻子说，我早就跟你说过，你是个难得的人才，唉，怎么也没想到你会栽倒在这上面呀。唉，我也是无力回天了。

就这样，于村长头上的乌纱帽被麦地里的一把火就给拿了过来，戴在了他的头上。

在吴标正在龙王湖里一边回忆着自己的妙计，一边看着自己地盘上满眼好庄稼的时候，他的一个铁哥们拨通了他的手机，问，你昨天跟我讲的那事，什么时候行动啊？吴标呵呵地笑着说，我的电话，我自有安排，到时候等我的通知就是了。

在回去的路上，吴标想，我看你张浩不掉毛能行？！

林灵是位大学毕业不久的学生，第一次来到农村，觉得跟这些憨厚的农民打交道，既新鲜又高兴。她觉得农村不仅空气好，而且人也好。一个个干活的人又憨厚，又重情义。跟这些干活的人，一天到晚说说笑笑的，不但不感到寂寞，还感到过得很有趣。

特别是万芹，把她当做自己的妹妹一样。有什么话都跟她说，有什么事都跟她商量。前天，万芹看见一位姑娘身上穿的一件新衣裳样式很好看，就想上街买一件。于是，瞅空就非要林灵陪她上街去买一件不可。她帮万芹挑了几家，终于买了一件。穿在身上一看，怎么看都觉得满意。不论是腰身还是胸围，既不胖也不瘦，谁看了都说好看。更使林灵感动地是，有一天快到吃饭时，万芹非拉着她去自己家，说有事要跟她说。林灵问，有什么事在这里不能说吗？万芹做出一副非常神秘地样子说，你没听人家说，大路上讲话，草棵里有人吗？我这事特别秘密，你没看我们这里的人都好奇？你看这一个个来来往往的人，见我只要跟你说句话，一个二个就把脖子伸得跟鸭子一样，把注意力全都放到了耳朵上？我说的这事要是传出去，还不把人家的门牙笑掉？林灵把两道弯弯的柳叶眉朝上一扬，微笑着哦了一声说，这么可笑？看来我还真得去听听哩。她们正说着话，厂子边上传来了计生专干郭霞喊几个正在晾木板的妇女去参加妇检的声音。万芹看了眼郭霞，对林灵说，我说个妇检的笑话给你听吧。前几年，我们村的老支书喊他儿媳妇妇检上环，喊一遍，媳妇该干她的活还干她的活，喊两遍，媳妇却奶起了孩子。喊三遍，媳妇才抬起头没正眼地看看他。支书想，在这件事上，他自己的儿媳妇若不带头，谁也不去带这个头？在农村，不论干什么事都这样，干部不带头，你就没资格叫其他人。有句话叫什么村看村，户看户，社员看干部。干部

带了头，社员才有劲头。支书见媳妇老没动静，觉得她是不把这个公公放到眼里了。

这时，乡里来妇检的几个女人就想，你这个支书连妇检这么个简单的工作都开展不起来，可见你也太没威信了。于是，一个小头头就在电话里催他说，你在家干什么哩？该不是在扒灰吧？你要是把灰扒净了，我们也省事些。支书一听这话就更急了，就对着媳妇瞪着眼睛吼道，你还不快去吗？电话又催了。媳妇把孩子朝一边一放，问公公，你张口合口的说又是妇检又上环的，你可知道那都是什么地方？环子是上在哪个地方的，可是上在嘴里的？听你一口一个环子，一口一个环子的，你嘴里到底上了几个环子了？这话也该你在我前面说吗？你说这话是什么意思？公公被媳妇一句话就给说得闷了腔，什么也没说，回到村委会，就把写在纸烟盒子上的辞职报告交到了那个妇检头头手里。

林灵被说得捂着肚子笑了起来。一边笑着一边说，真有趣，真有趣。万芹说，你说在农村要拿掉一位干部可简单？媳妇一个小小的环子就把公公给压下台了。林灵笑过，又有点不相信似的问，万芹姐你说的也有点太离奇了吧？万芹一本正经地说，我说的是实话。她手朝那个正在剥树皮的老头一指，说，就是他。林灵看了看那个正在忙碌着的老人说，他是个很不错的人啊。万芹说，正因为他不错，所以才更讲面子。哦，农村人真好，林灵说，自尊心真强啊。万芹说，农村人好就好在特别自尊，把自尊和面子看得高于一切啊。林灵不禁被这个真实的故事感动着，心想，农村人比城里人和那些当官的更是没法比了。他们正好跟这些憨厚的农村人相反，不要脸要利益，农村人宁要面子不要利益，还是农村人可爱啊。经万芹一说，林灵觉得那个叫余世富的老人更加可亲可敬了。林灵便夸奖老人说，看样子，他就是个憨厚诚实的好人。我每天看他干活，都是那么认真负责，把该干的活干得有条有理的，不该干的活他也干。多少天来，我一直看见他不仅把剥好的树皮摆好，还把它捆得好好的，码在一起。可其他人，这里一收工，就不管活干完没干完，放下就走，可他老人家总是非把活干利索才离开，并且还从来不多言多语的。别人逗他，只是笑笑，从来不还嘴。昨天，他看我就饭没什么咸菜，今天就给我送了碗酱豆子，恐怕我不爱吃似的，就夸奖说，他家的豆子下得好，酱菜店里卖的都没有他家的好吃。老人的心真细，见我刷锅用得是抹布，没吭声就从家里给我拿来了几条丝瓜，说这刷锅比那抹布好使。我一试，就是比抹布好。这样的人当领导的话，群众能不拥护吗？林灵看了看老人那忙碌的背影，又感叹着，像这样的好人，现在就怕不多见了哟。

林灵说笑着来到了万芹家，见刘会计正坐在桌子边抽烟哩。当林灵问万芹有什么事要跟她说时，万芹从厨房里把一盆做好的鸡肉朝桌子上一放，微笑着说，我要跟你说的就是这个。又指着盆里喷香得都令人流口水的鸡肉说，这是自家喂的土鸡，在城里是很难吃得着的，既没有添加剂，也没有激素，味道还鲜。婆婆这时也从厨房里，拿着碗筷带着笑容来到了饭桌前，拿起筷子就朝林灵的碗里夹了一块鸡大腿。刘会计也拿起勺子朝她碗里舀了几勺子汤。见万芹一家人对她这么热情，林灵感动得腮边挂满了泪水。林灵一边喝着鸡汤，一边说，万姐、刘叔、大妈，你们一家对我这么好，我真的不知该怎么说才好啊。又问，刘哥怎么没在家？万芹说，有一家上梁，东家管饭了。刘叔这时拿起酒瓶，把酒倒进杯子说，你一个女孩子

在外面一无亲二无故的，想想就由不得的叫人同情啊。俗话说，在家靠亲人，出外靠朋友。张浩这孩子也是个苦人，他一个人顾这不顾那的。你说，我们不帮他谁帮他呀？刘叔把一杯酒倒进嘴里，又说，人啊，还是多做点善事好啊。俗话说，不休今生休来生，我们农村人就信这个。

为了调节饭桌上的气氛，刘会计又给林灵讲了一个善事的故事。他说，我们这地方有一个算命的先生，不是瞎子，他算命不是用手指头，而是把你说的话归纳成具体的数据，然后，用算盘算，都说他算得特别灵。有一个中年人根本就不信，说这都是人们瞎编的。有一天，他就悄悄地找到了这位算命先生，说是要给一位女的算命，接着就把女的年龄、属相和长相跟先生说了。先生一边听着，一边在纸上记着他需要的数据。然后，便拿起算盘一算，算着算着，眼睛就瞪大了。他把算盘朝桌子里面一推，嘴角叼起一支烟，一边抽着，一边不停地用眼角在面前这个男人的脸上打量着。一支烟抽完了，又接上一支，面前飘满了乱七八糟的烟雾。男人见算命先生老是不说话，就再也经不住他的冷漠了，便开口问，请问先生咋不说话？先生笑笑，把纸烟从嘴里拿下来，不慌不忙地弹了弹烟灰，眼睛对着那个男人，意味深长地眯缝了一下，说，恕我直言，我看你是醉翁之意不在酒哇。男人被他说得愣了一下，很有些不解地说，先生你这话是什么意思？你那门口不是很清楚地写着，算对了，给钱十元，算得不对，分文不取吗？先生眼睛盯着算盘说，你这分明是在试探我的本事。为什么？男人问。先生说，哪有活人给死人算命的道理？俗话说死了，死了，一死百了。人都死了，还给她算命，这不是在试探我又是什么？男人把眉毛一扬，说，先生此言差矣，我分明是在给活人算命，你怎么说是给死人算命呢？先生弹了弹烟灰，使劲把算盘朝桌子里边一推，一脸严肃地说，你既然想知道我的本事，我不妨就把这个人的情况直说了吧。说得不对，你什么也别说，先把我的算盘砸了，然后抬腿走你的人就是了。如果说得对，你随便。

林灵听得连鸡腿都忘了啃了，眼睛一眨不眨地看着刘叔。

刘叔又给自己倒上一杯酒，慢慢地喝了一口，接着说，那个男人便给先生递了一支烟，又给他恭恭敬敬地点上了火。眼睛全神贯注地盯着算命先生的脸。像是在对先生进行现场考试。先生又不慌不忙地抽了几口烟，才说，你算的这个人已经死了三年了，是四十六岁那一年死的，而且是个女的。男人听先生这样说，眼睛立马就瞪圆了，并且还吸了一口凉气。头情不自禁地点了点，问，你怎么知道？先生没接他的话，接着说，这个人长得是鸭蛋形的脸，平时跟谁说话都是小声慢语的，而且见了人，也是不笑不说话，凡是跟她处过的人没有一个不夸奖她的。这个人心地特别善良，婆婆瘫多少年，她就侍候多少年，就像对待自己的娘家妈一样，连句烦恼的话都没说过。先生说到这里。问男人，这个女的是不是这样？男人佩服得简直五体投地，一把握住先生的手，头点得小鸡啄米似的一个劲地摇着说，先生您说得太对了，她就是我的妻子。先生说，按说这女的实际寿命应该是四十四，可为什么活到了四十六呢？就是因为她孝敬老人，所以，又多活了两年。

刘叔说完了这个故事，林灵说，您老的这个故事是在告诉人们，人还是多做善事好。刘叔笑笑，说，就是这个道理。人做善事，别人感激你，你心里不就更舒畅了吗？你没见电视里曾经说，有一个四川老人返老还童的故事吗？都九十岁了，又

重新长了一头的黑发，长了满嘴的新牙。专家们总结他的经验说，老人长寿的原因主要就是两点，一是老人的心地善良，二是老人的心情开朗。他不仅为人们经常修路架桥，还走着坐着小曲不离口。刘叔说，所以，人做善事，不仅有益身心健康，还能延年益寿啊。

林灵说，还是农村的人好，心里想的尽是积德行善。可见，你们也是这么教育后代的。刘叔点点头说，是的。要不，我们好多事，用法律不能解决，却仅凭一句良心话，就把问题解决了。小林，不知道你注意了没有，我们好多人常挂在嘴边的两个字就是良心。所以，在中央领导提出以德治国的口号时，我就说，我们农村早在几百年前就在进行以德治国的教育了。林灵点着头说，刘叔说得的确是这样。你们一家人在我的心里，都是我学习的楷模，真的。刘叔听到夸奖，得意地摸着在聚精会神吃着饭的一对孙子和孙女的脑袋说，我的老祖宗和我们这一代，要是不做善事，能有这么一对可爱的宝贝孙子、孙女？林灵见刘叔笑得这么慈祥和得意，也拿起酒杯，斟了一点酒，跟刘叔的杯子碰了一下说，为了刘叔和你一家人的积德行善，我敬您们全家一杯！

林灵感到在刘叔家吃得这顿饭，特别有意义。她不仅被万芹一家的好心所感动，更为刘叔的话所感动。她觉得今天在万芹家，简直是上了一堂道德教育课。

林灵在不知不觉中更喜欢这个地方了。

当林灵跟张浩夸奖起万芹一家人的时候，张浩又把他们一家和赵老师帮助他借款办厂的事，都一五一十地跟林灵说了。林灵说，像这样的好人，这么多天对我的影响真是太大了。从他们的身上使我看到了什么才叫真善美。

林灵姑娘对张浩这个年轻人，也很有好感。一是感到，这个人很正派。不管在什么时候，跟她说话，都是规规矩矩，连眼睛都在朝别的地方看。不仅语言文明，而且处处都显得光明磊落。不像那个叫什么吴标的村长，叫人一看就觉得他不是个正派货。就说那天请他来参加开业典礼的时候，林灵在忙着布置主席台的时候，把一把椅子递给他时候，他看她看得连眼睛都不眨了，眼睛一直都是色迷迷的，脖子上的那个疙瘩似的喉咙还不住地滚动着，像是在吃这什么似的，咕咚咕咚地咽着口水。当她弯腰给主席台上的人倒水时，见他把两只眼睛贼溜溜地直朝她的领口里瞄。而张浩给她的印象，总是叫人放心，并且还使人有种安全感。二是他爱学习。晚上，只要有一点空，每次都见他在灯下全神贯注地看书。哪怕白天忙得再很，累得再乏。晚上总是还要看书。见他这样持之以恒、聚精会神，林灵就非常佩服地问他，你白天累了一天，怎么看得下去？张浩笑笑说习惯了，就像吸毒有了瘾，一天不看书，睡觉就不踏实。三是这个人很体贴。木材加工厂刚开始生产的时候，见林灵一个人老是守在机器旁边，一站就是十来个小时，他就说你休息一下，机器如果出了问题我才喊你。又以大哥哥的口吻说，一个才走出校门的女孩子，这么老是不休息，是受不了的。林灵被他几句说得都想哭了。心里说，你真比我的亲妈亲爸还知道体谅我哩。但林灵却不能说出来，人家毕竟是光棍，如果说了什么稍微带个人感情的话，会引起一些一个女孩子不该惹的麻烦的。于是，林灵就说我不在现场，不放心，张浩说，我已经把机器原理都看过几遍了。林灵就说，你操作给我看看。见张浩果真像他说的，在操作机器时非常熟练，也就

只好放心地休息了。第一次，张浩让她休息时，她身上确实疲乏得跟散了架似的。当她朝床上一躺时，一闭眼竟睡了一天。醒来时很不好意思地对张浩说，我这样其实是违反了厂里规定的。张浩一愣说，怎么，厂里还不准人睡觉？林灵说，按照厂里的要求，在我的责任期内，生产期间，是一刻也不允许离开工作岗位的。我才来不到一周，你就叫我在生产期间休息，这不是犯错误是什么？说着，还不由自主地向张浩噘了噘好看的小嘴，扭了扭苗条的身子，撒了个娇。看着她那一副天真可爱的样子，笑笑说，我会像你的领导举报的，举报你累得站着就睡着了。林灵不禁咯咯咯地笑了起来，说，欢迎张先生举报。笑声银铃似的，把张浩笑得浑身都是舒畅的。

令林灵更感动的是，按说她是只能住在厂里，生产期间，一刻也不能离开的。可张浩说，我一个光棍住在哪里都无所谓，可你一个女孩子跟我住在这里，外面的人会怎么说？我就是再清白，也会有人闲着没事嚼舌头的。于是，就把她安排在赵老师家，跟他的女儿住在一起。这看上去虽然是一点小事，却说明了他的人品。

所以，现在张浩在林灵眼里，他是个能干而且能干好大事的人。不知不觉地，林灵就把张浩当成一个可以依赖的人了。

林灵在万芹家吃过饭回到厂里，刚生产不久，天就突然下起了雨。由于雨下得大，只好停止了生产。当林灵刚回到张浩住的那间既当办公室又做卧室的屋里时，林灵的肚子突然间疼了起来，就像刀绞的一样。她疼得蹲在地上，四肢都缩到了一起。脸色苍白，脸上的汗珠子，一滴接着一滴的朝下滚着。

这时，干活的人都回家了。张浩立即打了李丽的电话，简单说了下情况，李丽就冒着大雨，骑着摩托赶了过来。

李丽把她扶到床上，轻轻地按了下她的疼痛部位，抬起头叹了口气说，是急性阑尾炎，必须立即去医院。

张浩一听就着了慌，立即就拨打120。

由于木材加工厂这一断还没来得及修的土路，120车开不进来。而跟车来的又是几个细皮嫩肉，穿着白大褂，见了点灰尘都皱鼻子，肩不能担，手不能提的年轻女孩子。人还没下车，两道柳叶眉就皱到了一起，一边把头朝肩膀里缩着，一边抬头看着一根根朝下落着的雨丝，唯恐天上的雨点子，砸烂了她们的脑袋似的，连声叫苦说，下得这么大，路还这么差，怎么办呢？

不得已下了车，她们看着汪着水的路面，一个个都把肚子朝前挺着，屁股也朝里使劲地朝里缩着，把脚后跟朝上提着，像舞蹈演员一样，只用穿着擦得铮亮的高跟鞋的鞋尖点着地，在一点一点地朝前挪。看着她们这样走路的姿势，不禁会使人想到，古代那些被裹成三寸金莲的女人，走起路来也会比她们快得多。如果要是得了急病的人，眼巴巴地指望她们这样的白衣天使来抢救的话，恐怕就是有一百条命，也别想要了。此时，她们的眼里看见的，可能只有天上下着的茫茫大雨。想着的是，泥泞的道路。绝不会想着等待着要她们急救的病人。难怪党中央一再提到职业道德的建设。试想，如果她们稍微有点职业道德的话，会这样眼里只有天上的雨和地下的泥吗？现在，别说是叫他们抬人了，就是空着手让她们走这么一段路，都感到像折磨她们一样，还有心思救死扶伤，实行什么革命的人道主义？

这医院的院长也不知是怎么想的，既然是下乡抢救病人，又不是搞什么模特大赛，你怎么能派这样几个美丽的小姐来办

绿地文学丛书

这样的事呢？

看着离木材加工厂还有半截地的120，和从车上下来的几位狼狈不堪。抱头鼠窜靓丽小姐，张浩心里便急得像着了火。他想，要让这几位小姐把林灵抬到车上，不得半天也差不多。对于这样的病，那是说穿孔就穿孔的。如果万一穿了孔，那麻烦就大了，后果也就严重了。

这时，张浩再看看那几个怎么看怎么不顺眼的救护队员，再也顾不了什么男女授受不清的说法了。来到林灵的床前，把他那高大的身子朝下一缩，把脊梁跟床面几乎放成了一个水平面，说，快，林灵，你咬咬牙，我把你背到车上。又扭过头对李丽说，李大姐，你帮着我扶一下林灵。林灵这里一趴到他的脊梁上，他身子一挺就站了起来。背起来就朝外跑。为了怕摔倒，他一边走着，一边使劲地把两只皮鞋从脚上朝下甩着。

木材厂的这段路面，被运料的车辆压得特别光滑，见了水，就更滑了。走在上面就跟走在溜冰场上没有什么区别。张浩走在这样的路面上，为了不让自己摔倒，就使劲把脚趾头朝地里挖。每走一步，几乎都要使尽浑身的解数。他心里只有一个想法，要快，要稳住每一步。

李丽在一旁举着雨伞，张浩说，不要往我头上罩，影响我的视线。

大雨，在他的头上无情地浇着；地面，在跟他做着对。

他像在走钢丝，在用自己的脚趾平衡着自己。

张浩硬是用自己的那颗善良的心和自己的毅力，终于顺利地把林灵背到了120车上。

当他把林灵放进车里时，已经累得连一句话也说不出来了。嘴张得就像正在发作的哮喘病人一样，半天也没说出来一句话来。

几个靓丽的医生小姐见张浩累得这样，嘴里只是不住地夸奖说，你真能干。张浩见她们这样夸奖自己，狠狠地瞪了她们一眼，什么也没说。心里却说，要是都像你们这样，我们好多人的命就不要要了。

林灵见张浩累得这样，有几滴眼泪顺着眼角无声地流了出来。又伸手把一块餐巾纸递到了张浩的面前。

林灵做过手术，躺在病床上挂着吊水时，看着守在一边的张浩，很不好意思地说，你为我付出的太多了，我真的不知该怎么说才好。张浩用纸巾给她轻轻地擦着眼泪说，别说我，任何人对这样的事，都会这样做的。这就是我们农村人的本色，是老祖宗流传下来的。我们都把帮人助人当做义务。你说，这有什么值得说不说的？

不用说，刚刚动过手术的病人，生活是不能自理的。可张浩想，对于一个无亲无故的女孩，如果在这样的时候，还左顾右盼，思前想后的，那也就没有什么意义了，也更说明这样胡思乱想的人的无聊。就像眼看着一个小孩掉到了水里，在生死存亡的关键时刻，脑子里还在想着毛主席的什么一不怕苦，二不怕死的教导一样的虚假。张浩想，只要脚正，就不怕鞋歪。一个人只要把良心两个字记着，做什么也都就光明磊落了。

在林灵躺在病床上的几天里。张浩像她的母亲一样，为她端屎端尿，为她一点一点地喂茶喂饭，帮她洗脚。一到挂完吊水时，他就陪着她说话，互相畅谈着自己的未来和自己的打算，也各自说着家里的情况。

用他看得见摸得着的关怀，使她能舒舒服服地安心养病。

林灵是一个小镇上的人，爸妈都是靠做小生意来维持家里

的生活。林灵说，生意好的时候，一天赚个十块二十的；生意不好时，只能赚几块钱。她说，其实，没有工作的城里人还不如乡下的农民哩。农民还有几亩地可以立足，可城里人一天挣不到钱，一天的生活都有问题。她说为了供她上大学，家里的钱不够，就准备到姑姑家去借几个。她说，姑父是街道书记，光家里的房产就有三四处，可问他借三千块钱，他都没借。最后还是贷的款。她说到这里，长长地叹了口气，说，还是你张大哥好啊，能得到赵老师和万芹一家这样好人的帮助，真是你的福气。来到这里，我才算亲眼看见了农民骨子里的善良。像万芹姐，杀了一只土鸡，怕我不去，硬是把我哄到她家里去吃。你说，这样的善良和体贴，是金钱能买到的吗？还有，那天刘叔跟我说的那个算命先生的故事，他们都让我学到了，在城里永远也看不到学不到的东西，我也能为遇到这样的好人而感到荣幸和高兴啊。林灵说，这一段时间，你们湖稍村给我留下的印象，已经融入到我的生命中了。它将会永远影响着我今后的人生。你们湖稍村的人们，教会了我该怎样做人，做个什么样的人。

张浩静静地听着她的诉说，心里感到了从来没有过得充实。自从父母去世以来，再也没有听到过这样娓娓动听的诉说了。他不禁感叹道，和一个女孩能这样诉说着心里话，无拘无束地聊家常，真是一种享受啊。不知不觉，他那颗孤独而干渴的心，好像在被一股股甘露滋润着，像春天的土地，正在一点一点地复苏着，有一丝勃勃的生机正在身上焕发着。

在林灵动过手术的第六天，能下床活动的时候，她便来到了医院门口一个花坛边，一个人坐在椅子上拨打着手机。

这时，张浩正好从街上给她买吃的回来，见她正对着手机说话，就悄悄地来到了她的后边，好奇心促使着这个年轻人，想听听这个女孩子到底说都说了些什么。他长这么大，还是第一次这么近距离地听女孩子打电话。可用他自己的话说，偷听一个女孩子的电话，是不地道的。但他毕竟也和一般的年轻人一样，被好奇心在驱使着，脚不听使唤，所以，就情不自禁地把两只耳朵支楞了起来。

只听她说，妈，你让爸也放心，我在这里遇到的这个年轻的老板心肠特别好，心也特别细，我想不到的，他就提前做到前面去了。前天，我的身上来了，他见我在床上老是不安，并且还老见我喊女护士，问她要卫生巾。可他转眼间在趁我不注意的时候，就把一包卫生巾放到了我的床头前。对，他才三十来岁，家里父母都在不久前去世了，看上去还挺可怜的。不过，妈，我虽然不了解他的以前，可看他的为人处世，却非常令人佩服的。啊？什么，人品？妈，这个您只管放心好了。您想，他要是不好，那个赵老师和村里的刘会计一家，也不会把他这个木材加工厂，齐心协力、想尽办法给扶植起来的。那个赵老师，为了给他借钱，硬是把自己的工资卡都给压上了。

她一边说着，脸上还一边布满了笑容。

妈，他为人特正派。我总觉得，他能给人安全感。跟这样的人在一起，就好像有一种依靠，叫人感到踏实。妈，瞧你说的，我又不是三岁的小孩。这里的人真好啊，我说的那个刘叔的儿媳妇万芹姐，家里杀了一只土鸡，怕我不去，硬是把我哄到她家。一家人恨不能把一只鸡让我一个给吃了才称心呢。您说，他们的心咋就都这么好呢？还有那个赵老师，他说我忙，硬是要我把衣裳换了，让他女儿给我洗。人家小女孩才十多岁，我怎么能忍心叫她洗？每次都弄得我不好意思。妈，我来

到这里，才真正地从他们身上看到了什么叫真善美。妈，我真的舍不得离开这个地方了。

张浩被林灵的这些话说得，心里扑通扑通地直跳。但人家的话还没说完，他又怕憋不住，只好悄悄地，把脚步一点一点地朝外挪着。像做贼一样，蹑手蹑脚的。一边挪着，还一边在捕捉着她说的每一句话。

她说，妈你那说的是什么话呀。我看这个张浩哥会大有出息的。您闺女的眼力您能不相信？不会错！妈，在我出院之前，你可一定要把药费寄来哟！医药费都是张大哥垫的。我知道他手里也没钱了。他的钱全都用在加工的木板上了。我猜，我的医药费一定是他问那个李丽医生借的。因为在我动过手术以后，他回去了一次，跟我说是找李大姐有点事。妈，你知道我得病那天，张大哥把我朝救护车背时都快累坏了，当时，我都感动得想哭啊。

张浩直到提心吊胆、屏声静气地挪开了几丈远，才敢放开脚步向前走。一边走着，一边想着林灵的那番话，感到她的每句话，都像一缕缕春风，吹得身上和心里都暖的。

他第一次领略到了幸福的内容是什么。世间，有什么能比一个姑娘在背地里，对着自己亲爱的妈妈夸奖自己更幸福的事了吗？

当林灵又重新回到病房时，见桌子上放着一碗正冒着热气的黑鱼汤。林灵正要说什么，张浩忍不住心里的兴奋，笑着说，都说黑鱼是长伤口的。林灵不禁红着脸看了一眼，这位自己刚刚对母亲夸奖过的人，嘟着两片嘴唇，似曾生气地说，这么贵，我多吃几天药不就行了？张浩解释说，你没听医生说，药补不如食补吗？

林灵听了这话，多想扑进他那宽大、温暖的怀里，叫一声哥。可是不能，世俗的羁绊在她的身上和脚上慢慢地起着作用，使她一点也不敢放肆。唯一能表达感激地，只能是眼里一滴接着一滴的晶莹的泪水。

　　看着林灵含着激动的泪花把一碗黑鱼汤吃了下去，张浩才控制不住地告诉她，刚才，你给家里打的电话，我都听见了。林灵一听他说听了自己的电话，立马就把一对好看的眼睛瞪圆了，一眨不眨地看着张浩，是气？是恼？还是喜欢？张浩难以判断。但姑娘这个生气的样子，张浩却非常爱看。心里说，长得俊俏的女孩子，生气时也是好看的。张浩还是第一次见她这么看他，自己也想这样跟她对对眼光。可他怕她这样的眼神，只好把自己的眼睛躲开，看着面前这无声无息的地面。林灵把张浩瞪了好一会儿，才把两片好看的小嘴朝张浩一噘，故意用白眼看着他说，你坏，偷听人家的电话，你坏，你坏，你就是坏。她表面上装作生气的样子，心里却一点也不气。

　　张浩见她这样一句又一句地骂着自己，却笑嘻嘻地批评说，你这个小姑娘啊，怎么一点防患意思也没有呢？只顾说话，也不朝周围看看有没有人，真是太单纯了。

　　于是，他们都沉默了。

　　说什么呢？不是不想说，是不知说什么好了。

　　还是林灵先开了口。她又把眼睛对张浩骨碌着说，真是大路上讲话，草棵里有人啊。张浩得意地说，这样的话，我这草棵里的人。真是越听越想听啊。林灵做了个鬼脸，说，好话，谁都爱听。我要是说了你的坏话，你还不把我立即撵滚蛋？张浩说，有则改之，无则加勉。你是来帮助我的，怎么能为了几句不爱听的话，就赶人呢？你总是有缺点给人家说，要不，人

家怎么可能说你的坏话呢？你说是不是？林灵听了这话，心里感动地说，这话说得太明智了。有这样博大胸怀的人，还有什么干不好的事业呢？

说笑了几句，张浩又把话题转到了木板厂上。现在，张浩心里只有他的木材加工厂，其他的，在他心里还没占什么位置，包括林灵对他的倾慕之情。

他告诉林灵，我们生产的木板，厂方已经来人看过了，非常满意，答应两天就来装货。你就安心养病吧，家里的机器虽然暂时没开，原料还是源源不断地收着。别看我没在，刘叔和万芹把什么都给招呼的好好的。那些卖树的知道我们资金紧张，也没有一个再要现钱的。张浩说，等你回去的时候，正好是人家来提货的时候。这也是个好日子，对你来说，可以叫做苦尽甘来。林灵听了厂里的情况，乐得就像个孩子似的，伸出一个嫩竹笋似的指头，一边咯咯咯地笑着一边在张浩额头上点着说，什么话到了你嘴里就变得好听了。你的综合能力真棒，竟能把生病和卖货联系起来。张浩也嘿嘿地憨笑着说，不是为了使你开心嘛。她感到，张浩的笑声，是那么的动听和有底气，又是那样的有魅力。这样的笑声，她是怎么也听不够，听不烦，并且百听不厌。林灵在张浩的笑声中，自己也绽开了桃花般灿烂的笑容。张浩又说，告诉你，我的技术员同志，我们的木板全都是一等品。这个功劳还不全归功于你吗？近万张木板，一张多买五毛，张浩像算命先生似的，一个一个地掰着手指头说，就是五千多块。林灵同志，你住院到现在才花了三千多块，这住院的医药费，你就别问家里要了，算是我给你发奖金了，啊？林灵惊讶地叫了一声，果断地说，不行！张浩耐心地说，我的姑娘，你家里也不富裕，就不要在难为他们老人家了，啊？张浩的这个啊字，就像一只充满了母爱的手，在她的身上抚摸了一下。林灵更体谅地说，这样做，我是不可能同意的。张浩听了，很生气地说，你要真这样倔强的话，你就别在我这里干了。林灵听他把话说的这样干脆，心里更感到了这颗心的善良，也就不好再说什么了。张浩见她低着头，像个温顺听话的孩子，不再说什么，才接着说，你知道，我的这个摊子越来越大，像刘叔和万芹这样的贴心人还到哪里去找啊？所以，我想让你也留在我这里，也好给我增加一份力量啊。林灵心里说，不是你想让我留下，而是我自己想留下。我考虑，今后，会出现一些意想不到的事，你有知识，我相信，如果我的判断正确的话，你一定会对我有很大的帮助。你放心，在待遇上，根据效益，我会让你满意的。我相信，也是我的预感，你将会对我的事业起到很大的作用！说到这里，张浩又雄心勃勃地说，等我的厂子上规模了，你就当我的总经理。听张浩想得这么高远，林灵不禁佩服地点了点头。

木板销出去之后，刘叔经过一一认真地核算，第二天见了张浩，嘴咧得就像熟透的老面，忍不住呵呵呵地笑着，说，张浩啊，你的运气是真的来了啊。还是古人说的好，老天爷不杀善良的人啊。能有今天，也是你上辈子积了德了。光你这一车货，去掉各项开支，纯利润就是一万八千六百六十六，怎么这么巧呢？张浩不解地问，巧什么？刘叔说，这可是个想碰也不好碰的吉祥数字啊。张浩笑着说，您老算这么准确干什么，有个大概就是了。刘叔说，乖乖，我一辈子就跟账本打交道，你想我能不算得准准确确吗？孩子，你的父母不在了，我要是再对你不负责任，那就是你刘叔对不起你去世的爹妈了，同时，

我的良心也过不去呀。张浩被刘叔这话说得直想掉眼泪。是啊，要是爸、妈都在世，看见儿子一下就赚了这么多，他们的嘴笑得还能合得拢？

在张浩和刘叔正在说着话的时候，万芹跟一个来卖树的人正争吵着。万芹说，按照我们的要求就应该从这里量。卖树的说，这树根子细，就应该朝上量。高芹说，测量书上明明白白写着离树根这么远，又不是我的发明。又不满地看了卖树的一眼，说，别人都没说什么，怎么就你，没有麻子，点子非要比人家多些呢？卖树人见说不过万芹，就嬉皮笑脸地嘿嘿笑着说，还不是因为看你是我亲戚，仗得己？万芹哼了一声，说，亲戚就更不要给我找难为，谁的钱都不是大水淌来的！卖树人又说，又没有你的份子，干嘛这么认真？万芹更没好气地说，我给人家办事，更要凭良心，要不，世上就没有这两个字了。卖树人见万芹这么认真，只好让步说，别耽误时间了，你看着量吧。

张浩怕万芹跟人家吵起来，就想去看个究竟。见卖树的竟是张小六。看着还在一脸讨好的张小六，张浩仍然和风细雨地问，你怎么也干起这个来了？张小六尴尬地笑笑说，别人都在干，我怎么能眼看着别人赚钱，我闲着？又忙着给张浩递过一支烟说，兄弟，你这个厂办得好啊，你可给俺们村栽了一棵摇钱树呀。张浩被他这话说得起了一身鸡皮疙瘩，便瞟了瞟那张令人厌恶的笑脸说，谢谢你的夸奖。刘叔这时也来到了张小六的背后，有点阴阳怪气地说，小六啊，今后还得你多多给予支持啊。如果资金周转不开的话，问你周转一下，该不会害怕吧？张小六当然明白这话的意思，却故意装作不知说，只要张浩兄弟看得起我，要一千，我不会给九百九。

当林灵拖着还没有完全恢复的身子，对守着机器的人又交代了一番之后，回到张浩的住处，路过万芹身边，听了万芹和张小六说的那几句话时，越发感到她的可亲和可敬了。刘叔见了林灵，老远就把嘴裂开了，小林啊，你猜这一车货赚了多少？当刘叔把数字告诉她时，她也高兴得竟然跳了一个高，一脸的天真，看了更叫人觉得可爱。

晚上，张浩特地上街买了几个菜，非要让林灵亲自下厨做两个菜不可。林灵哭笑不得地说，我从来都没做过菜，张浩你这不是拿老公鸡下蛋吗？张浩嘿嘿地笑着说，不管你做得好吃不好吃，它却有纪念意义。这个厂，是你开机生产的第一块木板，第一车货又卖了这么个吉利的数字，再吃上你亲自做的菜，你的光辉形象就永远留在我的心里了。听张浩这样说，林灵又嘟起小嘴朝张浩翻了个可爱的白眼说，就你的故事多。真是个巧嘴子。

于是，张浩就把菜弄到了万芹家，赵老师和万芹一家人，个个都吃得欢天喜地的。林灵做得那几个菜，也被吃得干干净净，一点也没有剩。要不怕大家笑话，张浩真想把菜碗都给舔了。他们一边吃着，一边说着。为了讨得林灵的高兴，都说吃了有学问人做的菜，我们身上也就有文气了。这顿饭，大家不但吃得痛快，刘叔和赵老师还都喝多了。赵老师红着一双矇眬的醉眼，老是朝林灵和张浩的脸上溜，把他们俩溜得都不好意思了。在一旁的刘叔见他这样，就警告赵老师，你老是贼眉鼠眼的朝他们看什么？赵老师嘿嘿地傻笑着说，学着一句医药广告词，这是的我的秘密，一般人我不告诉你！急死你，气死你，病了我才告诉你！他的酒话，把一桌人都逗得哈哈大笑。

张浩和林灵被他们笑得心里扑通扑通的直跳。

就这样，张浩的木材加工厂一天天如旭日东升般地红火起来了。

销售了第一车木板的第二天，在人们都正忙碌着的时候，吴标在他家里的厕所里拨通了一个哥们的电话，说，可以过来了。并嘱咐说，可要千万要注意形象，别露了马脚。哥们有点不耐烦地说，还要你来给我上课，我们是吃哪碗饭的？干这样的事，你老哥又不是不知道，我们是属黄鼠狼的，道业深着呢。吴标说，牛皮不是吹的，火车不是推的，光说又不能买张三的牛犊子。事成了，讲过的一家一半就一半。我要是说话不算话，你就把我的屁股当脸打！哥们问，就这么定了，听你的。吴标说，那还用说？

吴标刚挂断这个电话，手机却又响了起来。一看来电显示，身上顿时就有点发麻，像触了电似的把手机立即捂到耳边，没等对方说话，他把就头点得小鸡啄米似的说，我的姑奶奶，我正想着办法哩。哎呀，你看你，我的姑奶奶，你也太小看我这个村长了吧？放心吧，啊？呵呵，你就是不催我，我都急得团团转，还想着你的奖励哩。要不了多久，我就会给你送过去的，呵呵，好啊，争取在你规定的时间内完成任务。什么？只要把钱给你就奖励一次？说话算话哟？好，再见，再见，再见。

吴标眼看着自己的锦囊妙计就要变成现实了，心里能不高兴吗？于是，就一边拎着裤子朝外走着，一边高兴地哼起了小曲。

妹妹妹妹我爱你

做梦都在想着你

几个小钱还不上

哥哥心里像驴踢

日思夜想有妙计

马上就能还上你

票子送到你手里

你翻云来我覆雨

看我怎么收拾你

……

　　他昂首挺胸、趾高气扬地一路朝村委会走着，心里的那股得意劲，简直再也无法控制。他真想在这个时候把郭霞约出来，把他的兴奋好好地在她身上发泄发泄，也让这个女人跟他分享分享。可他妈的这个郭霞，自从说要把刘长春的会计拿掉换给她，而始终没找到他的茬子后，这几天见了他，都待理不理了。干这事，讲的就是心情，没有心情，做那事还有什么意思？妈的，这个头发长见识短的骚货，你用到我的时候，见了你，就像发情的狗，老远就把尾巴翘起来了。要是用不到你，或者不高兴的时候，那尾巴夹得你掰都掰不开。这个贱毛要多长有多长的女人，天下除了自己的老婆自己当家之外，别的什么女人，你没有好处给他，想摸她一下子都不行。全都是他妈的无情无义的熊！

　　当吴标来到村委会时，见郭霞正低着头在填妇检情况登记表。他虽然刚才还把这个女人在心里恨得牙根疼，可一见到她那俊俏的模样，好看的脸蛋，心里的怒气，立即就随着他贪婪的目光，在郭霞身上的几次扫描，在不知不觉中就烟消云散

了。特别是在他一进门时，她身上散发出来的那股清香之气，就像一股强大的电流一样，一下子就把他的身子击软了。

于是，他不由自主地蹭到郭霞跟前说，怎么，我哪点又惹你不高兴了？郭霞头也没抬地说，小卒子就是不高兴领导，又能怎么样？还不是敢怒不敢言？吴标嘿嘿地笑着把手在她的屁股上摸了一下说，东头的那个什么李一找的那个神经病老婆，说昨天在厕所里把孩子给生了。郭霞不咸不淡地说，生了又怎样？那个神经病，李一正好想把她给丢掉哩。这样的人，属狗屎的，谁摸了都怕沾上。家里屌蛋精光的，乡里都拿他没办法，我能把他怎样？现在又不提倡男人结扎了，叫女人去，正好中了李一的意，他正好就凑这个机会把女人送给你了。吴标挨着郭霞坐下，看着表格说，照你这样说，计划生育就不要搞了？你李一要赖，女人肚子里的孩子是怎么来的？你李一不日她，她能自动地生孩子？又说，我看李一前天买了两只羊，先把他的羊给卖了才说。现在的羊怪贵的哩。卖的钱就不要入账了。李一要是不愿意，你就叫他来找我好了。我看那两只羊没有千把块买不来。还是吴标有办法，一个钱字，就把郭霞给说得两眼放光了。郭霞终于放下了手里的笔，搂着吴标的脖子，啄了一口说，还是你点子多。于是，吴标趁机把郭霞给抱了起来，顺手把门一关，两个人便在那张供妇检用的床上颠鸾倒凤了起来。

他们刚快活完，吴标的手机又响了起来。

郭霞问谁的电话，吴标心里得意得要死，脸上却显得很平静的样子，说，朋友的。可他见了这个号码，还是由不得地就像中了大奖似的兴奋，怕郭霞知道了秘密，没等对方说话，就忽地坐起来说，来到了？好，就按说的办。说着就挂掉了电话。正穿着衣裳的郭霞看了他脸上抑制不住地兴奋，问，该不是哪个相好的电话吧？看你那一副神神道道的样子，大概是怕我知道，还没说什么话就挂掉了，准没什么好事。吴标急匆匆地拉着裤门的拉链说，你的心咋就这么多呢？你没听见是个男人的声音？郭霞把嘴一嘟噜说，就不能是拉皮条的？吴标把手指头在郭霞额头上戳了戳，你就是想象力丰富。现在都实行当面鼓对面锣，一手接钱，一手脱裤子，哪里还需要什么拉皮条的？再说，我这样的身份，就是要干那事，能要拉皮条的吗？郭霞笑笑说也是。又说，不是拉皮条的，你就那么给他节约电话费？吴标被她纠缠得发急了说，安心填你的表去吧，想听的话，有时间我才给你慢慢地说。你要是对我什么都感兴趣的话，我每天做的事都给你汇报汇报，甚至连撒尿都跟你汇报。郭霞咯咯咯地笑着说，那倒没有这个必要，只要把你有几个相好的跟我说说就行了。

吴标见郭霞不再纠缠这件事，剩下的时间也就稳坐钓鱼台，抱着元宝打盹了。

他坐在郭霞身边的椅子上，眉飞色舞地把两只放着驴绿光的小眼睛，不时地朝门口溜着，脑袋高高地昂着，嘴角的烟头子也跟着朝天上撅着，给人一种烧上天了的感觉。此时，吴标乐得连屁眼都想笑。于是，两条二郎腿就不停地摇了起来，整个身子都是晃荡的，就像一只在风浪里行走的小船，全身都是抖动的，在郭霞身上抖得都没有这么有节奏。

吴标的身子正在得意地很有节奏地抖动着时，一辆黑色的宝马停在了张浩的木材厂门口。车子刚停下，先从车里下来了一个身子廋廋的小个子，穿着一身浅灰色的衣裳，头上戴得

绿地文学丛书

也是浅灰色的大盖帽子。脸黑黑的，尖下巴，小鼻子小眼睛，完全是一副天生的马前卒的相。从他下车时的利索动作看，马前卒当得一定很称职。他的两只脚这里一落地，就顺手把身后的车门拉开了。这时，只见车门里有一条腿伸出了车门外，接着又有一条腿伸了出来。脚上的两只夹头皮鞋在阳光下，像两只一百瓦的电灯一样，发着刺眼的亮光。接着，露出两条笔直的浅灰色的裤腿，慢慢的，整个人就从车里钻了出来。他很有块头，不但个子高，而且身材也魁梧，将军肚高出胸口一截，把褂子撑得下摆都翘了起来。这个人看上去对自己的仪表很讲究，先是面对着车门，把褂襟子朝下拉了拉，然后，又拿掉头上的大盖帽子，岔开几个短粗的手指头，像梳子一样，由前向后地在头发上理了几下。

在干着活的人，见来了一辆小车，一个个都不由自主地把眼睛盯向了这里。这些人也不是没见过小轿车，自从木材加工厂开始生产以来，就不断地有小车来往。不过，今天与平时不同的是，车上的人跟平时来的有所不同。平时来的，从车里出来的都是一些穿西装的人，他们除了穿的衣裳比这些干活的人的档次高些，皮肤比这些干活的人的细腻些之外，头上从没有戴过大盖帽子，大多只是在头发上搽一些定型胶之类的东西，除了这点与众不同之外，就再没有什么特殊的地方了。可今天来的这人，一看他们的穿着就不能不叫人心里扑通。尤其是在这样还不冷的天气里，头上就捂了顶看了就叫人不舒服的大盖帽子。群众曾对大盖帽子做过这样的归类：见了大盖帽，叫人心里跳。不是找你茬，就是要钞票。

就在人们的眼珠子还停在那个又是梳头，又是拉褂襟的背影上纳闷的时候，他便转过了身子，现出了庐山真面目。转过身的这个人，长着一张老倭瓜脸，鹰鼻子，淡淡的眉毛下面，肉眼泡子夹着两只朝外凸着的大眼珠子，短短的下巴上两片厚厚的嘴唇，从侧面看，有点像雷公。这人一钻出小车，大概是为了显示自己的风度，就伸手从车里捞出一只黑色的公文包，胳膊一抬，夹到了胳肢窝里。

马前卒一见他把包夹到了胳肢里，立即从口袋里抽出一包大中华，又非常麻利地抽出一支，塞进了他的嘴里。接着又掏出打火机，两腿稍微一弯，把火机伸到了他的嘴边，给他点着了火。马前卒这里刚把他的火点着，又从车里下来一位细高个子男人，既没检查自己的仪表，也没夹公文包，而是直接贴到了夹皮包的身边。跟马前卒伸手要了支烟，叼在了嘴角，自己给自己点着了火。

这几位真是主次分明，一看就知道谁是领导和被领导。

夹皮包的走在中间，细高个和马前卒分别走在两边，像是两个贴身的保镖。他们像是训练有素的队伍，全力以赴地目视着张浩的那间简易的卧室兼办公室，一直朝前走去。

干活的人从他们面无表情的脸上，一看就在心里猜测来的这几个大盖帽子不是来找茬，就是来要钞票的。于是，就在心里骂道，真他妈的不是玩意，人家张浩好不容易才把这个厂子办起来，你们就开始来找人家的茬了。人家办厂时，都钻到你妈的哪个洞里打盹去了？真他妈的岂有此理！

那些干活的人，就猜测，这几个人到底是警察，还是工商税务？反正对他们肩膀上和帽子上的那几个扣子一样的玩意，他们一点也不认识。但有一点他们非常清楚，他们绝不是来参观和取经的。你看那几个人的脸子，拉得像个驴脸那么长，就像张浩强奸了他们的老婆或是没经他们允许，就睡了她们，与

他们结下了什么深仇大恨似的。

刚到张浩的门口，夹着皮包的老倭瓜脸，就把眼睛朝张浩的门口盯着。说的话，声音硬得落在地上都能把地砸个坑地问，哪个是张浩？张浩看了看几个黑着脸的人，从椅子上欠起身，平静地面对着正朝这里走来的人答道，我就是。张浩说着。就把烟从口袋里掏出来，一人一支地朝他们递了过去。夹皮包的倭瓜脸眼睛朝张浩手里的烟盒子瞄了一瞄，映在他眼帘的竟是三块来钱一包的红三环。见了这样的烟，心里说，老扣。真想不到一个堂堂的大老板，竟吃这样只有乡下没钱的老头才抽的烟，真是太寒酸了。在这样的时候，要是接了你这样的烟，也嫌掉我的价。我现在要的就是这耀武扬威的架子。于是，当张浩快把纸烟递到他的手边时，他的手很有力度地朝外一摆，手心在张浩面前画了一个笔画非常娴熟的弧。然后，把下巴朝那个马前卒一撅，理也不理地又把眼睛朝马前卒瞄了一下。马前卒像他肚子里的蛔虫一样，立即眼疾手快地把手朝上一扬，脚跟一欠，就把一支大中华塞到了他的嘴里，手疾眼快地咔嚓一下，按着火机就给他点着了。两股蓝色的烟雾就像两条蛇一样，在张浩的面前纠缠了起来。顺着张浩的呼吸，慢慢地向他游了过去。

张浩明知是来者不善，可还是要以礼待之，又是给他们搬板凳，又是拎起茶瓶要给他们倒茶。几个人只用眼角看了看放在他们面前的凳子，并没有要把屁股放到板凳上的意思，好像板凳上有针，怕扎了他们宝贵的屁股。对张浩拎在手里的茶瓶，他们更是视而不见。

皮包见张浩忙完了这一切，就清了清嗓子，自我介绍说，我们是县土地管理局的，我姓胡，古月胡的胡，不是幸福的福。马前卒接过皮包的话说，是胡局长。他然后又把手指头对着细高个点了点，说，这是纪检科的柴科长，又指着自己介绍说，我姓禄，福禄寿喜的禄。这三个人真是天生的好姓氏，财禄福。

林灵这时也不声不响地离开正紧张生产着的机器，来到了几个人的背后，把眼睛不停地在他们身上打量着。

张浩心里明白，他们是来找自己的茬的，于是，有些紧张地问胡局长，有什么指教？自称胡局长的也不接他的话，而是问，你们的村长在家吗？这个问题出在他的村里，我们当然要找他。张浩说，不清楚，我这里就去找他，行吗？胡局长把大盖帽子冲着他微微啄了两下，从嗓子眼里嗯了一声，对两个保镖说，你们先在这里转转，看看厂子的面积。他的话，这里一落音，两个保镖就顺着厂子四周转悠了起来。

林灵仍在一言不发地站在那里，看着他们转悠。

两个保镖正在厂里转悠着的时候，皮包问林灵，你是他什么人？林灵眼睛一边在皮包的脸上看着，一边没好气地回答说，我是厂里的技术员。皮包哦了一声，两只眼睛在林灵的胸脯上骨碌着，声调也变得好听了，套着近乎问，多少钱一个月呀？林灵收回目光，朝地下看着说，按件计资。皮包又哦了一声。皮包咽了口唾沫说，这小妞长得这么漂亮，还当技术员，真怪有本事哩。这样的人，就是没有一点本事，也能挣大钱。心里充满了羡慕。

皮包正和林灵说着话的时候，两个保镖恭恭敬敬地向皮包汇报说，大概有五亩左右。

林灵听了两个保镖说得土地面积这么准确，不禁在心里说，这两个家伙看来还真不是吃干饭的哩。两条普通的腿把地

亩数量得还真差不多哩。

张浩见皮包问厂子的面积，就明白了他们来的目的，估计他们是要在土地上做文章了。于是，就在心里说，看你们以什么理由敲诈我？再怎么说，要是收我的土地占用费，这个理由是站不住脚的。我就等着你们开口吧。心里说，别看你们耀武扬威的，但说到底，就是为了一个钱字。你们也不想想，老百姓的钱是怎么来的？汗水摔八瓣换来的钱，你们也忍心敲？

皮包也许是站累了，看看面前的板凳，把屁股放到上面说，等村长来了再说吧。两个保镖见头儿坐了下了，细高个也坐了下来。马前卒忙拎起茶瓶朝皮包面前伸着问，胡局，来时忘了给你带矿泉水，真是我的失误。凑合着喝杯开水吧。皮包从鼻子里给了马前卒一个很响地嗯字，说，以后要注意了。说着拉开了皮包，拿出了不锈钢杯子，伸到马前卒面前，倒了一杯。

林灵在皮包拉开皮包的一瞬间，看见那只皮包里面除了几张卫生纸之外，什么也没有。心里便有点好奇起来。她心想，凡是领导，皮包里都是应该有文件的。一个当官的，只有文件才能证明他的身份，就像身份证一样，离开了它，人们是不认可的。这个领导真特殊，你既然想来找张浩的问题，不靠文件说话，靠什么？没想到一个男人出门带的卫生纸，比一个来月经的女人带的还多，真令人费解。又想，他该不是为了把皮包装得饱满，才故意这样的？

当张浩心急火燎地来到村委会时，听吴标正在给郭霞交代卖羊的事哩。

那个李一坐在郭霞的对面，就可怜兮兮地抹着眼泪哀求说，我就这些出息，你们要是把它们都给我拉走了，我的日子可就没法过了。你们就可怜可怜我吧。吴标横眉冷对着李一，像教训过去的反革命分子一样，说，你日出了孩子，违反了国策，就得罚你。现在叫起苦来了，日你女人的时候干什么去了？怎么没听你说可怜？干那事的时候，为什么连个套子都不戴？跟你说，我们不问过程，只问结果，几只羊卖多少钱，我们给你出具收据。好了，不要老是在这里纠缠了，我还有事哩。郭主任，你现在就去把它们给处理掉。惹得在这里高一声低一声地哼哼地叫得烦死人。

郭霞刚把李一的几只羊拉出门，张浩就来到了村委会，气喘吁吁地说，村长，我的厂里来了几个人，说是要见你。张浩特地把经过路边的商店买的十块钱一包的迎客松扯开，抽出一支递给他，并且又弯腰给他点着，说，他们说非见你不可？吴标把眼睛一眯缝，做出一副事不关己，高高挂起的样子，把纸烟放到嘴里抽了几口，然后把身子朝椅背上一仰巴，脑袋放到椅背上，优哉游哉地吐了几口烟雾，才阴阳怪气地说，人家找你，是你厂子的事。你当初办厂的时候，什么都没经我，甚至连声招呼都没打，现在倒找到我了。什么情况我又不了解，叫我去有什么用？吴标的眼睛一直在看着天花板上那几只爬来爬去的蜘蛛。张浩被他说得脸上火辣辣的，想火又不能火。只能默默无言地看着吴标。心里却恼怒地说，你是我们大家选出来的干部，你不为大家服务，不为群众办事，还要你这个村长干什么？张浩知道在办厂时没有拜他的码头，他心里一直不高兴，这时找到他，完全是在借机发泄。想借这个机会难为难为他，给他点颜色看。于是，张浩在心里狠狠地骂道，小人！俗话说宁跟君子打一架，不与小人说句话。在这样的时候，你有

求于他，对于这样报复心极强的小人，你哪怕就是把肺气炸，表面上也得强压怒息装笑脸啊。

除了吴标嘴里纸烟哧哧地燃烧声，一点声音也没有。

张浩耐心地等待了几分钟，见吴标还这样孩子不哭奶不胀的，又赶紧递一支烟过去，请求说，吴村长，我知道，为我的事要耽误你的工作，可人家硬是指名要您去，您老人家不给我的面子没啥，可不能不给人家上级领导的面子呀？为了求他的大驾，张浩不得不把你字改成了您字。张浩尝到了人在矮檐下，不得不低头的滋味。

吴标把不满在这个难得的机会发泄了，心里就有了一种说不出的快感。他历来认为，人只有在被人家求，而且离了自己又不行的时候，才是最能显示自己的价值时候。而在这样的时候，你面对着那些弯在你眼前的脊梁，谄媚的笑脸，才正是你最快乐的时候，比跟自己心仪的女人做爱还要有快感。

吴标觉得，把要说的话也说了，架子也端得恰到好处了，才懒洋洋地把两只手在头发上理了理，从椅子上温文尔雅、不慌不忙地抬起屁股，无可奈何地叹口气，又伸了个懒腰说，去呀，不去咋办呢？谁叫你是我们村里的人呢？人家要指名找我，那就说明没有好事。明知道是刺棵子，也得钻呀。唉，我哪里是什么村长哟，分明就是给你们擦屁股的老太婆。张浩听吴标的每句话，都是吃辣椒放屁，带着满口的刺激性。于是，在心里咬着牙，嘴里却拍着马屁说，村长有肚量，谁不知道，您村长是宰相肚里能撑船？俗话不是说干部就是老婆婆，肚子就是潲水缸，好的坏的孬的赖的都能装嘛。吴标听了这话，心里觉得很舒服。

好多干部之所以肚大腰圆，精神焕发，到了退位的时候，还不想把屁股下面的交椅让出来，就是因为他们在位时，经常有悦耳的话养耳，有美女养眼，有美味佳肴养身，所以，才对自己的位置恋恋不舍。就连一些村干部也不能例外。有退下来的干部总结说，这样的待遇，是任何保健品也不能替代的。

吴标终于朝外走了。一边走着，一边向张浩要情说，你张浩能理解我的苦衷就好。说着，把一支抽完了的烟头子使劲朝地下一扔，伸出一只穿着发光的皮鞋，在上面狠狠地碾了一下，说，就凭你张浩刚才说得这几句话，就是挨再大的训斥，我也心甘情愿。

张浩又就势锦上添花地夸奖说，你真是位心为民所系的好村长。

来到木板厂，距离皮包还有几丈远的时候，吴标就把笑容挂到了脸上，弥勒佛似的地笑着道，领导好，领导辛苦了。皮包好像对吴标的笑视而不见，仍然挂着长长的脸子说，你这个村长是怎么搞的嘛。吴标仍然厚着脸皮地打着哈哈说，请领导原谅，都怪我工作疏忽，哈哈，哈哈哈。皮包说，你吴村长这样做，分明是不把我们土管局放在眼里嘛。吴标仍然还是哈哈地笑着。皮包把话转入正题，说，违规占地，你这当村长的该了解吧？哼，你吴村长的胆子真大呀。吴标一声不吭地听着，像只温顺的羔羊。皮包见吴标仍然嬉皮笑脸的，又抬起胳膊，用指头点着吴标说，土地管理法你能不懂？我们曾经三令五申地说，一定要实行严格的审批制度，你这个当村长的怎么能置国家的法律、法规于不顾呢？皮包一边说着，一边还把脑袋拨浪鼓似的摇着，我看，你这个村长的权力比法律还大哩。跟你较真的话，我现在就可以宣布，把你的厂子给我停下来！吴标便解释说，您领导要说有我的责任，我也不好说什么。但要说

责任全在我，我可就有些冤枉了。坐下，领导们都坐下，嘿嘿，我们有话慢慢说，啊？吴标说着，弯着腰，撅着肥大的屁股，把一条条板凳递到了他们的屁股底下。

皮包气哼哼地把屁股放在板凳上，接过吴标的烟，叼在嘴里，点着，缓和点语气说，吴村长说不全是你的责任，我们是不管的，现在实行责任追究制，你又不是不清楚。吴标说，事情是这样的，张浩要说我不怪他呢？我也怪他，可仔细想想，也应该原谅他，他毕竟人年轻，没见过世面。看了张浩一眼，意在说，我吴标在帮你开脱，在给你说情。胡局长，吴标说，他这种急功近利的做法，我们应该理解。就是有些疏忽，我们也应该原谅，是吧，张浩？你张浩从办厂到现在，一直也没有跟我交流过，是吧？说着，脸上又有了笑容，几位领导，这该了解情况了吧？皮包从鼻子里嗯了一声，脑袋朝下点了点，态度也变得更和蔼了一些，面对着张浩说，张老板这就是你的不对了。这么大的事，你怎么能不征求吴村长的意见呢？他毕竟是你们的一村之长嘛。说罢张浩，又对吴标解释说，我刚才的态度有些太过了，请你不要介意，啊？吴标叹了口气，两只胳膊朝外一摊，画了个很大的弧字，苦笑着说，唉，谁让我当这个破村长呢？厂子在我地盘上，责任我不承担谁承担？细高个说，如果责任完全让吴村长一个人承担，是不太合适。马前卒也帮腔说，胡局，我提个建议，你看行不行？吴标听了，也眼睛一亮说，对对对，我非常同意两个领导的说法。又扭头看看张浩问，这样处理，罚几个款，你看怎么样？张浩见他们最终说出了要说的话，便愤怒地说，要说我的厂子违规占地，我根本就不能接受。我的木板生产出来，只是暂时在地里晾一晾，不是永久性建筑。他又指着地里晾着的木板说，只晾了半天，就收起来了，何况又是在我的承包地里。皮包被张浩说得眼睛瞪得牛卵子似的，嘴张了几下，想说什么又没说。看着皮包一副火冒三丈、怒气冲冲的脸色，吴标连忙拦住张浩的话头，又扯了扯张浩的衣襟，说，好了，什么也别说了，有什么以后跟我说，好吧？领导是掌握政策的人，人家办事是有原则的，人家你跟一无怨，二没仇，再说，就是罚了你的钱，又不能装进人家个人的腰包，你想，有政策管着，你一个不给，你交代不了，人家也无法交代，是不是？皮包插话说，我们要不是接到有关你张老板的检举，我们吃饱了撑的来找事做，唵？皮包把左腿朝右腿上一放，摇了摇说，看在吴村长的面子上，实话跟你说了吧，这事说大可大，可以上纲上线；说小也可小，可以协商解决嘛。说着，又把手在面前的桌子上拍了一下，脖子上的青筋在皮下一拱一拱地说，张老板，我毫不客气地跟你说，你可考虑好了，公了私了，随你便！

　　万芹不知什么时候也来到了林灵的跟前，把嘴对着林灵的耳朵说，不给他们几个，是不可能走的。这些吸血鬼！林灵把头轻轻地摇了摇。

　　皮包站起来伸了个懒腰，打了个呵欠说，跟你张老板费了这么长时间的嘴皮子了，该说的话都说了，你就明确地表个态吧？吴标看了看张浩，问，就按刚才两个领导说的办吧，花几个钱，把事情了了不就算了嘛。张浩把耷拉着的头抬起来，看看吴标说，就听你的吧。吴标又把脸对着皮包说，你就说个数字吧。皮包昂起头朝屋顶看了看，眉头皱了皱，在思考着。

　　屋里静静地，门外和屋里的人都把目光集中在了皮包的脸上。心情犹如看奥运跳水运动员争夺冠军的最后一跳那样紧张。

皮包把脸放下来，张开两片很有分量的嘴唇说，就马马虎虎给一万算了。话语中不知给了张浩多大的人情似的。

听到这个数，所有的人惊讶得眼珠子都要掉下来了。

张浩说，我没有钱。吴标拉场说，胡局长，少几个，少几个，给我点面子吧。胡局长把皮包又朝胳肢窝里夹了夹说，八千，一个也不能少了。皮包局长把胳膊举起来，果断地朝下一劈。说，再少叫我就没法做人了。单位的人知道了，还不说我拿人情做交易？

张浩觉得再没有什么可说的了，看了看守在门外的刘会计，无力地叹了口气，说，给他们吧！说罢，就强打着精神，吃力地从椅子上欠起身子，一步一挪地转到了屋后头，身上像散了架似的，无力地朝地上一蹲，一只手哆哆嗦嗦地从口袋里掏出一支烟，慢慢地叼在嘴里，一口接一口地抽了起来。

一缕缕烟雾在头顶上和面前缭绕着，像是他此时的心情，乱极了。八千块，是费了多少心血和汗水才挣来的。那时，母亲要是有了这八千块钱的话，她老人家说不定现在还在人世哪。可这些钱，对于手里握着权力的人来说，只不过是一场宴席，或者是一场尽情地潇洒。可自己用心血和劳动换来的东西，就是枉花一分，都感到心疼，何况人家的两片嘴唇一张一合，吧嗒一下子就被拿走了，该是什么滋味？张浩想，不管广播里还是电视里，天天都说要鼓励一部分人先富起来，大力提倡要支持民营企业，政府要给予扶植和帮助。可是，这个所谓的政府，难道就是这样支持民营企业的吗？他们难道不是一个共产党领导的政府吗？这样的领导，除了洗老百姓的钱之外，他们都帮助了企业什么呢？

这时，张浩便想到了刘乡长，就是村长吴标的老表。心里一遍又一遍地说，他真是个好人。他曾向自己交代说，你能在几个好心人的帮助下把厂子办起来，不容易。不该花的钱一个都不能花，资金多一块，你就可以多盈一块钱的利。张浩记得，那天去找他请示办厂还需要哪些证件时，特地为招待他买了一包玉溪烟，还被他批评了几句。他语重心长地说，这一包烟就是二十多斤小麦！别看我是拿工资的人，不到万不得已，我也是舍不得买这样高级的纸烟的。又说，我知道，你是特地为找人办事买的。但我们都是乡下人，除了干烧的人抽这样的烟，靠自己掏钱，谁都心疼，下次再也不能这样了。刘乡长说的这句话，永远记在了心里。他从内心里佩服这样体贴和关心老百姓的好干部。这天，刘乡长便向他说了具体要办的那些证件。张浩想，那天，刘乡长在让我办各种证件时，怎么就没提过占用土地的事呢？这里边说不定有什么蹊跷吧？再说，我一个小小的老百姓，凭我的能力挣钱，又没剥削过谁，谁又检举我干什么呢？张浩一边抽着烟，一边在思考着。又想，要说，收什么土地占用费的话，也应该乡里来收啊。更何况我又没占用什么土地，我晾的木板大都是在路旁，和我自己的土地上晾的。再说，晾木板就像晾衣服一样，一晾好就收起来了，难道土地管理部门，因为晾了衣服就去收人家的土地占用费吧？这样一对比，张浩就在心里问这个胡局长，你有什么理由罚我的款呢？张浩的脑子里装满了问号。他越想越觉得，他们这是在想着法子敲他的钱。

　　一连抽了四支烟之后，他又自己劝自己说，有人不是说什么，新社会新国家，一人挣钱大家花吗？现在的社会就这样，你要想办成一件事，必然无形中要用到许多部门，而这些部门之间，就是一个链条，其中少一个链条也不行，而这些链条的

连接又靠的什么呢？一句话，一个钱字。要不，怎么会有穷居闹市无人问，福居深山有远亲之说呢？想到这里，张浩的心里才算好受了点。

张浩出去之后，刘会计也恋恋不舍地把一打钱放在了桌子上。

门外的林灵看见来的那几个所谓什么县土管局的人，还有吴标，一个个见了钱，眼睛都放出了一道道绿莹莹的光芒。

见刘会计把钱要朝皮包手里交时，林灵不慌不忙地朝门里走着，理直气壮地说，刘叔慢，我有几句话要说。林灵顺手把钱从刘会计手里拿过来，犀利的目光望着几位眼放绿光的人说，既然你们按原则办事，我们也跟你们一样，按原则办事，请几位把你们的证件出示一下。说句不好听的话，我们就是要验明一下你们的正身。

林灵的话，那几个耀武扬威的人听了，就像晴天里起了个霹雳，顿时就被震蒙了。他们你看看我，我看看你，嗯嗯了几声，便结结巴巴地说，忘了，怎么出门竟忘了带了呢？皮包说着话，就显得惊慌失措了。两个保镖也不禁手忙脚乱了，一起把目光盯在了皮包的脸上。

吴标的脸也变得苍白了。

几个人想溜。

这一切，林灵都看在了眼里。她一脸严肃地说，你们稍停，别急着走，我们还有话要说。林灵把目光在他们脸上溜了一圈，见皮包的脸上已经有汗珠子滚了下来。林灵冷笑着，哼了一声说，你们想走顺当，等把事情说清了再走吧。请坐，耽误一下你们的宝贵时间，请再耐心地等一会。

林灵说罢，得意地把钱交给刘会计说，我有个事，请你陪他们说说话。又讥讽地说，到了我们这个地方，我们就地招待你们，档次太低了点。我请几个高规格的人再招待招待你们，唵？

于是，林灵一边朝门外走着，一边掏出手机拨通了110。

乡政府的常务副乡长刘留正坐在办公桌前，嘴角叼着扑通的纸烟，一口接一口地抽着。由于一心的怒气，抽烟的速度也就比平时要快得多。

刘乡长的办公桌前边的一张三人沙发上坐着他的表弟吴标。半拉屁股坐在沙发的边沿上，犹如"文革"时期的四类分子，在听领导召开的训话会。好像在听领导经常挂在嘴边的那句，只许老老实实，不许乱说乱动的训斥。为了避开表哥怒视的目光，只好把脑袋耷拉到裤裆里，看着裤裆里的那个小吴标。

这个办公室里，除了两支烟燃烧时发出的哧哧声，什么声音也没有。

刘乡长考虑到跟吴标的亲戚关系，尽量做到家丑不外扬，他这里一进办公室，就顺手把办公室门给关上了。

吴标是耷拉着脑袋，弓腰驼背地走进来的，就像小孩子在外面惹了事，见了大人就做好了挨打挨骂的准备。自从进了这个办公室起，他一点也不敢看一眼对面的表哥。

当刘乡长把烟头子摁灭在面前的烟灰缸里的时候，先使劲吭了一声，把手在桌子上猛得拍了一下，见吴标吓得忽地抬起了头，才手指着他说，吴标呀吴标，我都为有你这样的表弟感到脸上无光！刘乡长嘴里训斥着，手就不知不觉地，对着坐在沙发上的吴标指指戳戳了起来。他是想把心里的怒气，通过他

的手指头发泄到吴标的身上。你好好地给我说说，自从你当了村长以来，都干了那些见不得人的事？你仗着我的势力在村里乱来一气，利用计划生育，你不仅对人家进行敲诈，还拿罚款跟人家做交易，看上了谁家的女人，就想方设法地去占人家便宜。

吴标就像一个失去了知觉的植物人，任凭着刘乡长怎么训斥，一声也不吭。

刘乡长说着说着就控制不住了自己，气得从椅子上站了起来，转过桌子，来到吴标面前，手指头零距离地对着吴标的脑袋戳着，说一句，戳一下。把吴标的头戳得一仰一俯的。你吴标有好大的权力，要了活人的钱，占了活人的便宜，还去在死人身上打主意？你这个村长也真能做得出来！还有，据说你跟这个什么芙蓉酒店的这个，这个，靠卖身吸引顾客的女人，不清不楚。那天我跟你一起喝酒时，还没喝什么，你就装醉了。没想到，你是醉翁之意不在酒。我也是拿个棒槌当做针，真的认为你醉了，就叫人把你扶上楼去休息。后来，我才注意到，芙蓉扶着你上楼时走路的姿势，你根本没醉，不然，你的腿不会走得那么利索。没想到，你竟然当着我的面就跟那个女人动手动脚了起来。跟你说，那天我根本就没走，一直在那个小客厅里坐着。我问你，那个芙蓉送你竟能把你送了一个多小时？有多远的路？不就从一楼到三楼吗？你说，有没有这回事？

他说什么呢？表哥说的都是事实。听表哥一桩桩一件件地数落着，吴标心里想，这些事，都是哪个狗日的跟他说的哩？我做的这些事，就跟他亲眼看见的一样清楚。看来，他心里早就有一本账了，要不，他怎么说得这么详细？大表哥呀大表哥，怪不得你能当领导，说起什么来都是有理有据的，还能不让人心服口服吗？我服你了，还不行吗？

就在他一边低三下四地听着表哥教训，一边佩服着表哥精明的时候，表哥又痛心疾首地训斥道，吴标呀吴标，我就是做梦，也没想到你这个吃里扒外的东西，竟然能内外勾结地对张浩进行不择手段地敲诈！人家刘长春一家和那个赵思福老师，都在给人家张浩这个苦孩子雪中送炭，排忧解难，而你这个村长却落井下石，敲骨吸髓！你竟然能做出连一般老百姓都不忍心做出的事，我问你，你的良心哪里去了？叫狗吃了？吴标呀吴标，你好好地想想，从你当村长到现在，你干过一件让群众夸奖的事吗？为了洗张浩的油，竟敢找几个混混，冒充县土管局的人，跟混混订立攻守同盟，对半分钱，你咋就没好好地想想，老百姓现在也不是你想象的那样，那么好对付的了？人家公安的人，要不是听我的朋友交代，你是我的亲戚，你也进去过了。人家万所长看在我的面子上，才悄悄地把这事给了了。唉，我要是气你做得这些见不得人的事，就让你进去试试。可回头想想，要是一进去，你也就彻底完蛋了。

刘乡长发了一通火，心里的气也消了，感到好受了点。又坐回了椅子上。

吴标见表哥有点心平气和了，为了讨好表哥，就低三下四、厚着脸皮站了起来，战战兢兢地把一支烟递给了表哥，之后，仍然又耷拉着头坐回到沙发上说，哥，我知道错了，以后再也不敢这样了。

刘乡长从嗓子眼里哼了一声，说，还有下回？这一次就够你受的了。刘乡长抽着烟，把目光在吴标脸上瞄了瞄，说，你给我说实话，你为什么要玩这种狗急跳墙的把戏？吴标怯怯地

叹了口气，不知道该怎么说。刘乡长说，看来，这里面一定有什么隐情吧？据我猜测，你一定是少了见不得人的账！

听了这话，吴标像被电击得一般，身子一挺，脸朝上一仰，惊讶地问，哥，你，你怎么知道的？

刘乡长又从鼻子里哼了一声，说，你认为我长着两只眼睛就是用来专门看花花世界，看好酒好菜好女人，不是看老百姓疾苦的？不是用来看人的？跟你说，你们做的什么事，都在我的心里给你们记着哩！

就在刘乡长正对吴标教训着的时候，吴标的手机又响了起来，响得特别刺耳。当刘乡长的眼睛盯着他的手机时，吴标看了看来电显示，立即就鬼鬼祟祟地把手机关掉了。他哪里知道，刘乡长是个视力很强的人，几尺远就看见了他手机上的那个号码。见吴标把手机装了起来，刘乡长冷笑着问，是那个芙蓉饭店的吧？吴标说不是的，不是的，根本就不是的。刘乡长说，我都看见了，你还想跟我撒谎？吴标只好嬉皮笑脸地嘿嘿着说，哥你真是太厉害了。于是，吴标见纸里包不住火，只好把欠芙蓉钱的事如实说了。刘乡长听了，悲哀地长叹一声，说，谁叫你是我的弟兄呢？于是，把抽屉打开，把自己工资卡递给他说，我这上面几个月的工资还没用哩，你先把她的给还上。以后，我再发现你胡来，你的这个村长不要别人罢免，我就给你撸了！吴标说，大哥，你就放心吧，有你这个火眼金睛的大哥在监视着，我再也不敢胡来了。

当吴标接过表哥的工资卡朝外走时，刘乡长又说了一句，我看你现在应该有个思想准备，你的这个村长已经当到头了。吴标的脸色，一下子就变得毫无血色地说，我改了还不行吗，大哥？刘乡长说，这不是你改不改的问题，是你已经失去民心了。跟你说，你的所作所为，村里的老百姓都给你记着哩。我在哪个村没有几个知心人？你跟那个什么郭霞，一天到晚，都在村委会里干了些什么事，还要我说吗？刘乡长越说越气，干脆把手向门外一指，你给我走吧！

吴标被刘乡长说得晕晕乎乎的，都不知道是怎么走出表哥的办公室的。表哥的最后那句话，总是在他的脑海里回响着，你的村长干不长了，因为你已经失去民心了。你的村长干不长了，因为你已经失去民心了……

当天，林灵识破骗子，为张浩挽回损失的事，受到了整个湖稍村人的佩服。都说还是有知识的人好啊，不仅见过世面，考虑问题还心细。要不是她问人家要证件，谁能想起来，那几个穿得道貌岸然，又坐着那样高级小车的人，竟然是骗子？有的说，国家提出让大学生担任村官的想法，实在是高明之举。人们说着说着，就把话说到了吴标身上。有的说，那几个骗子说不定就是吴标勾来的。要不，作为一村之长，怎么不但不帮张浩说话，还跟人家一唱一和的？还有的说，谁不知道，下级什么时间见了上级，不像孙子见了爷爷一样，跟着他们摇尾巴还来不及哩，还敢问人家要什么证件？有的说，这样的村长，除了一天到晚眯缝着两眼，一心想着捞油水，还能做什么事？还有的分析说，这几个骗子，为什么早不来晚不来，偏偏在张浩卖了货的时候来？这里面难道就没有什么蹊跷？

在一旁听人们正议论着骗子的时候，林灵说，这个案子要叫我破的话，根本就不需要费什么劲就破了。刘会计问怎么破？林灵说，只要一查姓吴的手机号码，就知道了。刘会计嗯嗯地点着头说，乖乖，还是你们年轻人聪明。想的对，想的

对。张浩在一旁说，好了，事情就到此为止吧。林灵你没在官场上混过，不了解事情的复杂性。说着说着，就把声音放得低低的，你可知道，吴标和刘乡长是表兄弟。刘现在就是再正派，可吴标毕竟是他亲戚，而且这事又是乡派出所处理的，你说刘乡长能不管？要是没有这个关系的话，这事，我考虑早都在我们乡或者县电视里曝过光了。可直到现在，我们本地的媒体连一点动静都没有，还不是因为刘乡长做了工作。张浩又说，不管怎么说，感觉刘乡长这个人还是非常正派的。不过，我想刘乡长对这事不会不管。至于怎么管，那是他们的事。我们还是少议论为好，今后还要跟他们打交道哩。

但不论人们怎么议论，反正都认为在这件事上，林灵是功不可没的。都说她不仅是这里的技术员，也是这里的保护神。

听了人们的夸奖，林灵脸红得就像三月灿烂的桃花，令人心动，也令人怜爱。

张浩由不得地朝林灵深情地看了一眼，心里涌出一种说不出的感慨。心里称赞说，她是个胆大而又心细的才女。林灵见他看她，于是，也以牙还牙地看了他一眼，眼神送去了温暖和安慰。此时的张浩，真想把她当做自己慈祥的母亲，扑到她温暖的怀里痛痛快快地哭上一场，把心里所有的憋闷倾诉出来。

这时，万芹来到林灵的身边，伸手搂住她的脖子，把自己的脸在她的腮上蹭着说，你真好。你愿意留下来了吗？林灵温顺地点了点头，说，张大哥对我这么好，在他正需要帮助的时候，我能走吗？再说，根据眼下的趋势，他的生意还要做大，可能还会遇到一些想不到的事。所以，我还是要留下来，帮他尽点力。又说，其实，我又能帮他多少呢？万芹说，你一张嘴就给张浩挽回了近万块的损失，还说能帮什么？

这时，从厂子外面来了一个弓腰驼背，七十多岁的白发苍苍的老人。由于驼背，头朝前伸着，两只手背在身后。一边朝里走着，嘴里一边自言自语着，乖乖，没想到浩子这孩子真有本事，厂子搞得还真怪像样哩。啊，真是人不可貌相，海水不可斗量啊。呵呵，看来浩子爹妈的老坟地埋到了风水宝地上了啊。

见了老人，张浩老远就招呼道，大伯来了？大伯把脸朝上仰着，把围满皱纹的眼睛在张浩的脸上停了一会，伸手一把拉住张浩的胳膊，朝一个没人的地方走着，说浩子，我想跟你说几句话。张浩像个听话的孩子，跟老人向前走着说，大伯，您老这把年纪了，走了这么远的路，还是到我屋里歇歇吧。我的屋里没有人，俺爷儿俩说什么都行。行吧？老人听张浩这样说，眼睛里露着笑容说，乖乖，都当大老板了，还是这样，一点架子也没有。好，嗯，好，像你这样的老板，事情哪有办不好的？

张浩把大伯带到了自己的住处，又把他扶到椅子上坐下，递支烟给老人，亲自给老人点着，给他倒杯水放在面前，才小声慢语地说，大伯有什么话就说吧。大伯见他这么客气，先是呵呵笑着说，乖乖，大伯怎么也想不到你会这么有出息。记得你从小有一回正在你门前的那个沟边里玩着，我下地回来正好从那里路过，你竟一头栽到了水里。记得当时天都很冷了，我都穿棉袄了。一看你掉到了水里，水面上还咕嘟咕嘟地冒水泡哩。好险哪，跟前要是没有人，一眨眼工夫，一条小命不就没了？你说你妈你爸就你这么一个宝贝儿子，要是你有个什么三长两短的，你妈、你爸还怎么活呀？老人津津有味地说着，还不时地用眼睛朝张浩的脸上瞄着。

　　听老人说了这些他大冷天救他的话，而不说他要说的事，张浩想，你老人家跟我说这些，是不是怕我把你老人家的救命之恩忘了，特地来再给我提醒提醒？事情不可能这么简单。但他的用意到底是什么呢？经过一想，明白了，就像写小说的人一样，是在叙事之前先来个铺垫。张浩看在老人一大把的年纪上，只好耐心地听着。脸上还露着感激。为了不冷淡老人，在老人述说的时候，还表现出一种津津有味的样子。

　　老人说，乖乖哟，看你在水里不住地往水面上冒泡，我真是心急火燎的呀。我当时就想，是脱了衣裳下去，还是不脱衣裳呢？当我才解开袄子的第一个扣子的时，手就停下来了。心想，要是把衣裳脱了才下去，你还不淹坏？就这样，我就什么也顾不得了，连鞋都没脱就跳了下去。没腰深的水真凉啊，冻得我都直打下巴颏。摸了好一会才把你给抱上来。老人说到这里，把目光对着张浩，问，你可记得这些了？张浩笑着说，大伯，我什么都能忘，但却不能忘记你老人家的救命之恩的。张浩又递一支烟给老人，说，没有您老人家当年救的我这条小命，还有我的今天吗？又说，爸妈活着的时候，都经常叨咕着您老救我命的事哪，还不知多少遍地嘱咐我，说这个情，就是一时不能补上，但什么时候也不能忘。老人听张浩说他一家人不但没忘他的救命之恩，反而还挂在嘴边，经常的说着，心里当然得意。心里说，你只要没忘我的救命之恩，朝下，话就好说了。见老人脸笑得像弥勒佛似的，张浩想，你老人家的恩，我家因为这么多年运气不好，一点恩还没报呢。于是，老人叹了口气说，浩子啊，我说的这些可没有什么要你报答的意思，是看你现在有了出息，才想起来把这些破事拿出来唠叨唠叨。人老了，别的什么都记不得，就是记得过去的一些破事。

浩子，大伯说这些可不是在跟你要什么情啊。当年，别说我，谁见了都会那样做的。见死不救，是要遭天谴的，这可是老祖宗传下来的话。张浩想，你老人家绝不可能是专门来跟我唠叨这些往事的。由于张浩的事情千头万绪，这样在这里陪老人聊天，心里恨急。于是，没等老人开口，就问，大伯，您老有什么事，需要我给你老办？只要我能办到，一定使您老满意。

老人听张浩这样问，那张弥勒佛似的笑脸，立即就变得灰暗了起来。白发苍苍的脑袋很快就耷拉了下去，显出了明显地不好意思。过了一会儿，把脑袋才抬上来，看了看张浩，嘴吃力地张了张，又合上了。脑袋又耷拉了下去；一会又抬起来，又嘴张了张，欲说不说。完全是一副想开口，又难以开口的样子。

见老人这样，张浩就直截了当地说，大伯，俺爷们还有什么事不能说的呢？说吧，我不会让你老人家为难的。

老人在张浩的鼓励下，才慢慢地坐直身子，眼泪汪汪地说，孩子啊，大伯不到万不得已是不会来给你送艰难的。我考虑了多少天，都觉得这个嘴实在太难张了。你知道，大伯这辈子从来也没轻易掉过价，求过人。唉，你也知道我那儿子是什么德行，别看他在人家面前烧得人五人六的，把他村长的架子端得十足，跟别人说起大道理来，一套一套的。不知道底细的人，都不知道他到底有多深的水，又多么通情达理。其实，他才是专门拿什么马列勒人家的货，说一套，做一套。对我这个老子，连正眼都不看一下。孩子，俗话说，家丑不可外扬。反正你也不是外人，我才跟你讲实话。我手里连个吃油盐的钱都没有啊。老人说着，抬手在脸上抹了一把说，孩子，我把话说了，行，你就说行，不行，就全当大伯什么也没说，嗯？张

浩说大伯，你讲吧。老人说，我想来给你看看工地什么的，什么要求也没有，只要你给我几个油盐钱就什么都有了。你看行吗？张浩被老人说得心里酸酸的，在心里骂道，这个吴标，简直就不是人！你对你老子都这样，还能对谁好？你自己住着小洋楼，却把老人赶到一个稻草搭的茅庵子里，还连什么都不问，你还是人吗？在心里骂过吴标，便对老人说，您来吧，给我照应一下就行了。怕老人不好意思，又说，我这场子这么大，东西到处放得都是，是得有人给我照看一下。我先给你六百一个月，如果不够花的话，等我的资金充足一点了，我再多给你一些，你看好吗？听张浩这样说，老人都感动得热泪盈眶了。他说，孩子，有你这句话，我就知足了，这些钱太多了，就是给我六十，我都知足了。

张浩一直把老人送到厂子门外边，回来独自坐在椅子上，想着老人说的话，自己的眼泪也悄悄地流了出来。

当林灵万高芹得知张浩接受吴标的父亲看厂子的事，两个人都说，你这又不是敬老院，要这样的老人，除了给你添麻烦，什么好处都没有。两个人还说，像他这么大年纪的人，晚上脱鞋，早晨说不定不能穿上哩。张浩说，你们不知道，他小时候救过我的命不说，现在，他那个村长少爷根本就不问他的事，也是实在没办法了，才来找我的。也算是我对他的救命之恩的报答吧。两个人听了都说，你的心太软了。

吴标知道自己的那个老不死的父亲，要给张浩打工的消息，气哼哼地来到了父亲的茅屋里，脖子上青筋鼓多高地吼道，爸，你去给他打工，怎么就不替我想想呢？父亲把眼睛一瞪，指着吴标的鼻子说，哦，你终于想到你还有个没死的老子哩？我问你，你从来给我过一分钱吗？要不是靠一年养那几只羊，我就怕连西北风都喝不上了！吴标从口袋里掏出一百块钱朝父亲递着说，爸，我给你钱花，要不，你就跟我一起吃。只要你答应不去张浩那里，怎么都行。老人把旱烟锅从嘴里朝外一抽，对着吴标的脸狠狠地吐了一口，使劲骂道，你个畜生，我给人家看厂子，丢了你的脸了是不是？说着，老人就把指头在吴标的额头上一戳一戳的，把吴标的脑袋戳得一仰一仰地骂道，你个既想当婊子，又想立牌坊的东西，我丢了你的脸了是不是？畜生，我要吃饭，老子不想饿死！我不能为了你的那个什么村长的面子，就活活地饿死！我没有话跟你讲，你给我滚！说着，就把吴标给得一百块钱，朝他脸上摔了出去。老人摔过，一低头，就出了自己的茅屋，把吴标晾在了那里。

老人一边气哼哼地走着，一边不停地嘀咕着，我也不知是哪辈子做了孽了，养了你个丢人现眼的孽种！

老人在木材厂非常尽职尽责，把木材厂当成了自己的家。对于那些素质不高，想趁干活之便，想把树皮、树枝包带回家烧锅的人，老人一个也不放过。就是几寸大小的木头块子，他只要看见，就毫不留情地让他们放下来。他就像这个厂的一把锁。

真是不看不知道，一看吓一跳。老人住到厂里，不到两个星期，老人就从那些小心眼的女人的手里搜出了一大堆，看起来很不显眼，只有几寸大小的边角料。林灵说，这些废料至少有一千多斤。

用不恰当的比喻说，老人他像一只忠实的牧羊犬，时时刻刻都大睁着双眼，在人们的身上警惕地盯着。特别是那几个被他捉住过的，用男人们的话说，没有出息的女人，见了他，就

像老鼠见了猫一样，胆战心惊的。老人寸步不离地守在厂子门口，凡是从他面前经过的人，不论是谁，他的眼睛都要在你身上搜索一遍。对那些因为干活而把衣裳夹在胳肢窝里的人，也要把目光在你的衣裳上搜索一遍。态度比海关人员检查有没有毒品时还要仔细。

看老人这么尽职尽责，张浩有点迷惑地在心里说，那个当村长的儿子，怎么一点也不像他的这个老子呢？

其实，吴标这几天的日子也不好过。虽然拿了表哥的工资卡，把芙蓉的钱还了。可吃屎的狗，在任何时候总是改不了吃屎。

就在他送钱给芙蓉的那天，一见芙蓉那叫人着迷的脸蛋，高耸而又饱满的乳峰，以及那纤纤细腰和诱人的臀部，他浑身又像被电击了一般，发酥，发软。裆部那根只会消费而不能给他带来一分钱收入的东西，立即就雄赳赳、气昂昂地坚挺了起来。他本想按照表哥的要求，把钱一还了之，从此再也不跟这个女人纠缠了。可是，裆里的那个东西不争气，眼睛和两只脚更不争气。为了掩饰下面的那个小吴标，就把平时笔直的腰杆子，非常做作地弯了起来，弯成了一个V字形，装成在地上寻找什么的样子。

可这一切，又怎么能够逃过芙蓉，这个在情场上混了多年的老手的眼睛？芙蓉用眼角看似无意，其实有意地把目光朝那个地方扫了一眼，就在心里说，从他今天来的情绪看，是不想再跟我不来往了。如果，我今天要是不给点他甜头，以后想再做他的生意恐怕就难了。她凭自己多年的经验，在这样关键的时候，只要轻轻地拉他一下，他就会倒过来。你要是稍微冷淡一点，他从此就会在这里彻底地消失。那大把的钞票，就只能眼看着装进别人的腰包了。商场如战场，情场也是一样。正因为我做的是二者兼有的生意，所以我的生意才这么红火。芙蓉看了看小吴标，心想，这家伙还有救。他可不像他那个当乡长的表哥，刀枪不入。见了女人，就跟有仇似的。你向他送一个媚眼，他不但不高兴，甚至临时就把脸子一拉，叫你偷鸡不成还要蚀把米。把你的感情也给白白地浪费了。芙蓉多次在心里琢磨，这个刘留也不知可有那方面的病？所以，芙蓉觉得做什么都应该投其所好。什么人什么待，什么位置上什么菜的说法，还是很有道理的。

当吴标把钱交到她手里时，就在这一交一接之际，芙蓉不仅向他送了一个勾人的媚眼，还在他的手心里挠了挠。说，我的吴大村长，为了这几个钱，我做得是有些过了。一边道着歉，一边咯咯咯地笑着，还把眼睛朝小吴标看了一下。说，你难道就不给我一个道歉的机会了吗？

在这样的时候，美丽的女人，是世界上什么良药也不能和它相比的。仅芙蓉的一个媚眼和几声咯咯咯，就把吴标治疗的筋骨酥软，魂飞魄散了。咯咯之后，芙蓉又扭动腰肢，撒着娇说，跟我上去喝杯茶，说说话，好吗？

早已就欲火中烧的吴标，还有什么不好的？

芙蓉在前面一边在向他传达着风情万种的肢体语言，一边向她的卧室走着。吴标在后面，嗓子不住地发出咕咚咕咚的吞咽之声。晕晕乎乎中，身不由己地跟她上了楼。

进了她的卧室，竟发现她的卧室好像比半个月前更诱人了。原来，她床里边的墙上，多了一张她的裸体照片。身子是侧着的，脸微笑着向外看着。一只手枕在头下，一只手放在身

子上面，两条腿交叉地放着。小腹平坦光滑，夹在两腿间的三角地带若隐若现。

吴标的眼睛哪里还顾得朝别的地方看？一双眼睛便被这张照片给弄呆了。一边看着，一边在心里说，太诱人了。以前，上了床就想着那事，从来还没有这样仔细看过她这么好看的裸体哩。

见吴标这样眼睛直直的，芙蓉心里满意极了。于是，在心里骂道，你这个色狼，看你这眼神，还愁你有钱不朝老娘这里送？

吴标看过了墙上的裸体照，又把目光转到芙蓉身上，像探照灯似的，上一眼下一眼，贪婪地看着。芙蓉眼含深情地看了眼吴标，说，坐嘛。吴标这才魂不守舍地挨着芙蓉坐下，像狗一样，不住地抽缩着鼻翼，闻着芙蓉身上散发出来的气息。早已把一个钱字抛到了九霄云外的吴标，在这样的时候，他哪里还想得到，钱难挣屎难吃这句常挂在人们嘴边的口头禅？

他一挨着芙蓉坐下来，就气喘如牛地把一张喷着烟气的嘴，朝芙蓉脸上蹭。芙蓉笑着把脸朝一边偏了一下，扭动着蛇一样的身子，把屁股朝外挪挪，嘟着小嘴，撒着娇说，别急嘛，人家还没把话说完呢。吴标迫不及待地看着她说，有什么不好在你身上说？我急得都受不了了。芙蓉指了一下他的鼻子说，你们男人也不过是那几滴面浆子的事。几滴浆子没出来时，硬得钻天入地，可几滴浆子一出来，就连路都走不好了。他哪里还有心跟芙蓉讨论什么浆子不浆子的事？还没等芙蓉说上几句话，伸手就扒芙蓉的衣裳。一边扒着，一边说，我就是要把那几滴浆子放出来。芙蓉也不拒绝，配合着他说，我问你要那几个钱，该不会生我的气吧？吴标迫不及待地把芙蓉放到床上，朝她身上一压，使劲朝里进着说，气什么？欠债还钱，天经地义，有什么可气的？芙蓉说，不生气就好。我也是没法子，资金实在周转不开了，要不，我也不会那样跟你过不去。吴标在上面正开足着马力不要命地耕耘着，哪里还听进去她的这些解释？

一阵疾风骤雨过去，当吴标焉里巴几的扶着墙朝外走着时，表哥的那几千块钱又像一块石头，重重地压在了他的心里。他想，如果要是再在老百姓的头上打主意的话，我这个村长不要别人罢免，他一个就把我给撸掉了。可不在老百姓身上打主意，又到哪里去弄钱呢？

当他重新走进表哥的办公室，把工资卡还给他时，怕表哥再教训他，把工资卡朝桌子上一放，转身就要走。可出乎他意料的是，表哥从桌子的文件上抬起头，态度非常很和蔼地说，吴标啊，就是为了你的老婆孩子，你也应该走点正路了。村里的工作又不像乡里，千头万绪的。你除了搞好本职工作，就不能干点别的了吗？表哥说，听说，自从张浩的木材加工厂投产以来，整个村子都动起来了。前天一个买树的人跟我说，他老婆在厂里晾板子，一个月可以挣一千多，他自己这个月挣了两千还多，一个月就有四千来块钱的收入。比外出打工划算多了。吃着家里的不说，还不要出房租和这费那费的。他说，就是到哪里也不能挣这么多。说到这里，表哥问，你就不能也放下你的那个村长架子，出去给木材加工厂买点树吗？见吴标没有反应，又说，我可把话给你说了，你要是再胡来，我可就对你不客气了。当着表哥的面，他点了几下头说，哥，我一定听你的，你叫我怎么干，我就怎么干。表哥说，你也不是三岁的小孩，你就是跟我说一套做一套，我也没办法。但我要警告

你，事不过三。你自己干得丑事，要真是传到了你们村老百姓的耳朵里，我也没办法。你自己好自为之吧，该说的，我也跟你说了。又看了看手机上的时间，说，跟我去食堂吃点再回去吧。吴标在这里一时都不想呆，还怎么想跟他去吃饭？便找个借口溜了回去。

　　随着木板的畅销，张浩的木材加工厂的效益越来越喜人。半年里就已经盈利十来万。

　　张浩心里高兴，于是，在"五一"劳动节来临的时候，他对林灵、万芹、刘会计和赵老师说，你们为我这个厂，立下了汗马功劳。我想，这次，不如我们也像那些拿工资的国家人一样，出去玩玩，散散心，也开开眼界。几个人听了，都说他想得周到，不管去不去，心里都很高兴。刘叔说，你这个想法，我听了比什么都高兴。可我毕竟是六十来岁的人了，玩是你们年轻人的事，我就不去了吧？我们农村是不讲究什么"五一""六一"的，你们玩你们的，我在家招呼着厂子，做到娱乐生产两不误。又把眼睛对着林灵看了看说，我想，最应该玩的是林灵，自从到这里之后，哪里也没去过，出去玩玩，也好放松放松。乖乖哟，你们文化人去看看名山大川，也能看出点名堂，玩出点品味。我这老头子除了图吃几顿安稳饭，什么兴趣也没有了。现在，只觉得从机器里出来的一张张木板最好玩。说着，还禁不住哈哈地笑了几声。赵老师也说，年龄不饶人啊，年轻的时候，就想着玩，可随着年龄的增长，对玩也就不怎么感兴趣了，张浩的心意，我领了就是了。

　　这么一说，就剩下万芹和林灵他们三个了。林灵毕竟最年轻，当然想借这个机会出去玩玩。于是，就劝万芹说，机会难得，既然老板发了话，我们就出去溜溜吧。要不，也辜负了老板的一片心意。万芹当然想去，于是就看看公公，问，爸，你可同意我出去？公公笑着说，你只要想去，你妈、你爸都同意。

张浩明白，两位老人虽然都说了不想出去的理由，而且还说得很充分，令人心服口服。但他们心里想得是，怕多花钱。这些在农村生活了一辈子的人，过惯了把一分钱掰两半花的节俭日子，想让他们多花一分钱都会心疼。想着这些，张浩在心里说这些老人，心都像菩萨一样善良啊。

张浩想，这样也好，同龄人跟同龄人在一起，不会拘束。

于是，在张浩的带领下，他们乘上了去黄山的火车。

一到黄山，他们见了那满山的苍松翠柏和满眼的雄奇的山峰，无不感到欢欣鼓舞。林灵说，真美啊，比画上画得还要美哩。我这才理解了那句"黄山归来不看山"的妙处。真是大开眼界，大开眼界。

在来黄山的第一天，他们走着看了一些近地方，什么"妙笔生花""一枝独秀"等等。一天溜下来，万芹就累得筋疲力尽。但林灵毕竟比她年轻，精力和体力也要比万芹旺盛的多，心里说好不容易来一趟，不把这里的景色看得差不多，说什么也不甘心，也是对自己的遗憾。晚上，在回到他们的住处时，林灵说，明天我们到天都峰看看。她说，在小学的时候就学了介绍天都峰的课文，把它写得可险了。说是一个老人和一个小女孩一起攀登天都峰，小孩累了，不想再攀登了，还是在老人的鼓励下最后才登上了顶峰。又说，听那些上过天都峰的人都说，到了最后，累得连瓶矿泉水都不想拿。万芹被她说得身上直发毛，就掏孬腔说，你们去你们去，我是不去了，今

个一天我就累孬了。林灵和张浩都被万芹的这句话说笑了。林灵就激万芹说，这可是难得的一次机会，以后再想来，也不一定有这样的机会了。万芹听了，更泄劲地说，早知道这么累，我还真不来了。猛一看怪新鲜，可回头想想，一点意思都没有了。不就是除了松树还是松树，除了石头还是石头？那些文人们把没见过的黄山都给吹神了，说什么，"黄山归来不看山"。看了才知道，还是俺的家乡好，平原好。俺的家乡多好，平得就像镜子，放眼一望，能看到天尽头？可这里呢，一眼只能看几丈远，进了里面要是没有人带路，想出都出不来。动步走路就爬山，两个膝盖都爬疼了。我看，你张浩搞得这个什么假日旅游，对我来说，简直是花钱买罪受。在家，一听电视里把旅游说得神乎其神的，认为旅游怪好玩哩，来了才知道，比俺在家劳动还累哩。见万芹把黄山说得一无是处，林灵和张浩也就情不自禁地哈哈大笑了起来。两个人也从万芹的实话实说里，看出了她与张浩、林灵之间，在文化素质上的差距。万芹最后说，你们要去爬那个什么天都峰，你们爬去吧，我是坚决不去了。

第二天，张浩和万芹、林灵早上吃了点东西，万芹在旅社里歇着，林灵和张浩便兴致勃勃地开始攀登天都峰了。

他们一边说着话，一边不急不躁地沿着台阶，一级一级地朝上攀登着。一边攀登着，一边说着一些历史和现代文人们写的关于山水的诗句，他们说了毛泽东的登庐山。张浩说，其实毛泽东的这首诗不仅仅是写庐山，而是把天下的所有的山都概括了。说着，张浩就情不自禁地把这首诗背了出来：雾色苍茫看劲松，乱云飞度仍从容。天生一个仙人洞，无限风光在险峰。张浩背完，指着眼下的苍松说，这不就跟毛主席写得一样吗？你看这云雾中的一棵颗苍松，一点也不动摇地毅立着，该怎么生长就怎么生长，"任凭风吹浪打，胜似闲停信步"。

林灵听了张浩对诗句的分析，不禁向他投去了一个钦佩的眼神，意思说，你这个自称没什么文化修养的人，肚子里还真有货哩。张浩看到她送过来的那个使他倍感温暖的眼神，嘴里没说什么，但脸上却诡秘地笑了笑。林灵问他笑什么？他却说，不笑什么，看到了这样在家乡从来看不到的美丽景色，就高兴得想笑。其实，他是在笑有关毛泽东的这最后两句诗的传闻轶事，也就是，"天生一个仙人洞，乱云飞度仍从容"的一些绯闻。

说是这首诗是在他老人家在跟夫人做过了那事之后，见夫人洗过澡，重新出现在他面前时，便看着夫人那个地方，黑色的毛发像乱云一样，于是，便有感而发，写下了这首七言绝句。有人说前两句是写他看她的时间，后两句是写实。

他本想把这个绯闻说给林灵听，可想到人家还是一个大姑娘，跟她说这样的话，一是显得不文明，二也有利用语言耍流氓之嫌。所以，他只能一笑了之。

当他们来到天都峰半山腰时，张浩看了眼一座座映入眼帘的山峰，又发了一句感慨说，真是"横看成岭侧成峰，远近高低各不同"啊。听张浩又在借古人的诗句来抒发自己的感受，林灵不禁佩服地说，还真没想到你肚子里还装着不少古人诗哩。张浩嘻嘻地笑着说，我这不过是鲁班门口扔斧头，故意卖弄一下而已。林灵说，卖弄也得有资本，没有资本就是想卖弄也卖弄不出来呀。

天都峰不但高，而且还很陡峭，站在半山腰再回头朝下看，令人不寒而栗。林灵回头看了一下，不禁打了个寒战，

说，妈呀，怎么这么高啊？看下面的人，都成了小点点了。张浩也回头看了看陡峭地山崖说，要不，毛主席他老人家也不会说无限风光在险峰啊。宋朝不也有一位诗人说，欲穷千里目，更上一层楼吗？林灵听他满嘴的古代和现代诗人描写山水的诗篇，两眼脉脉含情地望着他的眼睛说，真没想到你家境这么贫寒，又没上过多少学，一个面朝黄土背朝天的农村人，脑子里有这么丰富的文学细胞，佩服呀佩服。张浩装模作样地向林灵鞠了个躬，说，谢谢林小姐的夸奖。

他们沿着陡峭的石级，一边说着，一边走着，不知不觉，一步一步地向上攀登着。虽然他们身上都已经微微地出汗了，但谁也没有感觉到有多么疲乏。也许就像人们说的，男女搭配，干活不累的缘故吧？一步走着，林灵掏出纸巾，顺手递一张给张浩，自己用纸巾擦了擦汗津津的脸蛋说，在小学，老师一上《天都峰》这一课时，我心里就想，将来有机会，一定要到这个在我心里一直向往着的天都峰看看。没想到这个理想，是你张大哥张老板帮我实现的。真得好好谢谢你张老板呀。听林灵喊他张老板，张浩把眼睛对着林灵，装着生气的样子说，我的林小姐，你说该怎么谢我呀？也学着一些大老板，见了女人时睁得那种色迷迷的眼睛，看了一眼和他并肩走着的林灵，把声音拉得长长地，扬着两条高高的眉毛。可林灵还没等他的话落音，抬手就在他的肩膀上拍了一下，说，流氓。张浩嘿嘿地笑着，嬉皮笑脸地说，能听见从你嘴里骂我一句流氓，浑身都是舒服的。说着，还朝她伸了伸舌头，说，你来这么长时间，我还是第一次听你骂人哩。呵呵呵，你骂得怪好听哩。林灵又在他肩上拍了一下，嘟着小嘴说，看你平时老实得像个木头，没想到你还有点情调哩。张浩仍然笑着说，我又不少零件，只不过没有找到使我发挥和倾诉的对象罢了。流氓谁不会耍？可耍流氓也要有条件。正如鲁迅先生说得，林妹妹是不会去爱焦大的。为什么？就是因为老焦和林妹妹之间的差距太大了。林灵听他又说到了《红楼梦》中的人物，不禁惊讶得睁圆了双眼，说，像你这样的农村人，竟然了解红楼梦，我还是第一次见到哩。张浩又得意地把眉毛一挑说，一个没有一点文学常识的人，说明他根本没有一点水平。林灵好像忘了刚才张浩说得流氓话，又夸奖他说，想不到，你还有这么深的文学功底。张浩叹了口气说，林小姐过奖了，我只是想通过阅读一些文学作品，从中学一点做人的道理而已。林灵又把一双好看的眼睛对着他，送去一个含情的眼神，说，我的张老板还知道谦虚哩。张浩说，在你这样的知识分子跟前，我敢不谦虚吗？说罢，又批评林灵，你这样叫我老板，我脸都发烧。我算什么老板？假如，我要真是老板的话，那你就是老板娘了。林灵听了，有把小嘴一嘟噜，把眼睛瞪得大大的骂道，你坏，你坏！张浩知道自己说走了嘴，赶紧陪着笑脸道歉，对不起，对不起呀。

就在他们快要到达天都峰的峰顶时，忽然刮起了大风。

山里的风很凉，吹在人身上，不禁使人身上直想大颤。张浩见林灵打了个哆嗦，看看她嘴唇也有点发青。于是，张浩就不声不响地把身上的衣裳脱了一件，又不声不响地披在了她身上。林灵没有拒绝，站着一动不动地看着张浩把衣裳朝她身上披。她感到，在衣裳披在她身上的刹那间，就像有一缕温暖的阳光照在了身上，每个关节都热乎乎的。林灵拉了拉那件衣裳，用眼角瞟了瞟张浩。她虽然什么也没说，但张浩已经知道了她说了什么。

不知不觉，在云雾缭绕的苍松翠柏中，他们两个的身体挨得更近了。一股股温馨的微风像一只只温暖的手，在抚摸着他们的头发，撩拨着他们的衣衫。两个年轻人的肩膀，还时不时地互相碰一下。他们都在感受着对方身上散发出来的体温和呼出的馨香的气息。两颗心也挨得很近，很近。

两个人在仙境般地云海中走着，在松柏的激励下攀登着。

林灵说，没想到这个天都峰，这么难以攀登。看了一眼张浩，把嘴嘟了嘟说，我都不想再上去了。张浩笑呵呵地说，旅游的好处就是在陶冶我们情操的同时，也是在考验我们意志，怎么能半途而废呢？马克思先生不是说，只有那些不畏艰险的人，才能到达光辉的顶点吗？林灵听他又在用马克思的话来激励自己，又不禁惊讶地说，你怎么也知道马克思？张浩说，我不但知道马克思，还知道恩格斯和他们之间的友谊哪，说着，得意地看了一眼林灵，问，要我说给你听听吗？林灵说，这个就不必要了，你说的都是我们高中学过的。又无意间夸奖他一句，你真的了不起。凭你的毅力和知识，相信你没有干不好的事。张浩说，只要我想做的事，不管什么样，我都会尽力的。

林灵想，我原来对张浩什么都满意，就是嫌他没有什么文化知识。通过这次攀登天都峰，她才在无形中发现，他并不像她想象的，只是那种除了只知道柴米油盐酱醋茶，就是只认识钞票的土巴头。看来，自己原来是有点想当然了。林灵清楚，一个和自己在文化层次上有差距的人在一起，除了在简单的生活上，能勉强有些共同的语言之外，其他方面，基本上是没有什么话可说的。就像路遥先生在他的成名作《人生》里写的高佳林和巧珍一样。在高佳林正在关心着两伊战争，且在津津有味地看着这方面报道的时候，巧珍却告诉他，她家里的母猪下了十一个小猪娃。也正因为存在着这种文化上层次上的差距，所以，才有好多人在有了儿女甚至都到了一大把年纪的时候，还有离婚现象。而林灵一直对张浩的人品就非常佩服，不仅佩服他的心细，还佩服他的一副好心肠。特别是在她住院期间，对她无微不至的关怀和照顾，还有他给付的医药费，真使她终生难忘。在医院里，她就想向他表露自己的心迹，可她几经考虑，还是没有开这个口。其中一个重要的原因就是，怕将来和他生活在一起时，没有共同的语言。假如有一天，她正在看着某部精彩的文学作品，正被书中的人物感动得热泪盈眶的时候，他一进家就吼道，你一天到晚就知道什么安娜卡列尼娜死的太可怜，她能有我可怜吗？我的衣裳穿了三天都没换了，你连件衣裳都不知道洗！他们再可怜是在书上，我可怜就在你面前！我不认识什么他妈的林黛玉李黛玉的，就知道衣裳脏了，你给我洗。晚上，你陪着我睡觉！给我生儿育女！她还想象着，他说着说着，就一步跨到她面前，一把抓过书本，撕拉撕拉几下子，把一本书撕成碎片，一边骂骂咧咧地拿着五马分尸的书本，一边把碎片朝锅洞里一扔，说，我叫你看，到锅洞里找你的什么林妹妹，你的什么卡列尼娜去吧！然后便点上火柴，把那些碎片全烧了。她想，万一张浩要是这样的一个因为没有文化而鲁莽的人，那她可能就会因对他的一时感动，便对他以身相许，而把自己害苦了。她也曾听多少人说过，同情在任何时候都不等于爱情。正因为出于这种考虑，所以，她对张浩才始终流露出半点爱慕的表现。

今天，她才算基本上了解了她早已爱着，而又不敢有丝毫表现的男人，原来是这么个有水平的男人。他是一颗一直被土壤包裹着，没有机会发光的珍珠。

　　林灵很早就在自己的脑海里，编织着自己伴侣的形象，现在把他和自己脑海里的那个伴侣一对照，觉得是那样的吻合。于是，她觉得到了该流露自己心迹的时候了。

　　可怎么直接向他表白呢？都说，世上只有藤缠树，没有树缠藤。如果自己就这样把话直说了，一是自己的自尊心不允许，二来在张浩的眼里，她认为，极有可能认为她轻浮。这时，走在她身边的张浩见她没了话，就问，是不是刚才我的玩笑使你生气了？林灵这才从思想中回到现实，朝他扑闪着一对大眼睛，嘟着两片好看的嘴唇说，谁生气了？没看人家冷得连话都不想讲了？张浩这才带着微笑哦了一声说，快了。傻丫头，好多事情不仅仅是为了结果，过程也是非常重要的。像我们今天爬天都峰，不仅仅是为了到达山顶，想简单地看看一览众山小的这样一个结果。如果仅仅是为了这个，我们就不如坐缆车上来了。林灵娇嗔地瞥了一眼张浩，说，我看你马上都可以当哲学家了。他嘿嘿着说，我就知道收了麦子种黄豆，知道什么小说诗歌散文，哪知道什么哲学学哲的。林灵不禁被他的话，逗得再也憋不住地咯咯咯地笑了起来。一边笑着，一边不停地唠叨着，哎呀，你这个人，真是寻常看不见，偶尔露峥嵘啊。张浩哈哈哈地笑着说，谢谢林小姐给我这么高的评价。从小长这么大，还没有一个人这么夸奖我哩。哈哈，我高兴得都有点头痒痒按屁股挠了。又说，我是什么峥嵘哟，一个肉眼凡胎草木之人，哪有什么峥嵘可露哟。

　　林灵没想到，他们之间因为张浩平时的少言寡语，而形成的距离，在攀登天都峰的过程中，不知不觉地拉近了，消除了。林灵心里踏实了，高兴了，也更兴奋了。她越发觉得身边的这个人可爱了起来。

林灵紧紧地贴着张浩走着说，你说的这个过程，使我看到了你的内心世界。张浩不解地扫了一眼林灵红彤彤地脸蛋，问，你该不是诸葛亮转世的吧？能掐会算。要不，爬一下山，就看到了我的心里？又问，你知道我现在心里想什么？林灵说，我当然知道，就是想无限风光在险峰。张浩一脸坏笑地摇摇头，你根本猜不着。那你想的是什么？张浩又坏笑着说，一般人我不告诉他！林灵眨巴着眼睛，一副非常不高兴的样子，问，直到现在，你还把我当成一般人？张浩看林灵真的生气了，又笑了几声说，这个一般人，得加上引号，所以，这个秘密我可不敢告诉你。为什么？林灵问。

　　这时，头上似乎有几滴雨点落了下来。也许是他们的感觉而已。

　　张浩抬头看了看已经变得阴沉沉的天说，要下雨了。林灵抬头朝天空看了一眼，又把脸对着张浩说，你别打岔，你今天要是不把你这个什么秘密告诉我，就别想回去。我不上去了，也不想看那个什么无限风光在险峰了，说着，身子一矮，一屁股坐在了台阶上，跟他沤起了气来。她低着头，两只眼睛朝下看着。当一个个游人从她身边经过时，都拿目光朝她身上溜。张浩见她不走，也只好蹲在她身边，小声地，又好笑又好气地拉着她的一只胳膊说，看你怎么还像个不懂事的孩子，这么又凉又湿的石头上，能随便坐吗？林灵把小嘴噘得高高的，扭动着身子，小孩跟大人撒娇似的说，那谁叫你把人家当成一般人呢？张浩说，正因为没把你当成一般人，所以才不敢把心里的话，告诉你这个不一般的人。林灵看了一眼也蹲在一边的张浩说，你什么时候说了，我什么时候才起来，反正我病了你给我治，不要我出医药费。张浩一使劲，把她拽起来说，我这就告诉你，起来吧？

一个路过他们身边的游人看了他们一眼，一边走着一边说，这对情人真有意思，在这里闹起别扭来了，也不看看这是什么地方。来就是为了娱乐的，与其闹别扭，还不如不来哩。

这话传到了张浩的耳朵里，心里甜滋滋的，脸上也甜滋滋的。

林灵装作没听见，只是把小嘴噘了噘，似乎不满，但眼睛却笑地瞥了那个游人一眼。

张浩把她往起拽着，小声地在她耳边说，瞧，人家都说你了吧？林灵仍然噘着小嘴说，还不是你气的？见她站了起来，张浩朝她的身后看了看，责怪地说，看你的衣裳湿了好大一抹？看你冷不冷？林灵又娇嗔地朝他嘟了嘟嘴说，还不都怪你，要不，人家怎么能坐在这里的？

他们终于登上了峰顶。

张浩把眼睛朝四周一看，胸脯朝前一挺，做了个凯旋而归的姿势，感叹道，真不愧是无限风光在险峰啊。林灵也随着他的目光朝下看了一眼，伸手把他拉到一个旮旯里，把两条柳叶眉朝一起一挤，眼睛朝张浩瞪着，一副怒气冲冲样子。张浩看着面前的林灵，又不禁嘿嘿嘿地笑着说，哎呀，怪不得有人说，女人在生气的时候最美丽。哦呀，你看我们的林小姐，比笑的时候美丽多了。气吧，我还没看过你生气的样子哩。少给我贫嘴，林灵紧追不放地说，到底想的什么？张浩装着一副无可奈何的样子，笑了笑，你这人怎么这么样，人家拿个棒槌，你就当了针（真）了。我告诉你了，你可不能打我哟。听到这话，她的心不由得扑通了起来，脸也开始发烧，心里好像有了种幸福的预感。可她仍然装作一副很严肃的样子，说，不打你。说了，就说明你没把我当成一般人。于是，张浩就清了清嗓子，使劲地哼了两声，煞有介事地说，我说了，我说了。嘴里一边说着，眼睛一边朝林灵看着，我要说了。林灵的目光也撞着他的目光说，说呀。于是，张浩把声音压得低低地说，我——爱——你。说罢，就想转身跑掉。可峰顶上到处都是人，而且大多还都是勾肩搭背的情侣，跑也没处跑，只有做做样子而已。

就在张浩心里忐忑着，不知道这话会给自己带来什么后果时，林灵张开两只胳膊，像小鸟一样，扑到了他的怀里。张浩还没反应过来，她就紧紧地搂住了他的脖子，两个燃烧着的身体也紧紧地贴在了一起。

美丽的天都峰峰顶上，使他们终于把两颗心连在了一起。他们面对着天都峰下的茫茫云海，和一株株岿然挺立在山崖上的苍松翠柏，不禁感慨万千。张浩先是赞颂了松柏的坚忍不拔的意志和毅力。便有感而发地说，这种黄山松的精神，就是对人的精神的写照。我相信，只要有了这种精神，我们就没有办不成的事，战胜不了的困难，达不到的目标。林灵也说，是呀，我们一定要携起手来，好好地干一番事业。

当他们一起朝天都峰下走着时，两个人变成了一个人。

天都峰成全了他们的爱情。

张浩搂着林灵纤细的腰肢说，这一次的天都峰之行，来得太值得了。林灵笑笑说，当然值得了，你把一个姑娘的心都给夺去了嘛。张浩幸福地看着林灵说是吗？一扭头在林灵的脸上亲了一口。

当他们回到住处时，万芹还躺在床上打着呼噜哩。

当林灵喊万芹起来吃饭时，万芹看着他们的脸上都流露着，掩饰不住的幸福的笑容时，猜测他们之间一定发生了什么

故事。于是，心里有了种隐隐地酸楚。眼前又情不自禁地出现了她跟他在柴堆头前说话的那一幕。虽然没跟他发生过一点故事，可那是毕竟是她一生中永远难忘的第一次初恋啊。也是命里注定，她跟他没缘分。假如那天要不是被姐姐发现，又该是什么样子呢？人啊，往往机会在眨眼间就过去了。说来说去，还是怨自己的心太软，立场不坚定，要是不听妈妈的，自己的事自己做主呢？唉，这个遗憾只能永远留在自己的心里了。但她又回过头来安慰自己，你不能给他带来幸福，他身边却有了一个这样美丽而又有知识的姑娘，你应该感到高兴才是啊。你真正爱着的人，他能得到幸福，不是你最希望看到的吗？

当万芹在饭桌上看到他们，不时地用目光交流着心里的甜蜜时，她的脸上也布满了喜悦，心里对张浩说，你也该到了苦尽甘来的时候了。

对于张浩带着万芹和林灵出门旅游的事，万芹的男人刘烨虽然嘴里没说什么，可心里总是不痛快。可到底为什么不痛快，他也说不出个所以然来。令他感觉不对味的是，万芹为什么对张浩那么关心。有几次，张浩来他家时，总觉得万芹看他的眼神不一样，眼里似乎总有一种什么东西隐藏着。那是不是一种叫做含情脉脉东西呢？他也说不清。至于万芹的心肠，同床共枕几年了，这一点他是知道的。她的心肠特别软，看不得别人家遇到一点不幸的事，要么就是挂在嘴里不时地说，要么就是想着法子去帮助人家。对于张浩办木材加工厂的事，家里的存款不仅全部给了他，而且还把自己卖的兔子毛钱也拿给了他。不过，卖兔子毛的钱她没跟自己说，他估计一定是借给他了。刘烨想，你借，就光明正大的借，又有什么不可以的呢？

可你非要瞒着我干什么？这一点，他有点想不明白。更令他怀疑的是，她有两次都说是去娘家了。后来，刘烨装作无意地问，万芹昨晚来怎么回去的那么晚？她妈说，没来呀，那她到哪里去了？也是说的无意，听者有心。于是，刘烨心里就想，她一定是到张浩家去了。刘烨就在心里猜测，她跟张浩之间到底有什么瓜葛呢？要说她跟张浩之间有什么的话，可怎么就一点也没看出什么呢？凭他多年的了解，张浩虽然已是三十来岁的人了，可在村里，大人小孩也没有一个说他长和短的。可他又回头想，人是感情动物，她天天在张浩的木材厂干活，简直就像干自己的活一样上心，又没听说多给她工资，这都是图什么呢？俗话说，人心不孬，狗都不吃屎。可她怎么就没有一点孬心呢，这一点就更叫他想不通。一直是个谜。

这一次到什么黄山去旅游，他心里更是犯猜疑。首先，人家林灵是位名副其实的大学生，而他张浩只不过是个乡巴佬，怎么能看得起你？要想在人家身上打主意，那不简直是癞蛤蟆想吃天鹅肉？真是不想不知道，一想吓一跳。刘烨越想越感到万芹和张浩一定会发生点什么。于是，由不得地就在心里骂了张浩一句，这个狗日的，你不才发点财，就烧包了。我看你旅游是假，打万芹的主意是真！哼，我发现不了你们就算了，我要是发现你们有一点什么眉来眼去的行为，要能饶了你狗日的，我就不姓刘了。刘烨躺在床上，看看挂在床里边，万芹跟自己的结婚照，越看越觉得有点不对味。怎么看她跟自己的那个合影，跟自己都不像是夫妻，她对自己一点感情，简直一点都看不出来。人家女人在跟自己的男人照相时，都是把身子跟男人贴得紧紧的，恨不能搂在一起才称心哩。一个两个的眼神里都水汪汪的露着掩饰不住地幸福之光。可你看她，身子朝外

趄着，生怕男人别弄脏了她的衣裳似的。眼睛里什么东西也没有，空空的，既不喜，也不忧，平平淡淡，像一壶没烧火的凉水。这哪里像是在拍结婚照呀，分明是在走形势。还有，就是在跟自己做那事的时候，她从来都没有主动过不说，有时还显得很不耐烦，好像每次都是出于对自己的应付。也不知道别人家的女人是不是也这样？唉，有时候，真想问问跟自己年纪差不多的，可就是开不了这个口。他越想越觉得有问题。于是，他又由狗想到了人，他看见母狗在发情时，不也是对公狗很主动的吗？可这个万芹不管什么时候，她怎么就从来没有主动过呢？

刘烨看看挂在墙上的电子钟，都指向十二点半了，这还是万芹在张浩的木材加工厂开业的时候，为了怕耽误上班才买的。就从这一点看，可见她的心都全在张浩的身上。

一个人的思想要是钻在了死胡同里，想出来总是都没有那么容易的。对于刘烨此时的想法，完全可以用疑神疑鬼来形容。

他想着万芹的种种现象，没有了一点睡意，于是，就干脆坐了起来，摸起床头的纸烟，一支接一支地抽着。抽了几支烟，又不时地看着墙上的电子钟，眼前不禁产生了一种模糊的幻觉，他好像看见万芹和张浩正住在一家旅馆里。而林灵早就看出了他们之间的不正常的关系，就找借口悄悄地到街上独自一人遛达去了。于是，等林灵这里一离开，他们俩就住到了一起。一个个都如狼似虎地在一起滚着，直到林灵从街上回来，还没有分开哩。林灵一直站在门口，瞪着两只喷着怒火的眼睛，一直看着万芹披头散发地开了门，林灵才嘴角带着讥讽的笑容说，对不起，我回来早了。

想到这里，他一骨碌从床上跳了下来，推开门，想把心里的想法跟父母说说。可来到父母睡得卧室门口，看了看那两扇关着的门，愣住了。他真想敲开父母的门，对他们说，你们根本就不该让万芹跟张浩出去，你们这样做，是在给你儿子戴绿帽子！你们知道吗？可他又在心里问自己，你这样说，爸妈要是问，你抓住他们的什么把柄了吗？你看到什么了？没有？没有一点根据的事，你拿屎盆子朝你自己头上套什么？为什么要乱说？父亲说不定还会劈脸给他一巴掌，骂他神经病，心理变态，把张浩的一片好心当做驴肝肺，是个不识好歹的东西。你又该怎么回答？想到这里，又把伸到门上的手又缩了回来。

　　他在父母的门口徘徊了一会，又悄悄地重新躺到了床上，不知道什么时候睡着了。

　　第二天刘烨和父母一起吃饭的时候，爸爸一边吃着饭，嘴里一边还不停地夸奖着张浩，乖，这孩子，还真是个经商的料子。在农村，除了他，谁能舍得这样花钱，把几个人带出去玩？那可真是要朝外掏票子的。听说那里的旅社一个人住一晚上，都得百十块哩，再加上买门票什么的，几天下来，一个人没有个好几百、小千把是下不来的。刘烨听着父亲的夸奖，一句话也不接，只是不时地用眼角从桌面上朝眉飞色舞的父亲的脸上瞟那么一下。父亲又说，乖乖，这孩子这种做法啊，我看一定是从哪本书上学来的，这在三国里叫什么来着，哦，叫刘备摔孩子，温暖人心。他真有办法，他这一遭，用现在时髦的话讲，叫做什么人性化管理。我看，他主要是想通过这个人性化，把林灵给化下来，化得不想回家，化成张浩的老婆。听父亲一个劲地说张浩的好处，刘烨的心里就更来气，心想，你虽然这么大年纪了，你看问题还是没看到本质上。人家林灵是

什么人，可是大学生？你一个乡巴佬，想找人家这样一个要人样有人样，要学问有学问的大姑娘？哼，我看时癞蛤蟆想吃天鹅肉！唉，我说你这个老爸呀，我看你的这些想法，不过是做梦拾钱罢了。你说到现在，根本就没有 一句话说到本质上，他完全是醉翁之意不在酒，完全是为了打高万芹的主意。可刘烨是个内向人，再加上他的老实，平时，不到万不得已，他是难说一句话的。特别是他对万芹的疑心，就是想说，可又找不到一点证据，暂时只能是老虎吃天，无从下口。可刘长春这个老头，就是由着自己的嘴，也不看看儿子的脸色，就是一个劲地说张浩的好。也许刘会计心里只顾高兴了，儿子不满地连看了他几眼，都一点也没觉察到，还是滔滔不绝地说，乖乖，我真想去，可想想，一个人游下来没有个一千大几的拿不下来，所以，又不忍心去了。听说黄山比画上画得还要好看哩。唉，不去也是个遗憾呀。刘烨这时再也憋不住地说话了，他讥讽父亲，说，你给人家省了那么多的钱，人家就承你的情？万芹这么一个女的，跟人家一个光棍一起出去玩，你就觉得合适吗？父亲听儿子说这样想不到的半吊子话，顿时就把碗朝饭桌上使劲一墩，脖子上青筋鼓多高地说，你这讲的是什么半吊子话？我看你这样，还真把人家的一片好心当成了驴肝肺了！父亲气得眼睛瞪得跟牛卵子似的对着儿子吼道，我看你这个人是狗咬吕洞宾，不识好人心！父亲嘴里说着还觉得不解气，又把手在桌子上使劲拍了一下，骂道，你狗日的花花肠子咋这么多？弄了半天，你的思想想到歪道道上去了？怪不得自从万芹走了以后，你一天到晚哭丧着脸，耷拉着个头，跟屄算账的样，原来你是在疑神疑鬼哩！看你就是个小鸡肚肠，没出息的货！刘烨的母亲见儿子惹老子生了这么大的气，就数落儿子说，要说你这孩子的心眼也就是太小了，还怪你爸生气？你也跟万芹人家过这么多年了，她是那种不三不四的人吗？人家张浩的为人处世，你能说出一个不字吗？再说，还有人家小林姑娘，如果看张浩心路不正的话，人家一个大学生能愿意主动留下来？你爸这么大年纪了，过的桥比你走得路还多，谁是什么人，还能入得他的眼？妈妈见光嘴说不解气，又用手指着儿子说，儿子呀儿子，就凭你这样的心胸想干成大事？我看你这辈子是别想喽？好了，该干活干你的活去吧。

吴标自从用表哥的钱还了芙蓉的账之后，表哥要他走正路的话，一直在他的耳边响着。表哥要他也出去为张浩的木材加工厂买木材，靠自己的本事挣点正路的钱。他怎么都觉得放不下这个村长的架子。可放不下架子，又哪来的钱呢？看来光靠敲死人和活人的钱，早晚是要出事的。他到家草草地吃完饭，就独自来到了村委会办公室，坐在他的宝座上一个劲地按烟抽，一包烟都快让他抽完了，他还是没有拿定主意。他想，我要是也跟一般人拉着树，先到他张浩那里一视同仁地排队，再经过万芹严格的验收、丈量，那些在厂子里干活的人会怎么看我？特别是那个发钱的刘长春，还不脸上笑不及，用屁眼笑话我？思想来思想去，都觉得太掉价了。村长是什么人？那可是一呼百应的领导？领导为什么是领导，要首先把架子端得十足，然后就是要会在群众面前指手画脚！可现在形势变了，兔子不在那个窝里蹲了，还想坐在家里等着人家送礼，送钱，没门了。上面的政策越来越紧了，想平白无故地弄一个钱都难了。可为了女人，为了吃喝，为了打发日子，没有钱又不行，怎么办？一时间，他真的不知道怎么办才好了。

可就在他正皱着眉头冥思苦想的时候，郭霞肩膀上挂着小坤包，脚穿着黑色高跟鞋，屁股一扭一扭地走了进来。见吴标没抬头看她，就朝他身边的椅子上一坐，屁股朝他身上蹭了蹭，噘着嘴问，我昨天晚上一直都把门开着，怎么也不见你来？你可把人家想得一夜都没睡好。吴标抬头看了她一眼，叹了口气说，我自己的事一铺接着一铺的，哪还有心思想那样的事哟。郭霞把手在他的身上抚摸着说，能跟我说说那些事吗？吴标又叹了口气，伸手把她的手在手心里攥了攥，说，我家那老头子说我不问他的事，也跑到张浩那里丢我的人去了。我说不让他去，他就问我要钱花，你说，要不是靠捞点外快，连我自己花钱都紧张，还哪里有钱给他？可人家张浩倒出手大方，嘴一张，一个月就给他六百。六百呀，比我的工资还高哩。你说，我哪有这几百块钱给他？他干就干吧。唉，我这脸都叫他给我丢尽喽。这还不说，我朝乡里去，表哥非要我也做点生意，让我也下去买树。

至于表哥批评和教训他的话，他是无论如何也不会跟郭霞说的，因为那有损于他在郭霞心中的伟大形象，所以，他只说好听的。

郭霞一听他也要为张浩的木材加工厂买树，当场就说，这可是好事呀，呀呀呀，还真的是亲又一样，不亲站一旁啊。刘乡长叫你做生意，还有做不好的？干，一定要干！你要干，我也算份子。吴标没想到，这个女人的几句话，就把吴标心里的疙瘩解开了。心想，人家女人为了钱，都不讲面子、架子，我一个大老爷们还有什么架子、面子可讲？于是，吴标就说，可我从来都没做过什么生意，不知道从哪里下手哇。郭霞眉开眼笑地把染了指甲油的一个手指头，朝吴标额头上一戳说，你真是个死人哪。各村现在都在搞村村通集资，那些干部们不想从群众手里要钱，图省事，凡是路边、水渠边那些成材的树，都正想卖，却找不到大的买主哩。

真是三个臭皮匠，抵个诸葛亮。吴标被郭霞说得眼睛不由自主地亮了起来。把一支烟朝嘴角一叼，点着火说，真没想到你这个主意这么好。行行行，你给我拿拿主意，就算我们俩的股份。

郭霞很快就把他们俩分了工，你负责联系，我负责公关。

由于这一对穿连裆裤子的男女找到了来钱的门路，心情也就自然高兴了起来，于是，他们又在一起，颠鸾倒凤一番之后，便开始了他们买树的计划。

傍晚时分，吴标骑着摩托车，屁股后头坐着郭霞。他们首先来到了马湖村。马湖村和吴标所在的湖稍村是邻居，马湖村的村长马小毛和吴标很谈得来，因为这两个人有很多相同之处。他们是一起喝过酒，一起嫖过娼，一起敲过活人和死人，一起上过芙蓉的床。

为了便于谈话和公关，吴标和郭霞直接来到了他的村委会，用手机把他给约了出来。马小毛一见是刘乡长的表弟吴大村长，亲热地嫌握手不能表达他们之间的深情厚谊，就干脆学外国人的样子，把两只胳膊朝对方一伸，紧紧地搂在一起，两个长满了胡子茬的腮帮子在一起贴了贴才分开。两个男人分开以后，马小毛色迷迷地看了看打扮得使男人看一眼，就想入非非的郭霞说，跟你的拥抱就免了吧。我这个人精力旺盛，别一抱把我的小弟弟给抱醒了，它可是见缝就钻的。说罢，就是一阵哈哈大笑。郭霞看了看眼睛还停在自己胸口上的马小毛，面不改色心不跳地说，就怕钻到洞里出不来，把你闷死。马小毛

仍然呵呵地笑着说，不过，物以类聚，它只钻人的那个洞，狗的它是不会钻的。哈哈哈，看我们只顾说话了，快，快到屋里坐，说着打开了村委会的门。

待吴标和郭霞落了座，马小毛递过一支烟给吴标，又递一支给郭霞。郭霞摆了摆手。待他们点上烟，马小毛吐着烟雾问，二位一定有什么贵干？要不，也不会在这个时候大驾光临寒舍的。吴标弹了弹烟灰说，听说，你们村要搞村村通，集资搞的怎么样了？马小毛把身子朝椅子上一靠，脑后把子朝椅背上一搁说，集他妈的什么资？问老百姓要一个钱，跟割他妈的肉的样。要他妈的个头！没等吴标问，马小毛就说，有指望，我还去跟他们讨什么下贱？你没看我这路两边的杨柳，五百多棵哩！哪一棵不值个一百二百的？老子有的就是钱！吴标笑笑说，真是来得好，不如来得巧。我们就是为你来排忧解难的。吴标说着，便拉起他表哥刘乡长的虎皮，做起了大旗。刘乡长就是要我们来看看你们的树卖得怎么样了的。马小毛听到刘乡长这几个字，脸上立即露出了一片感激的笑容，说，哦，乡长对这事这么操心？吴标说，那当然，他对你的印象不错的很哩。谢谢，请代我问刘乡长好。马小毛说。吴标问，你们村支两委对这事议了吗？马小毛把手在桌子上一拍，说，跟谁议？支书已经到届，秋后的蚂蚱，蹦跶不了几天了，现在是基本上什么都不问了。前天，我在跟他聊这事时，他手摆的像莲花落似的说，我的辞职报告已经交上去了，书记也基本答应我了。又说，他儿子在上海承包了一个工程，昨天还给我打电话说要我去给他看工地哩。马小毛又说，你看，工资还拿着，就把什么事都推给我了。你说，我还找谁聊？聊他妈的个屁！我现成的潜力不用，我混蛋了？其他副职呢，要钱时，就来了，就像鼻子伸多长的狗，鼻子还一抽一抽的。要让他们问老百姓要钱，比叫他们吃屎还难哩，就这样还得你跟着，你哪怕去洒泡尿，他们都在等着你。妈的，你说都是什么货色！反正你吴村长说了，只要有了刘乡长这句话，我的树是卖定了！得了这句话，吴标说，对，我们坚决支持你！

见马小毛把话说到这里，吴标看了看坐在一边的郭霞。郭霞立即抬起屁股，人没到，就把身上的香气送到了过去，待马小毛还在抽缩着鼻子时，来到他跟前，把身子几乎靠在他的身上说，我们有话到饭店里说，好不好？马小毛笑笑说，你们到了我的一亩三分地，要请客也是我请。郭霞说，是我们请你办事，客当然得我们请了。马小毛把手一摆说，现在别说这个。去哪里，你们说？郭霞说，芙蓉大酒店。在我们全镇不就只有这个芙蓉大酒店最上档次吗？我们就去那里。

于是，几个人又来到了芙蓉饭店。

刚进门，芙蓉就满面春风地迎在了客厅里，和马、吴两位拉过了手之后，就把胳膊搂在郭霞肩膀上，不住地夸奖着说，郭主任长得真漂亮。说着，就把手在郭霞的脸上轻轻地抚摸着说，瞧，你的皮肤比人家城里的人还细哩。用的什么化妆品，向我也介绍介绍？怪不得你们的吴村长经常夸奖你哩。说着，芙蓉又朝站在一边把眼睛朝她胸脯上瞄的两位村长看了看，咯咯地笑着说，看来，你们的这顿饭就不要吃了。马小毛嘿嘿嘿地笑着问，芙蓉老板说这话是什么意思呀？芙蓉伸出一根蛋白似的指头，在马小毛额头上戳了一下，说，笨蛋，你们带了个这么大美人，还不饱？你难道不知道秀色可餐这个词？马小毛趁芙蓉说话之际，伸手在她屁股上摸了一把说，我们今天就吃你。芙蓉在马小毛屁股上打了一下，说，吃我也行，可惜菜谱

上没有。

于是，几个人打着哈哈，来到了一个叫财源滚滚的餐厅里坐了下来。

马小毛刚坐下，就问吴标，是不是把刘乡长也请过来？吴标说，大哥那个人的脾气，你又不是不知道，不论到哪里都滴酒不沾，比人家高干还廉洁哩。再说，一般的事他也是不参与。听吴标这样解释，马小毛本想借机跟刘乡长套套近乎，但也只好作罢。

喝酒时，郭霞见马小毛的眼睛一直朝她脸上和胸脯上溜，郭霞心想，你就溜吧，免费给你看。只要能赚到钱，给你来个全脱的都行。于是，郭霞在不时地在给他送去秋波的同时，也就一个劲地朝他敬酒。一边给他敬酒着酒，一边在心里说，把你喝晕了，事情就更好办了。所以，有美女在跟前大饱眼福，马小毛也就喝得豪爽，杯杯见底。

酒过三巡，郭霞问马小毛，我们是特地为你村里的树来的，用我们吴村长的话说，是受刘乡长的委托为你排忧解难来的。有什么想法，你就说说吧。马小毛把眼睛盯在郭霞脸上说，我们是谁对谁？好说的很。马小毛嘴里说着这事，却又把脸对着吴标看了看，岔开话题说，听说刘乡长可能要担任行政一把手？吴标听了，不置可否地笑笑说，也许有这回事吧！吴标的这个也许，就像一个鱼饵，使马小毛听了，更会当真。

其实，吴标根本就不知道有没有这回事。在这方面，他向来是不关心这事的。因为他对这个乡长表哥，尽管在心里不满意，可一到了关键的时候，总还是向着他的。确实是把他当做兄弟一样看待，能为他说话时，都尽量说话。有一次，不知是哪个狗日的跟魏乡长告他的刁状，说他跟那个芙蓉有一腿。

魏乡长就问刘乡长，有没有这回事？刘乡长就笑笑说，他吴标是什么人，我的弟弟我能不知道？他除了爱喝点小酒，这方面的事，根本就不可能。这是别有用心！刘乡长还发火说，这简直是岂有此理！魏乡长见刘乡长很生气，就说，我只不过是随便说说嘛。有则改之，无则加勉，以后注意就是了。这话，还是魏乡长跟他说的，说你这个哥对你真好。他听了这话，要是你，都不可能火气这么大。可不知怎么的，见了他的乡长表哥，总有一种老鼠见猫的感觉。至于有些小道消息，他从来就没敢问过一句。至于表哥当不当乡长的事，他今天还是第一次听说哩。吴标听马小毛这样问，吴标高兴得连屁眼都是笑的。表哥当不当乡长，不是他说了算的，但有了这个不看僧面看佛面的前提，他要办的事将会更好办了，这却是真的。

郭霞又把酒杯端到马小毛跟前，娇嗔地朝他送过一个动人的媚眼，说，你马村长怎么说话尽跑题呀？来，罚你一杯！郭霞说罢，一仰雪白的脖子，先把一杯酒灌了下去。见马小毛也把酒灌进了嘴里，跟玩女人到了高潮时一样，快活地啊了一声，说，好，刚才郭大小姐，不，郭女士，说我说话跑题了，可你知道，刘乡长对我们的重要吗？我们这些人可都是他老人家，把我们一手培养起来的。你说我们能不关心他老人家的前途吗？只要有他老人家在，我们就可以大胆的干事，出了问题他就可以给我们兜着。你郭主任要不是借刘乡长这层关系，这个计生专干能当这么顺当？

吴标想，听马小毛当着自己的面，嘴里的刘乡长全是一个好字，但他心里对刘乡长到底怎么样，谁也不知道。但在这里可以借这个表哥的阴凉，使自己得到利益却是真的。

郭霞见马小毛又喝干了杯中酒，点点头说，好了，我知

绿地文学丛书

道了。听她说这话的意思，好像早就知道了这事，已经不感兴趣了。于是，便接着说喝酒的事，她说，下面还是说说你那树怎么处理吧。马小毛撅了一叨子菜放到嘴里说，树吗，好谈。五百一十六棵，你们村的好多人都已经看了多少遍了。你们那村有个叫张小六的，有这个人吧？实话不瞒你们，他还向我送了四千块钱哩，是装在信封里的。不信，你们可以回去问问他。吴标和郭霞听张小六都已经下手了，心里紧张了起来，不禁都把眼睛瞪圆了。马小毛说，你看我是那么好收买的人吗？谁不知道他这是想买我的便宜？狗日的，只要我一松口，他何止就赚这四千？我也是三四十岁的人了，什么样是事，什么样的人，我马某人没见过？也不是我吹，你这个家伙一撅尾巴，我就知道你要屙什么屎。一个一没亲二没故的人，随便就想买我的便宜？那就说明我是个见钱眼开的人，混得太没道业了。你的那个张小六被我临时就给顶了回去。我把他放在我桌子上的信封朝他那边一推，说，要买可以，随行就市，谁出的价高，我就卖给谁。我们实行公平竞争，公开拍卖。听马小毛说到这里，郭霞眨巴着长长的睫毛，夸奖说，还是你马村长的原则性强，咯咯咯，简直就是当代的包公。马小毛嘿嘿笑着说，我也有我的小九九，那么多棵树，四千块钱就把我收买了，也显得我马某人太小家子气了吧？吴标问马小毛，现在都出到什么价了？马小毛已经带了几分醉意说，谁要瞒你们，谁是狗日的。现在，已经有人出到十二万了。听到这个数，吴标和郭霞交换了一下脸色，挤了挤眼睛，没有再接着朝下问。

　　马小毛喝到这个程度，那双眼睛就再也离不开郭霞了。一会儿看看她的脸，一会儿看看她的胸口，总之，嘴里不停地喝着，眼睛也不停地吃着，恨不得把郭霞也吃到他的肚子里。

见马小毛这副色相，郭霞心里也就有了数。心里说，你那意思不就是想打老娘的主意吗？对付你这样的男人，还不是小菜一碟？不过就是裤子一脱，两腿一叉的事。只要老娘能制服你，把你的钱装到老娘的口袋里，你要怎么样老娘都满足你。说穿了，你不就是想享受一下老娘的那个嘛。想到这里，郭霞瞟了一眼还在朝她身上放电的马小毛，一边迎着他的目光，一边把勾人的媚眼送给他说，今天，这件事我们就谈到这里，明天我们再接着谈，怎么样？马小毛不置可否地从鼻子里嗯了一声说，我这个人你不知道，办什么事，也是个急性子，就想一下子把它给办妥了。说着，那双发红的眼睛又暧昧地朝郭霞的脸上扫了一下。说，行，就按你说的办。

　　此时，郭霞感到他那充满了暧昧的目光中，似乎有两道电流在击打着她的身体。

　　吴标早已看出了马小毛的心思，于是，就站起来朝郭霞使了一个意味深长地眼色说，你们先说说话，我去一趟卫生间。说着，就很夸张地出了包厢，顺手又把包厢的门关得咣当一声。对于这很响的关门声，郭霞心里当然非常清楚，这是一种暗示，意思是说，就看你郭霞怎么把他给搞定吧。郭霞和吴标早已是心有灵犀一点通的人，当然理解他吴标这玩得什么阴谋诡计。可为了真正把事情做到万无一失，而又恰到好处，郭霞也跟了出来，把嘴巴贴着吴标的耳朵问，多少时间？吴标说十分钟。郭霞点了下头，又在他脸上啄了一下，说，我这样做，要是真来点真格的，你不会吃醋吧？吴标刹那间顺了下脸子，勉强地嗯了一声，说，怎么可能呢？郭霞见他这样，心里说，你们这些男人个个都是自私货。我又不是你包的二奶，只准你一个占有？真是连一点雷锋精神都没有。见好多人为了自己的

乌纱帽，都能把自己心爱的女人亲自送给人家上级领导，可你这个没出息的吴标，我没说句笑话，逗逗你，你就受不了了。你这样的人，怎么能干成大事？

吴标出了包厢，在卫生间撒了泡尿，便去了三楼的休息室，让小姐给他泡了杯茶，身子朝沙发上一靠，一边慢慢地抽着烟，一边惬意地品着黄山毛尖，翘起二郎腿，两眼看着天花板上那一盏盏发出一道道暧昧之色的灯光，心里在不停地数着挂在墙上的电子钟一分一秒地前进的数字。

吴标眼睛看着电子钟，想，只要你郭霞能把这个马小毛给我轻轻地拿下，不管你使什么朝数，只要能弄到票子，我都不会吃醋的。妈的，你的肚皮都叫我磨成茧子了，连你那个地方长了多少根毛，我都熟悉，还有什么醋可吃的？像你这样的破鞋，你名誉是上只说跟我一个人好，其实你暗地里不知道有多少男人哩。像你这样一心只想着男人好处的人，我就是吃醋能吃得过来吗？但当着你的面，我是为了讨你的高兴，我才故意做做样子给你看的。妈的，谁不知道人生就是一场戏，不是你演给我看，就是你演给我看。现在是你演给我看的时候，我还能不紧密地配合你，那我不就是傻瓜蛋？

五分钟后，在吴标又接上第二支烟的时候，他的脑子里开始想象着现在包厢的情景。马小毛一定在郭霞的那双勾人的目光里，心急火燎般地在对郭霞跃跃欲试，而郭霞在半推半就着。说不定，也许马小毛现在正在一边扒着她的衣裳，一边在不停地说着，只要满足了他的要求，什么都好谈。吴标一边得意地抽着烟，一边念叨着，酒是穿肠毒药，女人是刮骨的钢刀。哈哈，马小毛呀马小毛，你今天，不仅喝了毒药，还要有把钢刀在刮你，你小子在这件事上是死定了！

当吴标喝了最后一口茶，起身再次来到那个所谓的财源滚滚包厢，顺手推开包厢的门时，只见马小毛果不出他所料，正像一只饿了多少天的狼一样，眼睛正喷着火苗子，伸着两只前爪，在郭霞的身上撕扯着哩。郭霞做出一副极力反抗着的样子，使着全身的力气在抵抗着。吴标见到和自己的想象完全相吻合的场面，顺手掏出了早已调好的带摄像的手机，对着他们咔嚓一声。又重新把手机装进口袋，顺手便眉飞色舞地把一支烟叼进嘴角，看着已经坐在了椅子上的马小毛，从鼻子里哼了一声。马小毛见自己的行动被拍了照，身上的酒劲顿时就吓跑了一大半。吴标的那个从鼻子里钻出来的哼字，就像在马小毛的耳边响了个霹雳，吓得连头都支撑不住了。身子一软，趴在了桌子上，眼睛直直地看着桌子上狼藉的、饭菜和乱七八糟的酒瓶、酒杯，后悔万分地说，对不起，我喝多了。郭霞一边整理着身上的衣裳，一边朝他瞪着涂了蓝色眼影的眼睛，河东狮吼般地说，喝多了就是借口？你这个人也太没素质了。不看在你是村长的份上，不看在我们都是邻村，低头不见抬头见的份上，我早就拨打110了。郭霞心里得意着，嘴里却这样说着，还撒了几滴受了侮辱的眼泪，马小毛在洗耳恭听着郭霞的训话。郭霞又扫了一眼吴标，一边用餐巾擦着流泪的脸，一边又说，看你这个人在人前也是道貌岸然的，说起话来也是冠冕堂皇的，竟然没想到你还是这么个好色货。说着说着，为了增加遭欺负的效果，还抽泣了起来，两好肩膀一抽一抽的。谁看了，她都像受了天大的委屈。

　　马小毛见郭霞这个样子，趴在桌子上，吓得连屁也不敢放了。小肚子早已憋得都快炸了，也想不起来去把它放掉。吴标见马小毛这个熊样，不禁感到可笑。心里说，真没想到，这个

绿地文学丛书

看上去威威武武的大男人，原来竟是个软蛋。于是，吴标把手机拿在手里，一边把玩着，看着里面拍下的镜头，一边说，郭霞你也别哭了。事情既然已经发生了，郭霞主任你就委屈点，反正也没有造成什么后果，能私了我们还是私了的好。人家马村长毕竟是一村之长，这事要是张扬出去，让马村长今后怎么做人？

马小毛用眼角看了看吴标手里的手机，心里骂道，是他妈的哪个缺德鬼发明了这样的手机？现在已被人家掌握了证据，自己就是想要赖也赖不掉啊。想想自己做得也真是太不对了，人家请你吃，请你喝，你怎么能对人家这样呢？可又想想，觉得不对，吴标他怎么竟在这个时候进来，而且还拿起手机就拍了呢？那手机的功能也是需要调的呀。说不定这是两个人早就设好的圈套，编好了，等着让自己朝里钻的呀。妈的，我事先怎么就没有想到呢？这时，他真恨不得把自己腿裆里的那个东西，用剪子给剪了！妈的，为了你一时的快活，你不仅花钱，还给我戳事。现在你自然钻到了人家的圈套里，就只有听人家的了。这一对狗日的，可真毒呀。没想到老子打了几年的雁，竟然会被雁给啄了眼。又想，得罪了这个风骚的女人倒没有什么可怕的，可得罪了这个吴标，那就不是一般的得罪了。他表哥现在虽然只是个常务副乡长，可在全乡的威信有名的，就连书记也听他的，据说马上就要上阵乡长。都知道刘乡长最看不惯的就是，现在流行的那个什么情人热。

马小毛清楚地记得，去年，李家凹的一位支书，什么都好，工作能力也强，可就是因为在搞计划生育时，看上了一个女人。他对那个女人说，你只要跟我睡上两个晚上，罚款就给你全免。结果，他跟村长不和，村长知道了这事以后，竟然不知从哪里借来了一台针孔摄像机，拍下了他在床上的镜头，交给了刘乡长。在乡联席会议上讨论这个问题时，党政班子成员都说，这属于生活隐私。说在今天，谁还有兴趣去管这事？只有经济问题才算问题，作风问题根本就不值得一提。有的还说，只要分给他的任务能完成，管这些鸡巴事干啥？当时，乡长和书记都不置可否。但刘副乡长却把桌子一拍说，我们是讲文明，讲道德的国家，这样有才没德的干部坚决拿掉！如果我们下面的干部都这样胡来的话，那还不乱了套？还有什么伦理道德可讲？于是，那个支书就这样被他给一撸到底，连个委员都没给保留。

想到这里，马小毛不禁吓出了一身汗，心想，就是想干那事，有现成的芙蓉，只不过在她这里多消费几次，还神不知鬼不觉地把事情一做，裤子一撸，什么事也不会有，何必要在她身上打主意呢？真是雷打昏脑子了！如果得罪了吴标，他只要把这个镜头朝刘乡长面前一放，自己的这个为了拉选票，花了万把块才选上的村长，还不是他的一句话就拿掉了？他无力地趴在桌子上，欲说不能，欲哭不能。一时间，真不知道该怎么办才好。

吴标见火候到了，不慌不忙地递一支烟给马小毛说，我看你马村长也不必有什么想法，总之一句话，都是几杯酒惹的货。这事除了我们三个人知道外，也就算过去了。马村长，你放一百二十条心，只要郭主任不说什么，我要是在表哥面前为这事，提你一个不字，我吴标就不是人养的，是狗日的。下面，我们就说说话吧。郭霞主任你先说说吧？

郭霞擦了擦眼睛，眼睛朝一边看着说，你吴村长自然说了，看在你的面子上，我只好什么也不说了，就当我吃个哑巴

亏算了。我们请你马村长是来谈生意的，你就谈谈吧。

马小毛听到他们俩终于把要说的话说了出来，可怜吧叽地把脑袋强撑着，从桌子上慢慢地抬起来。心想，既然钻在了你们编的笼子里了，只有任凭你们宰了。想到这里，他的心反而平静了。于是，又重新振作起来，打着火机，点着烟，很镇静地说，你们说个价吧？郭霞看了一眼还有点蔫头耷脑的马小毛说，我们干脆就来个吉利吧？马小毛问，多少？郭霞面带着微笑说，八八八，发发发。也就是八万八。马小毛听只给这个数，震惊得一下子从椅子上弹了起来，伸着脖子，瞪着眼睛，盯了郭霞几眼，好像不相信自己的耳朵似的问，怎么，就给我这个数？人家出到十二万，这个价差十万八千里了，我的姑奶奶！说罢，低着头抽了几口烟，又把头抬起来看看吴标说，我的吴村长，就是再人情，也不能人情到这个程度啊。说完，又哭笑不得地把下巴抵在了桌子上。

屋里一时间没有了一点动静，只有两支烟哧哧在燃烧和三个人的呼吸声。

马小毛像死了一样，趴在桌子上一动也不动，两股淡蓝色的烟雾，从他的鼻孔里向外乱七八糟地飘着。

吴标又给马小毛递过去一支烟，点着时，便以非常体谅对方的口气说，我知道马村长会嫌这个数少了点。可你也应该想想，如果要是不想让你给我们一些优惠，我们还用得着在这个地方谈吗？当然了，按照眼下的规矩，我们也不会死心的。别看我大哥在乡里，但我们该怎么办还怎么办，你放心好了，规矩我们还是一定要遵守的。说着，就伸出个指头，在吴标面前晃了晃说，事成之后，我们给你这个数，怎么样？吴标又把手机的荧光屏在眼前看了看，脸上又涌上了一股得意的微笑。似在又向马小毛进行一次提醒。

马小毛见他在看拍下的那个镜头，身上不禁又哆嗦了一下。于是，马小毛只好无可奈何地叫苦道，能不能再加一点？郭霞冷笑一声说，你就说到底卖不卖吧？马小毛赶紧说，卖卖卖，我吃了喝了你们的，怎么能再说别的呢？郭霞见他吓得这样，拿下肩膀上挂着的那个精致的小坤包，撕拉一声拉开拉锁，从里面拿出了两张公文纸，朝桌子上一放说，我们快刀斩乱麻，现在就把合同给订了吧。

就在这时，一阵香风飘了进来，然后，便见一个苗条的身影出现在了包厢里。来的是芙蓉，面对着几位说着话的男人和女人，脸上带着灿烂的笑容说，对不起各位啊，晚上客人多，还有几位县里来的客人，也没时间过来敬几位一杯，实在抱歉啊。马小毛和吴标见了芙蓉，浑身都有点想热血沸腾了，心想，要不是有郭霞在这里，你这个狐狸精早该过来了。

郭霞看了看站在桌边的芙蓉说，芙蓉姐，请你少坐一会儿，我们要和马村长签一个合同，请你给我们当一个证人，在合同上滴几滴墨水，留个大名。

马小毛觉得自己被彻底得逼到了死角里，想逃也逃不了了。只好硬着头皮和他们订下了合同。

就这样，十二万价值的杨柳树，竟然被吴标和郭霞，不到十万给拿下了。

吴标和郭霞从马小毛买下的这些杨柳树，以五十块一天的劳务费雇张小六等几个人正在砍伐的时候，张浩带着林灵和万芹愉快地在黄山游玩了几天，返回了家乡。为了感谢刘叔和赵老师，回来时，张浩分别给刘叔和赵老师以五百元一套的价

格，给他们买了一套伟志牌西服，还给吴标的父亲买了根龙头拐杖。几个人见了张浩给他们买的礼品，都高兴得像老小孩似的，走起路来脚下好像都生了风。

万芹在饭桌上一边吃着饭，一边把黄山美景说给一家人听，公公和婆婆都听得嘴咧多大，好像他们也去了那个地方一样高兴。但万芹看自己的男人好像对她的述说，一点也不感兴趣，脸一直拉着，不接话，也不笑。万芹虽然把男人的举动都看在了眼里，但当着公婆的面，只好看在眼里，记在心里。她想，好多人都说年轻的夫妻一日不见如隔三秋。可自从自己回到家，他不仅没有表现出一点夫妻重逢的高兴，反而还像非常讨厌自己似的，连看都不看自己一眼。她就知道这个男人是在吃醋了。但万芹是个非常注意影响的人，尽管心里再不痛快，可在公婆面前还是有说有笑的。当她说到林灵和张浩间已经有了那么点意思时，公婆都惊讶地把眼睛瞪得眼珠子都要掉下来了，不相信自己的耳朵似的，说，真的？婆婆摇着头说，啧啧，人家一个大学生，怎么能看上俺这乡下人？又说，万芹，你别拿着棒槌就当针（真）？不要认为林灵瞟了张浩几眼，在他面前撒了撒娇，就认为人家姑娘是对张浩有意思了？刘烨听了，不禁朝万芹瞟一眼，似乎也不相信。心里说，尽讲笑话！公公为了落实儿媳妇这话的真实性，就问，你说他俩有意思，小林都跟你说了什么了？万芹说，她自从跟张浩上了那个什么天都峰之后，就喜笑颜开地跟我说，张浩看上去一个土里吧叽的人，平时不言不语的，没想到他的知识比你们丰富。不但有经商头脑，还有丰富的文学知识。她说，她跟他爬一次天都峰算是彻底了解了他这个人，的确是个很了不起的人。从心里佩服他。原来想，她跟他是不会有什么共同语言的，可一趟天都峰爬下来，她才感到，他竟然是一颗埋在土里，没人发现的珍珠。公公哦了一声，对他评价这么高？又问，他们上那个什么峰，跟他们一起去的？她说的这些这都是你亲眼看见的？万芹说，那天我嫌累，一天就把我给累孬了，只看了几个景点就累得连腿都不想抬了。上那个天都峰就没去。我说，再好看，我也不去了。可他们俩却一直是兴致勃勃的，我就想，这就是有文化跟没文化人的区别呀。咯咯，在我的眼里除了松树，就是石头，可在人家的眼里，就能把一块石头，说出它的道道，看一棵松树说出它的精神、情趣。总之，在他们文化人的眼里，处处都是诗，是画，像那什么妙笔生花呀，飞来石呀，卧牛岭呀，在我眼里什么意思也没有，可人家就硬是说太有意思了，说什么什么妙趣横生。所以，在他们俩爬天都峰时，我就宁愿睡觉，也不去跟他们受那个罪了。他们就是从天都峰上下来后，林灵回到旅社亲口跟我说的，她要留在这里，做张浩的什么生活伴侣了。说得文里文气的，叫人半懂不懂的。爸，我琢磨着，伴侣可就是夫妻的意思啊？公公满脸堆笑地说，就是这个意思，就是这个意思。真是好事啊好事。张浩这孩子是个人才，我早就看出来了，要不是他的那个家，拖住了他的腿，也一定是个大学生啊。

万芹在饭桌上正说着张浩和林灵的时候，张浩来了。一进门就乐呵呵地说，我也没有什么好表示的，给刘烨买了两条黄山烟。虽然我们家里也有这样的烟，可这是真正在黄山买的，比跟在家里买得不一样，说不定抽着都香些。刘烨见张浩连他都想到了，心里不禁感动了，心里的醋意，也被这两条烟给消了。于是，一边接着张浩递过来的烟，一边带着微笑说，你的心真细。刘烨再抬头看万芹和张浩，发现两个人既没有他想象

的那种眉来眼去的表现，也没有情人在人前见了面的那种不自然，完全是一种正常人的样子。他心里这才完全踏实了。看着张浩那落落大方的样子，感到自己太小心眼，太有点以小人之心度君子之腹了。想想，自己的脸也不禁有点发起烧来，感到对万芹很愧疚。

当刘叔和刘婶都异口同声地问到他跟小林的事时，张浩腼腆地笑笑说，是有这个意思，我觉得自己配不上人家呢。刘婶咧着嘴用指头点了点他的额头说，瞧你这孩子，都是大老板了，咋还这么虚心？人家能看上俺，不嫌弃俺，有什么配上配不上的？七仙女怎么看上董永的？张浩说，人家是大学生，我可是土包子呀。刘婶又说，过去，好多大学生还找一个字都不识的老红军哩。现在又不讲什么门当户对的，只要两个人好上了，事情就成了。我问你，人家二十多岁的研究生怎么嫁给八十多岁的老头子的？刘婶一番的对比，把张浩比得呵呵直笑。刘婶又把话题扯到了林灵上，小林那丫头不错，你的这个木材厂有了她，只会越变越好。刘叔也把小林夸奖了一番，他说，小林是个干事的人，身上没有娇气，也能干。你看人家在机器旁边一站几个小时，从来都没叫过一句苦。好啊，能找上小林这样的姑娘，也是你张家哪辈子烧了高香了啊。

说了会闲话，张浩谈到了木材厂的事。他说，根据目前的销售情况，她跟小林商量了一下，觉得应该再购买两台机器，把厂子再办大一些。刘叔点点头说，想法很好。说到了资金，张浩说，我打算找找刘乡长。刘叔说对，那是个很正派的人，看看他可能报个项目。可就在他们正说着这事的时候，在厂里的小林打来电话说，刘乡长来了。刘叔哈哈大笑着说，真是说曹操，曹操就来了。也何该你这孩子要时来运转了，快去吧。

张浩挂了电话就朝厂里跑。

到了厂里，见刘乡长正在机器旁边津津有味地看着那被机器加工成的一块块薄如白纸的木板正朝外像长了翅膀一样飞着哩。

见了刘乡长，张浩一边跟他握着手，一边说着自己的打算。刘乡长笑呵呵地说，行啊。县开发银行的行长是我的同学，我跟他打招呼，他还是要听的。现在你就给我准备立项报告，一准备好就跟我讲，我带着你去，亲自拜拜这个财神爷。

他们正说着话的时候，吴标的父亲从厂子里面走了出来。刘乡长见了吴标的父亲，离老远就喊道，姑父，你怎么也在这里？这位姑父虽然对儿子满心的不高兴，可还是本着家丑不可外扬的原则，没提儿子一个不字。只是说，我在家闲着也是闲着，来给他照应照应，也省得闲得无聊。刘乡长拉着姑父的手问，吴标对你孝顺吗？老人愣了下，说还可以。说着，又夸张浩，这孩子真好，懂事的很哪，不但每个月给我六百块钱的工资，有时候上街还给我买菜呢，给他钱也不要。刘乡长点点头说，是呀，张浩的为人，你们村里的人几乎没有不夸的。老人说，浩子还说，他以后还要给我养老送终哩。刘乡长笑笑，说，这个干儿子您老可以认下。又看了看也在微笑着的张浩，对老人说，那您老人家就算多了一个儿子了。要是有遗产的话，您还真得跟吴标商量商量哩。说得老人又呵呵地笑着说，要是真有遗产就好了。

刘乡长正跟老人说着话的时候，厂子外停了几辆装着木材的四轮车，刘乡长看了一眼说，你的生意很红火啊。张浩说，就是有时资金周转不开。虽然走了几车货，也盈了几万元的

利，还是不行。张浩说着，又顺手从办公室拿出几份合同说，你看，我这里光订货合同就有四五份，一台机器根本就生产不了。还有，他的手朝堆着的木材指了一下说，我现在有东西吃，就是肚子小，吃不了。刘乡长听了，临时就拨通了信用社朱主任的电话。朱主任立即对着电话点头哈腰地打着哈哈说，刘乡长有什么指示？刘乡长说，张浩的这个木材加工厂资金目前有些困难，你能不能给他解决一些？朱主任连个嗯嗞都没打就问要多少？十万，你看怎么样？刘乡长说，行行。朱主任又说，我立即就给他办。

果然像朱主任自己说的，第二天，张浩就以厂子做抵押，给他办了十万。当张浩从十万块钱里抽出一捆子给他时，他竟然出乎意料地把脸一变说，你是刘乡长树起来的，我怎么能敢收你的钱？现在正反腐败，我的饭碗不想要了？没见你头上的摄像头正对着我哩。张浩只好把钱装起来说，那我们再到芙蓉饭店喝一盅？朱主任手摆得莲花落似的说，免了，免了，以后有机会再说吧。张浩见这个财神爷今天突然间变得刀枪不入了，心里感到很过意不去似的。想想，从街上买了几只王八，绕过摄像头送给了他。他也就只好笑纳了。这当然都是后话。

刘乡长看过了张浩的木材加工厂，来到厂门口，见吴标也夹在卖木材的队伍里，刘乡长就满意地说，你这样不是很好吗？又问，你该没打着我的旗号去硬赚人家的钱吧？吴标听表哥这样料事如神地这样问，心里扑通扑通的，嘴里却说，怎么可能呢？嘿嘿。

晚上，万芹吃过晚饭，把两个孩子哄睡之后，就朝看电视的男人看了几眼。男人当然明白她的意思。刘烨像个听话的孩子，立即离开电视机，乖乖地洗了脚，老老实实地钻到了被窝里。万芹再把胳膊一伸，就把他拉到了自己的身上。仅这一个表现，就使刘烨感动得不知怎么才好。于是，他便使尽浑身的解数，在万芹身上耕耘了起来。也许是由于思想愉快，把自己的能力发挥到了极致，双方都感到了从未有过的满足。刘烨觉得，身下的这个女人，自结婚到现在，都没有一次这样使自己满足过，更没有一次像今天这样主动过。刘烨虽然得到了满足，但却满足得有些不解。所以，虽然下来了，但两只眼睛却还在睁着。

万芹也是一样，并没有带着满足进入梦乡。她睡不着，她的脑子不让她休息。她在静静地梳理着自己的思绪。

自从那天看了张浩的日记，她就彻底地死了要把自己交给张浩一次的念头。现在，张浩又跟小林好上了，如果自己再对张浩有什么非分之想的话，那就是自己不道德了。如果那样的话，全村人都会因此指着她的脊梁骂她的。人们都会说，你爱他，老早干什么去了？现在，人家是个人物了，有了钱了，你爱他了，你这是势利眼，是勾引，是想好处，是破坏人家的爱情，属于第三者。所以，万芹只能把对张浩的爱，化作一种动力，帮他走向成功。所以，自从林灵来了以后，她就更加狠心地把自己的感情，彻底埋在了心里。特别是这次旅游回来之后，她的心也彻底地安定了下来。她想，从此以后，要面对现实，把自己彻底地交给这个日夜守在身边的男人了。

她觉得，一个人的心，特别是一个女人的心，一旦没有别的想法，把心只交给一个人的时候，在她的眼里，这个人的优点也就自然地显现出来了。当刘烨在她身边呼哧呼哧兴奋地喘着大气的时候，万芹从窗外射进来的朦胧的月光下看了看他，

竟发现他不仅人老实，还很能干，既没有好吃好喝好赌，也没有奸诈狡猾的毛病，是个标准的农民。跟这样的人过日子，既没有气生，也不会有什么矛盾，能给人以安全感。可想着想着，张浩的形象又从她的脑子里蹦了出来，于是，又拿自己的男人跟他比较了一番。比到最后，她自己又安慰自己说，世界上的人，怎么可能都一样呢？要不，怎么能说人各有千秋呢？

张浩和林灵抓紧时间起草了立项报告。由于他们从来没写过这样的东西，所以，写起来就像老虎吃天一样，感到无从下手。也幸亏了林灵，她毕竟是个知识分子，在找了家关于养兔的立项报告样本，做了参考之后，就连夜把这个报告写出来了，并且还在电脑上写的，然后再用u盘一拷，直接就打印了出来了。厚厚的一本，两万多字。里面不仅写了生产所需的资金，还写了有关解决本村村民的就业问题。报告说，按三台机器计算，逐项写了生产时各个环节所需要的人数，最后得出的结论是，可以基本上解决百分之八十以上村民的就业问题。通过详细的计算，村民的收入比外出打工的收入要高得多。报告看起来不仅让人心服口服，而且还可以通过这个报告，看出它为地方财政和税收所带来的各项收入。在写到以后的设想时，说在资金允许的基础上，将再建一个综合板加工厂。如果这一目标能实现的话，不仅可以解决全村人的就业问题，还可解决全乡部分剩余劳动力的就业问题。立项报告写得他们自己看了，都受到了感动。所以，他们看了报告，满怀信心地认为，刘乡长看了一定会满意的。

按照刘乡长的要求，他们上午把报告拿到街上打印了出来，下午就骑着摩托车去了乡里。

湖稍村离乡政府有十好几里路，属于这个乡的边缘地带。但由于张浩的木材加工厂是周边乡镇所仅有的一家，因此，也就在全乡出了名。而没什么事可做的乡电视台记者，又扛着摄像机对他的木材加工厂进行了一次采访，因此，张浩的光辉形象也就自然走进了千家万户，就是没见过他本人的人，也都知道了湖稍村这个木材加工厂的老板叫张浩，并且还知道了他的模样。

　　自然是老板，腰包里不用说也是走到哪里都鼓鼓的。

　　在通往乡政府的路上有一座桥，名字叫友谊桥。友谊桥地势比路面要高出一截，就像屹立在路中间的一座碉堡，是处于咽喉地带的一段要道。所以，这个地方经常好出一些拦路抢劫的事故。仅这座桥，现在就有三个落网的好吃懒做的小青年，在劳改队里服刑。

　　当张浩骑着摩托车带着林灵来到离桥不远的地方，张浩就见桥上站着两个留着披肩发，染着黄颜色的两个小青年。他们见张浩正在朝这里走着，两个人便在桥边手扶着栏杆，两个黄脑袋挤在一起，嘴对着嘴，脸挨着脸，像两个情人在亲嘴似的叽咕了一气。在张浩的摩托车离他们只有十来米远的时候，其中一个个子比较矮小的黄毛，就像突然患了羊角风一样，扑通一下子倒在了桥中间。由于桥面比较窄，而这时张浩的摩托车，已经来到了倒在地上的那个黄毛的跟前，距离他只不过还有两米来远。这出乎意料的情况，当张浩急忙把车刹住时，脸上的汗都吓出来了。下了车，张浩感到眼睛看东西都是模糊的。他看着眼前那个脸朝上眨巴着眼睛的黄毛，呼哧呼哧地喘了半天大气，才说，要是压着了你，你说该怎么办吧？林灵也擦着脸上的汗水说，小伙子，你怎么能这样呢？我们往日无

怨，近日无仇的，干嘛要吓唬我们呀？林灵说着，便来到黄毛跟前，蹲他旁边劝着他，起来吧，我们都还急等着有事呢。

站着的黄毛抬起头，斜睨着眼睛，一脸坏笑地瞟了瞟在借抽烟缓解心里紧张的张浩，问，你不是湖稍村的那个张老板吗？张浩听他说话的口气就知道遇到了麻烦，所以，也就有了种人到弯腰树，不得不低头的心理准备。于是，就朝他递过一支烟，一边给他点着火，一边谦虚地笑笑说，什么老板老老木的，只不过是混碗饭吃罢了。黄毛抽了口烟，很有力地从两个鼻孔里喷出两股烟雾，朝地上的黄毛看了一眼说，这个我们不管，人现在在你的车轱辘跟前躺着，你张老板该看见了吧？林灵一脸冷笑地说，车轱辘在哪里不重要，重要的是车碰没碰着你？林灵毕竟是个知识分子，很会选择字眼，她不说压，而说碰，而不用说，碰当然要比压的程度轻得多。站着的黄毛笑笑，哼了一声说，我不管你是压还是碰，反正人现在就在你的车轱辘跟前睡着，你就这么想轻而易举地走了，没你们想得那么容易！说着便把嘴里的烟把子用下嘴唇一使劲，朝上撅了起来。一副痞子相自然就显现了出来。站着的黄毛把朝上的烟把子朝下一耷拉，目光和地上黄毛的目光碰了一下。地上的黄毛立即就一边打着滚一边哎哟了起来，你把我给压坏了呀，哎哟，我的整个肚子都疼了呀。张浩看着地上的黄毛在无中生有地嚎叫着，被他弄得哭笑不得。蹲在他旁边的林灵非常气愤地说，你年轻轻地，怎么能这样啊？地上的黄毛也不理他，照样在地上一边打着滚，一边嚎叫着。一时间，双方都闭了嘴。只有听地上的黄毛在表演着。站着的黄毛得意地离开了桥栏杆，一只手插在了屁股后边的口袋里，一只手夹着纸烟，优哉游哉地，一边在桥上踱着步子，一边用眼睛不时地瞄着地上的黄毛。地上的黄毛一边嚎叫着，一边也不时地用眼角瞟着站着的黄毛眼睛。这一切，林灵都看在了眼里。

见地上的黄毛老是这样，林灵也就站了起来，来到了张浩的身边，用眼睛朝他看了看。张浩看着林灵征求他意见的眼神，轻轻地叹了口气，说，真是想不起来的事。

这时，一位上街的老人路过这里，看了看在地上嚎叫着的黄毛说，年轻人，你这样妈一声，娘一声的叫，人家到底碰到你没有？年轻人做事可要讲良心？老人又看了看六神无主地张浩问，你到底碰着他没有？老人也很会说话，不说是压，而是说碰。张浩苦着脸笑了笑，说，要是碰了他，我能不把他送到医院吗？站着的黄毛，这时用眼角斜睨了一眼老人，哼了一声，说，你这个老头，碰着没碰着，你又没看见。你说得什么良心不良心的，良心到底是长在哪里的？是能当钱花，还是能当饭吃？良心值多少钱一斤？老人被站着的黄毛说了一肚子气，一转身，就离开了这里。一边走着嘴里一边嘟囔着，真没见过现在这样的年轻人，做事一点也不朝脸上讲，真是少见！乖乖哟，老天爷咋也不报应这样的人哩？站着的黄毛听老人这样不停地叨咕着看不惯的话，就冲着老人的脊梁，恨得眼睛都快要滴血地说，不看你年纪这么大了，你个老不死的，我耳刮子早都打到你脸上了，多管闲事！

林灵趁站着的黄毛在踱步之际，又小声地问张浩怎么办？张浩叹了口气，把一支烟叼在嘴里，手哆哆嗦嗦地点着说，还能怎么办？反正不是为了一个钱字吗？把头无可奈何地摇了摇，说，世界上的事，真是无奇不有啊。

站着的黄毛这时踱到他们跟前，把眼睛一眯缝问，难道我们就这样把事情摆在这里了？你张老板可是我们乡赫赫有名

的人物，怎么连这么点小事都摆不平？还是眼里没有我们弟兄？说着，把嘴里的烟屁股用两个指头一捏，狠狠地朝地下一摔，又用脚使劲一碾，说，你张老板说句明白话吧？林灵这时把手伸进了口袋，摸出了自己的手机。张浩问，你说怎么办吧？是公了还是私了？睡在地下的黄毛停止嚎叫说，我们要私了！老子不想跟那些当官的缠，妈的，什么这手续，那证据的，还是私了干脆。张浩说，那你就说吧？站着的黄毛说，我们的索赔也是有根据的。我们首先说说时间，时间就是金钱，这个相信你张老板和这位女士也该知道吧？我们一般是按一小时四十收费，那么，他看看手机屏上的时间，现在已经一个半小时，那就是六十，对吧？那么，他指了指睡在地下的那个黄毛说，他每叫唤一声，优惠价是五块，零售价是七块。因为我们是本乡，所以，我们也就以优惠价计算了。他问睡在地上的黄毛，叫唤多少声了？睡在地上的黄毛说，三十一声。站着的黄毛哦了一声说，看在张老板的面子上，那一声就不算了。三五一百五，还有，在地上每滚动一次是三块。站着黄毛又看了眼地下的黄毛，滚多少下次？地下的黄毛答，四十九。站着的黄毛说，四舍五入，应该是五十，那就是一百五。浪费的唾沫星子，我们按一毛一星子，估计至少也有一千多吧？看在人情上，就算一百吧。

张浩被站着的这个黄毛说得身上直发抖。没办法，只有用两只喷着火的眼睛瞪着他。

站着的黄毛掰了几下手指头，合计着说，六十加一百五，再加一百五再加一百，一共等于四百六十。再加上我的陪护费五百，那就是九百六十元整。算过，站着的黄毛皮笑肉不笑地看着张浩说，你张老板看我们对你还不够意思吗？我们对你全部实行的都是优惠价，要是外面的那些山猫子野鬼的，我们可是完全按零售价，少说没有两个数，那绝对是走不了的。站着的黄毛把手朝张浩面前一伸，说，你们不是说有事吗？把账付了，该干啥干啥。时间就是金钱嘛，这个道理，你们老板可比我们要清楚的多。这回轮到站着的黄毛掏烟了，把一支烟朝还张浩手里递着说，来，别嫌烟孬，烟孬人不孬，打一匹。嘿嘿，一回生两回熟，下次我们就不会这样了。手里不便了，见了你，问哥们要包烟钱，你能不给面子？林灵当着黄毛的面，也不好说什么，只是用胳膊肘蹭了一下张浩。张浩明白了她的意思，手一边做着拒绝着接他的烟的姿势，一边问，我要是没有钱呢？站着的黄毛把下巴朝上一扬，两只胳膊朝胸前交叉一抱说，那这个这个就不太好办了。现在可是以经济建设为中心，有钱你是爷，没钱就是孙子。我现在就是你的孙子。那你一没有钱，我就还要是爷了。没别的办法，你、我们就在这里干耗着吧。说着，站着的黄毛又在张浩的摩托车跟前优哉游哉地溜达了起来。

林灵掏出手机，来到了距离黄毛二三十米的地方，按起了手机号码。

站着的黄毛一看林灵拿出了手机，脸色立即大变，声音结结巴巴地对着林灵吼道，你你，你要干、干什么？林灵把脸对着他诡秘地笑笑说，干什么？110这个号你该知道吧？大白天拦路敲诈，你说要干什么？

站着的黄毛，连忙一弯腰拉起睡在地上的黄毛，一边朝小路上逃着一边说，你们也太不够朋友了。说罢，两个黄毛就逃进了路边的村子，再也不见了踪影。

张浩见林里又重新把手机装进口袋里，回到摩托车跟前

时，张浩激动得一伸手把林灵搂进怀里，在她脸上亲了一口，说，真是好样的。我怎么就没想到报警呢？林灵说，要知道，邪在什么时候都是怕正的。你看，我还没拨一个号哩，他们就吓得屁滚尿流了。

通过林灵来到这里帮张浩做的两件事，张浩不得不从心里佩服林灵的机智和勇敢。心里说，生活中有了她，我还怕什么呢？

他们吓走了那两个拦路的黄毛，来到刘乡长的办公室时，刘乡长正在开会。听说有人找他时，他一见是张浩和林灵，立即就伸出两只手，分别把两个人的手搂住，紧紧地握着说，你们在我办公室稍等，马上就散会了。说完，又重新进了会议室。

当刘乡长重新回到自己的办公室时，只见他的屁股后头跟着个蔫头耷脑的吴标。等吴标这里一进门，刘乡长就把手在桌子上拍了一下说，吴标呀吴标，你买马湖村的树，据有人跟我说，你的手段不太光明正大。你到底玩的什么花招？吴标否认说，人家愿卖，我愿买，可是怕连累了你是不是?刘乡长哼了一声说，你的那几根肠子玩得什么花，认为我不知道？吴标听了表哥的训话，立即装出一副很委屈的样子说，怎么可能呢？你放心，我不会给你扒纰漏的。好，刘乡长把手一摆说，等我发现了你的证据，我们才算账。回去吧，把你该干的事干好！表哥的话一说完，他就像刚才那两个黄毛听到了要拨110一样，立即逃了。

刘乡长这才坐到自己的办公桌后面，微笑着接过张浩递过来的立项报告，认真看了起来。一边看着，嘴里一边不停地夸奖着，写得不错，写得不错。咦，把我没想到的都写进去了。说着，抬头看了看林灵，满脸悦色地问，这个报告是你的大手笔吧？林灵笑笑说，写得不好的地方，刘乡长提出来，我们再重新修改。刘乡长微笑着说，还是有知识的人啊，写出来的东西叫人心服口服。我最欣赏地就是，能解决全村剩余劳动力就业这一条。用我们现在时髦的话说，就是实行双赢。他看了看张浩，又看了看在领导面前有点腼腆的林灵说，真没想到我们张浩的这棵梧桐树，会引来你这只金凤凰啊。林灵听了乡长的夸奖，两腮上出现了两抹红晕，低着头说，我算什么凤凰，只不过是只小麻雀罢了。刘乡长哈哈笑着说，如果我们乡再多几只像你这样的麻雀，那我们乡早就赶上华西村了。

刘乡长看完报告说，我们下午就去找我的那个同学，力争把事情早点办好。说着话，就拿起桌上的电话，拨通了他那个同学的电话。电话一拨通，刘乡长就打着哈哈说，钱行长啊，一听到你的这个姓，我都羡慕死你老人家了。如果我们国家的银行都选你这样的姓做行长，我们早该超过他妈的小日本了。你说你在我们中国倒有多吃香，不论男人和女人，一天到晚都在想着你啊。我现在就想着你呀，怎么，你说晚上在哪里？大阳光，好？说了几回笑话，刘乡长便在电话里把情况跟他简单说了，只听刘乡长又说，只要你给我把事办了，你说怎么玩都可以。行，晚上见。说着，便放下了电话。

这时，已经到了吃饭时间，张浩说，我们去饭店吃点吧？刘乡长坚决不答应，也就只好在乡政府食堂随便吃了点。吃着饭，刘乡长感叹着说，不知道的人都说我脾气怪，我也知道好多村干部，对我的做法不理解，但他们又怎么能知道我的心理呀。我想，我们作为一个乡镇干部，老百姓的眼睛都在盯着我

们哪。本来好多村干部就在下面利用手中的权力胡来一气，如果我们再不坚持点真理，给他们做出榜样，我们在老百姓心中的形象就彻底地完了。虽然我们为了下面的工作，有时也是睁一只眼，闭一只眼，但我想，还是应该有个底线。那就是该支持的，我们要毫不含糊地支持。说到这里，他又叹了口气说，可社会大的环境在这摆着，靠一个人的力量是难以顶得住的。一塘鸭子都下水了，还有一两只鸭子能改变世界吗？有些事，你不随大溜又怎么能办成事呢？

张浩和林灵这才知道他们干部心里也有苦衷。

刘乡长又说，说穿了，我有时也不得不做一个两面三刀的伪君子呀。有句话说得好，叫做正经正经，饿个愣墩。那就是说，一个人如果不能融入社会，是要吃大亏的。不过，我认为，一个人不论在什么时候，还是多为人做点实事的好。

吃过饭，刘乡长说，你们就不要回去了，我去我蹲点的村里溜一下，我们正在那个村搞沼气试点哩。这是国家给我们的项目，也不问群众要钱，可就这样，他们还是不愿意修池子，所以，先搞几十户看看，等他们尝到甜头了，再在全乡推广。有几户，我还得去做做工作哩。刘乡长临走时又笑笑问，带的钱够吗？张浩说带了两万哩。刘乡长说，该差不多。又笑笑说，瞧，我这不就入流了？说着，便走出了办公室。

张浩和林灵看着刘乡长的背影，笑笑说，这个刘乡长真有意思，说话多么平易近人啊，而且一点架子也没有。是个正义感很强的人。

到了县城，已是下班时间。下了车，刘乡长说，我给钱行长先打个电话。

于是，张浩和林灵便向阳光大酒店走了过去。

当他们来到耸立在豪华县城的中心地段的阳光大酒店，一看那屹立在三楼的楼顶上的几个红色镂空的阳光大酒店几个大字，一股高雅之气便朝张浩和林灵迎面扑来。

　　楼层坐落在五层台阶之上，看着那一级级透着洁白大理石光彩的台阶，张浩身上就有了种刘姥姥第一次进了大观园的感觉。再看看门口停着的一辆辆各种牌子的小轿车，和从小车里钻出的一个个梳着油光锃亮头发和穿着西装革履人们，以及朝台阶上迈着的，很有风度的步子，就知道这个阳光大酒店的阳光绝对是不会朝老百姓的身上照的。于是，张浩浑身就有了种被绳子捆了的感觉。心里说，妈呀，这样的大酒店，要是没有足够的票子，是绝对不能来的。假如你要是专门来这里要吃两碗面条，那是绝对不会有人理你的。林灵抬头看看那些腋下夹着皮包的男人，肩上挎着精致的真皮坤包，脖子上戴着项链，耳朵上挂着耳环，身材苗条，穿着名牌服装的女人，说，凡来这里的人，不仅是吃档次，主要是显示自己的身份和票子的。林灵还说，凡来这里吃请的，又有几个是自己掏钱的？她说着，便用眼睛朝一位站在门口，一边点头哈腰，一边把手朝着一位身穿鳄鱼牌西服，挺着将军肚，腋下还夹着公文包伸着的男人，说，你注意了没有？这个夹皮包的穿着和那个点头哈腰的男人，其实是有很大的区别的。夹皮包的一定是个大权在握的人物。你看，那个点头哈腰的男人，穿得只是一般的服装，可请客还得这个点头哈腰的家伙来出钱。张浩叹了口气说，是呀，我们不也跟他一样吗？

　　当刘乡长打完电话，回到张浩和林灵跟前时，先抬头看了看阳光大酒店那威武豪华的气派，以及门口停着的水中鱼一样的豪华轿车，呼出一口气，说，这样的地方，真不是我们这样

绿地文学丛书

的人随便来的地方啊。又说，我的这个财神爷同学，可真有架子。要不是看在我这个老同学的面子上，还请不动人家呢。人家可比我这个副乡长吃香的多喽。不但天天吃香喝辣，还前呼后拥哩。

在刘乡长和张浩他们俩正说着钱行长的时候，一辆黑色宝马嗦的一声，停在了阳光大酒店的台阶下。当他们三人把目光朝这辆小车看过去的时候，前面的门先打开了，下来一位年轻人，弓着腰打开了后面的车门。开门的这个小青年仍然站在车门口，一手拉着车门，生怕车门别撞了主人头似的，就这样一直站着。看到这里，刘乡长也感叹了一句，唉，人家不但有车坐，还有人给开车门呢。这人跟人真是没法比。在刘乡长感叹着的时候，见车门的下面先伸出的是两条美腿，不粗不细，脚上是黑色的高跟鞋。林灵毕竟是女孩子，看了那鞋就说，这是一种名叫贵妇人的皮鞋，一千八百八十八一双哩。刘乡长听了这个数字，不禁惊讶得把眼睛一瞪说，妈呀，就那么两只巴掌大的东西，值这么多的钱呀？哦，都快抵得上我一个月的工资了。说着说着，自己也不禁哈哈哈大笑了起来，可见我这个副乡长也是个井里蛤蟆喽。正说着，随着两条美腿下来的是一个苗条的腰肢，接着便有一个留着披肩发的脑袋钻出了车门，从那条还在伸着的胳膊下站在了地上。这是一个极其美丽的女人，瓜子脸，白嫩的皮肤细如凝脂一般，简直就是电视剧里的影视皇后。也和一般的女人一样，肩上也挎着一个真皮坤包，不高不低的悬在屁股上边，配合得真是恰到好处。可就在美人刚钻出车，还在顺手理着自己的头发时，又从车里下来了两条穿着皮鞋的脚，很快就露出了庐山真面目，正是钱行长。看了钱行长，刘乡长心里说，这个钱行长艳福真是不浅啊。

钱行长下了车之后，那个守在车门跟前的年轻人才又重新把车门关上。那女人见钱行长下车站到她跟前时，伸手把他后面没有抻开的衣裳下摆朝下拽了拽，又送给了钱行长一个妩媚的微笑之后，就跟钱行长贴在一起了。

　　钱行长人高马大，也很魁梧，大脸盘上镶嵌着很恰到好处的鼻子和眼睛，宽大的额头发着光，两腮也是肌肉丰满，身子只要一动，腮帮子上的那两疙瘩肉都直晃荡。

　　张浩的眼睛还停留在站在车门跟前的那个年轻人身上。只见那个年轻人还在这么多此一举，似自言自语地说，这年轻人怎么这样老守着车门，也不嫌碍人家的事？刘乡长也附和着说，也就是的，也不怕惹人家讨厌。林灵微笑着说，这就是你们不懂了，这是一种礼节，我们中国是礼仪之邦嘛。守着车门，那是一种对客人的尊重，这就叫恭候。听了林灵的解释，两个人都不禁哦了一声，说，这我们就真的不懂了。

　　正议论着年轻人的时候，钱行长的下巴朝台阶上一扬，刘乡长便映入了他的眼帘，还没等刘乡长开口，钱行长脸上就绽放了一脸的笑容。一边带着那个漂亮的女人朝台阶上很有风度地迈着步子，一边呵呵呵地笑着说，你这个老同学呀，见你真比见中央领导还困难哩。中央领导还经常在电视里见见哩，可你的光辉形象，我就硬是连个影子也看不见。

　　站在大酒店门口的刘乡长，这时也竟情不自禁地做出了一副点头哈腰地姿势来。看到刘乡长这个样子，张浩就想，人怎么一到了这里，凡是有求于人的人，怎么都变得像没有了脊梁骨了呢？难道找人办事非要向人家低头弯腰吗？再看看这时的刘乡长和钱行长，刘乡长要寒酸的多了。人家的皮肤不仅细腻白嫩，还穿着一身名牌，而刘乡长则显得皮肤粗糙，衣裳也显

得很不顺眼，到底不顺眼在什么地方，也说不上来，总之，只要一看，这城乡差别就那么分明的通过衣裳流露了出来。也许正因为这一点，那些相面先生才在社会上有了市场，一眼就能看出你是什么身份。想到这里，张浩想，也许我只要在这里站上一周，自然也就学会相面了。

刘乡长听了钱行长的话，哈哈笑着说，你老兄说的也是实话呀。刘乡长一边朝钱行长哈着腰，一边伸着手，好像怕握不着钱行长的手似的，把本来很直的腰又朝下哈了一点，说，你钱行长可是出有撵，进有迎，坐有陪，睡着有人侍候，醒着有人惦记，我算什么呀？一句话，是我们的肩膀不一般高啊。就像现在，我点头哈腰地早就迎候在这里一样，地位可不一样啊。说着，眼睛又朝站在钱行长身边的那个很有姿色的女子看了一眼说，跟你老兄相比，我可是差了十万八千里喽。

这时，钱行长终于跨上了最后一个台阶，和刘乡长的手终于握在了一起。钱行长抬起手，居高临下地在刘乡长的肩膀上拍了拍说，你还是跟在学校里一样，一点也没改。刘乡长说，性难改，山难移呀。我也想改，可就是改不了哇。说过自己，又挖苦钱行长说，你看你朝这里来跟走大路的样，可我还只是第一次呀。要不是沾你老人家的光，恐怕还不知道什么时候能有幸光顾这里哩。刘乡长说到这里，像忽然想起了什么似的，看看被冷落在一旁的那位女人说，不好意思，刘行长快给我介绍介绍这位是——钱行长对着面前的女人微笑着说，这位是行长助理柴艺女士。柴艺也微笑着对刘乡长点了点头。刘乡长想，这位柴艺女士看来跟钱行长的关系一定不一般，于是，也就借题发挥地拍着她的马屁说，柴小姐，你的名字和你的人一样，悦耳动人。柴艺被刘乡长拍得又咧了咧性感的嘴唇。见钱行长把目光朝那个开车门的年轻人的身上看，钱行长一笔带过地说，这是我的司机小陆。说完了这些，刘乡长才分别把张浩和林灵介绍给了钱行长和柴艺女士。钱行长把眼睛朝林灵身上瞄了瞄说，小林像个知识分子呀？刘乡长不禁惊讶地把眼睛夸张地一瞪问，你钱行长怎么看出来的？没想到几天没见，你的眼力怎么变得这么厉害了？听到夸奖，钱行长得意地挑着眉梢说，我天天就是靠我的这双眼睛跟人打交道的，你是不是干事业的人，也不是我吹，我一眼就看出来了。他又看了看张浩说，也不错，一看就像是个有魄力的人。刘乡长听了钱行长的夸奖，哈哈哈地笑着说，从你老人家的话里，也使你这个小弟看出了一片光明啊。

两个人说笑着，在服务小姐的引领下来到了一个包厢。到了包厢门口，钱行长眼睛朝包厢门口一看，眼睛一亮说，你刘留可真会来事。刘乡长问什么意思？钱行长说，你说这包厢的名字叫财神，没意思吗？刘乡长哈哈笑着说，你就是我们的财神爷嘛。你说，我们选这样的包厢还不名副其实？钱行长非常满意地说，你刘留可真有你的。

钱行长坐下，看看服务小姐问，怎么以前没进过这样的包厢？服务小姐面带着职业性的微笑说，我们老板是个很有发展眼光的人，挺会与时俱进，我们这里的包厢也就跟着感觉走。所以，我们的包厢也就分了情调性，发财性和朋友性的三个类型。又说，看老板你就像财神爷，所以，你在这样的包厢里就餐，不是正好与你的身份相符吗？钱行长扬眉吐气地看看微笑着的服务小姐说，你这个姑娘真会说话。服务小姐又说，我说的是实话，谁跟你这样的财神爷在一起，想不发都难啊。行长这时嘴咧得更大了，连连夸奖说，你一定接受过这方面的教育

吧？服务小姐说，是的，我们不是这方面毕业的，老板还不要我们哪。钱行长说，了不得，了不得。也不知道他说这里的老板了不得，在用人上这么挑剔，还是说这个小姐了不得，会迎合客人的心理。

就在钱行长正和服务小姐说着话的时候，进来一位穿着非常讲究的中年人，看样子也像是个很有水平的知识分子，完全是一副文人像。一进门就把手对着钱行长伸了过来，两条弯弯的眉毛高高地朝上扬着，亲热得像多年没见过面的情人似的，捞住钱行长的手，摇着说，钱行长驾到，恕老弟抽不开身，有失远迎。钱行长很有底气地笑着说，哪里，哪里。理解万岁，理解年岁。老板说着，便给每人递过一包大中华，说，这个包厢是我专门给你留的。我一听说你的客人要请你，就简单地问了下什么事。于是，我就把你安排在这里了。财政局的张副局长也点名要这个包厢，我心想，哪个局长也不行，所以，就把这个包厢特意安排给您了。安排客人也得跟写文章一样，要围绕中心进行嘛，您说是不是？说着，把目光朝刘乡长脸上瞄了瞄。老板一边说着，又一边客气地朝外退着说，还有公安和司法几桌的领导，我还没去招呼哩。你们先喝点茶吧。说罢，便脸对着客人退出了包厢。

林灵从老板的话音里听出，他这是在炫耀自己酒店的档次高，生意兴隆。看着眼朝外退着的老板，林灵心里说，你说的这些部门的人都朝你这里来，也不知是真是假？又想，他们这些男人到底是觉得你这里的饭菜好，还是看你们这里的人长得好呢？

张浩听了老板的介绍，心想，来这里吃饭，不仅是在吃钞票，也是在显示人的身份和档次呀。

当服务小姐把菜单拿在桌子上让点菜时，张浩首先就把菜单递给了刘乡长，刘乡长微笑着又把菜单推到钱行长面前，带着祈求的口气说，请财神爷点吧。可钱行长又把菜单放在跟他并肩坐在一起的柴艺跟前说，这顿饭我就交给你了。柴艺把眼睛在菜单上溜了一下，又送给身边的钱行长一个媚眼说，我看就来个套餐吧。钱行长点点头说行行，你说吃什么就吃什么，坚决服从领导听指挥。心甘情愿当块你的砖，哪里需要哪里搬。钱行长看了眼刘乡长，呵呵笑着说，现在，不听柴小姐的不行啊，她可是代表了我们整个国家的发展趋势，我们中国正值阴盛阳衰时期，我们就得听女人的。柴艺也不说话，只是把一双带着微笑的眼睛朝菜单看着。林灵见柴艺的手指头在写着4888数字的套餐上点了点说，就要这个。

　　林灵刚看完这个数字，不禁倒吸了一口凉气。服务小姐拿起菜单，又问，喝什么酒？没等钱行长开口，柴艺就说，先来一瓶五粮液，再来两瓶劲酒。说到劲酒时，钱行长便很暧昧地朝柴艺看了一眼。柴艺脸上也露出了一丝不易觉察的红晕。

　　林灵看钱行长和柴艺不时眉来眼去的，心想，看来，这个钱行长和柴艺的关系很不一般。便在心里说，只要把这个柴艺的关系给搞好了，事情也就成功一半了。于是，在喝酒时，林灵对她一句接一句的柴姐柴姐地叫着。比叫自己多年不见的亲姐姐还要亲。林灵除了亲切地叫柴姐，还把她全身的每个部位夸了一遍。直夸得柴姐都有点头痒痒按屁股挠了。

　　当小姐一边朝桌子上放着菜，一边报着菜名时，钻进刘乡长和张浩两个人耳朵里的，就有好几样都是带鞭的菜名。刘乡长听了这些带鞭字的菜名，不禁在心里说，这哪里是菜，这分明就是壮阳药。于是，就在心里骂这个姓柴的女人，你这个

骚货，你点这些菜好像全都是为钱行长点的。你是想把他补好了，在你身上好好地下工夫。张浩和林灵听了这些菜名，也把目光心照不宣地对试了一下。

喝过一瓶五粮液之后，刘乡长便谈到了张浩木材加工厂的事。钱行长把一杯酒咕噜一声咽到肚里说，有你老同学出面，我还有不给你办的？不但办，还要抓紧给你办！话说得落在地上简直都可以把地砸个坑！但刘乡长凭他在官场上的经验，酒桌上的话，往往是要大打折扣的。但不管下了酒桌人家怎么说，人家总算是表了硬态。刘乡长和张浩、和林灵听了，心里还是很踏实的。当钱行长又把一瓶劲酒打开时，看了一眼柴艺说，这个就交给你了。明眼人一听钱行长说得这话，都明白这是在向柴艺暗示，这酒在我身上发挥的功效，就全在你身上验证了。柴艺说，只要领导表了态，我立即就办。

酒足饭饱之后，由于林灵看了不少关于写官场的小说，知道吃过喝过还要有活动。所以，在钱行长伸着脖子，打了几个很响的饱嗝之后，林灵就问，钱行长，下面想进行什么节目啊？刘乡长把眼睛猛得一睁，不解地问，怎么，还要有节目？钱行长这时就把眼睛在刘乡长脸上看看，笑笑说，凭你这句话，就可以看出你刘乡长经的场面太少了。啊，这就是城乡差别呀。哈哈哈。又扭过脖子在林灵脸上看了一眼，表扬林灵，我们的这个小林还是经过一些世面的啊。林灵笑笑说，我也是从小说里学来的。钱行长说，还是知识分子开明，能紧跟时代的步伐啊。好了，小林既然说了，这个面子还是要给的嘛。又把脸对着柴艺，柴艺你说是不是？柴艺的嘴微微嘬了一下说，那我们只能限于洗洗脚。钱行长嘿嘿地笑着说，有女同志在场，我们怎么好搞其他的活动？

这里虽然名字叫阳光大酒店，实际上并不怎么阳光。不过，这阳光两个字，看你怎样去理解罢了。这里对男人也许是充满了阳光，因为这里是男人的世界，几乎是要什么有什么。实行的是一条龙服务。

于是，几个人在钱行长的带领下，轻车熟路地就来到了三楼的足浴室。

足浴室里不仅有靓丽性感的女孩，还有英俊的男孩。

见来了客人，一拨靓丽的女孩围着三个男人问，需要什么服务？钱行长朝坐在另一边的柴艺瞄了一眼，坏笑着说，有女的跟着，除了洗脚，我们还敢要什么服务？一个女孩说，我们也有专门为女人服务的男孩嘛。

那边的几个男孩也围着柴艺和林灵问，请问两位女士要什么服务？林灵微笑着看了看柴艺问，柴姐要什么服务？柴艺咧咧嘴说，也洗洗脚吧。

除了钱和柴之外，这三个人还是第一次来到这样的场合，都感到一身的不自在。刘乡长想，不洗吧，又怕钱行长说他土老帽，洗吧，看着站在面前的几个靓丽女孩，把两只被鞋和袜子捂得臭气多远，连自己都嫌臭的脚伸到人家怀里，真是从心里过意不去。于是，就说，我要男孩洗。钱行长听了，不禁哈哈大笑了起来，我的乡长大人哟，我还从来没见过你这样的乡巴佬哩。说完，又是一阵哈哈大笑。刘乡长没法子，只好不再说什么了。见钱行长的脚已经被一位女孩抱到了怀里。刘乡长也就只好把眼睛一闭，身子朝沙发上一靠，随她去了。

轮到张浩时，他却死也不干了。他对蹲在面前的小姐说，我不但有脚气，还臭气熏天，别把小姐给恶心坏了。说着，便站起来说，我喝茶去，你们洗你们的吧。说着便溜出了门，站

在过道上呼吸他的新鲜空气去了。

这边的林灵见张浩溜了出去，心想，要是我们俩都溜了，把客人丢在一边，岂不显得不够礼貌？经常喝酒的人都有一句话常挂在嘴边，叫做东家不喝客不饮。意思是，你请客的人都这么小气，人家客人还怎么好意思消费？你该不能让人家一片好心地刘乡长给你付钱吧？想到这里，林灵也就只好老老实实地坐在屋里陪着着尊贵的钱行长和柴艺小姐了。不过，林灵却叫来了一个女孩子给她洗了脚。柴艺见她换了个自己的同类，就用眼角斜睨了她一眼说，真是没出息，你这样怎么能洗出感觉来？难道你能不懂阴阳互补的道理？林灵意味深长地笑笑，心里说，难道钱行长还没给你把阳气补足？

由于钱行长和林灵都坐在一个屋里，林灵偶然间用眼角朝柴艺瞟一下，见她的目光正跟钱行长在交流着哩。林灵想，你们也许是在用眼神在交流着阴阳互补的体会吧？

待他们做完了足浴，一结账，竟花了八千多。

见花了这么多，林灵无意间竟吸了一口凉气。张浩看了她一眼说，社会就是这样的。林灵小声叽咕了一声，原来我说好多官场小说写的都是那些作家凭空想象的哩。

付了款，小姐问要不要发票？张浩把手摆了摆，便走出了阳光大酒店。

灯光下，见钱行长和柴艺都被阴阳补得一脸的灿烂阳光。

也许是刘乡长心里有数，在走出足浴室时，说，对不起，我要去趟洗手间。说完，便落在了最后面，和前面的几个人保持了一定的距离。并且还说，他晚上要到亲戚家去住，就不回乡里了。虽然好多乡镇干部都竞赛似的在县城里买了房子，可他现在却还住在乡下。

见钱行长和柴艺向台阶下走着时，林灵悄悄地把一个鼓鼓的信封塞到张浩手里，先指了指钱行长，又做了个朝口袋里塞的动作之后，又赶紧贴在了柴艺身边，一伸手，就把一个信封放进了她的坤包里。柴艺朝包里看一眼，语气非常平静地说，怎么这么客气？林灵见她这样没费一点心血和脑筋，就得到了一笔比工资还高的收入，却一点也宠辱不惊，可见是修炼到家了。可他们就没想想，这些钱，送的人该要付出多少代价？钱行长也一样，只是在张浩把信封塞进他的口袋时，怕丢了似的，用手在口袋上按了按，回头给张浩奖励了一个微笑。见了这个微笑，林灵和张浩都在心里说，真是千金难买一笑，比那些卖笑小姐的价钱贵多了。

回去时，张浩问林灵你是怎么想起来这样做的？林灵说，从小说里学的呗。张浩说，这些人是收礼收惯了，连样子都不做就收下了。好像认为是理所当然的。林灵说，要不，中国怎么能出现一批又一批大贪呢？这才真正体现了权利两个字的真实含义呀。又说，把行长叫做财神爷还真是名副其实哩。

第二天，见到刘乡长时，问张浩你烧香了吗？张浩说烧了，一个人给了五千。刘乡长叹了口气说，他们是神，你不烧香，他们怎么能向你显灵呢？看看情况再说吧。工作我来做，你就等着通知吧。

张浩就和林灵商量，刘乡长为我们操了这么大的心，我们也该向他表示表示，不然，我们这心里还真有点过意不去哩。于是，张浩就在街上花了一千多块钱，买了两箱子本地出的醉三秋酒和两条玉溪烟，晚上送到了他家。好说歹说才算收下。可后来，刘乡长竟然又为了张浩的事，买了两条大中华送给了钱行长。

　　说起来这还是在半个月之后，刘乡长到县里开会，在会上见到了钱行长，想顺便问问，可又觉得不妥。这么大的事，怎么能在会场上问呢？他知道，人到了这个份上，不但会摆架子，还会注重礼节了。虽然得到了你的好处，但仍然会在一些细枝末节上跟你斤斤计较。尽管你香没少烧，但往往一个细节出了点差错，都会使你的事情搁浅。这些也是刘乡长听那些了解内幕的知情人说的，所以，他本人虽然不拘小节，但对其他人，他还是非常在这方面注意的。上一届的江县长，不知什么原因，刚在这个县干了一年不到，就被调到市政府当工会副主席去了。据说他老人家就特别注重礼节。有一次，他到下面的一个乡里搞调研。他来到乡长的办公室时，这个乡长正趴在桌子上起草一个文件。而在江县长进门时，乡长的文件还剩下最后一个字没写完。乡长见江县长进门时，嘴里虽然和他打着招呼，屁股却因为那个没写完的字，而没有欠起来。当乡长放下笔，屁股从椅子上离开时，江县长就已经气得像老婆跟着人家睡觉被他按在床上一样，二话没说就离开了乡长的办公室。当这个乡长追到门外时，江县长正在把一支烟朝嘴里叼着，点火哩。可这个江县长毕竟是江县长，不像李县长，人家就很有城府，表里并不如一，人家却是心里越气，脸上的笑容就越灿烂。这位乡长见县长没进屋，心里就觉得不对劲。心想，江县长一定是生气了。下级气上级不可怕，但上级气下级，你这个下级就有可能要倒霉了。这个乡长就想赶紧出去跟他老人家解释解释，可一见江县长一脸阳光灿烂的样子，又何气之有？于是，也就觉得没有再解释的必要了。中午，江县长不但接受了乡长的盛情款待，而且还跟乡长碰了几杯。

　　可在不久的乡领导班子换届选举中，县委书记准备拿这个乡长做乡党委书记时，江县长就提出了不同意见。他理由很充分地说，一个乡长比我这县长的架子还大哩，见了我这个县长连屁股都舍不得抬一下，要是当了书记，那架子就可想而知了。注重礼节不是我个人的发明，而是我们中国人的美德。就连毛主席他老人家都十分注重礼节，曾交代他的警卫员说，和老百姓说话时，一定要把嘴里的烟拿下来，在老百姓给我们点烟时，一定要用双手捂着。江县长说到这里，问开会的常委们，你们说这样连起码礼节都不讲的人，我们能提拔他吗？

刘乡长想到了这个故事，也就打消了在会场上问钱行长这事的念头，所以，就决定散了会亲自到他家去拜访一下。可在路上走着时，又觉得空着两手怕他老人家和夫人不高兴，于是，就买了两条中华烟。不用说，这个钱同学对张浩的事，又在两条中华烟的滋润下，也就答应得非常爽快。

正吃着饭的时候，张浩多年没上门的大伯张老大，嘴里叼着一支旱烟袋，一副雄赳赳气昂昂地来到张浩跟前，脊梁靠着墙，朝他面前一蹲说，我看你这孩子是猪蹄夹子朝外弯！张浩一脸迷惑地问，大伯，我有什么缺点，您老人家可以直接说。大伯也不看他，只看着面前的几只蚂蚁在爬来爬去的。吧嗒了几口呛人的旱烟，又朝地上理直气壮地吐了口唾沫，说，要我说，你不该只用和我们不亲不故的人。张浩放下饭碗问，这话怎么讲？大伯两手一摊说，你想想，你的木材厂用了我们自家的一个亲戚吗？张浩冷笑笑，嗓子里嗯了一声，强压着心里的怒气说，大伯，请您老人家在这个时候，不要再跟我说那些不愉快的事，好吗？大伯唉了一声说，我们张家做事可要顾大局呀。你想想，你家遇到的哪件事，不是什么亲的上前？不说远

的，就说近的吧。你妈，你爸，还有迎来送往的，哪件事不是我们亲自上前操办的？特别是你从小的时候，还不都是这家吃到那家的？这些事，你可能都不记得了。有一回，你才刚学说话，我把你从你爸怀里接过来，还没抱一会儿，你就撒了我一身尿。

林灵见大伯在不停地述说着亲的待他怎么怎么好的时候，心里说，我怎么从来没听张浩说，还有这么个亲大伯呢？今天怎么突然凭空冒出了个大伯？不觉在心里感到可笑。张浩虽然没跟他提过家里的事，可根据他以前家里情况，不用问，也可以想象出他们家所有的亲戚对他家是个什么样子。

张浩等大伯把要说的话说完了，问，他们都对我有什么看法吗？大伯又唉了一声说，都说你不该把吴标的那个老子弄到厂子里去，听说你一个月还给他几百块钱工资哩。大伯在鞋帮子上磕了磕旱烟锅，抬头看了眼张浩，我说你这孩子，我们跟他八竿子都打不着，你怎么能把他弄来给你看场子，一个月竟然给他那么多的钱？这不是白白地给人家养活老子吗？你这孩子这样做，可就把我们这几家亲戚都得罪了哇。张浩冷笑笑说，大伯，我的厂子，用谁不用谁，是我的自由，是谁也干涉不了。大伯朝地下吐了口唾沫，有点不满地改口说，老侄呀，你这话可就说得不对了。你这做得不就是猪蹄夹子朝外弯的事了吗？你大伯我哪一点比他差了，是年纪比他大，还是体力不如他？我说你这个孩子，你大伯哪点对你薄了？你小的时候，大伯上街买几个糖，心里还想着你哩。有一年，我们村里还没有医生的时候，你爸夜里一下子就上吐下泻的不止，还不是你大伯我连夜冒着大雨，走了十来里去给他请医生？那一次要不是我，你爸还有命？

张浩低着头，在一个劲地抽他的烟。从他的两只眼睛里可以看出，对大伯的话，在似听似不听的。听着大伯数黄瓜道葫芦的话，心里说，你都说得是一些什么话呀？自从我妈患了病以后，你老两口连我家的门边都不敢再踩了，还不是生怕沾着了你家？多少年来，你是借过一个子给我家，还是没事时去我家看看？也就是在我到舅舅家借钱那一次，我记得是到过你家的。那一天，我记得最清楚。大伯刚从地里回来，大妈刚把围裙勒在腰里，两只手还在系着带子哩。我见了大伯，先递了一支丰收牌的纸烟给大伯，又给他点着，跟着他进了屋，说，我妈的病又很了。李丽医生说，要去住院。爸叫我看看可能从你家借几个钱。大伯一听提到一个钱字，脸就像被霜打的一样，唰地一下就变了，叽叽咕咕地说，我家哪有钱？今天的盐钱还是你大妈用鸡蛋换得哩。张浩听了大伯这话，什么也没说，就叹口气出了门。心里比装上一块大石头还要沉重。就一边朝外走着，一边眼里汪着两行伤心的泪水想，怪不得人们常说，穷了别靠亲，冷了别靠灯。现在想想，这句话，不就是对他的一个真实写照吗？最令张浩伤心的是，在他妈妈住院还没出院的时候，他从医院看妈妈回来时，大伯家小洋楼的地基都起了半人高了。想想这些，今天又听大伯在他面前说些跟他要情的话，他的心真像刀割的一样难受。大伯不说这些，他不想。看一想当时的情景，他的两只眼睛就不由得汪满了泪水。这就叫，人到伤心处，不得不掉泪啊。

他还记得，有一次他生病的时候，想吃点合自己口味的蔬菜都没有，由于家里妈妈不能劳动，园里一点青菜也没有，他心里想，哪怕能吃上一顿韭菜叠馍也是好的呀。于是，他就问大妈，我想割你家点韭菜，叫妈妈给我换换口味。就是一般的

邻居，可能听了这个小小的要求，也会爽快地答应的。可这位亲爱的大妈，却把脸子一拉说，我辛辛苦苦兴菜园的时候，没人想着给我挑一担水，吃菜的时候倒有人想着了。于是，顺口就说，我那韭菜还没够刀哩。你这样一割，我那韭菜下刀还怎么长？兴园的人对菜都非常讲究，特别是韭菜，不够一个月，是不能割的。要真是这样的话，张浩也不会生气，因为他也不是不知道兴菜园的规矩。可大妈的菜园就离他家门前不远，大妈每次下菜园，他都能看见。明显看见她家的韭菜才割了一半哩。大妈这样说，他还能说什么呢？可巧的是，就在他刚回到家下过厕所出来时，又看见大妈的菜篮子里放着半筐韭菜，正朝沟边去洗哩。

张浩把这一切都不但看在了眼里，而且还铭记在了心里。看来这件事已经完全刻在了他大脑的荧光屏上了。不过，这件事一直都埋藏在自己的心里，怕爸爸妈妈伤心，他从来也没有对任何人说过。通过这件事，却使他懂得了亲情之间的关系，那就是十个叔不如一个亲老子，十件褂子不如一件棉袄子。

现在看看已经满脸皱纹的大伯，他感到是那样的陌生，他说是自己的大伯，好像都有点不相信自己还曾经有过这个大伯了？

一旁的林灵见张浩一副眼泪汪汪的样子，也就猜出了他的心里，一定有一些说不出的苦衷。于是，就也跟着张浩喊了声大伯说，张浩他年轻，有好多做不到，想不到的地方，您老人家只管批评指正就是了。但她也并没有说，要让大伯也来厂里干点什么的事。

大伯听这个侄媳妇说话怪入耳，从脸上挤出点笑容说，其实我也就是给他提醒一下，今后在这方面注意点就是了。说着，把头略微朝上抬了抬，看了张浩一眼，嘴张了几下，想说什么没有说出来。从他那布满皱纹的老脸上，好像还显出了一种很难为情的意思。

张浩看着大伯这张核桃皮一样的老脸，就想，以前自己求他时，他对自己的那个表情，就跟拿热脸去蹭他冷屁股。可今天，你这个大伯又怎么想起来，你还有这么个侄儿，并且还能亲自劳你老人家的大驾，蹲门来关心自己。真是不可思议。于是，不由得感叹道，真是三十年河东转河西呀。都说有一种动物叫变色龙，我看人也是变色龙，甚至比变色龙变得还要快。现在，从他身上，不但再也看不见昔日大伯对自己的那一副冷若冰霜的面孔，而且还从他的脸上隐约看见，他对自己还有那么一丝讨好的意味。对于大伯的这种关心，真是他做梦也没有想到的。

林灵看着大伯那张了几下嘴而又没有说出口话的样子，就在心里想，这个大伯不可能是专为关心关心你这个侄儿来的。一定是有事要说，是想通过关心来解除和侄儿已经拉开了的距离。以便在缩短的距离中，从中得到些利益。现在的社会就是这样，见利益就上，见困难就让。这也是一种普遍的现象。好多当官的都这样，何况一般老百姓呢。

就在大伯的嘴刚合上不久，门口又来了位六十岁的女人。女人还没进门，就把准备好的笑容挂到了脸上。这就是那个连几根韭菜都舍不得给张浩的大妈。在张浩的眼里，张浩今天还是第一次看见她老人家，能这么灿烂地专门为他献上这么令人心情舒畅的笑容。要是在五年或是十年前，能看到她这么一份笑容，对张浩来说，也算是一种最高的奖赏。他也许会在心里把她老人家当做自己的亲大妈的。假如那次要是她老人家让他

割点韭菜，或者是把韭菜洗好了送给他，张浩一定会把她当做一位很有同情心的大妈的。所以，当大妈笑得弥勒佛似的摆动着两手，还有点哈着腰地走进自己的家门时，他的脑子好大一会儿才想起来她竟然是自己的大妈了。

当他认出是自己的大妈来了时，还是很顾大局地起来跟大妈打了声招呼。并且还很礼貌地给她递过去一把椅子说，大妈坐。招呼过，又向林灵做了介绍。

大妈这时也很像个大妈地看了眼放在身边的椅子，便把和蔼可亲的面孔对着站在她面前的林灵。她先是把林灵的一只手捞在自己的手里，两只手在她的手里和手面上反复地抚摸着，就像见了多年没回来的闺女一样，上一眼下一眼地看着。一边眯缝着眼睛打量着，一边抚摸着她的手，似乎要把心里的好多话，通过这只抚摸着的手传达给林灵似的，摸了一会儿说，闺女，大妈也是天天穷忙，这么长时间也没来看你，真是叫大妈心里过意不去呀。昨晚上我就跟你大伯商议，今天就是再忙，也要来看看你。林灵不知道说什么才好，所以，只能带着微笑地听着大妈的道歉。见大妈把自己的手摸得都出汗了，林灵才慢慢地把手从大妈的手里抽出来，说，大妈坐下说。大妈这才把屁股慢慢地搁在了椅子边上，接着又把两只手放在自己的褂襟上搓着说，大妈和大伯来这里，其实也没有别的意思，就是想看看你们什么时间有空，到穷大妈家吃顿便饭，也算是表示一点大妈和大伯的心意。林灵朝张浩瞄了一眼，意思是看他怎么说。她知道，在这样的时候，应该把自己放在服从张浩的地位才合适。张浩把脸朝一边看着说，现在抽不开身，人家拉货的车马上就要到了，还要看着上货哩。等有空的时候再说吧，大妈大伯的心意我替林灵领了。张浩巴望着这个老两口早点离开，于是，就问，大伯大妈，你们还有别的事吗？

大妈听侄儿这样问，正好合了她的心意，她就是想说话，正愁找不到借口哩。于是，就看着随时准备动身的张浩说，大妈其实也就有几句话，想给你说说哩。我是说呀，你大伯大妈也这么一大把年纪了，给你也帮不上大忙，操操心还是可以的。

张浩从大妈的话里也已经听出了味道，心里说，你还跟我绕什么弯子呢？但他表面上仍然装着糊涂的样子说，什么事你就直说了吧。大妈叹了口气说，你看是不是叫大妈和大伯在你的厂子里给你照应照应？张浩的脑子里又情不自禁地浮现出了当年问她要韭菜，和求大伯借钱的情景，脑子嗡地一声，极力控制着自己的情绪，说，暂时还不需要你们，谢谢你们的好意了。他又一语双关地说，你们的事我会放在心上的。说罢就过身子说，对不起二老，我还要有事哩。

大伯大妈见张浩已经走出了门外，这两位要给张浩操心的人，见自己碰了一鼻子灰，便你看我，我看你。一时间，不知道该怎么才好了。但见正朝起站的大伯狠狠地瞪了一眼大妈，声音压得低低地训斥着大妈，都是你多事！

当大伯和大妈来出了门时，见一辆大卡车已经停在了厂子里。

张浩和林灵一边朝卡车跟前走着，一边说着刚才的事。当林灵说到他说的最后那句话，太伤他们的自尊时，张浩说，一想到他们对待我的情景时，怎么脑子里的血就直往上冲，也就身不由己地说了那样的话。我的心里从来就没觉得还有个大伯大妈。不过，也许等我的情绪好些了，对他们也许会原谅的。

待张浩的货发走以后，刘叔又笑呵呵地说，刚才又来了几

家要货的电话。张浩和林灵听了，都忍俊不禁地说，看来扩大我们的生产规模，是当务之急了。这个刘乡长也不知道把我们的项目跑得怎么样了？

其实，刘乡长一直就没闲着。在送了两条中华烟给钱行长之后，又托跟他比较要好的计划委员会叶主任说了这事。刘乡长非常不满地说，我看我这个钱同学也跟他的姓一样，除了认识钱和女人，其他谁也不认识了。这是关系到我们乡的一件民生大事，他都不放在心上，还把什么放在心上？叶主任笑笑说，这么大个数字，你不费点周折，他就随便能把钱给你？刘乡长说，请吃请喝请洗脚，临走又塞给了车马费，还想怎么着？主任诡谲地笑笑说，要想把事情顺利地办好，我倒有个主意，只要你按照我的这个主意去办，我保证你的钱很快就能拿到手。于是，叶主任就把这个主意跟他说了。刘乡长听了，哈哈大笑说，这样做是不是有点太那个了？叶主任一脸的坏笑说，什么这个那个了，把事情办成，就是你的目的。现在你还能不知道提拔干部的标准是什么？叫做不看过程，只看结果？刘乡长点点头说，也只好按你的这个所谓的主意办了。叶主任说，听我的没错。

钱行长跟柴艺的关系，在整个县直各单位几乎没有不知道的。要说不知道的那就只有一个人，那就是到现在还只是个在下面乡里当办事员的柴艺的男人。

要说柴艺之所以找了个这样没有用的男人，那也纯属是雷打昏了脑子，凭着情绪一时的冲动，造成了一个大错。柴艺和现在的这个男人，因为是同届不同班的同学，后来毕业时都一起分到了这个县。人就这样，谁到了一个陌生的地方，总是要寻觅知音。

也许是巧合，他们来报道时又坐的是同一辆车。在学校时，因为不在一个班，几乎是没有单独的说话的机会的，只是认识而已。这一次他们可是找到了机会，何况他们还属于异性，所以，话也就格外多。在他们身上真正体现了物理学中的那条异性相吸的原理。别看柴艺的名字听起来像是搞文艺的，其实她是学理科的。而这个男同学才是学文科的。所以，在公共场合，只有学文的话才最多。人们当然都爱听那些文学中的一些爱情故事，像什么夏娃和女娲呀，什么三打白骨精呀，狐狸和老虎谈恋爱呀，等等一些既有趣又能激发人们的想象力的故事。有几个人爱听你那个什么x+y的？所以，凡是文科的人说起话来，不仅能说会道，而且还有很强的表达能力。所以，柴艺的这个同学一路上，临场发挥的能力特别突出，当年在考场上要是发挥得这么好的话，作文不得满分也差不多。也不知是怎么搞的，他说话不仅妙语连珠，而且还能随意把什么李清照和一些古今诗人的名言佳句，随手拈来，为我所用。再加之这个同学的相貌又可以看得下去。因此，柴艺的芳心自然也就被打动了，她想，这个从来没跟自己说过话的同学真有水平，不论是口头表达能力，还是知识才能，都是没得说的。她最佩服的是，一样的话，一样的意思，可到了他的嘴里，怎么就像一个会做饭的厨师一样，到了他的手里，只那么随便抓点作料，就显得有滋有味了。比如，看到路两边蓝天下的无边的绿油油的田野，他却不这样说，而是用诗人的口气感叹道，碧海晴天交相辉映，不似桃花源，胜似桃花源啊。看到一个穿着粉红色裙子的姑娘在田野里自由自在地走动着，特别惹眼，他又说，真是万绿丛中一点红。总之，在和他坐了一路车的时间

里，柴艺觉得他说的每句话，都具有诗情画意，听了都觉得特别舒服。不仅这些让她佩服，还有的就是他还非常细心。由于坐的是长途客车，在中途吃饭时，她才刚刚坐在桌子边，他就把她爱吃的两个菜，一个豆皮炒芹菜，一个辣椒炒鸡蛋和两碗大米饭，端到了她面前。看着自己喜欢的饭菜，柴艺激动得脸都红了。在吃饭时，总是情不自禁地，不时地拿她那一双好看的眼睛打量着他。也许是情人眼里出西施的缘故，越看越觉得他哪里都可爱，那直挺的鼻子，那包着双眼皮的眼睛，还有那显得很憨厚的两片略显厚点的嘴唇和那弧形的下巴。怎么看，他都像自己日思夜想的那个白马王子。男人可能是天生的，见了女人就变得不仅脸上有精神，而且全身都有精神，每个细胞都勃发着勃勃的生机，手脚也像上了润发剂，特别灵巧。柴艺就想，如果他要是不声不响地就把账结了，我就要像他暗示一下我对他好感了。可这个同学果然不出她的意料，还没等她把饭碗放下，他就乐得屁颠屁颠地把账给结了。当柴艺刚把饭碗放在桌子上时，这个同学又令出乎她意料的是，竟然又给她递过了两张餐巾纸。这就更令柴艺感动了。于是，柴艺就毫不犹豫地扑闪着一对好看的大眼睛，含情脉脉地说，你真好。柴艺的这几个字，使这个同学听了，就像干旱久了的庄稼，下了一场及时雨，滋润极了；又像被电击了一样，从头到脚都麻酥酥的，都有种飘飘然地感觉了。可他毕竟不是三岁的小孩子了，这里一夸奖，那里就乐得头痒痒按屁股挠了。他把喜悦藏在了心里，不但藏在了心里，而且还藏在了心底，在脸上不但让她看不见，反而还表现得像比大姑娘似的，甚至比大姑娘的脸皮还要薄。脸红红的，羞羞的，连身上都害羞了。面对面如桃花的柴艺，他把头都快奔拉到裤裆里了。柴艺看了他这个羞答答的样子，就更乐了。心想，都什么年代了，竟然还有这样的男孩子，简直就跟中国的大熊猫差不多了。简直是不可思议。这时，她便想到了不知是哪位名人说过的一句话，原话她记不得了，但那意思就是，一个成熟的男人就像成熟的麦穗，把头放得比原来更低了。是啊，他的确是个非常成熟的男人。哪像我们班的那些男生，就像绿头苍蝇似的，你只要给他一个好脸子，他就围着你不停地嗡嗡起来了。两只眼睛盯着你，半天连眼睛都不眨一下。甚至把你看到他的眼里，吃到他的肚里才满意。有时还像跟屁虫一样，生着法子找借口在你面前绕来绕去的，真是把人都给讨厌死了。你看人家多好，跟自己面对面吃了一顿饭，连头都没抬一下。就是跟你说话的时候，也把眼睛朝别处看着。吃饭时也非常斯文，完全是一副知识分子的模样，细嚼慢咽的，一点也听不到那种吧嗒吧嗒的，令人肉麻的响声，就像自己的父母所说的那样，吃相文雅，坐相稳重。就像电影《少林寺》里所说的，坐如钟，站如松。坐如钟，他已经差不多，但只是站如松还差点，也许由于看书的原因，腰杆挺得还是不多么笔直。但林灵又体谅他，因为他毕竟没经过武术方面的正规训练。

柴艺看着这位比大姑娘还腼腆的同学的想，我跟他的关系也许就叫做一见钟情吧？想到这里，柴艺还很幸运地在心里说，幸亏在学校里没跟其他同学谈，要不，还真麻烦哩。于是，就在心里不停地念叨着，缘分啊缘分。要不是跟他有缘分，自己怎么就这么巧地能跟他坐一辆车呢？

就这样，他们到了县里报到之后，你来我往，三个月不到，便来往到了一张床上。

的确，柴艺很有眼力，她的这个心上人到了乡里不久，

根据他的所见所闻，几个晚上就写出了一个中篇小说，名字叫《扶贫》，发表在省里一家很有名的文艺杂志上，并且还上了头条。编者还在小说的前面加了编者的话，说这是一篇几年来难得一见的好小说。它好在不仅小说的语言很有特色，而且内容真实感人，作者能够用辛辣的文笔，揭露了一个令人关注的社会问题，给人以身临其境的震撼。

他的这篇小说的内容是，写一个乡里的干部到下面的一个村搞扶贫。这个村的村长把他带到了一个贫困户家。可这个贫困户家里特别困难，除了自己吃得腊菜和酱豆子，连一样像样的菜也端不出来。可这家贫困户见人家乡里干部，来到他家又是问寒又是问暖的，并且还握着贫困户的手，一再安慰他说，你的困难，党和政府都是看在眼里，放在心上的。说着，就从口袋里掏出一个红包，递给贫困户。贫困户感动得当时就热泪盈眶了。嘴里不停地说着，谢谢党和政府的关怀。可党和政府在哪里？就站在你面前，用温暖的手握着你冰冷的手，并且给你送红包的人。你光凭两片嘴皮子一吧嗒说谢谢就算了？何况又到了晴天大晌午，怎么能让人家走？如果这时候让人家走了，还能表达你对党和政府的心意吗？"文革"时期，林彪副主席不是还说，忠不忠，看行动吗？贫困户一时间也就犯起了难畏。满心想表达对党和政府的忠心，可是心有余而力不足。陪同乡里来扶贫的村长看出了他的心思。按说，这顿饭怎么也应该安排在村长家，因为招待乡里的干部而花的钱，完全可以堂而皇之的吃到干部的肚里，派到老百姓的户里。可这个村长却是个偏才，历来是只会吃喝，只能是人家做好了美味佳肴让他吃，他却不会反过来自己动手，丰衣足食。只会做菜，只知道历来甘为他人服务的老婆走娘家去了，这下村长心里也就犯起了难。下馆子吧，这里又是个很偏僻的地方，离街上十好几里。那时又不像现在，屁股会冒烟的摩托车一骑，几股子烟冒的就到了。那时流行的只有自行车，所以，这就使村长进退两难了。可就在村长左右为难的关键时期，又看出了贫困户的心意，也就来了个就坡下驴，把贫困户拉到了一边，在他的耳朵边子上吹了几句。贫困户当时就乐得屁颠屁颠的转过身，喜笑颜开地对扶贫干部说，到了家门口，哪能让你走？而这个扶贫干部也是个办事只看结果，不看过程，在下面吃喝惯了的。哪考虑什么人家家里有没有菜？于是，就连客气都没客气地就两腿一软，把屁股放在了贫困户家的椅子上。这时，村长说，领导你先坐会儿，我回去有点事。其实，村长回去屁大工夫也就回来了。

原来，这个村长是回去拿酒和菜的。

贫困户见有了米，当然就毫不费力的弄出了七个碟子八个碗来。

但这个扶贫干部就没想想，一个农村家庭，除了干部，谁家平时能在眨眼工夫就像变戏法似的，弄出这么多的菜？而且喝得也是只有干部才舍得喝得好酒。

扶贫干部吃过喝过的第二天，村长便去贫困户家要菜和酒钱。真是不算不知道，一算吓一跳。红包里的一百块钱全给了还得差二百。而贫困户家里本来就一贫如洗，又哪里来的二百块钱？贫困户一气之下，便拿起一根捆柴火的绳子，朝门口的树枝上一搭，脚下的凳子被他一使劲，蹬到了一边，自己就这样把自己挂在了树枝上。

这篇小说发表了也就发表了，可那篇小说的责任编辑也太负责任了，唯恐地方上别埋没了这个人才似的，竟然把电话打

到了县文联。说小说的作者是个很有潜力的难得的人才，要求政府部门一定要给予关注，给作者创造一个良好的创作环境。责任编辑还说，你们县出这样一个人才，也是你们县的光荣。县文联主席这几年就是因为县里在省级以上没发表过有分量的作品，而在市文联开会时，受到了市文联主席的质问，你这个文联主席是怎么当的？你们那么一个三百多万人口的大县，而且历史上又出过几位有名的文人，文化底润那么丰厚，我就不信你们县出不了文学家？我看你们县是什么都不缺，就是缺伯乐？县文联主席见没要他这个伯乐，就跳出一匹千里马来，高兴得连屁眼都是笑的。于是，县文联主席这里放下电话，那里就忙得屁颠屁颠地给县长做了汇报。还随手把这期的刊物递给了县长。

可这位县长，据说是因为在中越反击战中因一个人打死了一个班的越南佬而立了功，坐上了直升飞机，被提拔当了干部。他当兵前只是个初中都没毕业的学生。人家肚子里虽然没有多少墨水，可人家就硬是凭着自己的那支枪杆子，做出了什么你文学小说家趴在桌子上，就是不停地写他个人老几辈子，也写不出来的成绩。在这位县长的眼里，什么小说大说的，看着那黑压压的一大片文字就叫人疼痛。县长漫不经心地伸手接过文联主席递过来的文学杂志，顺手翻了翻，看了看这篇近两万来字的作品，说，哟，写了这么多？文联主席说是不少，两万来字哩。可这个文联主席又哪里知道，这个县长上学时，是个见了作文头就疼的学生。老师经常在课堂上拿他的作文当反面教材，说他的作文是兔子尾巴——四指长。可就是这样的兔子尾巴，要不是老师硬逼着，他还不会像挤牙膏似的，挤出这个四指长的作文哩。

县长一边听着汇报，嘴里一边嗯嗯着，眼睛又在作者的名字上瞟了一眼，心里却说，什么他妈的是个人才，打仗靠你那黑压压的一大块文章，能把敌人给吓跑？老子手一扣扳机，再会写的人也得给我乖乖地伸胳膊蹬腿！所以，在这位县长眼里，就是再好的文章，他都不会感兴趣。三言两语的文章让他看看还差不多，可想要他安下心来看这样的文学作品，除非是等到下辈子。于是，县长就点着一支烟，抽了几口，表面上也装作要看看的样子，对文联主席说，等我有时间再细看，你先把大致内容给我说说。于是，文联主席就把自己一连看了三遍的这篇小说，详细地绘声绘色地给县长复述了一遍。可这个文联主席只顾把自己也沉浸在小说的故事情节里了，那还会注意县长大人脸色的变化？文联主席本会认为，县长听了他的复述，一定会高兴得眉开眼笑的。可没想到，他把小说复述完时，县长的脸上都气得变紫了。就在文联主席刚想歇口气时，县长把抽完了的烟屁股，用两个被烟熏得焦黄的指头，朝面前的烟灰缸里一按，开口就骂道，他妈的这写得是什么玩意？我说是写我们的干部怎么好的哩，原来是敲我们干部麻骨的东西？这家伙的胆子也真够大的，把我们的干部都写成了什么人了？我们的好多干部，为人民做了那么多的好事，为什么不写?为什么专写我们的阴暗面？我们哪个干部下去也不可能背着锅碗，像这样的事也许会有，但有这么严重吗？一顿饭就把这个贫困户吃得上吊了？文联主席没想到，县长大人跟他原来想得正好相反，不但没讨得到他的一点好，还把他给惹恼了。一时间也吓得有点六神无主了。只有耷拉着脑袋听的份，没有他说话的份了。于是，在心里叫苦道，我的县长大人啊，你能不知道文学是虚构的吗？县长骂过了作者，又点上一支烟说，

我看这个杂志也有问题，怎么能不经我们同意，就乱发表我们县的东西呢？毛主席都说，我们的文艺是打击敌人的。你这个，这个杂志，怎么能打击我们的革命干部呢？要是毛主席他老人家在世的话，不把你这个作者和编辑逮起来才怪哩。县长又一连抽了几口烟，骂道，这是他妈的什么人才？分明是埋在我们干部队伍里的一颗定时炸弹！现在写乡里干部，不久还不写我们县里干部？说不定要不多久，还要写到我的头上哩！我原来想让他在下面锻炼锻炼，调回来给我当秘书哩，真他妈的弯腰放炮——咪了眼了。给他创造狗屁环境！他手指头对文联主席的额头上点了点，说，你给我告诉他，今后要是再敢写这样的狗屁东西，我就开除他的公职！你还跟他说，只要有我张某人在这个县，他就别想得到重用！文联主席听了县长的话，吓得屁滚尿流地一边点着头，一边退出了县长办公室。

柴艺所爱的这个有才的男人，竟被他的才给害了。

也因为他的这篇作品，他个人也成了在全县干部中的对立面。因此，凡是乡镇干部见了他，都能躲的就躲，实在躲不开的，和他走到对面时，也都假装客气地和他点点头，赶紧逃开。也就是从此以后，乡里的哪个干部下乡也不敢再跟他一起了。生怕有什么缺点又被他抓在了手里，以自己为原型，又弄出一篇什么东西来。

可想而知，像这样的小青年，你要还想有什么进步的话，那除非是文联主席当了县长。

有句话说得好，叫做夫妻本是同林鸟，大难来了各自飞。

柴艺的男人就这样，因为他的这样一篇揭露黑暗面，描写现实的作品而被在县长大人晾了起来。一个人的前途在哪里？往往就在那么一两个掌了实权的人手里。正如流行的顺口溜所说的，说你行你就行，不行也行；说不行就不行，行也不行。不用说，柴艺的男人就是属于行也不行的这一类了。

柴艺开始见男人因一篇小说而受到不应有的打击，还颇为同情，于是，就劝男人说，你的身份是行政工作的，要靠讨好和巴结上司吃饭，你也要学会看人下菜碟子，你要写也可以，既然知道了县长的脾气，你就多写正面的，把县乡干部都写成一朵花，看他们还会不喜欢你？他们只要一喜欢，你还愁能不进步？男人听了柴艺指点迷津的话，叹了口气说，从他们对我的态度就知道他们是一肚子豆腐渣，连文学都不懂的人，怎么能当我们这么个大县的领导？我们的县长大人能跟我们的文联主席说出这样话，真是叫人不可思议！柴艺说不可思议也没办法，你端人家的碗，就得服人家管。亲爱的，你就别再书呆子气了。男人说，我就是想不通我们的县长竟是这么个没有一点文化素养的人，怎么能领导我们这样一个大县的人民去奔小康，搞好就经济建设，实现我们的中国梦？又怎么能搞好精神文明和文化建设？柴艺见自己这么苦口婆心地劝说，一点也不起作用，也就有些不耐烦了。于是说，你不要死不悔改，不听我的，吃亏的到底还是你。男人说，我就是转不过这个弯。我想，我们的大作家贾平凹当时写《废都》，在中国引起了那么大的轰动，我们的这个县长要是国家主席或者是中央领导的话，那还不把他给枪毙十次了？柴艺听男人说得也在理，只好又耐着性子说，你别想那么多了，你就听老婆的话跟党走，没错。男人叹了口气，什么也没说。柴艺认为男人默认了。

于是，男人下班来到家，就还跟原来一样，收拾好家务以后，还仍然是一头钻在书房里，还不时地从里面传出笔在纸上的沙沙声。柴艺听了，心里说，他跟这支笔的感情比我还好

哩。于是就认为他一定是悬崖勒马了，可能是真正地要听老婆话跟党走了。心想，你只要能用你的那支笔写出你的乌纱帽，就是一天写到晚，我也不会吃醋。因为笔只是你手中的一个工具，除了喝你点墨水，什么也不会问你要，不像女人，叫你人钱两亏。他究竟写得什么，柴艺自从工作以后，除了在自己身上注意和关心之外，一般是不看书的。要看也就看有关女人怎么样能永葆青春和美丽之类的书籍。所以，对于男人笔下的东西，她向来不感兴趣，就连那篇男人一炮打响的处女作，她到现在还连看都没看。因此，至于他现在，是在写龙写凤，她不问也不看。心想，你只要不再惹事生非就好。

可出乎柴艺意料的是，没几天，他竟又鼓捣了一篇跟上次差不多的东西，不过他不是写扶贫，是写一位手握重权的县委领导利用职权之便，跟县委宾馆的一位女服务员搞色权交易。这位女服务员在他的扶植下，先办了一家大酒店，继而又在县城里搞了一家房地产开发公司，一跃成了拥有上亿资产的老总。题目就叫《女老板》。又在这家杂志的头条发表了，还是那位责任编辑又在前面加了编者的话。编者的话，开头就说，通过这两篇作品，使我看到了一颗文坛新星正在升起。他说，这篇作品比《扶贫》更深刻，更有力度。在我的印象里，他将是写官场小说的第一人。这位编辑也是太认真了，这次还是先把电话打到了市文联主席那里，说了一大堆恭维市文联主席的话。说是你应该为有这样一颗文坛新星而自豪。文联主席听了，手在已经秃了顶的脑袋瓜子上挠挠说，我马上向他们县文联建议，把他调到文联那边去，让他专门搞创作。编辑放下市文联电话，又给这个县文联主席打了电话，说是在你的关怀下，又出了一篇好作品。县文联主席又不便说出县长的不满，只是嗯嗯了几句。编辑的电话刚放下，市文联主席就把电话打给了这个县文联主席，说，老马啊，你这回可我给我们市争了光了。没想到你们县竟出了一匹这样了不起的千里马。根据我的意见，建议你把他给调到文联这边来吧。县文联主席有苦难言地说，我试试吧。马主席想，把他调到文联这边也好，省得在再县长的眼皮底下，惹他不舒服。

不过，这次马主席没有敢找县长，而是先跟人事局长做了汇报，并转达了市文联主席的意见。

于是，在县委常委会上，人事局长就把这个意思说了。

县长一听，就火冒三丈地把手在桌子上一拍，把桌子上的茶杯，震得一蹦多高地说，真是太不像话了。这样的人还要调到文联去搞什么专业创作？纯粹是胡扯谈！上次写乡村干部，没想到，果然不出我的所料，这次真的写到县里了，这还了得？简直是他妈的无法无天了！就是我不同意调他，要是在毛泽东时代，我早就把他跟关起来了！我查了好多文件，可惜没找到这方面的依据，要不，哼，我让他写个球！要把这样的人先晾起来再说。他现在是我们的人，谁要是要他，让他出这个县，我没意见，我可以眼不见，心不烦。县委书记要不是考虑到他们之间的团结问题，还是完全同意文联的意见的。县委书记听县长说了这些好像是又一个时代的话，心里说，让这样的有功之臣来当县长，真是我们时代的悲哀。可是，县长先开了口，他也就不好再说什么了。再说，他马上也就要去市里任职了，觉得不能为了这事跟县长闹矛盾。在这样的时候，还是与人为善为好些。又想，他本身就没有什么文化，特别是这样的事，你跟他简直没法说。所以，书记不表态，也就算默认了县长的意见。就这样，柴艺的男人被晾了起来。

也许就像人们说的，人的命天来定。假如这位县长大人从此调走了，也许柴艺还能沾到点男人的光，落个夫贵妻荣的好名声。可偏偏就赶上了柴艺的男人倒透了霉。但假如不等于现实，这位县长大人不但没调走，反而等原来的县委书记这里一离开，他的屁股就坐到了县委书记的位置上了。

可柴艺的男人不但不思悔改，反而还要一条道走到黑。每天还是照写不误。柴艺见他这么顽固，抱定了破罐子破摔的思想，也就懒得再理他。

俗话说，人就活个精神。精神又是靠地位和金钱来支撑的。没有了这两样，一般的人，也就觉得没有什么意思了。而柴艺见人家的男人随着地位的不断攀升，工资也在水涨船高，还有了灰色的收入，而自己的男人，一年二年的还是孙子穿着奶奶的鞋，老样子。别说是她，换了谁，能不心灰意冷？更何况人家柴艺走在大街上，还是个很有姿色的女人，非常吸引那些年轻男人眼球的。你说是比身材，还是比脸蛋？还是讲性感？

人往高处走，水往地处流。柴艺见男人一天两天还这样，思想也就变得悲观了起来。本来想找了这个吃行政饭的男人，自己也会随着男人的飞黄腾达，自己也跟着飞黄腾达起来。看来，在现实面前，要是还这样想的法，那就是自己的思想有问题了。

不用说，心里的变化必然要带来生理上的变化。以前跟男人睡在一起时，他在生理上还是可以给她满足的，可她却越来越感到跟他做爱没了兴趣了。随着时间的改变，发展到了看他在她身上折腾就讨厌了。她想，我跟一个陌生人做这事都比跟他有兴趣。

由于她男人由于在写作上过分地呕心沥血，再加上柴艺对他失去了往日的温柔和体贴，这方面的功能也就自然一天天的衰退了下去，再后来，发展到十天半月的才偶然做一次了。再后来，由于自己脑子里装得都是小说情节和故事，如果在睡觉的时候，不碰到柴艺的身体，简直都想不起来自己还是个男人了。爱情爱情，两个人心理上没有爱了，哪还有什么情？好多人都说，女人是要哄的。可这时睡在她身边的这个男人，思想早都不在这个上面了，还谈什么哄？再说，一个前途无望的人，你又能拿什么去哄自己的老婆？所以，柴艺和男人睡在一张床上，也就只是睡在一张床上的一对夫妻而已。

恰在这时，钱行长把柴艺那一天天低落的情绪看在了眼里。他知道这个漂亮的女人，在这个时候最需要的是什么。一次，在"五一"节来临之际，市发展银行分给了这个行两个出去考察的指标。于是，在快下班的时候，钱行长对她说了这件事。钱行长还说，好几个人为了这个指标跟我打招呼，我都没同意。我说，人家柴艺天天工作默默无闻，任劳任怨，这个指标，除了柴艺，谁也别想。柴艺听了行长这一心为自己着想的话，激动得当时就热泪盈眶了。

在这样的时候，你的上司心里能想着你，这真是你的光荣和自豪。

一路上，钱行长对柴艺百般的体贴，万分的关爱，在她面前一点也不端行长的架子。更令柴艺感动的是，临出门时，忘了带牙刷。这只不过是她随口说了一句罢了。一个普普通通的牙刷子，到哪里买不到？可就在她吃过晚饭，准备出去买牙刷子时，钱行长却给她把牙刷子买来了。柴艺接过牙刷，非常感动地说，真不好意思，这么一件小事，我刚想到，你就给我

绿地文学丛书

办了。这样的领导哪里找去？钱行长呵呵地笑着说，什么领导不领导的。今后在没人的时候，你就喊我钱大哥好了。柴艺绽放着一脸灿烂的笑容说，那多不好意思？什么不好意思？钱行长做出一副很生气的样子，用两只带着能看出却说不出来的眼神，看着柴艺说，整天领导领导地叫着，把上下级同事的关系都给叫疏远了。叫大哥，显得多亲切？钱行长说罢，眯缝着一对冒着欲火的眼睛，和柴艺的目光对视了一下说，喊声大哥我听听，多久都没听人这么喊我了。柴艺也用脉脉含情的眼神看着钱行长，甜甜地喊了声，钱大哥。钱行长被这声大哥喊得长脸立即变成了圆脸，简直成了弥勒佛。

就这样，当天晚上两个人就你哥我妹地叫在了一张床上。

钱行长真不愧为领导，把工作在柴艺身上做得十分到位，使他的下级兴奋得嗷嗷直叫。就在她叫过不久，便给她带上了一个行长助理的桂冠。

从此以后，他们便经常在一个叫夜来香的宾馆里幽会。

凡是开宾馆的老板又有几个不跟公安有联系？

俗话，墙泥百把还透风，更何况钱行长和柴艺的暧昧关系，早已在县城里就传开了？

而钱行长在这家宾馆包的这间屋子，对外说是专门用来接待上级来人的，实际上是专门用来为他和柴艺服务的。

刘乡长听了计划委员会叶主任的叙述之后，感叹了一句，利益真是无时不在呀。夫妻关系也是一样。真正的爱情也会随着世俗的变化而变化呀。

于是，在计划委员会的叶主任给刘乡长想了办法之后，刘乡长想尽快把钱拿到手，只好和这位叶主任一起请了公安局长一顿。叶主任对公安局长说，你只要跟老板说好，见钱行长和柴艺去了，就打个电话给你。于是，把要说的话就跟公安局长说了一遍。最后又说，你把事情办成，交给我就成了。公安局长笑笑问，你们有什么阴谋？叶主任说，别问我们有什么谋，事成之后再请你。公安局长点了点头说，这个忙好帮。

没几天，晚上刚过十点，公安局长就接到了夜来香老板的电话。

十分钟不到，两个公安警察先看了看，见门口没有小车。也许是钱行长怕太招摇，才没有开车来。于是，就敲响了钱行长的门。钱行长在柴艺的身上临时停止了工作问，干什么？门外的两个警察说，我们执行公务。快开门！说着，门上又很有力地响了几下。

钱行长慌得只穿着裤衩来到了门口，一见是两个戴大盖帽的警察，浑身的骨头就酥了。两个警察侧着身子钻进了屋里，见柴艺还在床上躺着，便问钱行长，这是怎么回事？钱行长结结巴巴地说，是是，是我的女朋友。两个年轻警察冷笑着说，有什么证据能证明她是你的女朋友呢？另一个警察说，我们不管你是什么朋友，先跟我们走一趟再说。

就这样，钱行长和柴艺被带到了局长室。

刚到局长室，钱行长就说，我得方便方便。局长笑笑说，管天管地，也不能管你屙尿放屁呀。说罢，把手朝外一划拉，去吧，去吧。

于是，钱行长这里一进卫生间就把手机打到了计划委员会的叶主任的家里。主任接过电话，看了来电显示，不禁心中一乐，说，你小子总算找到我的头上了。于是，故意装做还没睡醒的样子问，谁呀？我，钱万福。叶主任问，怎么了？有什

么事不能等到明天？钱行长支支吾吾说，出了点事。我跟你是铁哥们，不找你找谁？叶主任说，你大概是没干什么好事，被公安给扫住了吧？钱行长嗯了一声。叶主任又替他惋惜地说，你说你这个人怎么就不注意呢？可能是在公安局吧？钱行长又嗯了一声。叶主任说，这下可麻烦了，我还得找那个刘留才行哩。听说他跟局长有什么拐弯亲戚。主任这边放下钱行长的电话，那边又把电话打到了刘留家。刘留接了，立即拦住一辆出租车，赶到了公安局，等主任来了，才一起进了局长室。

柴艺已被带在另一间审讯室。

这时的钱行长，坐在局长对面的一把椅子上，再也不见了一点领导风度，头耷拉着，像个霜打的茄子。见主任和刘乡长进来，眼睛亮了一下，点了点头。

公安局长见了叶主任和刘乡长，交换了一下眼神。

刘乡长来到局长跟前，抬手在他肩膀上拍了拍。局长就跟他来到了门口。没等刘乡长开口，公安局长就笑笑说，按既定方针办。刘乡长点了点头，都又一起进了屋。

进了局长室，局长朝椅子上一坐，把一支烟叼在嘴角，点着火说，看在刘留和我是亲戚的份上，这个面子也就给他了。说着，看了看钱行长，但面子再大，款还是要罚的。五千这个数字也算是底线了，不过，我们就不存档了，同时，我们也会保密的。又笑了笑说，你这个同志今天也算是找对人了。

听了这话，钱行长脸上顿时就放了光芒，似乎是用千恩万谢地语气说，谢谢，谢谢，谢谢。到底是谢谁，也就没谁去注意了。

交了五千元的罚款，坐上计划委员会叶主任的车，出了公安局的门之后，叶主任说，刘乡长今天可是帮了你的大忙了。

要不你被这么一搞，明天你的事就会在街头巷尾传开了。这就叫人不该倒霉，自有贵人相助啊。

钱行长和柴艺都耷拉着头，一脸的羞涩。

没过多久，张浩的那一百万项目款就到了他的账上了。

当张浩和林灵得知这一百万项目款到了账户上的时候，高兴得就像孩子似的，两个人抱起来亲了好一会儿才松开。林灵还一蹦老高地喊了几声，刘乡长万岁，刘乡长万岁！

他们为了庆祝项目款的到位，非要请刘乡长喝几盅，庆祝庆祝不可。刘乡长听了，心里说，按说，喝几盅也是应该的。为了这项款子，自己要不是听了计划委员会的叶主任想得歪点子，还不知要跑多少路，送多少礼，费多少周折，才能弄到手哩。你们感谢我，可我也得感谢给我帮忙的人。于是，他向张浩说，为了你的这笔款子，我们还应该感谢几个人。这样吧，我们就干脆把这顿酒喝出点档次来。把它还放到县里请，至于怎么请，由我来安排。

于是，刘乡长特地在一家名叫喜洋洋的大酒店里订了一桌。张浩和林灵还把万芹、刘会计、赵思福等这些有功之臣们，雇了一辆专车请到了县里。当他们一下车看到喜洋洋几个字时，都眉开眼笑地夸奖刘乡长说，还是刘乡长会安排，一看到这几个字，我们就从心里高兴。你怎么选了这么个吉祥的饭店？刘乡长呵呵笑着说，我们中国人就是讲究个吉祥嘛。我们的事情办成了，心里能不喜洋洋？

由于刘乡长、张浩和林灵也在这里等着客人，哪里也不能去，只是坐在说话。

见吃饭还早，刘会计他们几个为了打发这段时间，也就

在街上溜达了起来。他们一边溜达着，嘴里一边不停地说着话。因为他们都是经常不进县城的人，一看到城里那一座座林立的高楼大厦和路边栽下的一棵棵风景树，以及四季不败的各种花花草草，刘会计就感叹着说，这些花花草草的，除了给人们看，饱饱人们的眼福，我看什么作用也没有。这些被占了的土地，要是种粮食要收多少哇？可惜在这里，全都给白白地浪费掉了。国家一再强调要珍惜土地，可咋就没见有人听呢？你就是不种庄稼，就是种菜，也够好多人吃的呀。唉，真是可惜了啊。教师赵思福笑笑说，古人不是有这样一句话，鱼和熊掌不能兼得吗？这不就是我们常说的环境吗？有了好环境，才会有好心情呀？农村的环境能不美吗？刘会计说，要不，《朝阳沟》里的王银凡怎么能舍不得离开朝阳沟呢？他说着说着竟然就唱了起来：

> 清凌凌一股水长流不断，
> 到夏天呱呱的青蛙唱欢了天，
> 春天里更是百花艳，
> 蝶飞蜂舞百鸟鸣，
> 哪里的空气有农村新鲜？
> ……

是呀，这样的时候，张浩的木材加工厂在他们的操办下，能发展到今天这个地步，他能不唱吗？心情能不喜洋洋吗？不唱几句，他那憋在心里的喜悦怎么表达？

万芹听着公公这优美的唱腔，扭过头对赵老师夸奖说，爸的嗓音还真不错，我看比有些所谓的流行歌手唱得还好哩。赵老师微笑着点点头，意思是别打扰了他的好心情。

唱罢，他又故意幽默地说，别看这里又是什么花呀草呀的，要让我到这城里来，还真住不惯哩。万芹笑着问公公，为什么？县里要是没有乡下好，怎么好多人在房价一天比一天高的情况下，还要拼了命到城里买房子？刘会计弯腰把不知谁丢在地上的一个空纸烟盒子捡起来，丢在路边的垃圾箱里，说，万芹不知道你了解过没有，你看来城里买房子的都是那些人？然后便掰着指头说，一是头上戴了乌纱帽，又想继续进步的。他们不仅为了自己办事方便，主要是为了方便靠近领导。再说，人家送礼也方便，你们说县里什么高档的东西买不到？仅从这一点来看，不就有了很多优点了吗？再一点，城里和乡下明显的区别就是，乡下的人，除了晚上睡觉才关门外，你看大白天，只要有人在家的，谁家关着门？可城里呢？正好跟乡下相反，什么时候门都是关着的，开着门反而就不习惯了。这样，不就给他们办各种事提供了便利条件吗？我说的对不对？几个人见刘会计说得直点头。都表扬他说老会计观察得很到位。刘会计笑嘻嘻地摆着手说，别忙着表扬，我的话还没说完哪。几个人都哈哈笑着说，接着说。赵老师也说，大家注意听着，老会计这是在给我们讲城乡差别哩，你这个对比的手法很好，我们不注意的事情，这么被你这么一说，就一目了然了。不错，不错。刘会计摆了一下手，等我把要说的话说完，大家再评论。我刚才说到关门和开门了吧？仅从关门这一点，也给你找领导带来很多方便。人家就是住在门对门，都互不来往，甚至见了面连个招呼都不打。一副老死不相往来的样子。你想，就是大白天拎着礼品来敲领导的门，也不会有谁去看。领导要是住在乡下，能行？还有，你住在上司的眼皮低下，天天

低头不见抬头见的，上司还能把你忘了？所以，据有的资料说，好多提拔得快的干部大都住在城里。既然这样，他们能不想进城吗？简单地说，乡里的干部大都想住在县城，县里的干部大都住在市里，一就是这个原因。以此类推，朝上也一样。第二就是大款、大腕了，他们也是为了自己事业的发展，才到城里住的。大款也好，大腕也好，要想把事业做大，没有当官的给他们撑腰，他们能有发展前途吗？在什么时候，商人和当官的不是联手的？大家该知道要进城的是那些人了吧？你想，你一个种田的老百姓来城里干什么吧？像那些住在五楼六楼的工薪阶层，一天到晚爬上爬下的，空着手都累得呼呼地喘，要是让你把地里收的粮食都弄上去，你说，你该怎么办吧？找搬运工，粮食还没卖，光搬运费就把那点买粮食钱给得差不多了。这还不算，你就是不吃不喝，每月还得给人家几十、上百的什么物业管理费吧？你一个面朝黄土背朝天的人，来城里是为了看这路边的花草呢，还是来轧这水泥路？赵老师听他说得这么合情合理，把一根大拇指竖在他的面前，摇了几摇，说，说得好，说得好啊。农村里空气好实在新鲜，满眼的好庄稼难舍难丢……几个人听了，都忍俊不禁地笑了起来。

这时，张浩和林灵站在他们的背后喊，客人都来了，要溜达，等吃过饭在溜达吧。

于是，他们便在张浩的引领下，来到了一个叫做和谐的包间里。一进包间的门，刘会计和赵老师抬头看了看包间的名字，都在心里说，这个包间的名字也叫得好。万芹看了一眼，心想，现在人们的思想都能跟着感觉走啊。把生意和国家的形势都融合在一起了。

他们进了包间，和来的客人一一打了招呼。于是，刘乡长就站起来，对双方一一进行了介绍。

双方落座后，刘会计和赵思福老师，把自己的穿着和他们一对比，不禁觉得自己和他们之间，真的存在着很大的差距似的。他们看看自己的头发，不但没有一点光泽，还显得乱七八糟的。而人家城里人，不但不乱，好像每一根头发都跟他们的人一样，精精神神的，每一根都闪烁着高傲的亮光。差别最大当然是衣裳。人家穿得都是名牌不说，裤子和褂子上的皱褶，都是那样道道笔直，显出明显的棱角。再看看自己，虽然是来时才换的，也是为了见这些高贵的客人，又特地用熨斗熨过的。虽然在家时，也是看了怪顺眼的，也是角是角，棱是棱的，自己还对着镜子照了照，感觉还算良好。可不怕不识货，就怕货比货。跟人家一比，这土老帽的寒酸相自然就流露了出来，再也没有一点自我感觉良好的味道了。万芹也有这个感觉，不过，她感到和那个柴艺最大的差别就是，她肩膀上的那个小挎包，正好悬挂在胯骨和上身的凹处，简直就是对那个地方的一个点缀，那挎包随着她的身体的摆动，无形中就给她增加了魅力。万芹看了眼在她腰间的挎包想，我要是没事的时候，也在肩膀上挂上这样一只小挎包，也不比他们差到哪里去。这样想想，不禁又觉得可笑，怎么可能呢？我们农村人怎么能跟城里人一样，除了上班，就是穿着高跟鞋，挺胸撅腚地要么逛大街、溜商店？走路怕落到眼里灰尘，就戴上墨镜；下厕所，还用卫生纸把鼻子给捂住。我们农村人怎么能做到？如果要是都像他们这样讲究的话，那田谁来种？那厕所谁来打？连毛主席他老人家都说，庄稼一枝花，全靠粪当家哩。话反过来说，没有我们这些农村土老帽的辛勤劳作，你们这些细皮嫩肉的城里人吃啥喝啥？城里的哪栋高楼大厦不是我们农村人建

的？万芹想，美在我们农村人的眼里也是不同的。城里人穿着好看，长相好看就是美。可在我们农村人的眼里，能做能累就是美。天天只听人说谁个谁个能累，会挣钱，除了在有人给提亲事、相对象时，注意点外表外，一般情况是很少提到漂亮这个词的。但不管是城里人也好，乡里人也好，谁都有谁的生活方式和活法。再说，人家有的是风吹不掉，雨淹不了的工资，人家不把精力放在打扮上，你说人家又去干什么？总不能像我们乡下人一样，到田里再去找被除草剂没有打死的杂草吧？

刘乡长请的有计划委员会的叶主任、钱行长和柴艺。

刘乡长无意间发现，也许是做贼心虚的缘故，只见柴艺不时地用眼角朝他和叶主任的脸上瞟，脸还不时地一红一红的，两腮上的红晕犹如涂了两抹胭脂，给人一种人面桃花的感觉。钱行长还是没有一点变化，真是个沉府不错的人，竟然能把这种事情都能藏而不露，可见人家是真的修炼到家了。该说说，该笑笑，跟没事人一样。刘乡长想，从这里也可以看出这个男人的大度和心胸开阔。但也从一个侧面说明，他把嫖女人，搞情人，好像已经看做是理所当然，顺理成章，似乎是点天经地义了。现在，在一些干部和大款、大腕的眼里，如果一个又实权和有钱的人，没有小蜜和情人，就说明这个掌权者或老板是土帽和不入流。我们现在不论到哪里，只要是有点资本的老板和一些干部，出门时，十个起码有九个身边都带着漂亮的秘书和靓丽的小姐。不用说，名誉上是自己的秘书，或叫做公关小姐，其实，不言而喻，身边的那个小姐，就是自己的小蜜或二奶、小三。这样，不论到哪里出差、谈业务或者是联系业务，带着女人不但不会受任何人的谈笑，而且还会显得自己有派，有风度。可女人就没有这个自由了，你如果和哪个男人相好，就叫作风不正,叫做勾搭。一旦被人发现,是要遭到耻笑的。有谁看见女老板公开带男蜜的?想到这里,他想这世道也有点太不合理了。刘乡长看看柴艺那绯红的脸色和怎么掩饰也显得不自然的表情,又在心里说,幸亏你和我们的钱行长有这么一腿,要不,还真找不到走你捷径的路子哩。于是便总结到,看来要想找人办事,必须先把那个人的把柄给抓在手里。只有这样,事也才好办。

当刘乡长从沉思中回过来时,发现菜已经上了好几道了。服务小姐已经把每个人的杯子里都斟满了酒。他自觉有点不好意思地连忙端起一杯酒站起来,把目光在钱行长、柴艺和叶主任脸上扫了扫,说,在这里,我先代表我们乡木材加工厂的张浩,感谢你们几位,特别是钱行长和柴艺女士对他的大力支持!来,为了张浩的木材加工厂,我们大家把这一杯给干了。于是,都一起杯子端了起来。张浩等刘乡长和大家干了这杯,搛了菜之后,也站起来带着满脸感激的笑容说,我也在这里说几句吧。大家知道,我是只井里的蛤蟆,没见过什么世面,更说不好话。完全显出了一个从没出过门的大姑娘,第一次相对象时的羞涩模样。我在这里首先感谢钱行长、柴助理和叶主任给我解决了资金问题,还要感谢刘乡长、我们村的老会计刘叔、赵老师和万芹女士,是你们使我从一穷二白走到了今天。我的每一步都有你们心血的付出和物质上的帮助,总之,你们在坐的都是我的大恩人。他说着说着,眼里便流出了几滴豆子似的泪水,声音也哽咽了起来,端着酒杯的手,也有点发抖了。他吸了一下鼻子,又摸了把眼泪说,现在,我真不知道该怎么向你们表达我的这颗感恩的心意。那么,我只有在这里向大家用鞠躬来表达我的感激之情了。说着,便把腰弯了下去,

为在座的深深地鞠了三个躬。然后直起身，一仰脖子，把一杯酒喝了下去。在大家面前又把杯子扬了扬，又把目光停在林灵的脸上，擦了擦眼泪说，还要感谢我现在的女朋友林灵，能对我这个农村出身，又没有什么文化知识的人，屈驾对我以身相许。林灵被羞得低着头说，谁要你谢了？钱行长这时接过林灵的话说，林小姐的确是位很不错的姑娘，你一定会成为张老板的左膀右臂的。柴艺也说，林小姐的确是个好姑娘。放心吧，我们会对你们给予大力的支持的。叶主任微笑着说，有了柴艺女士的这句话，你们的事业一定会一帆风顺的。叶主任说着看了看钱行长，问，你这个财神爷也说几句呀。钱行长看了眼刘乡长说，我们发展银行的任务就是扶植这样的私企嘛。又说，刘乡长都这么支持，我们还有什么话说？刘乡长也许是想起了那天晚上钱行长和柴艺被公安按在被窝里的事，也意味深长地把眼睛对着钱行长笑笑说，离开了你们的支持，我们是什么事也办不成的。钱行长说，你就别挖苦你的这个老同学了，好不好？总之，我们都是在为我们的经济发展做工作，只不过是分工不同罢了。一桌人都被他们说得眉笑眼开。钱行长又看了刘乡长一眼说，老弟呀，我在县里遇到不少人谈到你时，都对你的评价不错。说你为人正派，工作踏实，通过你对张浩老板这件事，我也觉得你还是以前学校的你，一点也没变。在我的印象里，还没有一个乡镇干部，能像你这样对办企业这么热心的。刘乡长说，谢谢老同学的表扬。钱行长接着说，如果我没记错的话，你找我不下十次了吧？刘乡长点了点头说，多少次我倒没在意。不过，我这个人就这么个急性子，没有大将风度，心里搁不住一点事。刘会计说，你不是搁不住事，而是一心想着办实事。钱行长说，不过，我在这里要说你老同学几句，说是批评也可以。刘乡长点着头说，愿闻直言。钱行长说，你有时是在拿我这个老同学当外人。刘乡长说，请具体明言。你那次到我家，竟然买了两条中华烟，你该没忘记吧？刘乡长笑笑，我不是因为要去求你这个财神爷吗？人家都送钞票，我怎么好意思空这手？再说，要是送钞票吧，送少了，拿不出手；送多了，我又拿不出来，所以就干脆买两条烟吧。这也是人之常情，到哪里也能说得过去。刘乡长说着，便伸手指了指钱行长，我说你呀，这点小事，你怎么能还记着呢。你的工作千头万绪，怎么能为这样的事伤你老人家的脑细胞呢。钱行长说，你走后，知道我心里有多别扭吗？刘乡长说，等以后你找我办事的时候，再还我就是了。刘乡长说罢，心想，你要不是被公安给逮住，别说两条烟，就是拉一车烟给你，你也不会在这样的场合说。你在这样的场合说这样的话，能证明你什么呢？除非是证明你钱行长的廉洁？珍惜你这老同学的友谊？刘乡长看透了他的心思，说，劝你这个老同学还是想着大事吧，以后，不要把心思都花在了鸡毛蒜皮的小事了。来来，喝酒，喝酒。

　　在刘乡长的提议下，一桌人都把酒杯端在手里的时候，张浩突然又抽泣了起来。他的这一举动，把一桌人都给弄愣了。林灵问怎么回事？张浩抽缩了一下鼻翼，说，对不起大家，真不好意思。我是被刘乡长给感动的。要不是钱行长今天说了这事，我还不知道哩。刘乡长啊，有句话不是说，遇事只有帮人场的，没有帮钱场吗？刘乡长，你是为我的事去的，怎么也不跟我说一声呢？刘乡长说，这是我和老同学之间的私事，与你张浩没有关系，不要多心。为了安慰张浩，刘乡长在他肩膀上轻轻地拍了拍，说，等你的厂子办好了，以后为我们乡多做点

贡献就行了。

这时，刘会计他们几个乡下来的人，眼睛也都红红的。

在这个一切向钱看的年代，像刘乡长这样的人，在目前的干部队伍里，在十三亿人口的泱泱大国，可能要想找多少也是怪难的。哪里的人民有了这样的领导，也是哪里人民的福气。可这样的领导，就是被张浩遇到了。他能不感动吗？在座的人能不感动吗？

刘会计也不自觉地抽了抽鼻子说，刘乡长，我们大家会永远记着你的。在我们老百姓的眼里，都知道你是个爱憎分明的人。可谁也没想到，你竟然是个为了帮人，操心不算又贴钱的人。如果你这样是为了讨好上级领导，倒也罢了，可我们一般的老百姓，你说，我们还能不从心里佩服你？今天，钱行长说得这件事，更使我们看到了你的一颗金子般的心啊。刘乡长，像你这样的领导，我们老百姓还有什么话说？我们怎么能不为你的做法感动呢？大前年，你包我们村时，发生的那件事，到现在一提起来，都还对你赞不绝口哩。这事也许钱行长你们几位不知道，可在我们全乡没有一个不知道的。

那是在村里要修那条支渠的时候。因为这里的地势比较高，总支渠是绕过这里通向下游的。这样以来，这块地势高的地要上水就非常困难，所以，都认为要想使这块地上水容易，只有从这块地中间开道支渠，把水直接引过来，才是最好的办法。于是，村里就根据群众的意见，要开这样一条支渠。可当支渠挖到中间时，有一户姓万的人家却坚决不给挖了。其理由是，他这里只有几分地，你八年上不上水，对他的影响都不大，反正插几分地的秧也耽误不了他多少工夫。而其他人家都是一家几亩，得几天才能插起。如果没有别的地可以插秧，看着别人家不停地插秧，就只有干着急。更何况在生长期的秧苗早插一天，长势就又是一个样。这就叫季节不饶人。俗话说，抢收抢种。这就说明，农民对这个时间是最珍惜的。

　　眼见着挖了半截的支渠泡了汤，地多人家都被这个鼠目寸光的姓万的气得牙根疼。但土地是人家的，人家当家。气也是干生气。对这样的一点也不顾大局的人，村干部都拿他没办法，一个小小的老百姓在姓万的眼里就更不算什么了。说起来，他自己也只是个老百姓，但在村干部的眼里，却是个惹不起的人。不是因为别的，就是因为他儿子跟省里的一位副省长是大学同学，据说还是哥们。都知道，人一旦和上面当官的有了关系，那么，在许多人的眼里，他就成了一个有势力的人。人一旦有了势力，也就没有什么人敢惹他了。更何况，我们中国的许多官员又都是想象力丰富、目光远大的人。他们要考虑到自己的前程，都要和自己的上司，有着千丝万缕的联系。而这些关系，往往还会起到牵一发，而动全身的作用。所以，谁对这样的人，能不把这个势力和自己的前程联系起来？而这个姓万的为了显摆自己，没事时，就跟村里的人聊天，总是把他那个在省里工作的儿子，和那位副省长的来往，像做广告似的跟聊天的人说。比如上个月，那位副省长又在省里的哪家宾馆里喝酒哩；上上个月，那位副省长的夫人感冒了，他儿子去医院看望哩。临走时，省长夫人又给他儿子带回了一箱子脑白金。他儿子不要，省长夫人就劝他儿子说，这都是别人送的，我又喝不了。你该不能让我把它朝垃圾堆里扔吧？他儿子没法，才收下了省长夫人硬要给的脑白金，上次回来全都带给他喝了。他说，这个东西喝了就是管用。才喝了几顿，就觉得精神比以前好多了，不但人觉得变年轻了，走起路来，两条腿走

路也有劲多了。聊天的人看看他的脸，发现他跟以前似乎有点不一样了。见他的两只眼睛都咻咻地朝外冒着精神。于是，都就羡慕地啧啧不停地吧嗒着嘴说，你老人家的老坟地埋到风水宝地上了，才出了一个这么有出息的儿子。我们别说喝那什么脑白金了，就是连什么样的还没见过哩。有的还说，别说是省长夫人送的，就是乡长夫人送的，我都舍不得喝，就是每天看上几眼就管用了，说不定比真的喝，还要管用哩。因为人不就活个精神吗？精神作用往往比什么补药都管用。姓万的还说，听儿子上次回来说，那位副省长这次换届时，要提为副书记哩。他说，他要是提了副书记，把他儿子的级别也给往上提提哩。

至于这个姓万的儿子到底是什么官，村里的人是不会去关心的。因为他离他们距离太远，一个在几百里外的省城，一个在偏僻的农村，姓万的儿子再威风，再前途无量，也不是他们关心的范围。反正只知道，他每次回来都是坐着小轿车回来的。只要他一回来，乡里和村里的干部都要请他喝酒。

于是，村里人就猜测，人家的官一定很大，要不，这些看得见，摸得着的乡、村干部们能像自家喂得狗讨好自己的主人一样，你争我抢的要请他？还听姓万的说，乡长前不久还托他跟他儿子说，让他给上面打声招呼，在换届时给他讲句话，看看可能早点提为书记哩。他还说，乡长还给他送了两箱子装的五粮液哩。说着，还吧嗒了两下嘴说，乖乖，好酒喝了是不一样。真像广告里说的，入口柔，一线喉哩。

所以，像这个直接和副省长都有关系的人，你是随便能得罪的吗？弄不好那是要关系到自己的乌纱帽的。

就连村长吴标平时见了姓万的也是点头哈腰的。所以，对于姓万的这种做法，也只能干瞪眼，只能敢怒而不敢言。像这样的人，村里干部都不敢得罪他，还有谁敢得罪？

可刘乡长就硬是跟一般的干部不一样，见这样一件对大多数人都有用的好事，就这样被他姓万的一句话给搅和黄了，挖了半拉的水渠停下了，竟然连个敢说话的都没有，这就成了下面干部怕恶势力的有力的证明。于是，刘乡长知道了这事，气得火冒三丈。他把手在村委会的办公桌上狠狠地拍着，说，我就不信邪能压正！一个村委会的委员把刘乡长拉到一边，小声说，刘乡长，我要不是看你为人这么好，跟我们一点也没摆过架子，就像自家的亲兄弟一样，这话我也就不说了。于是，就问刘乡长，他的背景你也该知道吧？刘乡长点点头，我多少也听说了一点。委员说，听说了就好。委员又说，我说这话，你听了也别生气，你这么年轻，虽然都喊你乡长，可你那乡长两个字的前面毕竟还带个副字。听说他那儿子的能力可不小哩，都能给县里干部说上话。这事，我听村长说，他跟魏乡长都说了，可人家不但不坚持真理，反而还帮人家姓万的说话哩。说人家的土地当然人家做主，我们一般是无权干涉的。刘乡长不听这话还好，一听就更气了。恼怒得把两只手一攥，说，我就不信这样一件利民的好事，关系到许多人直接利益的事，就这样被搁置了。我不管他多有势力，大不了我还回我的老家种地。我本来就是农村人，头上这顶乌纱帽，又不是我老祖宗留给我的遗产。我这回一定要看看他姓万的是他的势力大，还是真理大。这个钉子我是碰定了，也是拔定了！委员见他一副不到长城非好汉的样子，也就叹了口气说，刘乡长，我是对你尽了心了，你万一为这事使你的前途受了影响，可别后悔哟。刘乡长说，你的心意我领了。说完，就掏出手机，拨通了派出

所。他对着手机说，来一辆警车，把拘留证也带来。

当警车停在村委会门口是时候，他就对吴标说，你把那个姓万的给我找来。那个姓万的果真昂首挺胸、趾高气扬地来到了村委会门口，用眼角朝警车瞄了一眼，说，还是辆新车哩。见了姓万的刚进村委会的门，刘乡长就坐在办公桌后面问，老万，这是最后一次找你谈话，你说你那几分地给不给挖吧？姓万的把脖子一梗说，我的地，我当家。我不同意，谁也别想动一锹土！听他说了跟魏乡长一样腔调的话，在座的都在心里猜测，他一定是跟魏乡长通了气。刘乡长听他也这样说话，就对派出所所长说，把他给我先送到拘留所关起来再说。姓万的听说要把他带到拘留所，冷笑了一声说，姓刘的，就怕你把我送进去容易，放出来就没那么容易了吧？刘乡长也毫不示弱地冷笑着说，姓万的，我既然能请神，也就能送神。我这次还非要让你在里面过十五天不可！吴标这时也陪着笑脸劝姓万的说，老万，不就走你的地头前过一下水嘛，又占不了什么地。姓万的递给所有在座的，除了刘乡长之外，每人一支烟说，我还是那句话，我的地我当家！所长这时在他的背后推了他一把说，上车吧。

警车的门啪哧一关，一溜烟开走了。

刘乡长朝警车方向看了一眼说，吴村长，现在就通知那些挖渠的人，抓紧时间挖！

这块多年上水困难的地，终于顺利地上上了水。

刘乡长这个不怕虎的人，终于为大家解决了多年来都没解决的老大难。群众的心情可想而知，虽然嘴里都没喊刘乡长万岁，可心里却没有不感激他的。

当然也有人为刘乡长的做法捏了一把汗，说你这不是太岁头上动土吗?

事情果然像他自己所说的,姓万的刚进拘留所一天,那位副省长的电话就打到了县长的手机上。当县长又通过乡长把电话转给刘留乡长时,他却做出一副鱼死网破的样子,对魏乡长说,他姓万的哪怕能请动总理,我都不给面子。我是人民的干部,谁妨碍我为了人民的利益而执行公务,我都对他不客气!

就这样,姓万的只好乖乖地在拘留所里,被拘留了整整半个月,一天不多,一天也不少。当他出来再插这块秧时,两边别人家田里的秧都换苗了,早已抽出了细嫩的叶子。

从此,刘乡长的威信就在全乡人民的心里树了起来。后来,有一位出生在这个乡的记者来家探家时,知道了这个事,就把他的事迹写成了通讯,要拿到市日报发表,在终审时被总编看了,就找到这位记者说,你的这篇文章写得的确很感人,可惜,你这里面牵涉了主要领导人。你要知道,我们是在谁的一亩三分地里工作,如果发了,不仅你要受到影响,就连我可能也脱不了关系。所以,我决定还是不发了。

刘乡长的事迹虽然没上报纸,却真正地写在了人民的心里。

这位记者看眼看着这样一个这么有思想境界的人得不到宣扬,心里感到非常遗憾,只好改头换面地把它写成了一篇小说,在一家省级杂志上发了出来。这些当然都是题外话,还是不说为好。

见几个人乡下来的人都对刘乡长这么感激,钱行长听了刘乡长的事迹,心里说这个老同学,也只有你这个傻老帽的胆子是长在肚皮外面的,你这哪是为民办事,分明是拿自己的前途开玩笑。你这样做,老百姓是对你感恩戴德了,对你佩服得

五体投地了。可老百姓能送给你一顶乌纱帽吗？你也不想想，不看看你这样做会给你带来什么好处？我这个行长要不是因为和市行的老总搭上了关系，就是我对下面的客人再好，哪怕白天夜里不休息，这个行长的帽子也戴不到我的头上。傻子呀，你刘留真是当代的傻子。现实中，焦玉禄有几个？全国解放这么多年，不就出了一个吗？可到头来他又怎么样？还不是空留一个英名在人间？山珍海味他又吃了多少？情人他见过吗？他体会过牡丹花下死，做鬼也风流的快感吗？那个好名声对你有什么用？是能给你的子孙后代带来不该享受的荣华富贵，还是能给你的家人带来进步的阶梯？说穿了，你刘留也是一个还不开窍的货色。只不过听到别人的夸奖时，你心里落个一时的滋润罢了，除此之外，你还能得到什么好处？为了张浩的这个项目，要不是你保全了我和柴艺的面子，你就想把这一百万顺顺当当的拿到手？想瞎你的眼！几年来，凡是经我手办的大项目，哪个不在我身上花个十万二十万的，能说的过去？柴艺这么漂亮的一个大美人，要不是因为我头上有了这顶乌纱帽，她也许连脚丫子都不会夹我的。这就是权利给我带来的利益。权利是他妈的什么？是美人，是金钱，是山珍海味，是连接各种关系的红线！我的老总要不是我一下子送了他十万，能打动他的心？以前，在我只是个小小的处长时，几个漂亮的女人连正眼都看我，不但不看，背后还说我什么这不行，那不管，别说你想打她们的主意，就是想正面看她们一眼，转过脸来，她们都会骂你是居心不良、耍流氓。可现在呢？你想让我看你，我还不看你了哩。就是在我面前放骚，不对我的眼，不如我的意的，我还要踢片树叶把你盖上哩。我还是以前的我，既没变年轻也没变俊，为什么会这样天翻地覆慨而慷？还不是因为我头上多了这顶乌纱帽？那个比柴艺也差不了多少，但就是没有什么业务能力的绉小云，要不是因为跟我上过床，上次下岗我还不把她给下了？话又说回来，我要是头上没有这顶帽子呢，她能主动把身子献给我？要不是头上没有这顶帽子，能有这一切？所以，只要我老总一个喜欢我，就什么都有了。要群众夸奖我干什么？我才不稀罕那好听的话哩。几句好听的话，既不能当饭吃，也不能当钱使。但只要领导夸我一句，和群众夸奖一万句十万句百万句的分量都有着本质区别的。群众的夸奖，一钱不值。但领导的一句话，不但能当饭吃，还能当钱使。就是早晨八九点钟的太阳，是一道照亮自己前程的灿烂之光。

想到这里，他笑笑，端起一杯酒说，来，为了你这一心为民的老同学，能赢得群众这样好的口碑，我也感到自豪和高兴，来，为了表达我这个老同学的心情，干一杯！也祝我们张老板的木材加工厂，如红日东升，不断上新的台阶！说着，把一杯酒一口喝了下去。之后，又说，张老板你放心，我们发展银行在你们的刘乡长的支持下，一定会一如既往支持你。叶主任看了眼张浩说，有钱行长这句话，你就放心吧。张浩连声说，谢谢，谢谢。接着，林灵和万芹等几个人也都分别向钱行长、柴艺和叶主任敬了酒。待大家都分别敬了酒之后，刘乡长看了看叶主任，意味深长地对张浩说，张浩啊，你别看叶主任不是财神爷，可他也为了你的这个厂子做了贡献的。你和林灵还应该单独给叶主任敬一杯。叶主任意味深长地看了眼刘乡长，说，你是想把我放倒？于是，张浩和林灵都站起来，向叶主任恭恭敬敬地敬了酒。这时，刘乡长的眼睛无意间向钱行长、柴艺瞄了一眼，见他们的脸都红了一下。

一桌人吃过喝过，刘乡长喜洋洋地问钱行长和叶主任他

们几个，今天我们是为庆贺张浩的木材综合加工厂项目款而在这里痛饮的，大家虽然吃过喝过，但根据眼下的习惯，仅仅吃喝还不算尽兴的，这只是第一个节目，下面看看还搞个什么活动？钱行长伸了个懒腰，用眼角悄悄地朝柴艺脸上瞟了一下，问叶主任，你看搞什么活动？叶主任看了看刘会计和乡下来的几个人说，我看我们的活动，今天既有城里的，也有乡下的，爱好肯定也是不一样的，大家说对不对？在座的都点了点头。叶主任说，我们就干脆来个老少皆宜的，怎么样？找家卡拉ok，愿意喝茶的喝茶，愿意唱歌的就唱歌，想跳舞的就跳几曲。也好不辜负刘乡长和张老板的一片心意，大家说对不对呀？大家都微笑着点了点头。赵老师说，我们坚决服从领导听指挥，听党的话跟党走。

于是，他们便来到了一家卡拉ok厅。万芹和刘会计、赵老师都是第一次要到这样的地方，感到新奇的很。

林灵在路过吧台时，随口问里面的坐着的一位小姐，现在多少钱一个小时？一百。万芹听了，心里咯噔一下，惊讶道，妈呀，一个时一百，这里是金地方还是银地方，收费这么贵？由于林灵对这种地方并不陌生，所以，脸上一点也看不出有什么不平静。又问，那八点之前呢？小姐答六十。因为林灵所在的大学是大城市，虽然没进过这样的卡拉ok，但也听同学门说过。听了小姐的回答，林灵只是随口说了一句，没想到这里的县城也跟大城市一样，在娱乐上也保持平等了。小姐笑笑说，我们的档次和他们都是一样的，您看看我们的设施就知道了。

钱行长他们在刘乡长的带领下，他们已经先一步进了包间。

当刘会计和赵老师、万芹路过吧台时，那位吧台小姐还是情不自禁地把他们几个打量了一番。脸上露出了一丝不易觉察的怪异地微笑。吧台小姐的微笑被林灵看在了眼里。心里说，这又有什么值得大惊小怪的呢？你跟他们相比，只不过在穿着上显得细嫩些罢了。说不定你也是农村来的哩。你这里大概是只是只来过那些大款大腕和当官的，从来没见过土里巴几的乡巴佬，所以你才这样大惊小怪的？在心里又对那位吧台小姐说，你这样少见多怪，但你为什么就没好好地想想，没有我们这些乡巴佬，又怎么会产生那些大款大腕和那些当官的？城里的灯红酒绿是腐败的土壤，只有我们乡下才是一块净土。

万芹他们几个进了包间，见里面除了靠墙放了几张双人沙发和一个茶几外，就是一个挂在对面墙上的一个大屏幕，说穿了，只不过相当一台电视机而已。下面放着一个柜子，供点歌用的，相当于一台CD。头上有几盏光线很暗的灯泡，屋顶的正中央吊着一个发着各种光的大彩球，在不停地旋转着，那五颜六色的光芒把屋里人的脸照得一会儿红，一会儿紫的，真有点叫人感到眼花缭乱的。

刘会计问赵老师，思福，我怎么叫这家伙转得头都是晕的。赵老师笑笑说，是的，我的头也有点晕。发现两个人都有一样的感觉，都不禁莞尔地说，都怪我们没有经常到过这样的场合的啊。再看看坐在另一边的张浩和万芹，手也在额头上捂着哩。

而钱行长和柴艺，不但不感到一丝的不自在，精神反而比在外面要好得多，完全是一副精神焕发、斗志昂扬的样子。两只眼睛都放着发亮的光芒，像吃了兴奋剂似的。叶主任和刘乡长都显得很平静，看着头顶上旋转的彩灯像没看见似的。在小声地说着话。

这时，花枝招展的服务小姐，也许看出了张浩和林灵是买单人，于是，就非常礼貌地来到他们跟前，微微弯着腰肢，把嘴凑近他们的脸，小声问，您们用点什么？她所说的用点什么，当然指的是饮料之类。张浩看了林灵一眼，意思是他还真不知道该用点什么。都有点一筹莫展了，林灵起身来到刘乡长跟前，小声问，您看用什么？又笑笑解释，这样的场合，我也还是第一次来，咯咯咯。刘乡长也笑笑说，我来得也不多，好吧，我来安排吧。于是，他便对服务小姐说，三个女士每人来一杯咖啡，男士来几斤啤酒。服务小姐又问，咖啡是进口的，还是国产的，啤酒要什么样的？刘乡长说，咖啡要进口的，啤酒要雪花的。

不一会儿，服务小姐便在托盘上端来了三个比酒杯大不了多少的咖啡。一一放在了三个女士的面前。当服务小姐把咖啡放在万芹面前的茶几上时，万芹看了看一口就可以喝完的咖啡杯，小声问，这咖啡多少钱一杯？小姐说，五十。万芹顿时就被吓得伸了下舌头，没出声地说，妈呀，这一点水，竟然五十，这不是活宰人吗？这一口水，都抵得上在街上买的一套衣裳了。啧啧，这哪里是在喝咖啡，简直是在白白地到这里来扔钱的。不得了啊不得了，要是没事，你就是打我几下子，我也舍不得到这里来呀。记得有一回上街时，不小心把十块钱给弄丢了，我还心疼了几天哩。因为那可是一只小鸡崽下了半个月的蛋卖的钱。可这里光坐坐，什么都不要，就是八十块。万芹心里说，我今天算是真正领教了时间就是金钱的滋味。这就是在花钱买时间吗？刘会计和赵老师的想法跟万芹差不多，认为这里根本就不是老百姓来的地方。这里的情况，他们没来时也隐隐约约地听说过，说这里面的东西，不论是什么，都要比外面贵得多。在他们的眼里，这些东西在外面可能要买它的两到三倍。说是来这里娱乐，还不如说是来这里扔钱的。刘会计看了看放在茶几上的一壶茶，心里正在盘算着它的价钱。赵老师的目光和他碰了一下说，你猜这壶茶要值多少？刘会计说，我看也得好几块吧。赵老师把眼睛一瞪问，几块？刘会计笑笑说，你也太小看它了。刘会计啊了一声说，几片茶叶，你说能值几个？赵老师哼了一声说，一百！刘会计倒吸了一口凉气说，我胆子小，你别吓我好不好？赵老师说，我已经看过他们贴在墙上的价格表了，这还是最低的哩。刘会计苦笑着摇了摇头，说，怪不得在城里不远一处，就有一家什么这ok，那舞厅的哩。又感叹着说，还是城里有钱的人多呀。赵老师说，话也不能这么说，好多人为了办事，而既要办事，又不能不投其领导的所好。人家领导现在都是一些与时俱进型的，就喜欢来这样的地方，你能说不来？从这些跟风的什么这卡拉，那ok，就是因为从我们某些领导身上看到了这个商机，所以，才有这么多的这厅那房的。而这些钱都是谁出？还不是要我们这些办事的出？你不出，人家心里就不高兴，而人家不高兴了，还能给你办事？刘会计点点头，说，在我的眼里，这里才是真正挥金如土的地方哩。赵老师说是呀。心里说，凡是来这个地方，一晚上没有个一两千是下不来的。但话说回来，来这里开心取乐的又有几个是自己掏钱的呢？只有在这里，你也才能看到你平时连想不敢想的东西。由于碍于有钱行长在跟前，赵老师所说的不敢想的东西，也就是指官和商之间的互相利用。在这里，商人要利用官人手中的权力为他们办事，所以，来这里开心取乐的是手握重权的人，而买单的却是商人们。商人们只有把掌权的人侍候高兴了，开心了，他们才会在为商人行使他们的权

力。他们的一句话往往就会使你一夜暴富。

就在万芹几个人正在心里为来这里取乐，而把心思放在一个钱字上的时候，大屏幕上便打出了，祝你玩得开心、快乐，愿你度过一个美好夜晚的几个大字。

刘乡长看着大屏幕上的几个大字，心想，是呀，你们不快乐，我们心里也不快乐，只有你们快乐了，我们的钱才算没有白花。刘乡长问钱行长，你和柴艺女士来段对唱怎么样?钱行长问柴艺，你看唱段什么？还是林灵嘴快，没等柴艺开口，就说，你们就来段《天仙配》里《夫妻双双把家还》吧。听了林灵点的唱段，柴艺的脸在彩色的灯光里瞬间红了一下，终于还是拿起了话筒，跟钱行长站在了一起。当屏幕上显示出：夫妻双双把家的几个字时，他们便很投入地唱了起来。

> 树上的鸟儿成双对
> 绿水青山带笑颜
>
> 夫妻双双把家还
> 你耕田来我织布
> 你挑水来我浇园
> 你我好比鸳鸯鸟
> 比翼双飞在人间

柴艺唱得不但投入，还非常动情，腮边都可以看见有几颗晶莹的泪珠滚下来。也许此时的柴艺真想跟钱行长过一过这种男耕女织的田园生活。但这在他们之间，起码眼下是不可能的。别说钱行长还是有了老婆孩子的人，就是没有，假如钱行长头上的乌纱帽一下子被拿掉了，你柴艺还会去跟他这样密切地来往，还会比翼双飞在人间吗？

他们毕竟是知识分子，所以不但唱的标准，而且还唱的有感情，因此，叶主任和林灵几个都不禁为他们激动地拍起了手。

然后，叶主任唱了《在那桃花盛开的地方》，张浩和林灵也推辞不了，只好也唱了一段《朝阳沟》选段，《绿莹莹的水，蓝盈盈的天》。赵老师也唱了一首《读书郎》。到了刘会计和万芹时，刘会计呵呵呵地笑着说，我们爷儿俩就免了吧。但大家都不同意，最后，也只好唱了《逛新城》。

这父女俩也许都是因为喝了点酒，又加上心情高兴的缘故，所以，也都非常放得开，虽然只表演了几句，但他们却把这种浓浓的父女之情表现了出来。只听刘会计把一双慈祥的眼睛对着万芹喊道，女儿来。也把一双好看的充满了对父亲尊敬的微笑着的眼睛望着，带点娇气的口气答应着，哎——父女的眼睛对着望着，模仿着才旦卓玛的唱腔唱道，快快走呀快快行呀，看看拉萨新面貌。这里的高楼排成行，那里的电灯耀眼亮……他们把屋里几个人都唱得捂着肚子笑了起来。笑得是这么开心。真正的从心里喜洋洋了一回。

也许，今天是他们最开心的一次。他们的心情和这个名叫"喜洋洋"的地方互相辉映着。

这一天，凡是来的人，都是喜洋洋的。跟张浩来的人喜洋洋，是因为他们都有了就业的保障；张浩和林灵喜洋洋，是因为他们的理想变成了现实；刘乡长喜洋洋，是因为他给群众办了一件令人感动的实事；叶主任喜洋洋，是因为他为刘乡长出了个主意，使他没费什么力气，就把款子弄到了手；钱行长

和柴艺的喜洋洋，是因为刘乡长使他们的风流韵事没在公安局立案。

临分别时，张浩和林灵考虑到将来还要和钱行长和柴艺打交道，又和上次在阳光大酒店一样，朝他们的口袋里塞了一万。并且给叶主任买了两条中华烟。他们本来也是准备给叶主任一万的，可在征求刘乡长的意见时，刘乡长坚决不同意。他说，叶主任也是个正义感极强的人，给他钱，他肯定是不会收的。因为刘乡长知道，他要不是为张浩着想，也就不会给他出那个捉奸馊主意了。刘乡长说要张浩给叶主任买烟，那也是自有他的想法的。至于给刘乡长买点什么，林灵说，他本来就是位朴素的人，就连中华烟也不能给他买，否则，会让你下不了台的。最后，干脆给他买了四条玉溪。刘乡长见了，认为他们也是真心实意，要不，也不会专门给他买几条这样一般干部都能抽的玉溪烟的。

办好这一切之后，张浩来到吧台结账时，站在旁边的几个人听了服务小姐报出的数字，都被这个数字震得几乎愣了。这几个农村来的人怎么能相信，仅仅玩了三个多小时，竟然能在这里扔下四千六百多块！这可是一个农民在田里累了一年的血汗钱。

在刘乡长也离开了这里之后，万芹心里总放不下这个令她感到心疼的钱字。坐在休息室里，还是唠叨个不停。林灵笑了笑说，万芹姐，你这就是农民思想了。你只看眼前，可你咋就没有把那个一百万和这个数字比较一下呢？我们有了这一百万垫底，要盈多少利？我从一些小说里了解到，要是按现在的游戏规则，少说没有个二十万是下不来的，我们这算是最节约的了。据我猜测，刘乡长一定在钱行长身上使了什么招，要不，他绝不会这么爽快地，就把这么多的款子轻易给你的。别看他跟钱行长是同学关系，想不出血，不在他和柴艺身上花个够，想让他把钱随便放给你，没有这么容易的事。万芹姐你没跟他们打过交道，你不了解这里面的情况。万芹说，我哪里见过这样的场面？赵老师说，按目前的说法就叫双赢。他为你办了事，他们也从中得到了利益，你也得到了利益，双方都划算。刘会计说，真不愧是喝过墨水的，还是你赵老师分析得到家啊。林灵也笑笑说，赵老师毕竟是知识分子，天天读书看报、看电视，对国家的形势还是了解得清楚的。

张浩也许是喝多了的缘故，闭着两眼，直想打瞌睡。对于他们的话，他一句也不想接。他的眼睛实在是再也睁不开了。他终于费了很大的力气才睁开眼，交代林灵说，刘叔和赵老师，还有万芹，他们几个来这里一趟也不容易，你带着他们上街看看，给他们也买样东西做个纪念。说着，把眼睛使劲睁得大大地说，我们任何时候都别忘了，没有他们，就没有我们的今天。说完，头一耷拉，打起了呼噜。

几个人把张浩扶到自己雇来的那辆面的上，林灵说，走，我给大家买样纪念品去。于是，林灵在他们的一片反对声中，硬是把他们拉进了一家伟志服装店里，给每个人花五百块钱，买了一套伟志西服。

当他们回到家时，已经是夜里十一点多了。家家户户都早已熄了灯。看着那黑压压的一个个村庄的轮廓，林灵想想城里比白天还要热闹的繁华场面，心里说，这就是农村和城里的明显差别呀。农村还是遵循着古老的习俗，日出而作，日落而息。可城里却是反其道而行之，把白天好多不能做的事，放在了晚上做。

　　张浩在拿到了这一百万贷款之后，便开始筹建起了他的综合制板厂。由于这个厂的兴建，不仅全部解决了整个村子的剩余劳动力，还把在外打工的人心都给动摇了。他们算算细账，觉得在外面就是挣两千一个月，都没有在家一千划算。因为在外面什么都要花钱，可在家里，吃着自己地里种的粮食，住着自家的屋子，一分钱的房租不要掏，还可以每天都跟自己的老婆孩子过团圆的日子。可他们虽然想回来，但又怕盲目回来，万一进不了厂，耽误了自己挣钱。所以，大部分人都说，等到春节回去看看再说。时间就是金钱，可不是耽误着玩的。

　　其实，也就快要到春节了。他们说，我们就是咬着牙也把这一年干到底才说。

　　而有个叫大利的年轻人，他很有把握地说，我想，我要是回去的话，张浩他是没说的。因为他是赵老师的女婿。大家知道这层关系，都说，别说你是赵老师的女婿，就是跟他没有一点关系的人，凭你的人品，张浩也不会说个不字的。其实，大利要回来也有他的原因。但不管怎么说，他在村里三岁小孩的眼里都是个好人，这一点是不容置疑的。

　　的确，大利这个年轻人在村里可是个人人夸奖的人。夸奖的内容主要有两点，一是他忠厚老实，不论对谁都诚心诚意，跟谁做事都是巷道子拉竹竿，直来直去；二是他身材高大魁梧，有一身的力气，不论做什么活，都保质保量，从不藏奸耍滑。都知道，一个人只要具备这两大优点，你的形象和威信，在众人眼里也就自然而然地高大了，也就有人佩服你了。因此，大利这里一出中学的大门，赵老师就托人把他的大女儿赵梅说给了他。

大利在村里之所以威信这么高，也与邻居王奶奶的夸奖有关。王奶奶都九十多岁了，整天拄着根发光的拐杖，从村东头到村西头，逢人就咧着张没有一颗牙齿的瘪嘴夸大利，这孩子从小就懂事，十来岁的时候，看我拎水拎不动，一看我拎水，就一声不吭地拿了扁担帮我抬。啧啧，你说这孩子，又没有人教，你说他是怎么想起来的？又说，有一回，我挎着衣裳到沟里去洗，他见了我扭头就走。你猜他干什么哩？一会儿就给我送了个小板凳过来。你说这能是人教的吗？是心里出！俺就知道，好心有好报。咋样，报了吧？先开花，后结果，先生女，后生男，幸福的日子比蜜甜。

　　的确，大利虽然不像雷锋那样有那么高的知名度，但他不论走到哪里，只要看见你需要他帮忙的，他就一定帮忙，而且还从来没问谁要过一句人情。人们也都说，现在像大利这样的年轻人，已经不多见了。但大利根本就不把自己为别人做点好事，当回事。他认为，谁能说一辈子就不用别人？人家有困难，你去帮一下，人家该不会骂你吧？都说，他的善良完全是由他的本性决定的。正因为他有着这样善良的本性，所以，人们才都夸奖他。

　　自从老婆赵梅为他生了一对儿女之后，大利也跟中国千千万万个当父亲的一样，外出打工累钱了。他想，我这辈子没有上过大学，甚至连高中都没有读过，是因为家庭没有能力供养我。现在，我再不能让我的一双儿女跟我一样了，我一定要供养他们不仅读高中，而且还要考大学，只要他们有能力，哪怕读研究生，读博士，我也要供养他们，绝不能委屈了他们。他想，将来不论干什么，没有知识就寸步难行，没有知识就别想致富。大利真可谓是把自己的全部希望，都寄托在了儿

女身上，心想得比天还高！

他望着自己的两个孩子，那脸就像弥勒佛。他想象着，将来等他老了的时候，闺女做着飞机从天上来看他，儿子开着世界名牌小轿车从地上来接他，儿女们为了接他，还吵了起来。儿子说，我那公司资产几个亿，有摩天大楼，出门不用走一步。我那里散步有公园，洗澡有温泉，为什么不让爸到我那里去？姐姐说，我那航天公司，每天可以让爸爸游遍世界，条件比你的好，爸爸当然到我那里去！最后，大利出主意说，抓阄，谁抓到，我就到谁那里去。想着想着，自己竟然嘿嘿地笑出了声。

当他从这美好的想象中醒过来，回到现实中的时候，他就在心里责怪自己太自私了，我怎么能只想着我自己呢？真要到了那样的时候，这功劳也应该有梅子的一半才对呀，没有她，怎么能有这样一对可爱的小宝贝？

大利在外面打工，凡是他干过活的地方，不论是老板还是包工头，没有一个不喜欢他的。其原因就是他从不玩奸要猾，干活保质保量。当和他一起干活的人问他，为什么都这么喜欢你的时候，他总是说，不论在什么地方，不论和谁相处，都是人心换人心。所以，在工资上，老板给的最高。别人和他一样拿瓦刀砌墙，其他人一天只有一百，可他却一天一百二三。到了年终时，老板还要给他送红包。

当跟他一起的人回到家向老婆交钱时，他每年都要比别人多交个三千四千的。

在他出去打工的第三年，也就是张浩的木材综合加工厂刚刚建成时，大利感到身上突然间没了力气。走起路来，腿都不想抬，稍微吃点饭，肚子就胀得嘭嘭响。仔细看看自己尿的尿，黄的能染地。当他还想硬撑着到工地上干活时，几块砖头没拿就发起喘来，就像在家时一个人从泥洼子里拉了一架子车庄稼一样累。他心里想歇歇，但又舍不得一天一百多块钱的工资。他想再咬咬牙挺几天，最好能坚持到春节，等回了家，再到医院里去看看。由于他的忠厚和诚实的人品，他就是一边干着一边歇着，也没有人说他。但同事们见他这一副病歪歪的样，还是好心地劝他，赶紧到医院去看看，不能为了几个钱耽误了病。他自己也觉得自己实在有些撑不住了，他才只好去了医院。

当他一进医院大门，拿着交了十块钱换来的一张轻飘飘地挂号单子时，心里说，真厉害，十块钱就买了一张巴掌大的纸，这医生的眼睛也太值钱了。等我的两个孩子长大了，也要让他们当医生。当他看见他身后排着长长的队伍，一个个都拿着一张跟一样，用十块钱换来的，盖了个蓝色印章的挂号单子时，不禁又感叹道，真是害病如害财呀。

他从小长这么大，还是头一次进这样大的医院哩，身上就像有根绳子捆着一样，怎么都觉得别扭。要不是心疼那十块钱，他真想返身回去不看了。他感到到处都是刺鼻的药水味，眼里看见的都是一张张有病的面孔。那穿着白大褂的护士，不是端着盛满了药的白盘子，就是拎着装满了有血有脓的垃圾桶从屋里向外走。看到这里，大利想，在这样的环境里，就是再健康的人，呆长了也会生病的。这地方不到万不得已，是绝对不能进来的，监狱都比这里好。他一边向里走着，一边在心里发着感慨。

看病的这个老头医生长得平平常常，脸上的肉跟钱行长脸上的肉少多了，高高的颧骨，尖尖的下巴，跟乡下的老头并没

有什么两样。一对眼珠子看人骨碌骨碌的，显得很有精神。大利想，这样一个平平常常的老头看病怎么这么贵？再怎么说，也不能比乡下那些给人看相的老头要得贵呀。手腕子也太狠了点。十块，可是十多斤小麦呀。要是在家，割十块钱的肉，够一家子一顿吃的了。要是买烟，也够我抽几天的。

这时，屋里已没有什么看病的了，见大利进来，老头和蔼地向大利点了点头。大利见老头的态度不错，身上也轻松了不少。大利在老头对面的椅子上坐了下来。老头随着他的落座，便用眼睛在他的脸上瞄了瞄。大利感到他的那双眼睛很有力度，被他看得心里有点发慌。老头看过他的脸色之后，接着问他的病情。大利说着，老头嘴里不停地嗯着。然后，便让他躺在了靠墙放着的一张跟桌子差不多，专门用来检查病人的床上。老头掀起了他的衣裳，把肚子露在了外面。老头看了看他的肚子，便伸出手来，用几个干巴巴的手指头在他的肚子上按了起来。老头子按得干巴巴的，一点也没有感情，而且还按的很简单，蜻蜓点水似的。简单按了几下，手就从他的肚子上拿掉了。老头看他还睡在床上没有动，便说，起来吧。声音也干巴巴的。当大利从那张床上坐起来时，老头已经坐回了椅子上，拿着笔在纸上动笔开始写了。老头的手怪有力气，笔在纸上都发出沙沙的响声了。老头写了几个字，是英文字母。大利看了看，比汉字简单多了，只一笔就写下来了。大利看着几个跟蚯蚓找它娘似的简单字母，心想，看来我这十块钱出得真是太多了，算命瞎子要是收了这些钱，至少也要掰指头算上半个小时，就是看相的也得动嘴又动手地说上个二十来分钟，可这个穿着白大褂的老头，连问带写最多也就用了七八分钟，跟干瓦匠活相比，最多也不过值五毛钱罢了。大利为这老头的简单，而在心里直叫苦。

当大利在心里正叫着苦时，老头把一张写着CT的处方单子递给大利问，你肚子里的硬块有多长时间了？声音也像他的人一样，干巴巴的。大利接过写有CT两个字的单子，才想起来把手在肚子上摸了摸，这才发现胸口的右下方的确有个硬块，巴掌那么大。大利手按着硬块说，我也不知道是什么时候有的，您今天要是不说，我还真不知道哩。老头眉头朝一起皱了皱说，查查再说吧。唉，年轻人啊，心也太粗了，身上有病怎么能不知道呢？

于是，大利走出了这间屋子，走到了一个窗口上写着缴费的窗口，又交了一百八十块钱给那个坐在窗口跟前，也穿着一身白的女收费员。他的心里为这钱又疼了一下子。于是，他又把目光朝着各个门上溜，寻找着墙上或门口写有CT的屋子。真麻烦，拐了几个弯子才找到那间写着CT的屋子。原来是在一个旮旯里，一点也不显眼。要是根据收这么多的钱来看，应该放在一个显著的位置才对，也不知道这家医院是怎么考虑的。

大利忐忑地走进了这间屋子，心里有点感到不是滋味。看看人家看病都有自己的家人陪着，而自己一个人孤孤单单地，连一个说话的都没有，这才真正是举目无亲哩。他看着放在里间的镀着银的机器想，几天的工资又没有了。

当大利拿着片子又来到了看病的老头这里。老头接过大利递过去的牛皮袋子，抽出片子，迎着头上的灯光，一边看着，一边自言自语地说，这么年轻，怎么会得这样的病呢？大利问老头，大夫，我是什么病？老头没接他的话，反过来问他，有没有亲戚陪你来？态度很和蔼。眼神里带着惋惜。大利说，只有一个同村的，都在一起干活。不过，他还在工地上干活。老

头说，你能不能让你那个同村的来一下？大利听老头有话要说，却又不肯跟他说，心里有点紧张。大利说，人家正在工地上干活哩。我不能耽误了人家的工，你就跟我说吧。大利的心情变得沉重了起来，猜测自己的病一定不轻。不然的话，医生是不会有话瞒着他的。于是，大利就跟医生商量说，大夫，你就跟我说吧，能治好就治，大利压抑着心里的紧张，强打着精神，故意用非常轻松的语气说，治不好就拉倒。大利硬撑着，说，人生自古谁无死？只不过是早晚的事。大夫，你说对吧？大夫脸上也挤出一点僵硬的笑容说，哪有治不了的病？只不过要花很多钱罢了。大利又问，我到底得了什么病？老头把牛皮袋子递给大利说，其实也没什么大不了的，但还是没告诉大利到底得了什么病。

当大利拎着那张装着CT片子的牛皮袋子朝外走时，他已经在这一个多小时的时间里，变成了另外一个人，精神和心理都已经垮了。他已经意思到，自己得的一定不是一般的病，要不，大夫是不会不告诉他的。当他走出医院的大门时，又回了一下头，心里说谢谢你，老大夫，我知道，你不告诉我，是出于对我的关心，是怕我承受不了。但现实终归是现实，别说是你，就是我的家人，也只能瞒我一时，想瞒我长久也是不可能的。只可惜我还年轻，上有老，下有小，都还不能离开我，我的义务还没有尽到，我还不忍心离开他们呀。大利一边无力地走着，一边想着自己的家人，腮边的泪水就像雨点一样，一颗一颗地沿着他的脚步往下落着，脚下的地面被砸得咚咚地响。

每颗眼泪，都是他沉重的心情的结晶。

走着，走着，他的两条腿就再也抬不起来了。于是，便把脊梁靠在路边的一棵树上蹲了下来，点着了一支价格最便宜的纸烟，低着头抽了起来。此时，他感到自己是这样的孤独和悲哀，因为没有一个亲人在身边。他又把那张自己一个也不认识的诊断报告拿了出来，只见上面只写了两个字，仔细看看，一个是英语字母，而另一个是很潦草的中国字，好像是个肝字。不知是医生有意把这个字故意写得很潦草，还是这个医生本来写字就潦草？后面的那个字，再看也不像是中国字了，是CO。于是，大利还是想从这两个字母上猜出它的意思来。他总觉得这两个字母很难看，很刺眼。哪个字母都没有这两个字母难看，有点张牙舞爪的，就像中国的好多象形字一样，看着不好看的字，意思也好不到哪里去。于是，大利便根据自己的推理，猜测它在中国汉语的意思。他一边抽着烟，一边把眼睛在那两个张牙舞爪的字母上盯着，心里在慢慢地琢磨着。一支烟抽完了，两支烟抽完了，他还在看着那个CO，当他接上第三支烟时，脑子里突然想起了医生跟他说的话，那两个字母的意思，就好像会自动翻译似的，一下子就把它的意思送进了他大脑的荧光屏上。他啊了一声，原来这两个字母表示的是一个中国字。他一悟出这两个字母的意思，便一切都明白了。到这时，他才在心里对那个用英语写字的医生道歉说，对不起，你们看病用英语写病的名字，不是为了图书写省事，也是为了对病人好。是我错怪你们了。他这时才真正悟出了医生用外语写病名的真正用意。原来，有些病用中文写是怕认识中文字的人受不了打击，才想起用医学专用英语写的，你们的确是一切为了病人着想啊。能想出这个办法的人，真是位心地善良的了不起的好人。大利一边流着泪，一边抽着烟，一边胡思乱想着，一边看着眼前的这个美丽的世界。对于马路上来来往往的车辆和行人，马路两边的树木、花草和高楼林立的城市，他是多么

留恋啊。他心里说，我才二十八岁，有多少事要做呀，又有多少美好的景物没有欣赏过……总之，在人生的长河中，他才刚刚起步，才刚刚开始他勤劳奋斗的人生，犹如茁壮的庄稼，突然遭到了酷霜一样，顷刻间一切都完了。大利此时多想痛痛快快地哭一场啊，可是，他已经没有了哭的力气。

大约过了一个多小时，他觉得眼泪好像已经流完了，半包烟也被他抽完了。他才慢慢地，几乎是一点一点地，挪向自己住的庵棚的。他仰靠在自己的被子上，眼睛看着只隔一条公路的对面的工地上，同行们正在手脚不停地为这栋高楼一层层地砌着砖，心里像刀绞地一样难受。他在心里默默地对他们说，我永远也不会再跟你们有说有笑的了，这个世界再也不属于我了。

人到了这样的时候，不论看见什么，心情都是悲哀和凄凉的。

大利回到家时，谁也看不出他是个有病的人。不过，细心的老婆梅子，却老实说他的脸色不太好。他说，我不是跟你说了，还不是因为感冒了？要不，不年不节的，我怎么能回来？梅子想想他说得也是。于是，就说，你回来就回来了，就在张浩的厂子里干吧。大利说，我心里就是这样想的，就是少挣几个，也还是在家里好。梅子说，他也是按件计资，并不比外面少挣钱。我上个月就挣了一千五，就那还缺了几个工哩。

在大利两口子正说着话的时候，赵老师听说女婿回来了，饭碗一放就赶了过来。见了老丈人，大利无事人一样笑着说，爸，我这次感冒了，想来家好好地养息养息。听梅子说张浩的厂子效益不错。我也想就在张浩的厂子里干，不知道怎么样。赵老师呵呵一笑说，别说还需要人，就是不需要人，你给他干，他还不双手接着？也不是我当面夸我这个女婿，到哪里都会受到欢迎。行，我这就给你问问。说着，就拨通了张浩的手机。挂了手机，赵老师笑笑说，你真是回来的好，不如回来的巧。他正需要一个开吊车的哩。大利和梅子听了，嘴都乐得咧多大。

　　第二天，大利就要去上班，梅子非叫他在家歇两天才去不可。大利劝梅子说，干这活，是一点也不要出什么力气的，只要集中注意力，掌握好它的开关就行了。在外面想瞎眼也找不到这样的好差事。再说，人家还等人用，我还怎么能在家闲着？大利还非常轻松地笑着说，跟在外边相比，这哪里是干活，简直就是休息。说罢，又给梅子送去一个含情脉脉的眼神说，你就让我干吧，一天可是百十块钱哩。你不能只为我着想，也该为票子想想啊。梅子见他执意要干，也就只好答应他去了厂子。

　　两口子说说笑笑地来到了厂里。张浩见了大利，便向林灵做了介绍，说，这就是我常给你说的大利，是赵老师家的姑爷，在全村都是有名的铁人、实诚人。张浩一边介绍着，还一边跟大利开了几句玩笑。伸手在他的肩膀上拍了拍说，你才是老黄牛哩。有了你这个老黄牛，我又省了不少心。张浩想把大利的形象，在林灵的心目中塑造得更高大，让林灵也觉得他是一个不可多得的人才，就举例子说，有一年，赵老师家的一架子车麦子，由于路下雨下得泥泞又加之小四轮在上面不停地轧，全都是车辙沟子。赵老师拉着一架子车的麦子朝家走，一不小心，车轱辘掉进了车辙沟子里。几个人帮着拉，也没拉上来，可你大利从那里路过时，只轻轻地朝上一拽，就把一车麦子拽上来了。嘿嘿，没想到，赵老师就被比这一拽，看中了

你，你也就这样成了赵家的女婿。大利很不好意思地笑笑说，是的，是的。林灵听了也笑着哦了一声说，真有意思，真有意思。农村人找女婿，看来说简单也简单。张浩说，因为他也是赵老师看着长大的。林灵说，要不，赵老师也不可能就这么草率地把自己的女儿嫁给他的。

林灵听着张浩的夸奖时，两只眼睛总是朝大利的脸上溜。

正说着话的时候，一辆卡车来了进来。

大利看了眼卡车说，别耽误人家上货，俺们弟兄有时间再叙吧。说着，便向吊车走了过去。因为大利原来在家干建筑时开过吊车，所以，他朝车上一坐，就熟练地操作了起来。

下班时，林灵和张浩和吃着饭说，我总看大利的脸色有点不对。张浩毕竟是个男子汉，没有林灵这么细心，有点惊讶地哦了一声，说，我怎么没注意呢？林灵说，你注意看看。

当大利再来上班时，张浩留心一看，还真发现了问题，脸色的确像林灵说的，灰苍苍的，还有点发黄，说黑不黑，说黄不黄，没有正经色。由于他们的关系一直不错，所以，张浩也就直截了当地问，大利，我怎么看你的脸色不太好？大利先是愣了一下，但很快就恢复了正常，不经意地说，感冒感很了，要不然，我怎么能现在回来？听到这个合理的解释，张浩才哦一声，说，原来是这么回事。心里说，还是林灵心细。怪不得都说，老婆家，老婆家，离开老婆大撒花哩。看来一个家庭，操家的必须是老婆，要不，人们这么都说，男人打外，女人打里呢？

在大利干了一周的时候，林灵又对张浩说，我还是觉得大利的身体有点不对头，不仅仅光是感冒。昨天我见他朝吊车上上时，显得怪吃力的，我还听他吭哧吭哧得直喘大气。张浩又解释说，大利说他患的是重感冒，可厉害了。要不，他现在也不会回来的。林灵摇摇头说，我看不一定完全像他说的仅仅是感冒吧？又跟张浩说，我看你还是劝他到医院去查查。张浩说，他说查过了，没有什么。林灵听张浩这样说，也就不再说什么了。心里说，医生都说没什么，也许就没什么，难道还能不听医生的？再说，我又不是学医的。

　　大利自从听了张浩的问话之后，心里就不安了起来。一个从没撒过谎的人，第一次为了自己的病撒谎，心里总感到不安。这也许就像人们所说的，做贼心虚。所以，大利走着坐着都在考虑，自己的病别让人家发现了。但这么才能把自己的病掩盖起来，直到瞒实在瞒不住了才不瞒呢？一时间，也想不出什么办法。

　　他晚上躺在梅子的身边，不禁思绪万千，独自流着泪，把梅子看了一眼，又看了一眼。当梅子打起了轻微地呼噜时，他便悄悄地起了床，一支接一支地抽起了烟来。抽了几支烟，又看了看睡在另一间屋里的两个孩子，然后，又像许多电视剧里的镜头一样，慢慢地低下头，在两个可爱的孩子的额头上小心地亲了一口，又看了一会儿才悄悄地离开。

　　更令大利伤心和头疼的是，梅子毕竟才三十来岁，正直性生活的旺盛时期。俗话说，三十如狼，四十如虎。不用说，这件事，最使大利自卑。说自己感冒，一天两天，还有情可原。她是个非常体谅人的人，在你感冒期间，她就是再有这方面的要求，也不会有一丝一毫的表现的。可时间一长，问题也就来了。你总不能一个感冒感到一两个月吧？大利在张浩的厂子里上班的第一天，梅子看他的精神不错，大概认为他的感冒好得

绿地文学丛书

差不多了，所以，在双双刚躺下时，就有意思地脱光了衣裳。脱得一丝不挂。大利见她这样，心里明白，这是在向他进行暗示，她想要。要是在以前，别说是感冒，就是发高烧，也不会影响他们的性生活的。今天，这样的情况下，大利想，如果老是不在这方面表现一下，一定会使她有想法的。而对于自己，他确实感到是心有余而力不足。不是自己不想，像他这个年龄的人，谁不想过正常的性生活呢？于是，为了使梅子不产生怀疑，他就翻在了梅子的身上。可当梅子刚进入佳境时，他却在上面累得就不能动了。并且还发出了气喘如牛的声音。见他这样，梅子当然不会责怪他，而是强忍着自己，劝他，算了，等你的身体好了才说吧。还心疼得把他搂到怀里进行了一番苦口婆心的安慰。从此，就再也没有表现出一点这方面的要求。

尽管他们还睡在一起，但却就像一对金童玉女般纯洁。

但这不该纯洁的纯洁，却越发让大利感到愧疚和不安。他面对这样关怀体贴温柔而又善良的妻子，怎么能睡得着呢？

当梅子被尿憋醒，起来解手时，见他在坐着抽烟，问他，你怎么又起来了？大利说，在外面干重活干惯了，咋一干轻省活，不习惯。你说这人累惯了的人啊，怎么就这么贱呢？你睡吧。但梅子还是硬把他拉到了床上。男人不睡，她也就没有了睡的意思。于是，大利也就只好睡下。可他这里一钻进了被窝，身子刚挨着她的身子，也就有了那个意思。于是，大利心想，这次该不会叫她失望吧？于是，就翻到了梅子的身上。还好，大利觉得发挥的还不错，梅子在下面一边配合着，嘴里一边还不住地唠叨着，也不注意身体。大利也不接她的话，只是在吭哧吭哧地使着浑身的力气。

当大利从梅子身上下来时，一只胳膊搂着她的脖子说，这些年也太辛苦你了。以后，两个孩子还要你多操心啊。唉，我这辈子是难以报答你了。梅子觉得他这话说得有点怪怪的，就埋怨他说，两口子谁跟谁，你怎么想起来这样的话？梅子被男人刚才带来的兴奋，又被他这话说得消失得一点也没有了。本想数落他几句，又没人招你惹你，你按那在这半夜三更地说这叫人败兴、不吉利的话？但看开了一天的车，又不忍心说他，只好说，睡吧，睡吧。大利这才闭了嘴。看看床头的电子钟，才夜里两点。当梅子又响起了悦耳的鼾声时，大利又悄悄地起了床，他把那张临回来时写的信，悄悄地放在了他的枕头低下，这才独自坐在梅子嫁给他时，陪嫁来的一张沙发上，一支接一支地抽起了烟来，在盼星星盼月亮地盼着天亮。

天亮时，一包烟被他抽得只剩下最后一支了。

吃过早晨饭，他这里一放下饭碗就来到了吊车上，趁没人看见时，他便拿着老虎钳子把吊车的无根钢丝绳绞断了三根，看看一切都没问题，在又重新回到吊车上坐了下来，安详地抽起了烟。

见上班的人都陆续地来了，他破天荒地给每人发了一支烟。并且还跟张浩开了句玩笑说，真是三十年河东，三十河西呀。我做梦也不会想到有给你张浩打工的这一天啊。好啊，我们全村人，现在都伴你的福，都跟着你走上了富裕的路了。不过，我还要提醒你，可千万要注意安全啊。张浩点点头说，你说的话，我一定记在心上。

说着，上班的人就各就各位了。

大利把十捆三合板开着吊车朝卡车装的时候，坐在车里的大利一边把那几顿重的货物朝上吊着，一边大声喊这，大家离

远些，吊车好像出了毛病。下面的人们立即离开了。

当许多双眼睛朝吊车上望着时，大利喊，再离远些！

这时，他听见头上传来了钢丝绳咔吧咔吧的断裂声。于是，他仍然非常镇静、不慌不忙地站在那被吊在半空的货物底下，抬头看着那悬在头顶的货物，看似自言自语地说，这是怎么了呢？一边的人在说，大利，你过来，这里危险。要检查，你把车停下来才检查！大利仍然不慌不忙地站着，脸上带着从容的微笑，看着那一点点被吊起来的货物，继续朝他的头顶上飞快地移动着。当那些沉重的木板不偏不离，恰好移到了他的头顶上时，就听见咔嚓一声，便见几捆巨大的三合板，对着大利落了下来。

顷刻间，整个木材厂陷入了死一般的寂静。

机器停止了转动。

人们停止了呼吸。

接下来的情景不用再述说了。

当120来到时，大利已经停止了呼吸。

有人说要报案，赵老师说，我看这个案子就不要报了，还是我们私自解决吧。

张浩哭着说，他刚才还交代我要注意安全哩，可怎么一个好好的人，说没有就没有了啊。赵老师也眼泪汪汪地说，人有旦夕祸福，这是谁也想不到的。张浩看着已被放在一张床上的大利，问赵老师，这事赵老师你就看着处理吧。你说一，我绝不说二。

梅子哭累了，脑子昏昏沉沉的，可她心里明白。从昨天晚上大利对他的一切举动，她感到有点蹊跷。心想，大利一定有事瞒着她。但到底对她隐瞒了什么，她还想不出来。林灵在一旁劝着梅子说，你再哭又有什么用呢？人死而不能复生。看看下面的事怎么办吧。

梅子擦了擦眼泪说，把他抬回家，让他在家里住上一会吧。赵老师说，行，把他抬回家。

晚上，赵老师把女儿拉到一边问，他是不是跟你说，他是患感冒回来的？梅子说是的。赵老师说，我看事情不像他说的那样简单，这里面一定有什么，他没向你说。梅子点了点头说，我也是这么想的。赵老师说，张浩也是个苦孩子，能走到今天实在不容易，我看有个差不多就算了。梅子说，我的脑子就像一盆糨糊子。爸，一切都听您的。赵老师说，你好好地找找，看看他可留下什么没有。梅子说，爸，您放心，张浩是您一手扶植起来的，我绝不会让他过不去的。再说，这事也不能把责任全推到他一个人头上，这样对他不公。因为我也在现场看着哩。他要人家离开，可他自己却明知有危险还要继续把吊车朝上开，这是不是老天爷安排好的，他就该这样走？爸，还有张浩你们都在这里，说句心里话，要不是看两个孩子还小，张浩就是不出一个，我也不会说什么的。

按照爸爸的交代，梅子来到了卧室里，第一眼看到了大利的那个枕头，还跟她的枕头放在一起。枕头还在，人却没有了。梅子又难过了起来。她哭着说，你昨晚上还好好地在家跟我说话哩，今晚上你却没有了。我的大利呀，你怎么就舍得离开我了呀？你走了，我和两个孩子该怎么办呀？我的大利呀，你怎么就不为我和孩子想想啊？

待她哭过一阵之后，便顺手拿起了大利的枕头。一边拿着一边说，你难道就这样永远离开我了吗？可当她把枕头拿起来时，却带出了两张纸。那两张纸就像小鸟一样，纷纷扬扬地

落在了的她的脚下。灯光下，梅子看见，那是写满了字的公文纸。那熟悉的字体，她一眼就看出来了，是大利写的。于是，她便停止了哭泣，坐在床边仔细地看了起来。

亲爱的梅子：

你好！

我和你夫妻一场，觉得很抱歉！我知道，你很爱我，我也很爱你。我本想就这么平平安安，恩恩爱爱的过一辈子。我在外面打工挣钱，你在家里一边操持家务，一边带着两个孩子上学。没想到老天却不这样安排我们，非要我先你而去，我也没办法呀。梅子，我在被诊断得了肝癌之后，真是撕心裂肺啊。我本想死在外面算了，在外面死是非常方便的。那天我都拿定了主意，朝老板的车轱辘底下一钻，不用说老板至少也要陪二三十万，说不定还要多些。但我又左思右想，还是回家看看父母，你和两个孩子吧。俗话说，金窝银窝，不如自家的狗窝。我想还是决定死在自己的家里吧，这样，我心里也踏实一些。

亲爱的梅子，说来你也是个苦命的人。俗话说，老怕丧子，少怕丧夫。想到这些，我经过反复思考，还是想尽早结束我这年轻的生命吧！长痛不如短痛，这一天反正是要来的。知道了这些，你也就不要太伤心了，因为我已是一个不久人世的人了，我之所以告诉你这些，就是为了不让你太伤心。

梅子，我之所以选择这样的死法，主要还是为了你和孩子，因为他们将来上学要花钱。说起来，我有些对不起张浩。可我别的也想不出什么好办法，也只能这样做了。跟你说，那钢丝绳是我做了手脚的。其实，张浩也很不容易。至于赔钱的事，我看你就听爸爸的吧。你知道，我要是活活被病痛折磨死，还没有这样痛快哩。

最后，我的在天之灵祈祷你和孩子，还有我们双方的父母，一生平安！

另：我一生中没有做过一件对不起别人的事，最后却做了一件对不起张浩的事，但我却也是为了我们一家人才这样做的，也是我的自私。我一辈子没有做过对不起人的事，在临终做了一件这样的事，阎王爷该会原谅我的。

永别了，我亲爱的梅子；

永别了，我的和你的父母和孩子！

梅子，你还年轻，有合适的，你再找一个，两好孩子还有他们的爷爷和奶奶哩，但那个人要对你好。

梅子看罢了信，又放声大哭了起来。当听见哭声的爸爸推门进来时，梅子悄悄地把信装进了口袋，说，人还是入土为安。爸，你就抓紧把大利的后事给办了吧。张浩还有他的一摊子事，为了大利，别老让他的厂子停工。大利他就是这样的命，那是老天爷早就安排好了的。万芹和刘会计都来了，梅子的话，他们都听见了，都非常感动地说，你能想得开就好，想得开就好啊。

吴标这时把赵老师拉在一边问，大利的事，你决定私了了？赵老师点点头说，是的。又问，张浩准备给多少？赵老师说，他看我的意思，听我的安排。吴标说，要我看，少说没有

个二十多万，就怕不行吧？何况他现在手里又有钱。赵老师看在他出于关心的份上，递了一支烟给他，说，我还没考虑好。吴标抽了口烟说，这个问题你可要做主。指望他父母，那老两口可是石磙都轧不出一个响屁的老实人，他们糊涂，你可不能糊涂啊。必要的时候，需要我出面，跟我打声招呼就行了。赵老师听了这话，心想，你大不了想多喝几顿，才没请自来的。想到这里，说，需要你出面的时候，我会去请你的。见赵老师没有找他的意思，吴标便说，话就说到这里，我还要开会哩。两手朝脊梁后头一背，走了。

赵老师看着吴标的背影，心里说，你想在这件事上插一竿子，好借机对张浩报复报复，没门！这时，刘会计也来了，看了眼没精打采的赵老师，叹了口气说，大利这一走，可就苦了梅子娘儿几个了。赵老师说，任命吧。两个人都蹲在门口，叹了几口气，抽了一会儿烟。刘会计说，张浩跟我说，没有你赵老师，就没有他张浩的今天，要你说个数字，他好做些准备。赵老师站起来对屋子里的梅子喊了声，梅子，出来，我有话跟你说。梅子红着两眼来到他们俩跟前，赵老师开口说，我看，我不表个态，张浩心里也不安。你刘叔也在这里，我就把话说明了吧。我先说说，梅子你有什么想法才说说，行吧？梅子抹了把眼泪说，爸，你就看着办吧，什么都交给您了。您的闺女你做主。赵老师说，老刘，我们都不是外人，不管怎么说，张浩就是再倒霉，也没办法，因为有劳动法在这儿。我看，就让他出十万吧，不管怎么说，看在大利还有两个孩子的份上。赵老师说完，用目光征求了一下闺女的意见。梅子点点头说，就按爸你说的办吧。刘会计听了这个和张浩的想法相差很大的数字，说，太少了点吧？赵老师说，不管多少，就按我说的办，多一个子也不要！人还是要看远点。张浩的事业才起步，我们不能难为他！你给张浩说，明天早晨就去火化，下午下葬，就这么决定了。

刘会计被赵老师的话感动得流着泪走了。

张浩和林灵听刘会计转述了赵老师的意见，也都激动得直抹眼泪。

三天后，张浩的木材综合厂又恢复了以前的热闹，又正式生产了。

只不过万芹始终都跟梅子在一起，她要干，万芹和林灵都不让她干，都说，只要你每天和大家说说话就行了。大家都希望是，她能尽快地从失去亲人的阴影中走出来。

张浩见赵老师只让他出这几个钱，竟然蹲在自家的屋里的地上抱头痛哭了起来。林灵在一边劝着说，你只要心里知道就行了，只要时刻想着有这么个体谅和关心的你的赵老师就行了。张浩说，大利还不到三十岁，他是个从小家受人夸奖的好人。难道真是好人无长寿？他从小到大，不论跟谁都实心实意，做起活来，叫你说不出一个不字。我本来就想打电话给他，让他回来在我这里干。没想到他回来了。你知道，我心里有多高兴吗？心想，我一旦忙不过来的时候，就把厂子交给他照应。什么事交给他，我都会放心。谁料想会发生这样的事啊？呜呜，这是我做梦也没想到的事啊。没想到赵老师和梅子就要这么一点钱，这叫我心里不过意呀，呜呜，别说要我只赔他这么点钱，就是要我把厂子都赔了，我也连眼睛也不眨一下。他就这么走了，你想，他这一家老小今后的日子该怎么

过？林灵蹲在一边，眼睛红红地说，你要理解赵老师，好好地把厂子办好，让梅子在我们厂里好好地上班。每月能有份固定的收入，将来等我们的厂子有了更好的效益的时候，我们再给她买个养老保险，这就是对赵老师和梅子最好的报答了。听林灵这么说，张浩把手在自己的头上使劲拍了几下，眼睛一亮，停止了哭泣，两眼含情地望着蹲在身边的林灵说，我怎么就没朝这方面想呢？你瞧我这脑子，还能灌了水了吗？又说，亲爱的林灵，你真是我的魂，我的诸葛亮啊。林灵瞪了一眼张浩说，瞧你的小样。还不去车间看看去？这几天，厂子还不全都是万芹姐和刘叔给招呼着，还有吴大伯，人家这几天可是夜里连觉都没睡。你还不去给他们说说，放他们两天假，让他们好好地休息休息？你看吴大伯的头发和胡子都好长了，也让他老人家去上街收拾收拾。张浩说，是呀，我这几天真是昏了头了，我这就去说说。

张浩刚出门，他的手机就响了起来。是刘乡长打来的。刘乡长问，听说你厂里出了事故，是私了的？张浩说是的，死的是赵老师的女婿，是赵老师自己提出要这么做的。好啊，刘乡长说，这样也给我们减少了许多不应有的麻烦。张浩问，有人说什么了？刘乡长说是的，是你们村的吴标把这事向派出所说了。派出所问我怎么办？我说，人家双方都同意私了，我们干嘛要去没事找事？叫我给拦住了。又说，我看这个吴标就是没时找事，真是多此一举！张浩心里说，吴标可是你表弟，怎么也对我说这样不满的话？真是个认理不认人的好干部。嘴里又问，刘乡长可有什么话说？刘乡长说，你只要安心地把你的厂子经营好就行了。该恢复生产了吧？张浩说，恢复了。刘乡长说，恢复了就好，恢复了就好。

第三天晚上，张浩刚放下饭碗，刘会计就夹着账本来了。刚一落座就眉开眼笑地说，这个月的效益不错。我算了一下，去掉各项开支，尽盈利四万六千多。像这样滚动发展的法，要不了两年，就要上规模了。林灵说，我看春节也快到了，为了慰问和感谢几个对厂子做了大贡献的人，我想给刘叔、万芹和赵老师每人发个一千元的红包。又说，作为我和你的心意，给梅子也送一千。刘叔说，这样是不是多了点？张浩说，就按林灵说的办。我们在任何时候，吃水都不能忘了掘井人。刘叔夹着账本正要出门，门口便停下了一辆摩托车，原来是马湖村的村长马小毛。刘叔见是位不速之客，稀罕地说，是哪股香风把你这大村长给吹来了？马小毛笑笑说，刘会计的账本能给我查一下吗？刘会计说，你说什么事，我给你看看就是了。马小毛便说，请你看一看，上次吴标在这里卖了多少钱的树？刘会计翻着账本看了一会说，一共是十七万。马小毛听了，眼睛立即就瞪得牛卵子似的说，这么多？刘会计和张浩都不解地说，我们在收购木材时，随行就市。绝不会因为他是干部就多给他钱的。怎么，有什么事吗？马小毛说没什么，只是随便问问。说完，就跨上摩托车走了。

他一边骑着摩托一边在心里骂着吴标和郭霞，这两个狗日的，合伙耍老子哩！妈的，没想到你吴标平时见了老子，马村长长马村长短，七个狸猫八个眼的，那声音听起来就很摸了蜜似的。没想到你的花花肠子这么多，竟然跟老子来这一手，拿美人计来耍老子，老子要是真得了手也不亏，可老子连个腥味都没闻到，就叫你用手机咔嚓拍了进去。真是叫老子哑巴吃黄连，有苦说不出啊。老子从小长这么大，谁敢这样耍过老子？马小毛越想越气，一使劲，嘴唇都咬出血来了。马小毛想，要

不看刘乡长是你老表，我早把你揍得你鼻青脸肿的了。

马小毛就是靠拳头当的村长，他怎么能白白地看着吴标和郭霞把那几万块钱吞下去？钱是人身上的血，你捞他的这么多钱，简直就是放他马小毛的血，他怎么能咽下这口气？

也是冤家路窄，当马小毛路过庄子前面的龙王湖时，正好看见吴标和郭霞，正膀靠膀肩挨肩地在滋滋润润地轧马路。马小毛在离他们几丈远的地方就刹住了车，还没等吴标反应过来，吴标的脸上就落下了两拳。眼睛顿时就肿得跟灯笼一样了。吴标手捂着眼睛蹲在地上问，你干嘛黑不说白不说的就打我？郭霞也说，你姓马的也太不讲理了，你怎么能这样呢？马小毛朝嘴里叼了一支烟说，你可以报案，要是记不得派出所的电话，我对你讲。你也可以跟刘乡长汇报，就说我打你了。你白赚了老子的这么多钱，你当老子不知道？跟你说，我刚从老刘那里查账回来。

郭霞见情人挨了打，也非常气愤地说，我告你强奸罪！马小毛用眼角瞟了她一下，冷笑笑说，你随便。现在就告也行，要是没带手机，我的给你。郭霞咬牙切齿地说，我要把你搞臭！马小毛抽了口烟，又从鼻子里使劲哼了一声，说，你把我搞臭了，你也香不到哪里去！也请你郭小姐记住，有句话说，男人丢了丑，抹掉帽子满街走。女人丢了丑，不如老母狗。马小毛的一句话，就把郭霞的兴致打掉了一半。郭霞问，你想怎么着？马小毛说，你们想这么着，我就怎么着，一定奉陪！你们要不想怎么着，老子也就不想怎么着。反正老子的气出了，什么也不说了。就当什么事也没发生。马小毛说完，两条腿朝摩托车上一跷，屁股后头冒着一股黑烟，大摇大摆地朝前飞去了。

第二天，他们到乡里开会时，好像什么事也没发生过一样。该说说，该笑笑。有人问吴标的眼是怎么青的，他说是喝酒喝多了，撞在一棵树上撞的。人们听了问，可能是偷人家女人，被人家男人碰上了打的吧？要不，怎么只碰了一只眼？吴标只是嘿嘿几声了事。

　　刘乡长看了吴标那乌眼牛似的眼睛，只是把目光在他脸上瞟了几下，心想，一定是人家打的。这个不干好事的东西。打他也不亏。要不是做了输理的事，在村里，谁敢打他？

　　会议是刘乡长主持的，他在会上总结了一年的成绩，也指出了不少缺点。特别提出了马湖村在卖树问题上，群众的反应很大，说马小毛不跟村委会研究，置群众的利益于不顾，拿个人的人情做交易，竟然把价值十多万元的杨柳树，不到十万就卖给了湖稍村的村长吴标。说到这里，刘乡长质问台下的坐着的马小毛和吴标，你们私下搞的什么名堂，你们自己知道？说着，还把眼睛朝台下的这几个人狠狠地瞪了一眼，十分恼火地说，我告诉你们，这个账，群众早晚是要跟你们算的！有句古话你们给我记住了，多行不义必自毙！你们做的事，已经引起了极大的民愤！我直接告诉你们，像你们这样的干部，谁也保不了你们！在点名批评了这两个村长之后，又说到了张浩的木材加工厂，他带着满脸的喜悦说，一年来，令人可喜的是，张浩的木材加工厂取得了令人满意的好成绩，已经初步走上了规模。在这件事上，真正体现了我们中国人的美德。在这里，我希望我们的干部应该向他们好好地学习学习，也把他们的这种无私精神，跟自己的做法比较一下，反省一下自己。刘乡长最后说，春节到了，为了使大家过一个祥和的春节，我就不再说什么了。过了春节，我们又到了村委会换届选举的时候了，希

望大家好之为之。我还是那句老话，得民心者得天下！老百姓选的是致富的带头人，不是骑在他们头上的老爷！

转眼间到了春节，张浩把一万块钱递到林灵的手上说，你把这几个钱奇给你的父母，也算是我的一点心意吧。林灵感激地说，我的工资照拿，我已经把我的工资都寄给他们了，已经不少了。张浩笑笑说，就算是我发给你的奖金吧。林灵还是不同意，说是厂里的资金还不雄厚，等厂子发展了，真正地上规模了，那时候我就不会拒绝了。张浩见林灵这么处处为厂子着想，激动得一下子就把她搂到了怀里。不停地在她脸上亲着说，我真是应该太谢谢你了。说着，腮边滚下了几颗豆大的泪珠子。林灵也一伸手勾住了张浩的脖子，把一张好看的小嘴迎了上去。

林灵和张浩一边忘乎所以地吻着，一边在心里说，也该到把我交给你的时候了。于是，就把他的脖子搂得更紧了。她真想就这样跟他一直吻下去。

为了表示对刘会计、万芹和赵老师的感激，张浩又特地把他们用车接到县里的大酒店里，并且还把吴大伯也请了去，吃了一桌年夜饭。一个个都乐得嘴都合不上了。都说有张浩和林灵时刻想着他们，知恩图报，没有干不成的事。

回来后，看过春节联欢会，张浩便打开箱子，对林灵说，你这位大学生能屈驾跟我风雨同舟，我现在要让你看见东西。林灵瞪大了眼睛问，你难道还有什么宝贝？张浩说是的。我要是不把你当做至亲至爱的人，是不会让你看的。林灵惊讶得瞪着一对大眼睛说，怎么从没听你说过这事呢？张浩开着箱子说，这样的东西怎么能随便说呢？这可是老祖宗传下来的宝物，不是自己的亲人，那是决不能说的。林灵眼睛看着箱子说，哦，你是把我当做你的亲人了？张浩笑笑，尽说废话。

当张浩把那只玛瑙碗摆在林灵的面前，并向她介绍着它的来历时，林灵激动得都哭了。张浩和林灵一边欣赏着这件宝物，一边又向这位心上人说了他的打算。林灵听了，说，我完全同意你的做法。就应该让老祖宗的美德继续发扬光大。

刚过完春节，张浩的木材综合加工厂，随着产品的畅销，不仅把全村的劳动力都招了进来，还把邻村的五十多人也招了进来。并一律实行责任制，按劳取酬。

那个养殖户刘大发也来了。见了刘大发，张浩说，你有这么年的养殖技术，就不能再干你的老本行吗？刘大发苦笑着说，哪来的本钱呀。你该知道贷款的难处，我再不想讨这个下贱了。那几年，我的脑筋也伤透了。张浩说，如果我要是跟你实行股份制，我投资，还在你的塘里重新让你搞养殖，你还干不干？刘大发高兴地说，那我当然干了。好，张浩说，我们就这样谈妥。又征求林灵的意见，林灵说，根据市场行情，我认为养虾最好，不仅见效快，而且周期还短，当年投资当年就可以收回成本。当然，甲鱼也要养，虽然周期长，和虾比起来，风险要小一些。我们就来个两兼顾。另外，在养殖甲鱼的时候，我们还可以适当地养些武昌鱼。这种鱼肉质好，在市场上很受欢迎。具体怎么放养法，待我们计划好了，就开始操作。张浩见林灵的思想这么敏锐，心里佩服到了极点。张浩望着身边的林灵，称赞说，你的思想真是太先进了，好多问题，怎么我就想不到呢？你真是一个适应在商海里拼搏的好手。林灵得意地说，你没见我没事就翻报纸和看《胡雪岩》？

在和刘大发谈妥了养殖问题之后，刘大发乐呵呵地说，你们真了不起。没想到，你们又可以让我发挥一技之长了。唉，想想我那几年硬是被那些吃拿队把我吃拿光了。想想这个刘乡长真是个好人，我那时要是能遇到这样的好领导，也不至于落到现在这个地步呀。张浩也感叹地说，从我的厂子开始到现在，刘乡长也来了不少次，但来这里只是看看，一顿饭也没在这里吃过。你就是硬留他，他也坚决不从。他不但不在我这里，还批评那些只知道吃拿卡要的干部，说，我们这个地方之所以到现在私营企业还不景气，就是于我们的好多干部作风有关系。我们有些干部，简直是他妈的不要脸到了极点。包括我们有些县里的个别单位的干部，都是一些雁过拔毛的东西。我就亲自听一个小学校长跟我说过，说是有两个教育局的干部下来检查，想在这个学校里不走，可又怕完不成任务，你说，他们想了个什么法子？竟然厚着脸皮跟人家每个人要了二百块钱。大家说，这样的人还像个国家干部吗？下来检查是你们领导的义务，怎么竟能开得了这个口？还要脸吗？说得不好听一点，这样的人真丢尽了我们干部的人，丢尽了我们党和政府的人。在我们乡，我就不信不能扭转这个局面！刘大发听到这里，不禁动情地说，我当时要是能遇到刘乡长这样的干部，也不会有今天了。张浩说，凭良心说，没有刘乡长，就没有我今天的这个木材厂。刘大发说，这也是你的福分啊。

刘大发离开后，张浩把嘴贴在林灵的耳边唱到，军功章啊，有我的一半，也有你的一半……林灵伸手在张浩的脸上摸了一把，你坏！张浩把脸对着林灵，把两只手朝她的腰间一伸，把她一下子就抱起来说，我坏，我就坏。说着就把她摞在了办公室里间的床上，然后朝上一扑就把她压在了下面……

不久，林灵拿着一张本市日报问张浩，这写得是不是你家那只玛瑙碗？张浩一见，说就是的。报纸上的文章就是那个文物专家写的，题目是《朱元璋的另一只玛瑙碗已有下落》，文章根据资料详细地介绍了玛瑙碗流落在湖稍村张家的来历，并且还随着文章配发了那只玛瑙碗的照片。张浩看了报纸激动地说，果真就是的。林灵说，看来你要成为大名人喽。张浩嘿嘿嘿地傻笑着说，到出名的时候，想不出名还行？

　　果然，在报纸才登出这篇文章的第三天，市县两级领导就在那位老专家的带领下，来到了张浩的家，和他谈了玛瑙碗事。市县领导都说，玛瑙碗流落到我们这里，也是我们的光荣，也为我们的悠久文化又增添了灿烂的一页啊。最后，一位领导问，我们想买下你的这个宝贝，也想为我们市的文化事业增添点分量。又说，实话跟你说，我们这个文化大市，虽然也出了不少历史名人，但能拿得出手，见得人眼的东西却不多。另外，我们还想举办个文化节，如果没有能拿得出手的东西，上面领导和外宾来了，我们怎么好意思，让他们参观我们的文物这一块呢？所以，我们准备用巨资买下你的这件宝物。有了这只玛瑙碗，我们市可就真正能称得上是文化强市了。同时，也给我们填补了明清这段历史的空白。领导说罢，问张浩，你看要多少？张浩听领导说了这些，用目光示意了一下林灵。

　　于是，他们两个来到门外。林灵说，这只玛瑙碗是你老祖宗美德的一个见证，还是按你的想法办。我看，就这样，我们不要钱，让他们首先给村里修一条环村路，再给村里建个敬老院和一个幼儿园，这也就好对老祖宗和你的父母说话了。

　　听了这个要求，所有在场的人都吃惊得把眼睛瞪得滴溜圆。并且还听见不少人嘴里连连发出了几声啧啧，说，太出乎

意料，太出乎意料了。这位市领导说，你张老板真是个奇人，还没见过现在还有你这样无私的人哩。行，我们完全答应你的要求。对于你的这个木材加工厂，我们决定再给你增加五百万元的无偿投资。

在得知张浩把自己的那只玛瑙碗要无偿捐献给市里时，万芹竟一个人来到跟张浩约会的那个地方，一个人在那里放声哭了一场。她到底为什么哭，谁也不知道。只是第二天上班时，大家见她的两只眼睛红红的。问她的眼睛怎么了时，她只是笑笑说，迷了沙子了。

三年后，张浩的木材综合加工厂，已经成了全县的龙头企业，同时，他投资的养殖业也发展了起来。刘大发也真正的大发了，因为他占了一半股份，每年盈利都在三十万左右。

由于张浩的木材厂购销两旺，基本上解决了全乡劳动力的就业问题。

到了年底，当湖稍村的乡村医生李丽，在跟刘会计商量向村民收新农合医疗保险费时，张浩知道了这个消息，对李丽说，医保经费由我出了。他说，大多数人都在我这里上班，我出也是应该的。李丽说，好几万哩。张浩笑着说，我出得起。

另外，他又悄悄地背着梅子，给她的两个孩子和公婆也买了养老保险。

这时，吴标已经在换届选举时彻底的落了选，张浩当选为村委会主任，林灵也被乡政府任命为计划生育专干。

刘留副乡长因为为张浩的木材加工厂，立下了汗马功劳，得到了县委书记的提名，已经成了名副其实的刘乡长。

这一年，张浩也因那只玛瑙碗的无偿捐献，使他的木材厂使村子走上了致富之路，他也被评为全省十大杰出青年。

当他要出席十大杰出青年颁奖仪式去领奖的头天晚上，刘会计和赵老师都说要好好的给他庆贺庆贺时，到他家，他却不见了。于是就打电话，他的手机却没带。林灵也很纳闷。于是，几个人就拿着电灯到处找他。整个村子都找遍了，也没找着。

林灵想了一会儿，眼睛一亮说，他一定在那儿。

于是，林灵在几个人的陪同下，朝野地里找了过去。在电灯光的照射下，见他正跪倒在他父母的坟前，正一边烧着纸，一边给父母使劲地磕着头哩。

刘会计远远地看着张浩的背影说，他也许相信人是有灵魂的，所以才这样做的。又说，假如人是有灵魂的。那么，我们的村子有没有灵魂呢？要是也有的话，那么，张浩就是我们村子的灵魂。